Hermann Lühr

Der Senex-Mann

Das Buch:

Was für ein Geheimnis hat dieser weißhaarige Mann? Bodo Schenk hilft ihm, denn schließlich ist er schuld daran, dass dieser zwielichtige Laborleiter auf dessen außergewöhnliche Blutwerte aufmerksam wurde und sie deshalb verfolgen lässt.
Ihre Flucht führt sie bis nach Rügen und in die Vergangenheit.

Der Autor:

Hermann Lühr, Jahrgang 1953, verheiratet, zwei erwachsene Töchter.
Wohnt in Schöningen, Niedersachsen.
Er schreibt Romane um Ungewöhnliches, in einer spannenden Mischung aus Realität und Fiktion.
Weitere Informationen finden Sie am Ende des Buches.

Hermann Lühr

DER SENEX-MANN

Roman

Der Roman erschien bereits 2017 unter dem Titel "Flucht zurück" als E-Book bei Neobooks.
Zur Neuauflage wurde er überarbeitet und der Epilog hinzugefügt.

Copyright © 2019 bei Hermann Lühr
Herstellung und Verlag: BoD - Books on Demand, Norderstedt
ISBN 978-3-7431-0103-6

Kapitel 1

Bodo Schenk dachte beim Autofahren an gar nichts, auch die Musik kam nicht ganz in seinen Kopf hinein. Hinter der Post wollte er rechts in die Kronenstraße. Dann sah er links die Frau mit dem aufreizenden Gang. Zum ersten Mal in diesen zwei Jahren nahm er eine Frau wieder als Verlockung wahr.

Er blinkte rechts und starrte nach links zu dieser rassigen Frau in der engen, figurbetonten Kleidung. Er drehte am Lenkrad, aber seine ganze Aufmerksamkeit hing an diesem Busen und dem Hüftschwung. Er bog rechts ab, doch sein Kopf schien links fixiert zu sein. Im rechten Augenwinkel registrierte er eine Bewegung. Dann gab es vorne einen knallenden Aufschlag. Schenk trat die Bremse durch und erschrak fürchterlich, als er einen Mann von seiner Motorhaube rutschen sah. Zwei weiße Briefe segelten durch die Luft.

Er hatte jemanden angefahren! Wegen seiner verdammten Gafferei! Sein Herzschlag raste und sprang ihm unter die Kehle.

Er stellte den Motor ab, zog die Handbremse an und öffnete völlig unvorsichtig seine Tür, besann sich auf das Warnblinklicht und schaltete es ein. Er atmete gegen die Panik an. Drei Fußgänger waren stehengeblieben und starrten auf etwas, was vor seinem Auto liegen musste. Das monotone Klicken der Warnblinkanlage beruhigte ihn etwas.

Schenk stieg aus, schlug die Tür zu und schaute sich um. Er musste nach vorne. Gegen irgendeinen Widerstand schob er sich vorwärts. Da lag einer von den Briefen auf der Straße. Nur das Wort ‚Postfach' konnte er deutlich lesen. Er ging weiter. Eine Windböe blies ihm sein Haar nach hinten und den Brief weg. Auf der Motorhaube war eine große Mulde. Da unten ragte eine leblose Hand hervor, als zeige sie zur Straßenmitte.

Das war ja entsetzlich! Der Schweiß brach ihm

aus.

Jetzt sah er den Mann da unten liegen: auf dem Bauch, in der Mitte verkrümmt, ein Arm und ein Bein ausgestreckt, er hatte weißes Haar. Neben ihm hockte eine junge Frau, die kurz zu Schenk aufschaute. „112 hab ich schon angerufen. Die schicken auch die Polizei."

„Ja. Danke", stammelte er und bemerkte die vorwurfsvollen Blicke der Zuschauer, die sich inzwischen verdoppelt hatten. Verständlich, schließlich hatte er einen alten Mann beim Überqueren der Straße angefahren.

„Helfen Sie mir mal, ihn in die stabile Seitenlage zu bringen", forderte die Frau ihn auf. Sie kannte sich anscheinend in Erster Hilfe aus.

„Natürlich." Schenk ließ sich auf die Knie nieder und drehte den Oberkörper mit auf die Seite. Die junge Frau nahm dabei den linken Arm und schob die Hand geschickt unters Gesäß, dann überprüfte sie die Atmung. Im Gesicht des Mannes und auf dem Asphalt war Blut. Da lag auch eine kaputte Brille.

„Ist er ...?" Er konnte es nicht aussprechen.

„Nein. Nur bewusstlos."

Der Mann schien nicht so alt zu sein, wie die weißen Haare vermuten ließen. Er hatte eine klaffende Wunde an der rechten Schläfe, aus der Blut rann. Auch Nase und Mund waren blutverschmiert.

„Holen Sie Ihren Verbandskasten."

„Sofort." Schenk war dankbar für ihre Kommandos, erhob sich umständlich und eilte nach hinten. Noch mehr Schaulustige hatten sich versammelt. Er fand gleich die Verbandstasche, ließ den Kofferraum auf und rannte nach vorne, sah dabei in keines der vielen Gesichter. Er hörte eine weit entfernte Sirene und wischte sich wieder den Schweiß von der Stirn.

„Heben Sie seinen Kopf leicht an und halten ihn so."

Schenk und die Frau knieten jetzt nebeneinander. Sie suchte sich flink ihr Material heraus, riss die Päckchen auf und legte dem Mann einen erstklassigen Kopfverband an.

„Das können Sie aber gut", lobte er sie. Sie hätte seine Tochter sein können.

„Ich bin Altenpflegeschülerin."

Nun konnte man zwischen zwei Sirenentönen unterscheiden, die auch rasch näher kamen.

„Da hab ich ja Glück gehabt." Früher hätte man sie als Mädchen bezeichnet.

„Aber der da weniger", entgegnete sie bissig.

Er nickte schuldbewusst. „Es tut mir wirklich leid, aber ..."

Mit einem „Tja" stand sie schnell auf und sah sich um, entfernte sich einige Schritte von ihm.

Bodo Schenk sammelte das Verpackungsmaterial auf, stopfte es in die Verbandstasche und zog den Reißverschluss zu. Dann rappelte er sich auf. Die Sirenen wurden stetig lauter, es hörte sich noch nach einer dritten an. Er hielt die Erste-Hilfe-Tasche an sich gepresst und fühlte sich wie ein Verbrecher. Sein Opfer rührte sich immer noch nicht.

Polizei, Notarzt und Rettungswagen trafen im Minutenabstand am Unfallort ein und stellten sofort die Sirenen ab, nur das Blaulicht ließen sie kreisen. Ein Polizist drängte die Neugierigen zurück, der andere fotografierte alles. Die junge Frau ging gleich zum Notarzt und redete auf ihn ein, er nickte mehrmals und marschierte weiter zu dem Verletzten. Die Sanitäter holten die Trage aus ihrem Wagen und bahnten sich rufend ihren Weg.

Schenk stand hilflos inmitten dieser Hektik, klammerte sich an seine Verbandstasche und kam sich mal wieder verloren vor. Er sah, dass die Pflegeschülerin nun mit einem Polizisten sprach und dabei auf ihn deutete. Er musste sich doch bestimmt melden, gleich seine Schuld eingestehen. Nur gut, dass er heute noch nichts getrunken hatte. Er setzte sich zögerlich in Bewegung, die Leute wichen zurück und auseinander, machten ihm großräumig Platz, als hätte er eine ansteckende Krankheit.

„Sie sind der Unfallverursacher?", der Polizist taxierte ihn von oben bis unten.

„Ja. Bodo Schenk ist mein Name."

„Ihre Personalien nehmen wir gleich im Auto auf."

Er nickte nur ergeben und blickte zu der wieder hochgestellten Trage, auf dem jetzt der Angefahrene lag. Die Sanitäter rollten sie zu ihrem Fahrzeug zurück, einer hielt dabei eine angeschlossene Infusionsflasche hoch.

„Brauchen Sie mich hier noch?", fragte die junge Frau den Polizisten.

„Sind Sie Zeugin des Unfalls?"

„Nein. Ich habe aber die Erstversorgung durchgeführt."

„Sehr lobenswert. Dann können Sie auch gehen."

„Ich danke Ihnen vielmals für Ihre Hilfe", Schenk hielt ihr die Hand hin.

Es dauerte ein bisschen, bis sie sich dazu durchrang, ihn zu berühren. „Ich habe ja dem alten Mann geholfen. Nicht Ihnen." Schnell zog sie ihre Hand wieder zurück.

Das tat weh. Schenk verneigte sich etwas und sagte leise: „Trotzdem danke." Als er aufsah, war sie bereits in der sich auflösenden Menge verschwunden. Der Rettungswagen fuhr los und schaltete nach wenigen Metern die Sirene ein. Der Notarzt folgte im Golf, aber still und ohne Blaulicht.

„Kommen Sie dann?", der Polizist zeigte zum Streifenwagen. „Da drin nehmen wir den Unfall und Ihre Personalien auf."

„Ihre Erste-Hilfe-Tasche brauchen Sie dabei aber nicht", sagte sein Kollege mit unterdrücktem Spott.

„Ja, ja." Schenk legte sie in den offenen Kofferraum, sah dabei das nicht benutzte Warndreieck und warf die Klappe zu. Er ging zwischen den beiden Uniformierten, als schreite er zum Schafott.

Wie jeden Abend spürte er wieder die angenehme Wärme des Rotweins in sich, diesen wohligen Dämpfer im Kopf, wo vorher nur Sorgen und wirre Gedanken kreisten, Ängste und stumme Selbstgespräche. Auf den Wein konnte er sich verlassen, der half ihm. Der in den Trauben eingefangene Sonnenschein durchströmte und belebte ihn, bewirkte diesen heilsamen Effekt. Irgendwelche Stoffe im Rotwein sollten ja auch gesund fürs Herz sein. Das konnte er nur bestätigen. Der Rebensaft war seine liebste Medizin, und das schon seit zwei Jahren, seit Nina ...

Rot wie Blut. Sofort sah Schenk den blutigen weißhaarigen Mann vor sich, den er auf dem Gewissen hatte. Es würde eine Anzeige geben, hatten die Polizisten gesagt und gefragt, ob seine Brille noch ausreichend sei, ob er an einer chronischen Erkrankung leide, Medikamente eingenommen oder Alkohol getrunken habe. Als ob er krank und senil wäre. Wenn die ihn jetzt hier mit seinem Glas und der halb geleerten Flasche sehen würden. Aber nach Feierabend durfte man ja wohl mal etwas Wein trinken. Besonders, wenn er einem so gut bekam. Besser als diese ganzen Tabletten mit den vielen Nebenwirkungen.

Im Wein ist Wahrheit. Aber bei seiner Aussage hatte er ein wenig gelogen. Er sei beim Abbiegen einfach unachtsam gewesen, habe an berufliche Probleme gedacht, es eilig gehabt und in dem Moment zur Uhr geguckt, jedenfalls habe er den Fußgänger total übersehen. Das sei selbstverständlich fahrlässig und unverzeihlich gewesen. Aber so etwas sei ihm noch nie passiert. Er fahre doch schon so viele Jahre unfallfrei. Von der sexy daher stolzierenden Frau in den engen Klamotten hatte er kein Wort erwähnt.

Er bat die Polizisten um den Namen und die Anschrift des Unfallopfers, weil er sich so schnell wie möglich bei ihm entschuldigen wollte, er würde ihm Hilfe und Schmerzensgeld anbieten, eine Wiedergutmachung versuchen. Doch die Polizisten behaupteten, der Mann habe keinerlei Papiere bei sich gehabt, man müsse abwarten, bis er selber Angaben zur Person machen könne. Aber das aufnehmende Krankenhaus konnten oder wollten sie ihm nicht nennen.

Rubinroter Wein im funkelnden Glas. Als Nina noch da war, hatten sie so gut wie nie Wein getrunken, er mal ab und zu ein Bierchen und sie ganz selten mal ein Gläschen Likör oder Sekt. Erst an seinem einsamen, deprimierenden 50. Geburtstag lernte er die Vorzüge des Rotweins kennen. Bier war kalt, hatte nicht die gespeicherte Sonne in sich, konnte keine Wärme in die Adern pumpen. Und Schnaps war was für Säufer.

Blutroter Wein. Der Mann hatte helleres Blut gehabt. Weil er nur Augen für diese verführerische Frau gehabt hatte, lag der jetzt im Krankenhaus, wahrscheinlich immer noch im Koma, womöglich würde er sterben oder zumindest bleibende Schäden behalten. Nur durch sein Fehlverhalten. Nach zwei Jahren hatte ihn ein erotischer Reiz aus seinem sexuellen Dämmerzustand erweckt.

Er musste diesen Mann ausfindig machen und um Verzeihung bitten.

Sie saßen sich in der schäbigen Kneipe gegenüber. Doch sie war nur die Fassade für den geheimen Spielclub in den Hinterräumen, den man nur betreten durfte, wenn man dem Türposten bekannt war oder einen Fürsprecher dabei hatte.

„Also, Herr Doktor Imker. Was kann ich meinem Onkel ausrichten? Wie und wann werden Sie Ihre Schulden begleichen?" Der gepflegte Türke sprach ein fast akzentfreies Deutsch und sah den dicklichen Mann mit der Halbglatze erwartungsvoll an.

„Es wird ein bisschen dauern. Im Moment habe ich einen finanziellen Engpass", sagte Imker mit schuldbewusster Miene. Der reiche, mächtige Onkel, den alle nur ‚den Türken' nannten, konnte im Gegensatz zu seinem hübschen Neffen hier nur ein miserables, gebrochenes Deutsch.

„Wie lange soll denn dieses ‚bisschen' dauern?" Er lächelte herablassend.

„Einen Monat. Die Bank wird die Hypothek für mein Haus erhöhen." Auch wenn dieser Türke erheblich gebildeter und kultivierter wirkte als die meisten seiner Landsleute, zweifelte Imker keine Sekunde daran, dass er ebenso brutal wie sie werden konnte und garantiert ein Messer oder sogar eine Knarre dabei hatte.

„Nach unseren Informationen sind Sie auch da bereits am Limit, Herr Doktor."

„Die haben mir zugesagt, meinen Antrag wohlwollend zu prüfen. Ich habe schließlich ein gutes, geregeltes Einkommen." Was bildet sich dieser Türkenlümmel überhaupt ein?, dachte Imker hasserfüllt. „Mein Auto kann ich auch noch zu Geld machen. Und Familienschmuck."

„So?" Der Türke betrachtete seine manikürten Fingernägel und schien ihm kein Wort zu glauben.

Imker wurde mulmig zumute. Das Schweigen belastete ihn. Aber er durfte jetzt nicht zu viel und nichts Falsches sagen.

„Also, Herr Doktor. Wir treffen uns hier in einer Woche wieder. Und da erwarte ich mindestens die Hälfte Ihrer Schulden." Er griff in die Innentasche seines teuren Jacketts.

Imker befürchtete schon, er würde jetzt eine Pistole auf ihn richten.

„Ansonsten", es waren vier Fotos, die er ordentlich vor ihm hinlegte, „werden Sie auch bald so aussehen."

Imker starrte geschockt auf die fürchterlichen Aufnahmen, die ermordete, massakrierte Männerköpfe zeigten: Beim ersten war die Kehle klaffend durchgeschnitten; der zweite hatte ein schwarzes Einschussloch in der Stirn; der dritte war mit einer Drahtschlinge erdrosselt worden, seine Zunge war violett herausgequollen; dem letzten hatten sie eine Metallstange durch den Schädel getrieben, von Ohr zu Ohr. Die Augen der vier Männer waren alle im äußersten Entsetzen erstarrt.

Imker trat der Angstschweiß auf die Stirn, seine runden Brillengläser beschlugen. Panik breitete sich in ihm aus. Es ist aus, dachte er. Woher soll ich das Geld kriegen? Sie werden mich auch so bestialisch töten.

„Bilder sagen immer mehr als Worte." Der Türke sammelte die Fotos wieder ein und steckte sie weg.

„Heute in einer Woche", betonte er und stand auf.

Er rennt mit den anderen Jungs von der riesigen Baustelle weg, sie machen sich über die schimpfenden Maurer lustig, besonders über den dicken Polier mit dem Führerschnurrbart. Sie laufen durch diesen Waldgürtel mit den windschiefen Kiefern. Konrad stolpert über eine Wurzel und fällt der Länge nach hin, wirbelt dabei den Sand unter der Nadelschicht auf. Sie hüpfen um ihn herum und lachen ihn aus.

Der Stationsarzt beugte sich über den weißhaarigen Mann und betonte langsam: „Hallo. Können Sie mich hören?" Er schob ein geschlossenes Augenlid hoch, begutachtete die Pupille und ließ es wieder los. „Er ist in der REM-Phase." Er blickte die Krankenpflegerin an und fügte hinzu: „Er träumt."

„Ja", Schwester Beate ärgerte sich darüber, dass er wohl meinte, sie kenne den Fachausdruck nicht.

Diese Wurzeln verwandeln sich in Schlangen, die sich angriffslustig aufrichten.

Der Arzt sah zu den sich ständig verändernden Zahlen auf dem Monitor. „Aber die Vitalwerte und die Atmung sind stabil. Deshalb war ja auch keine Intensiv nötig."

Die Schlangen ziehen sich zurück und erstarren wieder zu Wurzeln.

„Wie alt mag er wohl sein?", sagte sie mehr zu sich. Die rechte Schläfe des Mannes bedeckte ein Verband. „Sein Haar sieht wie 70 aus, aber die Haut wie 40."

„Den Laborwerten nach angeblich wie 30."

„Wirklich?", wunderte sie sich. „Aber dann würde er ja älter aussehen als er ist. Ich hätte genau andersherum getippt." Vielleicht hatte er auch eine Pigmentstörung und deshalb so weißes Haar.

„Dr. Imker war jedenfalls ganz fasziniert von seinem Blut. Der hat schon mehr Proben als üblich abnehmen lassen."

Nach den Kiefern beginnt sofort der feinsandige Strand. Sie hören und riechen die Ostsee. Die Sonne scheint am fast wolkenlosen Himmel. Einige Möwen kreischen höhnisch.

„Wir brauchen unbedingt seinen Namen", sagte Schwester Beate.

Der Arzt neigte sich zu dem Patienten runter und fragte laut: „Wie heißen Sie? Wie ist Ihr Name?"

Sie laufen vergnügt zum Wasser, ihre Füße sinken tief ein, schleudern Sandfontänen auf. Die Wellen belecken den Strand und dunkeln den Sand ein.

Der Arzt steigerte seine Lautstärke: „Hallo? Wie heißen Sie?"

Das Rauschen der Brandung. Aber da ruft jemand nach ihm. Der will wissen, wo er ist. Blöde Frage. Na, am Strand von „Prora", flüsterte der weißhaarige Mann. Unter seinen Lidern zuckten die Augäpfel.

„Das ist Ihr Name? Prora?" Der Arzt richtete sich wieder auf. „Und Ihr Vorname?"

Das Meer fließt ihnen begrüßend entgegen und schwemmt diese Stimme weg. Der Sand wird feucht und fester, man sinkt nicht mehr ein. Manche Wellen klatschen richtig, ihre Gischtränder lösen sich schnell auf. Sie jagen sich gegenseitig durch das aufspritzende Wasser, und Alfred hechtet als erster hinein.

„Immerhin haben wir seinen Nachnamen. Herr Prora also", Schwester Beate nickte nachdenklich. „Vielleicht finde ich ja Angehörige von ihm im Telefonbuch."

Der Stationsarzt sah auf seine Uhr und sagte: „Ich muss weiter."

„Ja. Alles klar." Als er das Krankenzimmer verlassen hatte, strich sie behutsam über die Wange des Mannes, dessen Alter so schlecht zu schätzen war. Seine markanten Gesichtszüge erinnerten sie an ihren viel zu früh verstorbenen Großvater, der nie Opa genannt werden wollte.

Das Wasser der Ostsee ist kühl und schmeckt salzig. Beim Wettschwimmen gleiten ihm plötzlich deutlich wärmere Wellen über die Wangen.

Als Schwester Beate bemerkte, dass der Spanner im Nachbarbett sie beim Streicheln beobachtete, fingerte sie am Verband herum, überprüfte die Tropfenzahl der Infusion und den Überwachungsmonitor, dann ging sie zur Tür.

Der Mann im Nebenbett musterte schwärmerisch ihr Hinterteil. Für ihn war sie keineswegs zu mollig, sondern vorne und hinten genau richtig proportioniert.

Den halben Vormittag hatte Bodo Schenk damit verbracht, das Krankenhaus zu finden, in dem der Mann lag, den er angefahren hatte. Die Rettungsleitstelle verweigerte leider jede telefonische Auskunft, also musste er eine Notaufnahme nach der anderen anrufen und dort erklärungsreich nachfragen. Beim dritten Telefonat war er anscheinend an der richtigen Stelle. Man hatte zu der fraglichen Zeit ein Unfallopfer von der Kronenstraße ins Städtische Klinikum Nord gebracht. Ausgerechnet dorthin.

Er hatte lange gebraucht, bis er sich dazu entschlossen hatte, gar nichts zum Krankenbesuch mitzunehmen, hatte von Blumen über Saft bis zu Süßigkeiten alles verworfen, weil alles falsch gewesen wäre.

Es war kurz nach 17 Uhr, als er sich beim Pförtner nach der Zimmernummer des alten Mannes erkundigte, der gestern ungefähr um die gleiche Zeit hier eingeliefert wurde, nach einem Verkehrsunfall in der Kronenstraße.

Der einarmige Mann suchte im Computer und fragte: „Ein Herr Prora, nicht wahr?"

„Den Namen weiß ich nicht."

„Das muss er sein. Prora."

„Wird schon passen."

„Haus 3, Station 2, Zimmer 32-14. Ein Lageplan ist gleich hier vorne." Er deutete mit dem Daumen nach links.

Schenk nickte. „Ich kenn mich hier aus. Danke." Als er das Gelände betrat, spürte er alte innere Narben.

Das schöne Wetter war vorbei. Der Himmel hing

voller dunkler Regenwolken, und bald fielen die ersten Tropfen. Schenk beschleunigte seinen Schritt und dachte daran, dass er vor über zwei Jahren jeden Tag hier gewesen war, um Nina zu besuchen und ihr immer wieder Mut zu machen. Aber auch hier konnten sie ihr nicht helfen. Niemand konnte das. Nirgendwo.

Er war froh, dass er hier nicht abbiegen musste zu Haus 1 mit den Krebsstationen. Wie oft war er diesen Weg gegangen: hin mit Sorgen und winzigen Hoffnungsschimmern, zurück voller aussichtsloser Verzweiflung.

Als er schließlich vor der Zimmertür stand, klopfte er nicht an, sondern wollte sich doch lieber vorher im Stationszimmer melden.

„Guten Tag. Kann ich Herrn Prora besuchen?"

„Ja. – Aber einen Moment mal." Die Krankenschwester mit dem roten Gesicht erhob sich und kam zu ihm. „Wir benötigen ganz dringend seine Krankenversicherungskarte. Kommen Sie in seine Wohnung?"

„Nein."

„Kennen Sie seine Adresse, seinen Vornamen und sein Geburtsdatum?"

„Nein."

„Sind Sie ein Verwandter?" Die robuste Schwester sah ihn skeptisch an.

„Auch nicht", Schenk zog eine entschuldigende Miene.

„Aber Sie kennen ihn?"

„Na ja, kennen wäre übertrieben."

Die Schwester verdrehte genervt die Augen. „Wer sind Sie denn?"

„Ich ..." Hitze schoss ihm in den Kopf und brachte die Wangen zum Glühen. „Ich habe den Unfall verschuldet."

„Ach, so." Schlagartig schien sie sämtliches Interesse verloren zu haben. „Er liegt auf Zimmer 32-14." Sie drehte sich um und stampfte zurück zu ihrem Schreibtisch.

„Können Sie mir etwas über die Schwere seiner

Verletzungen sagen?"

„Kann ich schon, darf ich aber nicht." Sie ließ sich schwer auf den Stuhl nieder.

„Sind sie lebensbedrohlich? Wird er wieder ganz gesund?"

„Medizinische Auskünfte gibt nur der Stationsarzt. Und eigentlich nur an Familienangehörige."

„Und wo finde ich den?"

„Heute hier nicht mehr", antwortete sie lakonisch. „Der ist schon im Wochenende. Aber morgen ist die Stellvertretende da."

„Und wann kann ich mit der sprechen?" Allmählich verlor Schenk die Geduld.

„Am besten so zwischen 10 und 12." Der Gesichtsausdruck der Krankenschwester zeigte überdeutlich, dass sie sich zunehmend belästigt fühlte und wichtigere Arbeiten zu erledigen hatte.

„Gut." Er wollte sich wegdrehen.

„Aber wundern Sie sich nicht, wenn er nicht reagiert", sagte sie ohne aufzublicken. „Er war noch nicht bei Bewusstsein."

„Verstehe." Einen Dank schluckte er runter und ging zum Zimmer.

Als er es betrat, sah er als erstes den weißhaarigen Mann mit geschlossenen Augen. Er war an einer Infusion und an einem Überwachungsgerät angeschlossen. Außer ihm lag noch ein anderer Mann im Zimmer, der seinen Kopf anhob und ihn neugierig beäugte.

„Guten Tag", Schenk nickte ihm zu.

„Hallo."

Dann stand er voller Schuldgefühle vor dem Bett seines Opfers, verfolgte einen Moment die vor- und rückwärts springenden Zahlen auf der Anzeige. Der Mann hatte wirklich schlohweißes Haar und schien friedlich zu schlafen. Die Stirn war weniger verbunden als gestern. Unten am Bett hing ein halbvoller Urinbeutel.

Schenk wandte sich an den Bettnachbarn: „Hat er schon mal gesprochen?"

„Nur ein einziges Mal. Seinen Namen."

„War er schon mal wach? Hatte er die Augen mal auf?"

„Nee. Nicht mal, als die Schwester ihn getätschelt hat." Er zog eine lüsterne Grimasse. „Bei der würde ich aber überall wach werden."

„Aha." Schenk drehte sich wieder zu dem weißhaarigen Mann, der womöglich gar nicht viel älter war als er selbst. Die leichte Hakennase und die ausgeprägten Wangenknochen dominierten seine Gesichtszüge. Unter den Augenlidern regte sich nichts.

„Hallo. Nicht, dass ihr euch über das Pflaster wundert. Ich war gerade bei Herrn Prora und hab ihm noch mal Blut abgenommen."

„Schon wieder?", Schwester Beate sah ihre Kollegin erstaunt an. „Habt ihr die Proben verworfen oder seid ihr unter die Vampire gegangen?"

„Nein. Aber Dr. Imker kann nicht genug davon bekommen. Irgendetwas an dem Blut ist wohl ungewöhnlich."

„Also werdet ihr diesen armen Mann, der sich nicht wehren kann, weiterhin jeden Tag anzapfen?"

„Keine Ahnung. Chef ist Chef." Kerstin, die MTA vom Labor, warf einen Seitenblick auf die schreibende Ärztin. „Das kennst du doch auch. Tschüss dann." Sie hielt ihr kleines gefülltes Tablett mit einer Hand hoch wie eine Kellnerin und watschelte davon.

Schwester Beate fand das mit den vielen Blutproben ziemlich seltsam, wollte im ersten Impuls die gegenübersitzende Ärztin deshalb ansprechen; doch die hatte heute wieder ausgesprochen schlechte Laune, wie eigentlich bei jedem Wochenenddienst. Also verkniff sie sich jeglichen Kommentar, kritzelte weiter ihr Handzeichen in die Krankenakten und nahm sich vor, bei Gelegenheit mal die Laborwerte des weißhaarigen Mannes zu studieren.

Nach einer halben Stunde erschien ein Mann so um die fünfzig vor dem Schwesternzimmer. Beate reagierte absichtlich nicht, sondern wollte es mal

der Ärztin überlassen.
 Da sich keine der beiden Frauen rührte, räusperte sich der Mann und sagte: „Guten Morgen. Mein Name ist Schenk. Sind Sie die stellvertretende Stationsärztin?"
 „Nein", Beate musste lächeln und schüttelte den Kopf. „Aber Sie sind hier schon richtig." Sie vollführte eine ausladende Handbewegung zu der Frau gegenüber.
 Die sah jetzt auf und fragte mürrisch: „Sie wünschen?"
 „Ich war gestern Nachmittag schon mal hier, um mich nach dem Gesundheitszustand von Herrn Prora zu erkundigen. Und da wurde mir gesagt, dass nur die Ärzte medizinische Auskünfte geben."
 „Korrekt."
 „Ich wäre Ihnen sehr dankbar, wenn Sie mir einige Fragen beantworten würden. Ist er lebensgefährlich verletzt? Wird er ohne Beeinträchtigungen aus dem Koma erwachen? Wann wird das sein? Was ..."
 „Halt, halt", die Ärztin stoppte ihn mit wedelnder Hand. „Können Sie mir denn irgendwelche Informationen über ihn geben?"
 „Leider nicht."
 „Also sind Sie kein Familienangehöriger?", fragte sie lauernd.
 Schenk zögerte mit der Antwort. „Nein, bin ich nicht. Aber ich ..."
 „Dann darf ich Ihnen auch keinerlei Auskünfte geben."
 „Auch nicht, ob er es ohne bleibende Schäden überleben wird?"
 „Nein."
 „Auch keine Tendenz zum Guten oder Schlechten?" Er kam sich wie ein Bittsteller vor.
 Die Ärztin schwenkte gefühlskalt den Kopf hin und her. „Wir haben hier ganz strikte Anweisungen."
 „Und Sie können auch keine kleine Ausnahme machen?" Schenk sah hilfesuchend zu der Schwester, die ihr Gespräch interessiert verfolgte und bestimmt nicht so stur war. Ihre Miene verriet, dass sie ihm

gerne helfen würde, aber hier schweigen musste.
„Nein", betonte die Ärztin deutlich lauter.
„Aber besuchen darf ich ihn doch?"
„Sicher." Sie deutete mit dem Kopf zum Flur. „Zimmer 32-14." Sofort widmete sie sich wieder ihrer Schreibarbeit, als hätte er sich aufgelöst.
Bodo Schenk ging bekümmert zum Zimmer, klopfte an und trat ein. Er begrüßte den Bettnachbarn und betrachtete dann den weißhaarigen Mann, dessen Augenlider immer noch geschlossen waren.
„Hat er inzwischen mal die Augen geöffnet?"
„Nicht, dass ich wüsste."
„Auch nicht gesprochen?"
„Nee."
Nach einem flüchtigen Klopfen kam die Krankenschwester aus dem Stationszimmer herein, drückte die Anwesenheitstaste und stellte sich zu Schenk ans Bett des Weißhaarigen. „Ich bin Schwester Beate. Vielleicht kann ich Ihnen helfen." Sie zwinkerte ihm zu.
„Das wäre sehr nett."
„Herr Prora hat keine schwerwiegenden Verletzungen."
„Da bin ich aber erleichtert." Er fühlte sich gleich besser. Anscheinend gab es hier doch freundliches Personal.
„Eigentlich wundern wir uns, dass er noch nicht bei vollem Bewusstsein ist und rechnen jederzeit damit." Beate warf einen Seitenblick auf den Kerl im zweiten Bett, der sie wieder gierig anglotzte, als wäre ihr Kittel durchsichtig. „Er hat ein leichtes Schädel-Hirn-Trauma, drei Rippen sind gebrochen, die Platzwunde an der Stirn wurde genäht. Außerdem hat er natürlich zahlreiche Hämatome und Hautabschürfungen."
„Sonst ist nichts weiter gebrochen? Und auch keine inneren Verletzungen?"
„Nein. Sie sind so erstaunt darüber. Haben Sie den Unfall gesehen?"
„Ja. Beziehungsweise ..." Plötzlich standen ihm Tränen in den Augen. „Ich ..."

„Vielleicht sollten wir besser nach draußen gehen."

„Ja. Gerne."

Der andere Mann schaute sie argwöhnisch an.

Auf dem Flur stellten sie sich neben die Zimmertür. Beate hatte extra das Anwesenheitslicht angelassen und stand so, dass sie den Fahrstuhl und das Dienstzimmer im Blick hatte.

Schenk wischte sich die Tränen weg und sagte: „Ich habe den Mann angefahren." Als Haltepunkt starrte er auf das Namensschild der Krankenschwester. „Ich bin schuld an seinem Zustand. Es tut mir so leid. Ich mache mir die schwersten Vorwürfe."

„Es war ein unvorhersehbarer Unfall."

„Nein. Ich bin schuldig, weil ich nicht aufgepasst habe."

„Aber sicherlich nur für den Bruchteil einer Sekunde. So etwas kommt andauernd vor. Nur meistens geht es gut aus."

Er sah sie leidend an und presste die Lippen zusammen.

„Nehmen Sie es sich nicht so zu Herzen." Sie strich ihm zweimal über den Unterarm. „Herr Prora wacht bestimmt bald auf und kann in ein paar Tagen wieder nach Hause. Die Fäden wird ihm dann sein Hausarzt ziehen."

Schenk genoss die Ermutigung dieser lieben Schwester. „Hat sich denn hier immer noch kein Angehöriger gemeldet?"

„Nein. Wir haben auch keine Krankenversicherungskarte von ihm, gar nichts. Wir kennen nur seinen Nachnamen und warten darauf, dass er uns seine Daten mitteilen kann." Beate ließ das Stationszimmer nicht aus den Augen. Sie würde mächtig Ärger kriegen, wenn die Ärztin von diesem Gespräch etwas mitbekäme. „Ich habe sogar im Telefonbuch gesucht. Aber in ganz Braunschweig gibt es erstaunlicherweise überhaupt niemanden mit diesem Namen."

„Merkwürdig." Er sollte kein Telefon haben?

„Es scheint wohl ein sehr seltener Name zu sein."

„Tja." Er runzelte die Stirn und rückte die Brille zurecht. „Also kann es durchaus sein, dass er nach dem Koma genauso ist wie vorher?"

„Er war nie im Koma. Es gibt verschiedene Stufen des Bewusstseins. Das kann man an der Pupillenreaktion, den Reflexen, den Vitalwerten und so weiter feststellen. Er befindet sich meistens in einem Tiefschlaf, es gab aber auch schon Anzeichen für intensive Traumphasen. Dieses Abtauchen ist eine Schutzfunktion des Gehirns, es schaltet auf Sparflamme, um sich wieder zu ordnen."

Bodo Schenk hätte die Frau umarmen und küssen können. „Das beruhigt mich ja ungemein. Wirklich."

„Aber jetzt muss ich auch wieder zurück an die Arbeit", sie machte eine Kopfbewegung zum Stationszimmer.

„Ich hätte noch ein Anliegen." Er zog eine Visitenkarte aus seiner Jackentasche und überreichte sie. „Hier sind alle meine Telefonnummern drauf. Würden Sie mich bitte anrufen, wenn Herr Prora aufwacht? Ich wäre Ihnen sehr dankbar."

Wie immer, wurde ihre Gutmütigkeit gleich wieder ausgenutzt. „Ich lege sie in die Krankenakte", sie steckte die Karte unbesehen in ihre Brusttasche, „und mache einen Vermerk dazu."

„Das wäre sehr freundlich von Ihnen."

Beate legte ihren Zeigefinger an die vollen Lippen. „Aber kein Wort über meine Informationen."

„Natürlich nicht. Vielen Dank." Schenk gab dieser liebenswürdigen Schwester die Hand, verneigte sich und ging.

Kapitel 2

Da liegt Nina in ihrem Sarg. Der Tod hat ihre verbitterten Mundwinkel nicht entspannt. Ihr vorwurfsvoller Gesichtsausdruck ist geblieben, hat sich während ihrer Leidenszeit zu tief eingeätzt und ist nun versteinert. Sie hat auch allen Grund dafür gehabt. Diese Ungerechtigkeit eines frühen Todes hat sie absolut nicht verdient. Nur ihr Kopf im Sarg wird irgendwie angeleuchtet, ansonsten herrscht tiefe Dunkelheit.
Plötzlich wird dieser schwarze Raum heran gezoomt, oder er schwebt selber hinein in diese Finsternis. Dann taucht in unendlicher Entfernung ein heller Punkt auf, der durch zunehmende Geschwindigkeit rasch größer und weißer und zu einem senkrechten Strich wird. Immer schneller fliegt er darauf zu. Es sieht aus wie eine längliche Lichtgestalt. Ist das Gott? Oder Nina als Engel? Er rast darauf zu und wird kurz vor dem Zusammenprall abrupt abgebremst.
Es ist der weißhaarige Mann, der von innen beleuchtet scheint. Er steht da mit geschlossenen Augen, groß und schlank und weiß, aber ohne die Verletzung an der Schläfe. Mit einem Mal öffnet er die Augen und sie strahlen noch weißer als sein gesamter Körper. Dieser weiße Blick ist so furchtbar grell und blendend.

Bodo Schenk bekam sofort Kopfschmerzen und erwachte davon. Er richtete sich erschrocken etwas auf und sah sich um. Er lag im Bett, sein Herz raste, er hatte geschwitzt und einen trockenen Mund. Hinter seiner Stirn pochte es, im Sekundentakt stach etwas Brennendes tief in sein Gehirn. Was war das denn für ein verrückter Traum gewesen? Er rieb sich den Schädel, wischte die nasse Hand am Schlafanzug ab. Und dieses entsetzliche Kopfweh. Er hätte wohl gestern zum Schluss doch keinen Weißwein trinken sollen. Er stöhnte und wälzte sich nach rechts.
Der Anblick von Ninas leerer Bettseite war

furchtbar deprimierend. Vielleicht hätte er das Bettzeug doch drauf lassen sollen. Immerhin war es doch eine überflüssige Arbeit. Aber so wirkte es wie ein zur Hälfte amputiertes Ehebett. Er drehte sich auf die andere Seite, dabei verstärkte sich das Stechen in seinem Kopf. Eigentlich war alles überflüssig, und er an erster Stelle.

Schenk sah zum Wecker. Er zeigte 7:18 Uhr an. Viel zu früh für einen Sonntagmorgen. An den Seiten des Rollos leuchteten Streifen von Sonnenlicht. Aber lange nicht so hell wie der weiße Blick des Mannes im Traum. Zumindest schien wieder schönes Wetter zu sein. Vielleicht sollte er später etwas spazieren gehen. Die frische Luft würde seinem dröhnenden Kopf gut bekommen. Wäre er bloß bei seinem gewohnten Rotwein geblieben. Ach, egal. Durch ein unsichtbares Gewicht wurden seine Lider so schwer und immer mehr heruntergedrückt. In dieser zusammengekrümmten Lage schmerzte der Kopf nur noch unterschwellig. Er würde einfach noch ein bisschen so liegen bleiben und dösen.

Als er wieder zum Wecker blickte, stand er auf 9:36 Uhr. Er hatte tatsächlich noch zwei Stunden geschlafen. Erstaunlich. Die Lichtränder am Fenster waren intensiver geworden. Er hob vorsichtig den Kopf an, er schien zwar voll schwerer Watte zu sein, aber das heiße Stechen blieb aus.

Nach einigen Minuten schlug er die Bettdecke zurück und stand langsam auf. Er gähnte und kratzte sich den Rücken. Als er zu Ninas Seite sah, presste die Einsamkeit seinen Magen und alles zusammen. Schenk musste wegschauen. Ein halbleeres Doppelbett war sehr schwer zu ertragen. Er würde es heute oder morgen wieder beziehen und so herrichten wie früher. Das war zwar dumm und ein Betrug. Aber es würde ihm helfen, würde nicht mehr so weh tun.

Als er das Rollo hochzog, wurde er fast so geblendet wie im Traum. Aber es war die Sonne, es war das Leben. Nichts mit Tod und Finsternis. Trotzdem tat ihm dieses grelle Licht nicht gut, es brannte durch seine Augen in seinen Kopf und weckte dort wieder den stechenden Schmerz.

Nach einer ausgiebigen Dusche mit bedächtigen Bewegungen, zwei Aspirin-Brausetabletten und der ersten Tasse Kaffee fühlte er sich etwas besser. Der Toast schmeckte wie Pappe, ohne Flüssigkeit konnte er gar nicht schlucken. Das Radio hatte er nicht eingeschaltet, um diese dumpfe, aber mittlerweile schmerzfreie Ruhe im Kopf nicht zu gefährden. Er schaute aus dem Fenster wie in eine andere Welt, wo die Sonne schien, alle Farben leuchteten und die Menschen irgendetwas vorhatten. Er musste unbedingt nach draußen, Sauerstoff in seinen schlappen Körper pumpen.

Nach diesem Frühstück ohne Appetit und Geschmack räumte er im Wohnzimmer etwas auf. Das Bett würde er später machen. Nur nicht viel bücken. Fast hätte er den Rest Weißwein in die Spüle gekippt, weil er ihn für den Verursacher seiner Kopfschmerzen hielt. Andererseits sollte man auch nichts verschwenden. Ein einzelnes Gläschen würde schon nicht schaden. Also stellte er ihn in den Kühlschrank, der auch einen traurigen Anblick bot. Als er die Rotweinflasche noch in die überfüllte Leergutkiste zwängte, nahm er sich vor, morgen unbedingt beim Altglascontainer vorbeizufahren. Diese säuerlichen Ausdünstungen aus den vielen leeren Weinflaschen regten Ekel in ihm, der sich gleich auf die Magensäure auswirkte. Jetzt bloß nicht noch brechen, dachte er angewidert und schloss schnell die Tür zum Abstellraum.

Als er in der Küche schlückchenweise Wasser trank, klingelte das Telefon. Bestimmt verwählt. Wer sollte ihn schon anrufen?

„Ja? Hier Schenk."

„Hallo. Ich bin Schwester Beate vom Klinikum Nord. Sie haben mir gestern Ihre Visitenkarte gegeben."

„Ja. Müssen Sie schon wieder arbeiten?" Er ging mit dem Telefon ins Wohnzimmer. „Und das am Sonntag?"

„Ich habe jedes zweite Wochenende Dienst. Das ist

nun mal so in dem Beruf. Die Patienten müssen ja jederzeit versorgt werden. Aber dafür habe ich morgen und übermorgen frei."

„Das haben Sie sich dann aber auch verdient." Schenk setzte sich wie ein alter Mann in den Sessel.

„Ich rufe an, weil Herr Prora erwacht ist."

„Wirklich?" Er reckte den Oberkörper vor, was die träge Masse in seinem Kopf in ein unangenehmes Schaukeln versetzte.

„Ja. Er ist so gegen 9 Uhr aufgewacht."

„Hat er gesprochen?"

„Ja. Aber sehr wenig."

„Und wie heißt er mit Vornamen?"

„Er hat unsere Fragen nur mit Ja oder Nein beantwortet."

„Also keine weiteren Auskünfte zu seiner Person?"

„Bis jetzt nicht. Das kommt noch. Er muss sich erst mal stabilisieren. Aber er hat sogar etwas getrunken und gegessen."

„Das hört sich ja gut an."

„Ich wollte Sie nur gleich benachrichtigen, weil Sie es so gewünscht hatten."

„Das ist sehr nett von Ihnen. Ich komme dann am Nachmittag vorbei. Was kann ich für Herrn Prora denn mitbringen?"

„Vielleicht so'n Multivitaminsaft."

„Und etwas Süßes? Kekse oder so?"

„Lieber nicht. Wir müssen noch abwarten, was und wie viel er zu sich nehmen darf. Eine Flasche Saft reicht vollauf."

„Gut."

„Dann mach ich jetzt auch Schluss. Tschüss, Herr Schenk."

„Ja. Auf Wiederhören, Schwester Beate. Und vielen Dank für Ihren Anruf."

„Gern geschehen."

Er starrte noch eine Weile auf das Telefon in seiner Hand und dachte an den weißen, blendenden Blick des Mannes in seinem Traum. Ob sein Unterbewusstsein das Erwachen dieses Weißhaarigen vorhergesehen hatte? Waren das hellseherische

Fähigkeiten? Konnte er womöglich in die Zukunft träumen? – Blödsinn. Er rieb sich die Stirn. Er musste raus an die frische Luft.

Nach einem ausgiebigen Spaziergang bei herrlichstem Wetter hatte er echten Hunger bekommen und in einem türkischen Imbiss eine Riesenportion Döner mit allem verspeist und Cola dazu getrunken. Nachdem er sich zu Hause auf die Couch gelegt und in der Zeitung gelesen hatte, überkam ihn eine wohlige Müdigkeit, sodass er sich ein Nickerchen genehmigte.

Als Schenk aufwachte und sich reckte, schien immer noch die Sonne, nur jetzt auf das gegenüberliegende Haus, wo die Fenster blinkten. Er musste zweimal auf seine Armbanduhr gucken, bis er kapierte, dass es schon 16:37 Uhr war und er ja noch ins Klinikum wollte. Er schwang sich von der Couch und fühlte sich prima.

Da er nicht wusste, ob der Krankenhaus-Kiosk noch geöffnet hatte, fuhr er beim Bahnhof vorbei und kaufte dort eine Flasche Vitaminsaft und nach einigem Abwägen den Stern; der war ein gutes Mittelmaß, nicht zu viel Politik, aber auch kein Seifenblatt.

Als er schließlich vor dem Stationszimmer stand und die rotgesichtige Pflegerin vom Freitag erkannte, wurde ihm erst richtig klar, dass die nette Schwester Beate natürlich nicht mehr im Dienst war, was er sehr bedauerte.

Eigentlich wollte er schon ‚Guten Abend' sagen, entschied sich aber noch für: „Guten Tag." Schenk hielt die Flasche hoch. „Ich gehe Herrn Prora besuchen."

„Der ist nicht da."

„So? Ist er zu einer Untersuchung?"

„Der ist weg."

„Wurde er verlegt?"

„Nein. Der ist abgehauen."

„Was?" Er musste sich mit der freien Hand am Türrahmen festhalten. „Wie bitte?"

„Der ist unbemerkt verschwunden, dieser Herr Prora. Und wir bleiben mal wieder auf den Kosten sitzen."

„Aber er ist doch heute Morgen erst wieder zu Bewusstsein gekommen."

„Zum Weglaufen war er anscheinend fit genug", sagte die Schwester abfällig. „Er hat die Infusion zugedreht und den Zugang gleich mit rausgezogen, er hat alle Überwachungsanschlüsse entfernt, den Katheter abgestöpselt, sich angezogen und ist weg. Und wenn er den Katheter nicht zugeknotet hat, wird er bald 'ne nasse Hose gehabt haben", sie grinste schadenfroh, „denn hier hat er ihn nicht durchgeschnitten."

„Das gibt's doch gar nicht."

„Öfter, als Sie glauben. Typischer Fall von Sozialbetrug."

„Aber konnte er sich denn schon so bewegen und sicher gehen?"

„Offensichtlich ja." Sie nickte mit schiefem Mund. „Es muss zwischen Mittagessen und Kaffee passiert sein. Zwischen den Schichten. Sein Bettnachbar hat geschlafen und überhaupt nichts von seiner Flucht mitgekriegt."

„Das ist ja wirklich unglaublich."

„Er wird keine Krankenversicherung haben", sagte sie mit einem Achselzucken. „Und wir haben keine Adresse, nur einen unauffindbaren Nachnamen."

„Kann ich noch mal kurz in das Zimmer gehen und mit dem anderen Mann sprechen?"

„Sicher. Aber der weiß auch nichts."

„Gut. Danke. Auf Wiedersehen."

„Wiedersehen."

Schenk ging wie betäubt über den Flur, kam sich blöd vor mit seinen überflüssigen Mitbringseln. Er klopfte an, betrat das Zimmer und sagte: „Guten Abend."

„Hallo."

Das Bett des Weißhaarigen war bereits gegen eines ausgetauscht worden, das mit Klarsichtfolie abgedeckt war.

„Das ist ja ein Ding mit diesem Herrn Prora", er deutete zu dem frischen Bett, das auf den nächsten Kranken wartete.
„Wenn der Name mal nicht auch falsch ist."
„Wieso denn das?"
„Er hat mich gefragt, warum die ihn ausgerechnet so nennen."
„Wie ausgerechnet?"
„Keine Ahnung."
„Merkwürdig", wunderte sich Schenk. „Sein Name war doch das einzige Wort gewesen, das er während seiner Bewusstlosigkeit gesagt hatte."
„Der ganze Typ war merkwürdig."
„Und Sie haben nichts bemerkt?"
„Nee. Ich hab gepennt."
„Also hat er sich mit Ihnen unterhalten?"
„Das wär zu viel gesagt. Das war echt ein komischer Kauz", der Mann zog die Augenbrauen hoch. „Zum Personal hat er nur Ja oder Nein gesagt. Aber mich hat er richtig ausgefragt, was das für ein Krankenhaus sei, was für ein Tag heute wäre, wie spät es sei und alles so was."
Ob er sich auch nach dem Autofahrer erkundigte, der ihn angefahren hatte? „Aber er konnte ganz normal reden?"
„Klar. Doch auf meine Fragen hat er nie geantwortet."
„Wahrscheinlich war er ja schwerhörig."
„Glaub ich nicht." Er betrachtete die Saftflasche und die zusammengerollte Zeitschrift.
„Hat er zufällig erwähnt, wo er wohnt?"
„Nee."
„Hat er von dem Unfall erzählt?"
„Auch nicht."
„Gut. Dann will ich Sie auch nicht länger belästigen. Sie brauchen ja Ihre Ruhe."
„Ach, davon hab ich hier schon genug", der Mann verdrehte die Augen. „Das ist echt langweilig, wenn man hier so liegt. Das einzig Interessante ist der Blick auf die Unterwäsche der Schwestern, die sich unter ihren weißen Kitteln abzeichnet." Er grinste

lüstern.

„Zur Abwechslung können Sie ja diese Zeitschrift durchlesen", Schenk überreichte ihm die Rolle und die Flasche. „Bitte schön."

„Für mich?"

„Na ja. Sonst muss ich es ja wieder mit zurückschleppen."

„Stimmt. Vielen Dank." Er stellte den Saft auf seinen Nachttisch, streifte das Gummi von der Zeitschrift und war sichtlich enttäuscht. Er hatte wohl auf etwas über Fußball, Autos oder Sex gehofft.

„So. Dann gehe ich mal wieder. Ich wünsche Ihnen gute und baldige Besserung. Auf Wiedersehen."

„Ja. Tschüss." Er blätterte lustlos im Stern herum.

Draußen auf dem Flur überholten ihn zwei junge Schwestern. Automatisch sah Schenk auf die sichtbaren BH-Rückenteile und verabscheute sich selber, weil er auch nicht besser war als der lüsterne Spanner im Krankenbett. Als ihm dann auch noch gleich der aufreizende Grund für seinen Unfall einfiel, fühlte er sich wie ein mieses, altes Schwein. Er musste schnell nach Hause, um diesen Ekel mit Rotwein herunter zu spülen.

Bodo Schenk saß in seiner 7,5 Quadratmeter großen Zelle, die sie ihm damals zynisch als eigenes Büro angepriesen hatten, als er nach Ninas Tod wieder ins Amt kam, nachdem er über sechs Monate krankgeschrieben war.

Andererseits konnte er hier machen, was er wollte. Oder auch gar nichts machen. Ein Vorgesetzter ließ sich in diesem Loch nie blicken.

Die vielen Tabletten nahm er schon lange nicht mehr. Rotwein dämpfte sein Gedankenkarussell besser und ließ ihn leichter einschlafen. Um bei seinem Hausarzt kein Misstrauen zu erregen, hatte er sich regelmäßig die Antidepressiva und Tranquilizer aufschreiben lassen, wenn die Packungen aufgebraucht wären. So wurde er nachweislich medikamentös therapiert und konnte sich jederzeit auf eine Verschlechterung berufen und sich problemlos krank melden.

Anfangs hatte er die ganzen Tabletten aufgehoben und in einem Schrank gestapelt. Als er mal wieder in einem dunklen Tief hing und er lange vor dieser akkurat aufgebauten Wand aus unzähligen Schachteln stand, keimte der Drang in ihm auf, all diese Tabletten auf einmal zu nehmen und endlich Schluss zu machen. Er spürte eine verführerische Sehnsucht nach einem Ende, nach einem süßen Schlaf ohne Wiederkehr, er wollte einfach sachte fallen und loslassen und weggleiten. Mit zwei Flaschen Wein überlebte er diesen Abend und diese Nacht und stopfte am nächsten Tag alle Medikamente in einen schwarzen Müllsack und warf ihn in den Container. Inzwischen löste er die Rezepte gar nicht mehr ein, sondern zerriss sie zu Hause.

Am Vormittag hatte er beim Einwohnermeldeamt angerufen, die Nummer seines Diensttelefons genannt und um Amtshilfe beim Auffinden eines gewissen Herrn Prora gebeten. Nach einer Viertelstunde rief die sympathische Frauenstimme zurück und erklärte verwundert, dass es zwar schwer vorstellbar sei, aber in der gesamten Stadt sei niemand mit diesem Namen gemeldet. Schenk erwiderte, das habe er beinahe erwartet, es handele sich nämlich um einen Fall von Missbrauch eines Schwerbehindertenausweises. Er musste die empörte Frau regelrecht beruhigen, weil sie sich über die vielen Sozialbetrüger in Deutschland aufregte, für die nicht einmal Behinderungen tabu seien; sie schimpfte besonders über jüngere Hartz-IV-Empfänger und Ausländer aller südlichen und östlichen Nationalitäten. Nachdem er sie beschwichtigt hatte, bedankte er sich vielmals für ihre Hilfe und beendete behutsam das Gespräch.

Auch wenn Herr Prora scheinbar etwas zu verbergen hatte und offizielle Stellen mied, weil er womöglich keine Krankenversicherung hatte oder zu Unrecht irgendwelche Sozialleistungen bezog, war er trotzdem ein vollkommen unschuldiges Unfallopfer. Sein Opfer. Ohne seine unnötige, leichtfertige Unachtsamkeit wäre er ja gar nicht erst in diese heikle Lage gekommen und hätte jetzt keine gebrochenen Rippen, keine frisch genähte Kopfwunde und Prellungen am ganzen Körper.

Nein, wenn er in staatlich ordnungsgemäßen Verhältnissen leben würde und überall korrekt registriert wäre, dann hätte er nach dem Erwachen auf seine Kosten ein Einzelzimmer mit Chefarztbehandlung beansprucht; und sein Rechtsanwalt hätte bereits die Schadensersatzklage gegen ihn eingereicht, mit einer für ihn unbezahlbaren Schmerzensgeldforderung.

Am Dienstagabend saß Schenk vor seinem Computer und suchte im Internet. Er erwartete nicht, dort etwas über Herrn Prora zu entdecken. Doch er wollte nichts unversucht lassen, sein Opfer zu finden, um sich bei ihm im wahrsten Sinne des Wortes zu entschuldigen. Außerdem kam nichts Gescheites im Fernsehen, und er hatte Langeweile. Ab und zu warf er einen schmachtenden Blick auf das gefüllte Weinglas, das in einigen Metern Entfernung auf dem Wohnzimmertisch neben der Flasche stand und so lockte. Rot wie Blut. Gut, dass er das Glas nicht hierher gestellt hatte, denn dann wäre es garantiert schon mindestens einmal leer gewesen. So zögerte er den Genuss heraus, quälte sich ein bisschen selber und freute sich auf den Wein, der sein Blut erwärmen würde. Aber erst die Arbeit, dann das Vergnügen.

Er fand etwas unter dem Stichwort ‚Prora'. Und alle anderen Einträge bezogen sich darauf. Aber es hatte absolut nichts mit dem weißhaarigen Mann zu tun, den er am Donnerstag angefahren hatte.

Bei Wikipedia las er den ersten Absatz: ‚Das Seebad Prora war ein zwischen 1935 und 1939 geplantes und zum Teil auch errichtetes Seebad auf Rügen. Nach seiner Fertigstellung sollten hier durch die Organisation Kraft durch Freude (KdF) 20.000 Menschen gleichzeitig Urlaub machen können. Nach dem Beginn des Zweiten Weltkrieges wurden die

Bauarbeiten jedoch eingestellt, sodass heute der Koloss von Prora den Kern des Komplexes bildet. Dies sind acht auf einer Länge von etwa 4,5 Kilometern entlang der Küste aneinandergereihte baugleiche Häuserblocks, die ursprünglich Gästehäuser werden sollten. Da die zukünftige Nutzung weiterhin ungeklärt ist, verfällt der denkmalgeschützte Komplex zusehends.'

Schenk staunte über die Abbildungen des gigantischen Bauwerks, die Fensterfront schien bis zum Horizont zu reichen; es wirkte wie eine Stadt, die nur aus einem einzigen Gebäude bestand. Dem Plan nach lag die Anlage direkt am Ostseestrand, dazwischen gab es als Trennungslinie nur einen schmalen Grünstreifen.

Er sah sich die Fotos von innen an und überlegte, was wohl passiert wäre, wenn 20.000 Leute gleichzeitig aufs Klo gegangen wären. Er schmunzelte sogar über seinen humorvollen Einfall.

Bei einem anderen Absatz blieb er hängen und las ihn genau durch: ‚Die Planungen sahen vor, für die Unterbringung der Urlauber acht jeweils 550 Meter lange, sechsgeschossige, völlig gleichartige Häuserblocks mit insgesamt 10.000 Gästezimmern zu errichten. Durch diese langgestreckte, über etwa fünf Kilometer entlang der Küstenlinie reichende Bauweise sollte erreicht werden, dass alle Zimmer Meerblick hatten, während die Flure zur Landseite hin gelegen waren. Die geplante Ausstattung der nur 2,5 mal 5 Meter großen Zimmer, von denen jeweils zwei mittels einer Tür verbunden werden konnten, war an heutigen Maßstäben gemessen recht karg: zwei Betten, eine Sitzecke, ein Schrank und ein Handwaschbecken. Weitere sanitäre Einrichtungen fanden sich jeweils in den landwärts gerichteten Treppenhäusern der Blocks. Alle Gästezimmer sollten über Lautsprecher verfügen.'

Schenk überflog den weiteren Text noch etwas und fand das alles sehr interessant. Aber mittlerweile verspürte er einen quälenden Durst, seine Augen wurden müde, und das Glas Rotwein zog ihn an wie ein Magnet.

Als Schwester Beate nach zwei freien Tagen bei der morgendlichen Dienstübergabe erfuhr, dass Herr Prora gleich am Sonntag verschwunden war, konnte sie es nicht fassen und fragte im Kollegenkreis nach, doch keiner zeigte für seinen Fall irgendeine Anteilnahme.

Während des Herrichtens der Morgenmedizin grübelte sie nur über diesen weißhaarigen Mann nach, der ihrem verstorbenen Großvater ähnelte. Plötzlich kam ihr in den Sinn, dass sie sich immer noch nicht die Laborergebnisse von Herrn Prora angeschaut hatte.

Gleich nach dem Verteilen der Medikamente und des Frühstücks an die Patienten durchsuchte sie die eingehängten Krankenakten. Seine war noch da, steckte ganz hinten und verkehrt herum. Beate zog sie heraus und sah sie durch, doch sie fand keinen einzigen Laborbericht, sie blätterte vor und zurück, auch die Visitenkarte von diesem Schenk war weg. Das war doch alles sehr sonderbar. Sie las den Eintrag des Spätdienstes vom Sonntag über sein erst um 15 Uhr bemerktes Fortstehen. Vor diesem Bericht hatte sie sein Aufwachen um 8:52 Uhr dokumentiert, mit allen Vitalzeichen und Reaktionen.

Warum war der alte Mann trotz seiner Verletzungen bloß weggegangen? Angstzustände durch eine Amnesie? Er hatte ja nur mit Ja oder Nein geantwortet. Doch dafür gab es sonst keinerlei Anzeichen. Aber warum hatte er sich heimlich verdrückt? Und wo waren die Laborwerte geblieben? Und diese Visitenkarte? Mit einem Kopfschütteln hängte sie die Akte wieder an ihren Platz und setzte sich nachdenklich hin, die sie umgebende Geräuschkulisse drang nicht zu ihr durch.

Als sie sich dann instinktiv den herumliegenden Kugelschreiber in die Brusttasche steckte, fiel ihr ein, dass sie sich Schenks Telefonnummern auf einen Zettel notiert und auch dort aufbewahrt hatte, weil sie ihn außerhalb des Dienstzimmers anrufen wollte, damit die Ärztin nicht meckerte. Dieser Zettel musste noch oben in ihrem Spind liegen, weil sie am Sonntag beim schmutzigen Kittel alle Taschen entleert und heute Morgen nur die wichtigsten Dinge in den sauberen gepackt hatte.

Sie strich sich über die Stirn, pustete die Luft hörbar aus und angelte sich das Telefon, um im Labor mal nachzufragen.

„Imker", meldete sich eine autoritäre Stimme.

Verdammt, jetzt hatte sie auch noch den Chef persönlich am Apparat. „Guten Morgen. Hier ist Schwester Beate von Station 32. Ich hab mal eine Frage zu unserem verschwundenen Patienten Herrn Prora."

„Sie sollten besser auf Ihre Kranken aufpassen."

Sie ignorierte diese Stichelei. „Bei diesem Herrn Prora wurde von Ihren Mitarbeitern ja mehrmals Blut abgenommen."

„So?"

„Ja. Es hieß, Sie wären sehr an seinem ungewöhnlichen Blut interessiert."

„Wer hat das gesagt?", fragte er drohend.

„Eine junge Assistentin von Ihnen."

„Dummes Gerede."

„Unser Stationsarzt Müller hatte das auch schon erwähnt gehabt."

„Ach, so. Ja, ich erinnere mich. Das Blutbild war für einen Mann seines wahrscheinlichen Alters wirklich außergewöhnlich."

„Jetzt sind aber keinerlei Laboranalysen mehr in seiner Krankenakte."

„So?" Imker räusperte sich. „Wohl falsch abgeheftet, wie?"

„Das kann ich mir nicht vorstellen."

„Auf Ihrer Station scheint ja sowieso einiges nicht so nach Vorschrift zu laufen, wenn die Patienten kurz nach dem Erwachen einfach so abhauen können."

Beate zwang sich, nicht darauf einzugehen. „Jedenfalls befindet sich kein einziges Laborblatt mehr in der Akte."

„Seltsam. Aber Ihr Dienstzimmer ist ja zum Glück nicht mein Zuständigkeitsbereich."

„Und die Visitenkarte eines Besuchers ist auch weg."

„Na und?", entgegnete er gereizt. „Wollen Sie mich etwa für Ihre Schlamperei da oben verantwortlich machen?"

„Natürlich nicht, Dr. Imker. Aber ..."

„Sonst noch was? Ich habe viel zu tun."

„Die Originalberichte über Herrn Prora sind doch auf Ihrem PC gespeichert. Wäre es möglich ..."

Er unterbrach sie ankläffend: „Hören Sie mal zu! Nur weil auf Ihrer Station unsere Blutanalysen verschludert wurden, werde ich hier nicht im Computer herum suchen. Ist das klar?"

„Ja, schon. Aber ..."

„Nichts aber! Basta!" Er hatte aufgelegt.

Idiot, dachte Beate und wurde von einer Kollegin gerufen.

Bodo Schenk hockte in seinem winzigen Büro und dachte mal wieder an diesen unbekannten Herrn Prora. Der musste schon sehr schwerwiegende Gründe gehabt haben, dass er sich alle Schläuche und Drähte entfernt und in seinem Zustand das sichere Krankenhaus verlassen hatte. Er musste große Angst verspürt haben, entdeckt zu werden, für irgendetwas zur Rechenschaft gezogen zu werden. Ob er eine Straftat begangen hatte und polizeilich gesucht wurde? In seinem Alter konnte man doch eigentlich nur noch durch Betrügereien mit dem Gesetz in Konflikt geraten. Auf jeden Fall wollte der Weißhaarige vermeiden, seine Personalien und seine Adresse nennen zu müssen. Er wollte unbedingt verheimlichen, wo er wohnte, nichts von sich preisgeben. Aber warum? Was hatte er verbrochen oder was befürchtete er? Oder ob er nur verwirrt war durch die Kopfverletzung?

Schenk betrachtete abwesend seinen ziemlich leeren Schreibtisch, sein Blick blieb an dem Posteingangskorb hängen, in dem nur zwei jämmerliche Briefe lagen. Er nahm sie heraus, drehte sie hin und her, starrte sie an und kaute dabei auf seiner Oberlippe, aber er sah durch sie hindurch in das intensive Weiß dieses Traumes.

Plötzlich regte sich da was. Auf einmal schien sich das Wort ‚Postfach' bei einem Absender zu vergrößern, als würde es aufgepumpt. Es öffnete in seinem Gehirn eine bis jetzt unbemerkte Klappe und löste eine Kettenreaktion aus. Ein Gedanke nach dem anderen sprang ihn regelrecht an, eine Idee zog die nächste hervor und machte die vorhergehende zur Gewissheit: Bei dem Unfall hatte der Mann zwei Briefe verloren. Auf einem konnte er im Adressenfeld ebenfalls ‚Postfach' lesen, bevor der Wind ihn weggeweht hatte. Prora war direkt von der Post gekommen. Und er hatte ihn beim Überqueren der ersten Straße erwischt. Er bekam seine Post nicht in einen Briefkasten bei sich zu Hause, sondern holte sie sich dort aus seinem Postfach. Auch hier nutzte er die Anonymität, um seine Anschrift geheim zu halten.

Er fühlte sich wie erleuchtet. Vielleicht kam er sogar jeden Tag ins Postamt, um seine Briefe abzuholen. Aber zumindest alle paar Tage. Er konnte ihm da auflauern. Das war eine Möglichkeit, ihn zu finden und mit ihm zu sprechen und Wiedergutmachung zu leisten.

Ungefähr sechs Stunden später saß Schenk in seinem Auto und beobachtete den Eingang zur Post. Er war gleich nach der Arbeit hierher gefahren und hatte glücklicherweise diesen Parkplatz mit erstklassiger Sicht bekommen. Dann war er noch schnell in das Café um die Ecke gegangen, hatte sich eine Rosinenschnecke und einen Kaffee zum Mitnehmen gekauft und rasch wieder seinen Posten bezogen.

Jetzt war der Pappbecher schon lange kalt. Die Luft, die durch das geöffnete Fenster hereinströmte, war immer noch warm. Zwischen dem vorbeifahrenden Verkehr hörte er ab und zu Vogelgezwitscher in den Bäumen über sich. Er überprüfte alle Leute, die ins Postamt gingen und die herauskamen. Bis jetzt hatte er keinen entdeckt, der auch nur entfernt nach Herrn Prora aussah. Er staunte darüber, wie viele Pakete doch abgeholt wurden, weil man ihre Empfänger nicht angetroffen hatte.

Schenk verfolgte aufmerksam die Nachrichten im Radio, die Musik war auch einigermaßen. Am meisten ärgerte ihn die dämliche Werbung, die bis zum Erbrechen wiederholt wurde. Das war an Geistlosigkeit wirklich nicht mehr zu überbieten. Sein Blick zur Uhr wurde genauso häufiger wie sein ausgiebiges Gähnen. Auch die ständigen Verkehrsmeldungen regten ihn langsam auf.

Je mehr es auf 18 Uhr und damit dem Schließen des Postamts zuging, desto eiliger hasteten die Leute mit ihren Paketen und großen Umschlägen hinein. Die meisten kamen keineswegs etwas geruhsamer wieder heraus, sondern jagten gleich weiter zur nächsten Station ihrer Feierabendplanung. Sie hatten alle noch so viel zu erledigen und wollten dann so schnell wie möglich nach Hause. Alle hatten noch etwas vor. Nur er nicht. Auf ihn wartete auch niemand. Da gab es nur eine leere Wohnung und ein leeres Bett. Und Stimmen aus dem Fernseher oder Radio.

Kapitel 3

Am Donnerstagnachmittag stand Bodo Schenk wieder auf Beobachtungsposten, allerdings nicht so optimal wie gestern, sondern etwas weiter entfernt. Während der Arbeit hatte er daran gedacht, dass er den Mann genau vor einer Woche angefahren hatte, vielleicht war ja donnerstags einer seiner festen Tage zum Leeren seines Postfachs. Jeder Mensch hatte doch seine Gewohnheiten für regelmäßige Tätigkeiten. Deshalb machte er sich heute große Hoffnungen, dass Herr Prora hier auftauchen würde und er ihn ansprechen konnte.

Diesmal hatte er sich besser vorbereitet. Er war nicht aufs Radio angewiesen, sondern hatte einen USB-Stick mitgenommen. Er hörte seine Lieblingsmusik, ließ sich das reichlich belegte Baguette schmecken und achtete auf die Besucher der Post. Er hatte sich auch zwei Flaschen Wasser eingepackt und trank nach dem Essen gleich die erste bis zur Hälfte aus.

Vor einer Woche um diese Zeit hatte er da nach der heißen Frau gegiert und dort um die Ecke den Weißhaarigen angefahren. Er blickte kurz auf die verbeulte Motorhaube seines fast neuen Autos. Am nächsten Mittwoch hatte er jetzt einen Termin in der Werkstatt.

Nach einer Weile fiel ihm ein junges Paar mit einem kleinen Mädchen auf, die Frau hatte sich beim Mann eingehakt, mit der anderen Hand hielt der seine Tochter fest, die hüpfte, zog, bremste oder sich halb drehte. Das Bild einer harmonischen Familie.

Nina und er hatten mal ernsthaft erwogen, ein Kind zu adoptieren, weil es mit einem eigenen nicht klappte und sie eine Hormonbehandlung ablehnten. Sie wollten so gerne eine komplette Familie sein. Doch die vielen Fragen des Antrags und die geforderten Bescheinigungen schreckten sie erst mal ab. Schließlich wurde Nina befördert und musste sich vorerst voll auf ihre neue Aufgabe konzentrieren. Diesen gut bezahlten und Anerkennung bringenden Posten wollte sie dann natürlich auch nicht wieder aufgeben. So verging die Zeit und irgendwann fühlten sie sich rein rechnerisch schon zu alt für ein Kind.

Es war 17:10 Uhr. Zumindest die Abholzeit wie letzte Woche hatte Prora schon mal nicht eingehalten.

Nach Ninas Tod wäre ihm ein Sohn oder eine Tochter bestimmt eine Stütze gewesen. So wurde mit seiner Frau auch ihr gemeinsames bisheriges Leben begraben. Es blieb nichts übrig, außer Erinnerungen. Eine Familienhand hätte ihn aus diesem schwarzen Loch ziehen können, in dem sich ein Teil von ihm immer noch befand. Verwandte und Freunde konnten ihm jedenfalls nicht helfen, obwohl sie sich eine gewisse Zeit redlich bemüht hatten. Aber er konnte sich ihnen gegenüber nicht mitteilen, nicht öffnen, da war eine Sperre in ihm, und er zog sich immer weiter in sich selbst zurück.

Da ging ein weißhaariger Mann! Er benutzte einen Stock und humpelte leicht, wahrscheinlich wegen der Rippenschmerzen. Schenk riss die Tür auf und rannte hinter dem Mann her. Doch je näher er kam, umso mehr erkannte er, dass es nicht Prora war. Der Kopf war viel zu massig, der Körper übergewichtig. Dann sah er das Profil, es zeigte nichts von Hakennase und kantigen Gesichtszügen. Dieser Mann hatte eine Knollennase, ein Doppelkinn und wirkte auch richtig alt. Schenk drehte um und ging enttäuscht zum Auto zurück.

Er trank Wasser in gierigen Schlucken und rülpste. Möglicherweise fühlte sich Prora ja noch zu schwach, um seine Post abzuholen. Aber er würde trotzdem jeden Tag hier auf ihn lauern. Das war die einzige Chance, ihn zu erwischen. Er hatte ja Zeit und nichts vor. Er musste ihn finden und um Vergebung bitten.

Er schaltete um aufs Radio und wartete noch geduldig, bis die 18-Uhr-Nachrichten angekündigt wurden. Dann fuhr er gemächlich nach Hause.

Wieder saßen sich Imker und der elegante Neffe des Türken gegenüber.

„Wo ist das Geld, Herr Doktor?"

Imker nahm all seinen Mut zusammen und antwortete: „Ich hab keins."

„Denken Sie an die Fotos, die ich Ihnen vor einer Woche gezeigt habe."

„Aber ich möchte Ihrem Onkel ein Geschäft vorschlagen." Die schrecklichen Bilder bekam Imker nicht mehr aus seinem Kopf. „Da ist sogar noch viel mehr Geld drin, als ich ihm schulde."

„Und worum handelt es sich dabei?" Der Türke zog seine Augenbrauen interessiert hoch.

„Um lebensverlängernde Präparate." Auch für mich sind sie das, dachte Imker, meine letzte Chance. „Ich kann einen ehemaligen Patienten besorgen, dessen Blut mindestens 25 Jahre jünger ist als seinem Alter entsprechend. Bei diesem Mann hat sich eine Genveränderung entwickelt, die ihn viel langsamer altern lässt als seine Altersgenossen."

„So was wie das Methusalem-Gen?"

„Genau." Imker staunte über sein Wissen. „Durch diese bestimmten Veränderungen seiner DNA hat er nicht nur eine deutlich höhere Lebenserwartung, er wird auch viel länger körperlich und geistig fit bleiben. Mit 80 wahrscheinlich so wie andere mit 50."

„Erstaunlich. Und wie kann man diese Gabe zu Geld machen?"

„Es gibt zahlreiche Pharmakonzerne, die Millionen für den Grundstoff eines effektiven Jungbrunnens bezahlen würden. Durch diese lebensverlängernden und -verbessernden Mittel würden die wiederum Milliarden verdienen. Alle wollen alt werden, aber keiner will alt sein. Das ist ein ungeheurer Markt."

„Und diesen Grundstoff könnte man aus dem Blut dieses Patienten gewinnen?"

Imker nickte und freute sich, dass der Neffe des Türken anscheinend angebissen hatte. „Aus dem Blut und seinen inneren Organen, eben aus seiner DNA, von der man die Rezeptur übernehmen kann, um es beliebig zu vervielfachen und daraus Präparate herzustellen."

„Und dieser Patient ist damit einverstanden?"

Wieder nickte Imker. „Der hat selbstverständlich auch seinen Preis. Aber das regele ich alles. Er wird natürlich viele Operationen über sich ergehen lassen müssen und einige Monate in Kliniken verbringen."

„Ist das eigentlich legal?"

Imker schüttelte den Kopf. „Was ist bei uns schon erlaubt? Hier legt man der Wissenschaft und der Zukunftsforschung doch ständig unüberwindbare Gesetzessteine in den Weg. Aber die Pharmakonzerne haben schon ihre Kliniken in den richtigen Ländern, wo alles erlaubt ist."

„Aha." Das Sprachrohr des Türken schwieg eine Weile und fixierte dabei Imkers Schweinsaugen. Dann räusperte er sich, holte sein Handy hervor und sagte: „Ehe ich mich zu Ihrem überraschenden Angebot äußern kann, muss ich natürlich mit meinem Onkel telefonieren."

„Logisch."

Er tippte nur eine Zahl ein, hielt das Handy ans Ohr und begann ein Palaver auf Türkisch.

Imker beobachtete ihn und dachte: Wie kann man einem Menschen bloß eine Stange durch den Kopf rammen? Ob er dabei war? Ob er es womöglich selber getan hat?

Nach einiger Zeit nahm er das Handy vom Ohr, hielt es in seine Richtung und fragte auf Deutsch: „Brauchen Sie Leute von uns?"

„Nicht nötig. Ich habe eigene Männer." Die wollen mich doch nur kontrollieren, dachte Imker.

Der Neffe redete jetzt wieder türkisch, allerdings beschränkte er sich zunehmend aufs Zuhören und schien die Anweisungen nur kurz zu kommentieren oder zu bestätigen. Endlich beendete er das Gespräch, legte sein Handy zur Seite, sah sein Gegenüber durchdringend an und sagte: „Mein Onkel ist einverstanden."

„Gut." Imker gab sich gelassen und ließ sich nichts

anmerken, doch er hätte einen Freudentanz aufführen können. Er hatte eine Galgenfrist erreicht, eine allerletzte Chance.

„Er benötigt aber noch ungefähr zwei Wochen, um den Marktwert für dieses ausgefallene Geschäft zu erkunden und mit Interessenten zu verhandeln."

„Kein Problem." Er musste diesen weißhaarigen Herrn Prora ja auch noch finden.

„Wir werden uns dann bei Ihnen melden und Sie über den Preis und die Lieferung informieren. Dafür brauche ich noch ihre Handynummer."

„Klar." Imker zog eine Visitenkarte aus seiner Brieftasche und schob sie dem Türken rüber. „Und unser Konflikt ist dann mit der Übergabe des Patienten erledigt?"

„Wenn alles wie verabredet klappt, ja." Der Türke reichte ihm auch seine Visitenkarte. „Aber versuchen Sie keinerlei Tricks, Herr Doktor."

„Auf keinen Fall. Ich bin froh, wenn die Angelegenheit erledigt ist."

Sein Handy legte er stets nach rechts außen auf seinen Schreibtisch, obwohl er es überhaupt nicht brauchte und sein Arbeitsplatz sowieso erschreckend leer war. Aber es sollte Eindruck machen und Wichtigkeit vortäuschen, falls doch mal jemand sein Kämmerlein betrat. Als Schenk vom Kaffeeautomaten zurück in sein Büro kam, blinkte sein Handy. Er hatte also tatsächlich eine SMS erhalten. Das war schon ewig nicht mehr vorgekommen, zuletzt, als Freunde anfangs immer mal wieder nachgefragt hatten, ob sie helfen könnten, wie es ihm ginge und ob man sich denn nicht irgendwo treffen könnte.

Er setzte sich hin, klappte das Handy neugierig auf und las die Nachricht: ‚Hallo. Haben Sie denn noch etwas über Herrn Prora erfahren? VG Schw. Beate.'

Schenk nippte an dem lausigen Kaffee und überlegte. Er hatte ihr ja seine Visitenkarte mit den Nummern vom Festnetz, vom Handy und vom Diensttelefon gegeben. Das war wirklich nett, dass die sich noch einmal meldete und sich weiterhin für ihren weggelaufenen Patienten interessierte.

Er speicherte ihre Nummer ab und schrieb ihr gleich zurück, allerdings ziemlich zeitaufwändig, weil er völlig aus der Übung war: ‚Hallo. Ich habe eine Spur, aber mehr nicht. Melde mich, wenn ich mehr weiß. B. Schenk.'

Als er die SMS verschickt hatte, war der Kaffee nur noch lauwarm. Am liebsten hätte er die Brühe weggekippt, aber in seiner Butze hier gab es gar kein Waschbecken. Also würgte er das Gesöff herunter und betrachtete wohlwollend sein Handy, das endlich mal wieder zum Einsatz kam.

Am Nachmittag stand er wieder pünktlich vor der Post, er konnte sogar den Superplatz von vorgestern ergattern. Zur Stärkung hatte er ein belegtes Brötchen, einen Apfel und zwei Flaschen Wasser dabei. Sein Stick hielt noch für mehrere Observationen gute Musik parat. Er musste nachher noch beim Postamt nachschauen, wie es am Samstag geöffnet hatte. Da musste er morgen bestimmt schon ab 8 Uhr hier warten. Er durfte nicht vergessen, den Wecker zu stellen.

Aus Langeweile und Statistikfreude zählte er in einer halben Stunde die Pakete und Päckchen die hinein- und die herausgetragen wurden. Er kam rein auf 12 und raus auf 3, also ein exaktes Verhältnis von 4 : 1.

Als er nach einiger Zeit den ersten Bissen von seinem Apfel kaute, verschluckte er sich daran, denn er sah den weißhaarigen Mann, der groß und gerade auf die Post zuging. Schenk hustete und röchelte, bekam kaum Luft. Er öffnete die Tür, würgte und spuckte alles aus. Als er japsend wieder hoch schaute, verschwand der Mann gerade im Eingang. Es war eindeutig Prora gewesen, auch wenn er von hier aus keinen Kopfverband bemerkt hatte.

Er stieg aus, verriegelte sein Auto und marschierte rüber, musste ab und zu immer noch husten. Er lehnte sich etwas abseits an die Wand und wartete.

Dann kam der Mann wieder heraus. Er war schlank, trug eine Brille, hatte ein markantes Profil und eine stolze Körperhaltung. Ein Pflaster bedeckte seine rechte Stirn, in der Hand hielt er einen Brief.

Schenk stellte sich ihm in den Weg. „Guten Tag, Herr Prora."

Der Weißhaarige sah ihn erschrocken an, wich ihm aus, wollte an ihm vorbei und weitergehen.

„Warten Sie doch bitte."

„Was wollen Sie?" Seine klarblauen Augen musterten ihn und die Umgebung.

„Ich muss Sie unbedingt sprechen."

„Warum?" Er bewegte sich seitlich vorwärts, suchte verzweifelt einen Ausweg, eine Fluchtmöglichkeit.

„Herr Prora", sagte Schenk beschwörend. „Bleiben Sie doch bitte stehen."

„Wieso nennen Sie mich so?"

„Wie bitte?"

„Woher haben Sie diesen Namen?"

„Vom Krankenhaus."

„Waren Sie dort?" Sein eisblauer Blick glitt unruhig hin und her.

„Ja. Ich bin der Autofahrer, der Sie am letzten Donnerstag hier angefahren hat." Schenk zeigte in Richtung Kronenstraße. „Gleich da um die Ecke."

„Ach, Sie waren das?"

„Ja. Leider. Mein Name ist Bodo Schenk", er streckte ihm die Hand entgegen. „Es tut mir furchtbar leid."

Prora ergriff zögerlich die angebotene Hand, drückte sie kurz und ließ gleich wieder los. „Tja. Passiert ist passiert." Er wollte scheinbar weitergehen.

„Warten Sie doch einen Moment. Bitte."

„Wieso?"

„Ich muss mit Ihnen darüber sprechen."

„Warum?"

„Ich will mich entschuldigen und Schadenersatz leisten. Zum Beispiel für die kaputte Brille." Sein Finger deutete zu seiner imposanten Nase. „Für Ihre

Schmerzen und überhaupt. Ich bitte Sie inständig, sich mit mir hier irgendwo in ein Lokal zu setzen, wo wir uns in Ruhe unterhalten können."

„Muss das sein?", fragte er argwöhnisch. „Ich hab's eilig."

„Es dauert nicht lange. Bitte, Herr Prora."

„Ich heiße gar nicht so."

„Was? Wie?", Schenk sah ihn verdutzt an.

„Prora ist eine gigantische Anlage auf Rügen, die ich aus meiner Jugend gut kenne. Aber es ist nicht mein Name."

„Aber Sie haben ihn doch im Klinikum genannt, als Sie nach Ihrem Namen gefragt wurden."

„Davon weiß ich nichts."

„Das verstehe ich nicht." Schenk fiel das Anzweifeln seines Namens durch den Bettnachbarn ein.

„Ich auch nicht."

„Wie heißen Sie denn?"

„Bast. – Erwin Bast."

„Stimmt das?" Sie hatten also die ganze Zeit nach dem falschen Namen gesucht.

Der Weißhaarige hielt ihm den Brief vors Gesicht. „Damit Sie mir auch glauben."

Schenk las verdattert diesen Namen und darunter ‚Postfach 154'. „Danke. – Entschuldigung."

„Kennen Sie Prora?" Mit einem wachsamen Rundumblick steckte er den Umschlag in die Innentasche seiner leichten Jacke.

„Nur vom Internet."

„Da müssen Sie mal hin und alles besichtigen." Seine blauen Augen glänzten lebhaft, plötzlich war alle skeptische Distanz verschwunden. „Das ist wirklich beeindruckend."

„Glaub ich. Hörte sich auch sehr interessant an." Vielleicht konnte er ihn damit überreden. „Da hinten um die Ecke ist ein Café, gar nicht weit. Ich schlage vor, wir setzen uns da rein und Sie erzählen mir von Prora."

„Aber nicht lange."

„Einverstanden. Bitte." Er hielt seinen ausgestreckten Arm in die entsprechende Richtung.

Sie gingen nebeneinander her, Bast war keinesfalls langsamer, sie kamen an Schenks Auto vorbei, und er fragte und lockte diesen ungewöhnlichen Mann geschickt in sein offensichtliches Lieblingsthema, obwohl der weiterhin äußerst vorsichtig antwortete.

Als sie sich im Café gegenüber saßen und die Getränke bestellt hatten, sagte Bast wehmütig: „Ach, ob ich noch einmal dorthin komme? Da nach Rügen?"

„Klar. Warum denn nicht? Andere unternehmen noch Weltreisen."

„Meinen Sie?"

„Wie alt sind Sie denn, wenn ich fragen darf?"

„Schätzen Sie mal", ermunterte er ihn listig.

Wenn die schlohweißen Haare nicht gewesen wären, hätte er ihn für gleichaltrig gehalten, höchstens so Mitte 50. „Schwer zu sagen." Aber er war wohl schon älter. „Na, ich tippe auf Anfang 60."

„Zu gut geraten. Ich bin 68 Jahre."

„Wirklich? Hätte ich nicht gedacht. Da haben Sie sich gut gehalten."

Die Bedienung brachte für Bast ein Bier und für Schenk eine Cola.

„Also sind Sie bereits Rentner?"

„Wie?" Er schien weit weg gewesen zu sein. „Ach so, ja. Natürlich."

Schenk hielt sein Glas hoch. „Sie sind selbstverständlich mein Gast. Möchten Sie auch etwas essen?"

„Nein, danke." Er hob sein Bier an.

„Also", Schenk prostete ihm aus der Entfernung zu, „hiermit bitte ich Sie offiziell und aufrichtig um Verzeihung. Es tut mir so leid, dass ich Sie umgefahren und verletzt habe."

Bast nickte mit regloser Miene, beide tranken nachdenklich.

„Wie geht es Ihnen überhaupt? Warum haben Sie das Krankenhaus eigentlich so schnell verlassen? Wie fühlen Sie sich? Haben Sie noch Schmerzen oder

Beschwerden?"

„Na ja, die Stirn zwickt immer noch ein bisschen. Und die Rippen merke ich beim Bücken, Husten und Drehen."

„Sie haben sich ja auch drei davon gebrochen."

„Sie sind wirklich bestens informiert", Bast schmunzelte und nahm einen ordentlichen Schluck Bier.

„Immerhin bin ich ja auch verantwortlich dafür. Und deshalb möchte ich Ihnen Geld zukommen lassen. Auf jeden Fall für die Brille und andere Kosten und ein wenig Schmerzensgeld."

„Ist nicht nötig."

„Ich bestehe darauf."

„Die Brille ist doch nur ...", Bast hielt erschrocken inne.

„Ja?"

„Die Brille war nicht teuer. Und schon alt. Also geben Sie mir 100 Euro und die Sache ist erledigt."

„Das ist zu wenig." Schenk schüttelte den Kopf. „Aber wenn Sie mir Ihre Bankverbindung geben, werde ich Ihnen eine bescheidene Entschädigung überweisen."

Bast überlegte und schwieg, schielte auf seine Uhr und leerte sein Glas.

„Oder möchten Sie es lieber in bar?"

„Ehrlich gesagt, ja. Ich bin einer von der altmodischen Sorte."

„Gut. Wie Sie wollen." Schenk bestellte noch mal dasselbe und wiegelte seinen Widerspruch ab. „Ich muss dann nur kurz bei einem Geldautomaten anhalten, weil ich nicht so viel Bargeld dabei habe."

„Wie anhalten?", fragte Bast misstrauisch.

„Na, ich hab meinen Wagen bei der Post stehen. Ich werde Sie damit nach Hause fahren, unterwegs anhalten und aus einem Automaten das Geld holen."

„Ich gehe sonst auch immer zu Fuß."

„Aber heute werde ich Sie eben mal fahren." So konnte er gleich die Adresse von Bast rauskriegen.

„Wenn's sein muss."

Die Bedienung brachte das Bier und die Cola.

„Außerdem gebe ich Ihnen hier", Schenk zauberte eine Karte hervor und schob sie zu ihm rüber, „meine Visitenkarte mit meinen Telefonnummern. Sie können mich jederzeit anrufen, wenn Sie Schmerzen oder Probleme haben, wenn Sie Hilfe brauchen oder einfach mal reden möchten."

Erwin Bast nahm die Karte, betrachtete beide Seiten und sagte mit spöttischer Anerkennung: „Alle Achtung. Drei Nummern zur Auswahl: privat, Handy und dienstlich. Was ist denn das für eine Behörde, bei der Sie da arbeiten?" Er trank von seinem Bier und wischte sich den Schaum weg.

„Früher hieß es Versorgungsamt, heute ‚Niedersächsisches Landesamt für Soziales, Jugend und Familie'."

„Tja, alle Bezeichnungen werden immer länger und komplizierter." Bast steckte die Visitenkarte dahin, wo schon der Brief sein musste. „Dann bestimmen Sie also über das Schicksal der Schwerbeschädigten."

„Wir bestimmen nur den Grad der Behinderung, aufgrund von umfangreichen ärztlichen Gutachten. Und wenn es demjenigen zusteht, stellen wir den entsprechenden Schwerbehindertenausweis aus."

„Gut, dass ich so etwas noch nicht brauche." Bast setzte das Bierglas an, bei jedem Schluck sah man deutlich seinen Adamsapfel.

„Da kommt man schneller hin, als man allgemein glaubt."

Als sie ausgetrunken und Schenk bezahlt hatte, gingen sie zurück zum Auto.

„War ich das?", der Weißhaarige zeigte bestürzt zu der Mulde auf der Motorhaube. „So eine Riesenbeule?"

Schenk nickte und entriegelte.

Dann sagte Bast über das Wagendach hinweg: „Das ist mir aber unangenehm."

„Da können Sie ja wohl am allerwenigsten dafür. Das ist allein meine Schuld."

„Damit kommen doch schon genug Kosten auf Sie zu."

„Ich hab Vollkasko. Da muss ich nur meine Selbstbeteiligung zahlen."

„Das wird teuer."

„Steigen Sie bitte ein, Herr Pro... Bast." Als Schenk hinter dem Steuer saß und nach rechts schaute, sah er einen meerblauen, vorwurfsvollen Blick, der seinen auf den Beifahrersitz lenkte, wo noch der angebissene Apfel und die halbleere Wasserflasche lagen. „Entschuldigung." Er warf die Sachen auf die Rückbank und wischte über die Sitzfläche vorne. „Bitte sehr."

Bast stieg etwas umständlich ein.

„So. Wo müssen Sie hin?"

„In die Taubenstraße. Die geht vom Altstadtring ab."

„Da gibt's ja eine Filiale meiner Bank, wo ich Geld holen kann."

„Aha."

„Sie müssen sich anschnallen."

Bast sah ihn einen Moment an, als könnte er nichts damit anfangen. Aber auch mit 68 müsste er das doch eigentlich wissen.

„Hier." Schenk öffnete seinen Sicherheitsgurt und ließ ihn wieder einrasten.

„Ach, ja."

Während der Fahrt schwiegen sie. Schenk überlegte, wie viel Geld angemessen wäre und ob er es sich quittieren lassen sollte. Bast sah interessiert aus seinem Fenster. Auf dem Altstadtring fuhr Schenk auf den kleinen Bankparkplatz und benutzte den außen angebrachten Automaten. Als er wieder im Auto saß, überreichte er dem Weißhaarigen einige Geldscheine und bestand darauf, dass er diese Entschädigung annahm.

Bast zählte das Geld und sagte überrascht: „Das sind ja 500 Euro. Das ist viel zu viel."

„Auf keinen Fall. Das ist das Mindeste, was ich für Sie tun kann."

„Wenn Sie meinen." Er steckte die Scheine in die andere Innentasche seiner Jacke. „Danke."

„Ich danke Ihnen für Ihr Verständnis und Ihre

Bescheidenheit." Schenk vertraute diesem Mann, der würde später keine weiteren finanziellen Forderungen stellen. Er fuhr wieder auf den Ring und bog dann in die Taubenstraße ab.

„Wo wollen Sie raus?"

„Sie können dort bei dem Bäcker anhalten."

Schenk parkte auf dem Seitenstreifen ein, stellte den Motor ab und reichte ihm die Hand. „Auf Wiedersehen, Herr Bast. Ich wünsche Ihnen alles Gute, und dass Sie bald keine Beschwerden mehr haben. Bitte melden Sie sich, wenn Sie irgendwie Hilfe brauchen."

„Wiedersehen. Mach ich." Er öffnete seine Tür und merkte, dass er noch angeschnallt war. „Ich hab ja Ihre Telefonnummern." Er löste den Gurt, stieg aus und warf die Tür zu. Bast überquerte vorsichtig die Straße, ging zielstrebig auf Haus Nr. 42 zu und verschwand darin. Es war ein schäbiges Mietshaus, mit abbröckelnder und beschmierter Fassade.

Schenk wartete noch ein paar Minuten und fuhr dann weg.

Am nächsten Morgen fühlte er sich richtig gut. Er war erleichtert, dass er mit Bast gesprochen und ihm ein Schmerzensgeld gezahlt hatte. Endlich war diese Sache erledigt. Er war noch ganz gut davongekommen. Das hätte für ihn auch alles erheblich schlechter ausgehen und viel teurer werden können. Beim Aufräumen und Staub saugen drehte er die Musik laut auf und summte einige Songs mit.

Samstag war sein wöchentlicher Einkaufstag. Als er seine Vorräte kontrollierte und die Liste schrieb, fiel ihm auf, dass er diesmal nur einen Karton Rotwein holen musste. Er hatte also in dieser Woche deutlich weniger getrunken.

Vor der Fahrt zum Supermarkt wollte er noch Schwester Beate über seinen Kontakt mit dem Weißhaarigen informieren. Da es für eine SMS viel zu umfangreich war, wählte er ihr Handy an.

Der Ruf ging fünfmal raus, bevor sich ein hastiges „Ja?" meldete.

„Guten Morgen. Hier ist Bodo Schenk. Können Sie sprechen? Haben Sie einen Moment Zeit?"
„Ja. Hallo."
„Ich wollte mich ja melden, wenn ich etwas weiß."
„Haben Sie Herrn Prora etwa gefunden?"
„Ja. Aber er heißt gar nicht Prora, sondern Bast."
„Was? Wieso denn das? Das war doch das einzige Wort, das er vor seinem Erwachen gesagt hatte, und zwar auf die Frage nach seinem Namen. Ich war schließlich dabei."
„Er weiß davon nichts. Das war wohl ein Missverständnis."
„Warum hat er das dann nicht korrigiert, als wir ihn so angesprochen und befragt haben?"
„Keine Ahnung."
„Sehr merkwürdig."
„Er heißt Erwin Bast und ist 68 Jahre alt."
„So alt ist er schon?"
„Ja. Hat sich gut gehalten. Bis auf die weißen Haare."
„Aber wie kam er denn auf Prora?", fragte sie.
„Das ist auf Rügen eine Riesenanlage aus der Nazizeit, die er genau kennt und die ihm sehr wichtig ist. Wahrscheinlich hat er gute Erinnerungen daran."
„Aber doch nicht mit 68 Jahren. Er ist doch dann Jahrgang 1945."
„Stimmt auch wieder", sagte er verblüfft und überlegte. „Aber er kann es ja aus der DDR-Zeit kennen, das Bauwerk existiert ja heute noch. Vielleicht kommt er aus der Gegend da."
„Kann sein."
„Jedenfalls hat er mir gleich von Prora vorgeschwärmt. Und er möchte gerne noch einmal dorthin."
„Aha." Es hörte sich an, als würde sie sich etwas zu trinken eingießen. „War er denn bei einem Arzt zum Verbandswechsel?"
Schenk ärgerte sich, weil er ihn nicht nach einem Arztbesuch gefragt hatte. „Er hat jetzt nur noch ein Pflaster auf der Stirn."

„Der muss doch auch bald zum Fäden ziehen. Haben Sie seine Telefonnummer?"

„Nein." Auch an die hatte er nicht gedacht. „Aber ich weiß, wo er wohnt."

„Eigentlich will ich seine Adresse überhaupt nicht wissen. Sonst müsste ich das regulär im Klinikum melden, und er würde 'ne Rechnung von da kriegen."

„Verstehe."

„Geht es ihm denn einigermaßen? Oder hat er noch Schmerzen?"

„Seine Rippen merkt er noch ab und zu. Aber sonst war er erstaunlich fit."

„Das freut mich zu hören."

Schenk sah zur Uhr. Er hätte sich noch stundenlang mit ihr unterhalten können. Aber er wollte sie jetzt nicht weiter in ihrer Freizeit belästigen. „Gut. Dann will ich Sie mal nicht länger aufhalten. Sie haben ja schließlich Ihr wohlverdientes freies Wochenende und bestimmt Besseres vor."

„Ach, na ja."

„Es ist jedenfalls sehr nett und vorbildlich von Ihnen, dass Sie sich auch privat noch für Ihre Patienten interessieren."

„Das ist ja auch ein ungewöhnlicher Fall."

„Also, Schwester Beate, ich wünsche Ihnen ein schönes Wochenende. Auf Wiederhören."

„Wünsche ich Ihnen auch, Herr Schenk. Tschüss."

Er klappte das Handy zusammen und starrte es noch eine Weile in Gedanken versunken an. Es tat gut, mit jemandem zu sprechen. Diese Frau würde er gerne wiedertreffen. Sollte er mal versuchen, sich mit ihr zu verabreden? Ob sie auch alleinstehend war? Bestimmt nicht, bei ihren weiblichen Reizen und ihrem lieben Wesen.

Kapitel 4

Schenk saß in seinem Minibüro und ließ den Montag langsam angehen. Gestern hatte er darüber nachgegrübelt, woher Bast Prora kannte. Da er 1945 geboren wurde, musste er in der ehemaligen DDR aufgewachsen sein und die Anlage in dieser Zeit kennengelernt haben.

Er hatte wieder bei Wikipedia über Prora gelesen. Gleich nach Kriegsende wurden von den Sowjets dort Grundbesitzer interniert und Heimatvertriebene aus dem Osten untergebracht. Von '48 – '53 war da eine sowjetische Brigade stationiert. Gleichzeitig zog die Volkspolizei ein, aus der 1956 die Nationale Volksarmee hervorging, die die Gebäude als Kaserne nutzte und die Umgebung zum Sperrgebiet erklärte. In Prora waren bis zu 10.000 Soldaten der NVA stationiert gewesen. Es gab auch eine Offiziersschule, an der seit 1981 Soldaten aus sozialistischen Entwicklungsländern wie Angola und Mosambik ausgebildet wurden. Der südlichste Teil der Anlage stand Angehörigen der NVA und der Grenztruppe als Ferienort zur Verfügung, ein Erholungsheim war nach Walter Ulbricht benannt.

Da die Gegend um Prora also ab 1956 als Sperrgebiet galt, musste Bast dort im Umkreis gelebt und das Gelände in seinen ersten 10 Lebensjahren erkundet haben. Wahrscheinlich wurde es von den Jungs als Abenteuerspielplatz benutzt, auf dem man sich nicht erwischen lassen durfte. Jedenfalls verband er wohl gute Kindheitserinnerungen daran.

Schenk blickte zur Uhr und nahm sich die erste Akte vor. Früher, als er noch ein Leben und eine Frau und Freude gehabt hatte, war er ein sehr strenger Sachbearbeiter gewesen, der bei den Antragstellern um jeden Grad der Behinderung feilschte und ihnen möglichst etwas abzwackte.

Nachdem er selber über ein halbes Jahr krankgeschrieben war und sich auch absolut unfähig zur Arbeit gefühlt hatte und schließlich vom Amt so enttäuscht wurde, war er mittlerweile hier auf seinem Abschiebeposten geradezu großzügig geworden. Besonders bei den wenigen, unwichtigen Widerspruchsverfahren, die noch auf seinem Schreibtisch landeten, entschied er grundsätzlich zu Gunsten der Widersprechenden. Deshalb musste er sich schon mehrmals vor seinem sogenannten Vorgesetzten rechtfertigen, der früher unter ihm gearbeitet hatte und den er sowieso nicht ernst nahm.

Schenk tippte gerade das 10stellige Aktenzeichen in den Computer, als sein Telefon klingelte. Nach der letzten Zahl hob er den Hörer ab und meldete sich.

„Guten Tag, Herr Schenk. Ich bin Dr. Imker, der Laborleiter des Städtischen Klinikums Nord. Sie hatten bei Ihrem Besuch bei Herrn Prora Ihre Visitenkarte hiergelassen, damit wir Sie erreichen könnten." Es war eine dynamische Männerstimme.

„Ja, aber ... Er ist doch schon seit einer Woche weg."

„Leider. Ein sehr bedauerlicher Vorfall."

„Tja." Was wollte er denn noch?

„Haben Sie die Telefonnummer oder die Adresse von Herrn Prora?"

Auskünfte nur an Angehörige, kam es Schenk in den Sinn. „Warum?" Ging es um die Krankenhausrechnung? Aber ein Laborchef war doch kein Kosteneintreiber.

„Wir haben bei seiner Blutuntersuchung festgestellt, dass er an einer seltenen, aber gefährlichen Krankheit leidet. Deshalb müssen wir uns dringend mit ihm in Verbindung setzen, um mit der entsprechenden Behandlung zu beginnen."

„Das ist ja furchtbar." Bast war schwer krank?

„Und das haben Sie erst jetzt erkannt?"

„Wir mussten eine Kultur anlegen, um uns sicher zu sein. Und das dauert immer etwas. Normalerweise haben wir ja die Daten des Patienten, oder er ist sogar noch hier bei uns. Aber in diesem Fall hat Herr Prora das Krankenhaus ja einfach ohne Absprache verlassen. Und wir hatten keine Versichertenkarte und keine Adresse von ihm."

„Ist es sehr ernst?" Zu dumm, dass er ihn nicht telefonisch erreichen konnte.

„Ja, Herr Schenk. Wir müssen schnell mit der Therapie anfangen."

„Verstehe." Er durfte sein Opfer doch nicht zum zweiten Mal gefährden.

„Können Sie uns weiterhelfen? Und ihn damit retten? Haben Sie seine Anschrift? Oder seine Telefonnummer?"

„Die kenn ich nicht. Aber..." Er musste es dem Arzt doch sagen. Schließlich ging es um die Gesundheit dieses Mannes.

„Ja?"

„Er wohnt in der Taubenstraße 42."

„Prima", kam es erfreut zurück.

„Aber er heißt nicht Prora, sondern Erwin Bast."

„Was? Prora stimmt gar nicht? Also hat er hier auch noch einen falschen Namen angegeben?"

„Das war wohl keine Absicht gewesen."

„So? Na ja, egal. Hauptsache, wir können ihn erreichen."

„Also ist es lebensbedrohend, Dr. ...?"

„Imker. Wie der mit den Bienen." Es folgte ein falsches Lachen. „Unbehandelt würde es bald zum Tode führen."

„Mein Gott." Er musste Bast doch helfen. Das war er ihm schuldig. Sollte er etwa den Unfall leidlich überstanden haben, um dann an einer nicht bekannten Krankheit zu sterben?

„Aber dank Ihrer Unterstützung können wir ihn sofort informieren und dann heilen."

„Also muss er wieder ins Klinikum?"

„Das kommt auf seinen AZ ... auf seinen Allgemeinzustand an. Wenn der stabil ist, kann die Anfangsbehandlung auch ambulant erfolgen."

„Aha."

„Gut, Herr Schenk. Ich bedanke mich für Ihre Hilfe. Sie haben ihm damit das Leben gerettet. Wiederhören."

„Auf Wiederhören, Herr Doktor." Als er den Hörer

auflegte, fiel ihm ‚Imker' wieder ein.

Er starrte noch einige Zeit vor sich hin und dachte an Erwin Bast. Er war geschockt. Das hatte der wirklich nicht verdient. Bestimmt hatte er eine seltene Leukämieart und würde eine Chemotherapie bekommen. Sofort tauchte Nina vor seinem inneren Auge auf und schwebte seitlich wieder weg.

Aber die würden ihn doch nicht behandeln, wenn er keine Krankenversicherung besaß. Sollte er die Bezahlung anbieten? Nein, das wäre viel zu teuer für ihn. Er würde gleich mal beim Sozialamt anrufen und sich nach der Kostenübernahme erkundigen. Auch Arme hatten doch Anspruch auf eine ärztliche Versorgung, sogar Obdachlose und Asylanten. Man musste nur die richtige Unterstützung bei der richtigen Stelle beantragen, wie immer. Dabei könnte er Bast doch behilflich sein und ihm seine falsche Scham ausreden.

Bodo Schenk aß sein übliches Abendbrot und verfolgte dabei die interessante Fernsehsendung über die Theorie, dass man durch Hungern länger leben könnte. Durch das Atmen, Essen und Trinken würden sich am Ende durch eine Reaktion mit Sauerstoff diese freien Radikalen bilden, die Teile der DNA zerstören und Zellen altern lassen würden. Also weniger essen – weniger Radikale. In den USA setze man Hefezellen, Fadenwürmer und Mäuse auf Diät. Bei den ekeligen Würmern – die seinen Appetit aber nicht beeinflussten – habe man durch eine Zuckerreduzierung im Stoffwechselkreislauf den Alterungsprozess sogar für eine gewisse Zeit stoppen können. Mäuse, denen man 40 Prozent weniger Kalorien zu fressen gab, seien gleich doppelt so alt geworden wie ihre nicht hungernden Artgenossen. Mehrere Forscher seien der Meinung, dass Menschen durch eine 1800-Kalorien-Diät plus Vitaminen und Spurenelementen ihr Leben erheblich verlängern könnten.

Wer will schon uralt werden und deshalb auf alles Leckere verzichten, dachte Schenk und biss in sein dick belegtes Wurstbrot. Als er Wasser hinterher trank, klingelte das Telefon. Er stand auf und ging hin, sah dabei zur Uhr und wunderte sich über einen Anruf, besonders um diese Zeit.

„Ja? Schenk."

„'n Abend. Ich bin's schon wieder. Dr. Imker."

„Guten Abend. Hat alles geklappt?" Wollte der sich etwa noch mal bedanken? „Haben Sie einen Termin mit Herrn Bast vereinbart?"

„Nein", schnaufte er. „Das war nicht möglich, weil er nämlich gar nicht da wohnt."

„Wie? Waren Sie in der Taubenstraße 42?"

„Natürlich. Der wohnt da nicht. Es gibt da keine Klingel und keinen Briefkasten mit seinem Namen. Wir haben auch fast im ganzen Haus nachgefragt, aber niemand kennt dort einen alten Mann mit auffallend weißem Haar." Die Stimme klang nicht mehr so freundlich wie heute Morgen.

„Das gibt's doch nicht." Schenk ging mit dem Telefon in die Küche und ließ sich wie ermattet auf einen Stuhl nieder.

„Der hat Sie angelogen."

„Was? Aber er ist doch in dieses Haus reingegangen."

„Der hat Sie ausgetrickst und ist nachher wieder rausgekommen, als Sie weg waren."

Die Enttäuschung verursachte ein flaues Gefühl in seinem Magen. „Aber warum sollte er das tun?" Er spürte die fettige Wurst wie einen Fremdkörper.

„Warum, warum", wiederholte Imker ungehalten. „Der wird schon was zu verheimlichen haben. Warum hatte er vorher einen anderen Namen angegeben? Das ist ein Betrüger. Wahrscheinlich ist Bast auch falsch."

„Das glaube ich nicht." Immerhin hatte er diesen Namen auf dem Briefumschlag gelesen.

„Glauben hilft uns hier nicht weiter", erwiderte Imker gereizt. „Haben Sie sonst noch irgendwelche Informationen, wie wir ihn ausfindig machen oder erreichen können?"

Vorhin hatte er auch schon ‚wir' gesagt. Meinte

der damit wirklich nur das Klinikum? Sollte er ihm das von dem Postfach verraten? – Lieber nicht.

„Herr Schenk, es geht immerhin um seine Gesundheit und sein Leben. Wissen Sie noch etwas?"

Und wieso rief dieser Arzt nach Feierabend hier an? Etwas drängte ihn zu einem „Nein".

„Wirklich nicht?", bohrte Imker weiter.

Mit dem stimmte was nicht. „Nein." Vielleicht war er gar kein Mediziner und es ging doch nur ums Bezahlen. Also keine weiteren Auskünfte. „Mehr weiß ich auch nicht."

„Keine Idee, wie man ihn ausfindig machen könnte? Er wird sonst sterben."

„Ich kenne nur diese falsche Adresse."

„Schade. Das ist sehr ärgerlich."

„Tut mir leid, aber ..."

„Wiederhören."

„Auf ..." Er hatte schon aufgelegt. Schenk erhob sich, steckte das Telefon in die Station und setzte sich wieder ins Wohnzimmer. Im Fernsehen kam nun ein Beitrag über Offshorewindparks in der Nordsee. Er sah die riesigen Propeller und die bewegte See und dachte an Bast. Er hatte ihm also nicht vertraut, sondern ihn reingelegt. Das war bitter. Das Essen war ihm vergangen, aber Durst hatte er. Ein Glas Rotwein würde jetzt guttun.

Am nächsten Morgen vergewisserte er sich als erstes im Klinikum Nord, ob Dr. Imker dort auch tatsächlich der Laborleiter war.

Anschließend rief Schenk erneut beim Einwohnermeldeamt an und bat um Amtshilfe. Diesmal war nicht die sympathische Frauenstimme am Apparat, die so über Ausländer und Hartz-IV-Empfänger gewettert hatte, sondern ein sehr bedächtig sprechender Mann, der aber unerwartet schnell war und ihm nach wenigen Minuten die Adressen einer Hedwig Bast und eines Johannes Bast nannte, einen Erwin Bast konnte er allerdings nicht finden.

Schenk legte mit zusammengepressten Lippen den Hörer auf. Der Weißhaarige war also tatsächlich nicht gemeldet. Ob der Name wirklich stimmte? Aber er hatte es auf dem Briefumschlag selber gelesen: ‚Erwin Bast, Postfach 154'.

Was hatte dieser Mann bloß zu verbergen? Warum hatte er ihm vorgegaukelt, in der Taubenstraße 42 zu wohnen? Warum hielt er seinen Aufenthaltsort geheim?

Egal, er musste das wohl so hinnehmen. Er würde ihm jedenfalls nicht mehr vor der Post auflauern. Schließlich war die Angelegenheit ja erledigt. Er hatte ihn gefunden, sich entschuldigt und Schmerzensgeld gezahlt. Alles weitere ging ihn eigentlich nichts mehr an. Aber er würde ihm einen Brief schreiben und sich über seine Lügerei beschweren, und ihn außerdem über diesen Dr. Imker und die bei ihm entdeckte Krankheit informieren. Das musste er doch wissen.

Trotzdem suchte er im Telefonbuch die Nummern der beiden Bast heraus. Vielleicht waren sie ja doch irgendwelche Verwandte. Obwohl er das nicht glaubte.

Nach der Mittagspause rief er bei Hedwig Bast an. Sie war eine vorsichtige Frau, die sich sogar nach seinem Vornamen und seiner Dienststelle erkundigte, viele Gegenfragen stellte und sich für jede Antwort Zeit ließ. Zögernd offenbarte sie ihm ihre Lebensgeschichte; aber garantiert nur, weil er als Beamter des Versorgungsamts einen Mann suchte. Sie war 78 Jahre alt, seit 14 Jahren Witwe und verließ ihre kleine Erdgeschosswohnung nur noch selten, weil sie auch mit ihrem Rollator nicht gut gehen konnte. Ihr Sohn war dieser Johannes Bast, der geschieden sei und bei VW arbeite, seine Tochter sei verheiratet und habe zwei süße Kinder. Aber ein Erwin Bast sei ihnen absolut unbekannt. Der Rest der Familie ihres Mannes lebe im Saarland. Mit der Zeit wurde sie immer gesprächiger und erzählte Anekdoten über ihre Urenkel. Als sie von der religiösen Bedeutung des Vornamens ihres Sohnes anfangen wollte, wimmelte Schenk sie mit der Behauptung ab, sein Chef stehe hier vor ihm und wolle mit ihm reden.

Danach versuchte er es noch bei der Rentenversicherung, doch die waren nicht so auskunftsfreudig wie beim Einwohnermeldeamt und verwiesen ihn auf den offiziellen Dienstweg.

Bodo Schenk stand genau dort, wo am Freitag Bast ausgestiegen war, um über die Straße zu gehen und im Haus Nr. 42 zu verschwinden. Auf der Heimfahrt war ihm nämlich eingefallen, dass Imker gesagt hatte, sie hätten fast im ganzen Haus nachgefragt. Also hatten sie nicht alle Nachbarn angetroffen, folglich konnte doch jemand Bast kennen. Denn zweifellos musste er schon dort gewesen sein, sonst hätte er nicht gewusst, dass die Haustür offen stand. Deshalb hatte Schenk seine Route geändert und war zur Taubenstraße gefahren, um sich Gewissheit zu verschaffen. Denn morgen früh würde er sein Auto in der Werkstatt abgeben und es erst am Montagnachmittag wieder abholen. Dann müsste er mit öffentlichen Verkehrsmitteln umständlich hierherkommen.

Er stieg aus, überquerte die Straße und näherte sich dem verwahrlosten Mietshaus. Der Putz der Fassade war an vielen Stellen abgebröckelt, überall zeigten sich Risse, der untere Bereich diente anscheinend als Versuchsfläche für angehende Graffitisprayer. Wie erwartet, war die rundherum beschädigte Haustür nicht verschlossen, höchstwahrscheinlich funktionierte das auch nicht mehr. Es gab sechs verbeulte, teilweise aufgebogene Briefkästen. Schenk wollte oben anfangen und stieg das heruntergekommene, verschmutzte Treppenhaus hoch. Es roch nach Kochdünsten, nassem Fell und Tabaksqualm. Er hörte Musik, streitende Stimmen, einen kläffenden Hund und laute Fernseher.

Schenk klingelte, zückte seinen Dienstausweis und fragte die öffnende pummelige Frau nach einem älteren Mann mit schlohweißen Haaren, groß, schlank und mit blauen Augen.

„Schon wieder? Da war'n doch gestern erst zwei

Kerle hier gewesen und haben nach so einem gefragt." Sie betrachtete neugierig seinen Ausweis.

„Zwei?"

„Ja. So'n dicker Arzt mit Halbglatze und sein Leibwächter."

„Sein was?", wunderte sich Schenk.

„Na", sie griente, „jedenfalls sah der so aus wie in 'nem Krimi: ein massiger Brecher mit Stoppelschnitt, in schwarzen Klamotten, mit Sonnenbrille und 'ner Tätowierung am Hals."

„Wirklich?" Sollte er ihr glauben? War das nicht zu albern?

„Na klar", die Frau stemmte ihre Hände in die ausladenden Hüften, „genauso sah der aus."

„Aha." Das meinte Imker also mit ‚wir'. Doch was hatte der mit so einem Typen zu tun?

„Aber der hat sich nich' vorgestellt. Ich weiß nich', was das für einer war." Sie trug einen bunten, ärmellosen Kittel. Aus der Wohnung hörte man jetzt zankende Kinder. „Aber denen konnte ich auch nix sagen. So'n Weißhaarigen kenn ich nich'." Sie legte ihren Kopf schief. „War's das? Ich muss nämlich wieder rein." Sie deutete genervt hinter sich zu dem Gekreische.

„Ja. Vielen Dank. Und entschuldigen Sie die Störung."

„Macht nix."

„Auf Wiedersehen. Schönen Abend noch."

„Danke." Sie stöhnte mit verdrehten Augen und schloss die Tür.

Als er bei der nächsten Wohnung klingelte, hörte er noch ihre lautstarken Kommandos, die den Kinderlärm übertönten.

Schenk arbeitete sich von oben bis unten durch und traf alle Mieter an. Nur einer wusste nichts von Imker und seinem bedrohlichen Begleiter: ein freundlicher Student im 1. Stock, der erst heute von einem Wochenendbesuch bei seinen Eltern zurückgekommen sei. Aber niemand kannte einen weißhaarigen Mann. Der rüstige Rentner im Erdgeschoss meinte, er sei hier der einzige Alte. Er habe aus dem

Fenster geschaut, als die beiden Männer in ihr Auto mit Hamburger Kennzeichen stiegen und wegfuhren. Der Wagen sei so schwarz gewesen wie dieser bullige Kerl, sogar durch die dunklen Scheiben habe man nicht gucken können. Über das Fabrikat konnte er aber nichts sagen, er sei nur recht groß und hoch gewesen.

Als Schenk wieder vor den demolierten Briefkästen stand und die primitive Kellertür sah, kam ihm der Gedanke, dass Bast ja auch deshalb nicht gemeldet sein könnte, weil er überhaupt keinen festen Wohnsitz hatte; vielleicht war er ein Obdachloser, der dieses offene Haus unbemerkt zum Übernachten benutzte.

Er öffnete die quietschende Tür und schritt zaudernd die Kellertreppe herab. Unten roch es feucht und muffig, überall hingen dichte Spinnweben, alles stand mit Möbelteilen, Gerümpel und Säcken voll. Hier deutete nichts auf einen Schlafplatz hin. Außerdem hatte Erwin Bast nicht wie ein Penner ausgesehen, sondern wirkte im Gegenteil sehr gepflegt. Also ging er wieder hoch und verließ dieses unangenehme Haus.

Am Mittwochabend leerte Schenk sein Weinglas, lehnte sich zurück und las noch einmal den Brief, den er ans Postfach 154 schicken würde.

Sehr geehrter Herr Bast,
ich schreibe Ihnen, weil ich Sie ja sonst nicht erreichen kann. Leider haben Sie mir in Bezug auf Ihre Wohnung nicht die Wahrheit gesagt. Ich bin sehr enttäuscht, dass Sie mir nicht vertraut, sondern mich belogen haben.
Am Montag, den 10.6.2013, erhielt ich auf der Arbeit einen Anruf von einem gewissen Dr. Imker, er ist der Laborleiter des Städtischen Klinikums Nord. Er teilte mir mit, dass man bei der Untersuchung Ihres Blutes festgestellt habe, dass Sie an einer seltenen und gefährlichen Krankheit leiden würden, die unbedingt rasch behandelt werden müsse. Deshalb fragte er mich eindringlich, ob ich

ihm Ihre Anschrift oder Telefonnummer geben könne. Aus Sorge um Ihre Gesundheit verriet ich ihm Ihren richtigen Namen und sagte ihm, dass Sie in der Taubenstraße 42 wohnen würden.

Am Abend des gleichen Tages rief dieser Dr. Imker bei mir zu Hause an und beschwerte sich darüber, dass ich ihm eine falsche Adresse genannt hätte. Kein Mensch kenne Sie dort. Er bohrte noch weiter, ob ich noch etwas wisse. Aber ich verneinte das und verschwieg auch Ihr Postfach.

Auch wenn Sie aus irgendwelchen Gründen Ihren Aufenthaltsort geheim halten müssen und niemandem vertrauen wollen, so bitte ich Sie doch, wenigstens bei Dr. Imker anzurufen und sich nach dieser Krankheit zu erkundigen. Nach seiner Aussage sei sie lebensbedrohend und müsse dringend behandelt werden.

Ich hoffe, Sie befolgen meinen Ratschlag und melden sich im Klinikum. Wenn Sie noch Fragen haben, können Sie mich jederzeit anrufen. Ich hatte Ihnen ja meine Telefonnummern gegeben.

Mit freundlichem Gruß

Schenk seufzte, unterschrieb den Brief, faltete ihn genau zusammen und steckte ihn in den vorbereiteten Umschlag. Er würde ihn morgen früh auf dem Weg zur Straßenbahn einwerfen.

Er füllte sein Weinglas und ging ins Wohnzimmer, ließ die Flasche aber extra in der Küche stehen. Er stellte den Fernseher an, zappte die Sender durch und blieb bei einem Bericht über eine Nordkap-Kreuzfahrt hängen, weil Nina und er auch einmal so eine gemacht hatten. Damals, als alles noch in Ordnung war. Schenk sah die Bilder von den wunderbaren Fjorden und den gewaltigen Wasserfällen, die sich von den schroffen Felsen ins Meer stürzten.

Als sie am Nordkap ankamen, machte es seinem Namen alle Ehre: hier herrschte Winter mitten im Juni. Dichtes Schneegestöber und eisiger Wind empfingen sie, es gab nur alle möglichen Grautöne. Das berühmte Wahrzeichen, diese Weltkugel auf dem

Podest, konnte man erst aus wenigen Metern Entfernung erkennen. Mit klammen Fingern hatte er schnell die Fotos geschossen: eine durchgefrorene Nina vor oder neben undeutlichen Motiven. Dann retteten sie sich mit ihrer Reisegruppe in das warme Informationszentrum, wo es natürlich auch Getränke, Essen und Andenken gab.

Sie gingen in die untere Etage und sahen sich einen Film über die Jahreszeiten im hohen Norden an. Eigentlich wollten sie danach auch einen Kaffee trinken, doch draußen war der trübe Himmel aufgerissen, die Sonne schien, vom Wintereinbruch vorhin konnte man nichts mehr sehen. Also gingen sie wieder raus und fotografierten alles noch mal bei besserem Wetter.

Ob damals schon die böse Saat in ihr aufgegangen war? Ob da auch schon der Krebs völlig unbemerkt an ihr nagte und sich heimtückisch vermehrte? Wie konnte es sein, dass man sich zufrieden und gesund fühlte, von außen alles bestens war und doch innerlich bereits der nahe Tod lauerte?

Gut, dass sie sich beizeiten schon viele Urlaubsreisen gegönnt hatten, auch einige Kreuzfahrten. Sie hatten allerhand von der Welt gesehen. Diese schönen Erinnerungen konnte ihm keiner mehr nehmen.

So ohne Partner hatte er jetzt keine Lust mehr zum Verreisen. Er war halt keiner, der schnell Kontakte knüpfte. Das hatte Nina immer erledigt, die kam mit allen Leuten rasch ins Gespräch. Es hatte nie lange gedauert, bis sie mit einem anderen Paar zusammensaßen, sich unterhielten oder gemeinsam etwas unternahmen.

Vielleicht sollte er einfach mal wieder einen Urlaub planen. Geld hatte er ja genug, daran würde es nicht scheitern. Er müsste sich wirklich mal aufraffen. Bei einer Rundreise waren doch bestimmt viele Alleinstehende dabei. Heutzutage gab es schließlich jede Menge Singles. Wahrscheinlich wurden sogar spezielle Reisen für sie angeboten. Man müsste sich nur mal informieren. Im Internet und in

Zeitungen suchten oder boten auch zahlreiche Frauen eine Urlaubsbegleitung. Aber das traute er sich nicht. Plötzlich kam ihm eine Sexreise nach Thailand in den Sinn. Er schüttelte den Kopf und nahm einen Schluck Rotwein. Nach wenigen Minuten spürte er die belebende Wirkung und träumte von vergangenen Urlaubsmomenten.

Kapitel 5

10 Tage später räumte Schenk gerade seinen Samstagseinkauf ein, als das Telefon klingelte. Er stellte den zweiten Weinkarton ab und meldete sich.

„Guten Tag. Hier ist Erwin Bast."

„Oh! Schön, dass Sie mal anrufen. Haben Sie meinen Brief bekommen?"

„Ja."

„Und? Haben Sie ..."

Bast unterbrach ihn: „Mir geht es nicht gut."

„So? Kommt das von dieser Krankheit?"

„Nein."

„Was haben Sie denn?" Schenk ging mit dem Telefon ins Wohnzimmer und setzte sich in den Sessel.

„Die Wunde an der Stirn hat sich entzündet. Das tut verdammt weh. Und Fieber hab ich bestimmt auch."

„Waren Sie denn inzwischen im Klinikum?"

„Nein."

„Haben Sie wenigstens diesen Dr. Imker angerufen?"

„Auch nicht."

„Aber warum denn nicht?" Der Kerl war wirklich unbelehrbar. „Sie sollen doch eine gefährliche Krankheit haben."

„Unsinn."

„Wie bitte?"

„Das ist gelogen", behauptete Bast.

„Das können Sie doch nicht einfach so ignorieren."

„Doch. Kann ich."

„Das ist sehr leichtsinnig von Ihnen."

„Aber es stimmt nicht."

„Woher wollen Sie das wissen?" Schenk bemühte sich, ruhig zu bleiben. Aber dieser Mann regte ihn langsam auf.

„Ich weiß es eben."

„Tja, wenn Sie alles besser wissen."

„Aber ich ... Ich brauche Ihre Hilfe wegen der Naht an der Stirn."

„Wie?" Er hatte ihm seine Hilfe ja regelrecht aufgedrängt. „Klar, Herr Bast. Natürlich helfe ich Ihnen. Soll ich Sie zur Ambulanz oder zu einem Arzt fahren? Ich übernehme auch die Rechnung."

„Nein. Keinen Arzt."

„Aber ich weiß nicht, ob ich Ihnen da richtig helfen kann."

„Versuchen Sie es bitte."

„Gut, gut. Ich kann ja etwas gegen Entzündung und Fieber in der Apotheke besorgen und komme damit zu Ihnen."

„Nein. Das möchte ich nicht."

„Wie?" Ach ja, sein großes Geheimnis. Schenk schnaufte. „Und was möchten Sie dann?"

„Können Sie mich irgendwo abholen und mit zu sich nehmen? Sie leben doch allein, nicht wahr?"

„Ja." Er wollte zu ihm kommen?

„Am besten für einige Tage, bis die Entzündung weg ist und ich mich besser fühle. Wäre das möglich?"

Schenk zögerte mit der Antwort. Er wollte bei ihm wohnen? Was hatte der bloß für ein Problem? „Sicher. Wenn ich nicht zu Ihnen kommen soll. Und Sie nicht alleine sein wollen."

„Nicht im Moment."

Dem schien es ja wirklich schlecht zu gehen. „Sie müssten dann aber im Wohnzimmer auf der Couch schlafen."

„Selbstverständlich."

„Gut." Etwas Gesellschaft würde ihm auch guttun. „Wo wollen wir uns treffen?"

„Wie wäre es bei Ihrer Bankfiliale auf dem Altstadtring?"

„Wenn Ihnen das nicht zu anstrengend ist, denn Sie müssen ja einige Sachen mitbringen. In Ihrem Zustand wäre es doch bequemer, wenn ich Sie von zu Hause abholen würde."

„Das schaff ich schon."

„Wie Sie meinen." Schenk musste schmunzeln,

weil er Bast nicht hereinlegen konnte. Dieser Mann war nicht so leicht zu überlisten.

„Das wäre sehr nett von Ihnen. Nur zwei Tage vielleicht, bis es mir wieder besser geht."

„Sicher. Und wann soll ich da bei der Bank stehen?"

„Sagen wir um 14 Uhr?"

„Einverstanden."

„Gut. Dann bis später. Wiedersehen."

„Auf Wiederhören, Herr Bast."

Als Schenk fünf Minuten vor der Zeit auf den kleinen Bankparkplatz einbog, stand Bast schon da im Schatten, mit einer Reisetasche zwischen den Beinen. Sofort erkannte er ihn und kam langsam auf ihn zu. Er ging vorgebeugt, weil ein praller Rucksack ihn herunterdrückte. Schenk stieg aus, öffnete den Kofferraum, begrüßte ihn und half ihm beim Abnehmen des Rucksacks. Als er die Reisetasche daneben stellte, kam ihm die Befürchtung, dass Bast womöglich doch länger bleiben wollte.

„Oh, da ist ja alles wieder wie neu", er lächelte gequält und zeigte auf die blitzblanke Motorhaube. „Das war bestimmt sehr teuer."

Schenk erwiderte mit einem Schulterzucken: „Das meiste übernimmt doch die Versicherung. Ich muss nur meine Selbstbeteiligung zahlen."

„Mit so was kenn ich mich nicht aus."

Sie stiegen ein. Bast beobachtete aus den Augenwinkeln, wie er sich anschnallte und machte es ihm nach.

„War die Schlepperei nicht zu viel für Sie?"

„Jetzt kann ich mich ja ausruhen." Bast hatte Schweißperlen auf der Stirn und rötliche Stellen im Gesicht. Seine Augen glänzten feucht, das Blau war verwässert. Das Pflaster wirkte etwas schmuddelig. Er schien noch hagerer geworden zu sein und sah wirklich krank aus.

Schenk fuhr los. Nach einer Weile sagte er: „Ich konnte noch keine Tabletten und so kaufen, weil meine Apotheke schon geschlossen hatte. Ich fahre nachher noch zu der, die Bereitschaft hat. Dann wissen wir auch, was wir alles brauchen. Aber ein paar Aspirin habe ich noch zu Hause."

„Ja. Gut."

„Haben Sie Fieber?"

„Ich nehme es an."

„Und Schmerzen?"

Bast nickte. „Ja."

Sicherlich besaß er kein Fieberthermometer. Es musste ihm schon verdammt schlecht gehen, dass er seine Leiden zugab und diese umfassende Hilfe von ihm wollte. Denn dieser Mann war garantiert kein wehleidiger Jammerlappen, sondern meistens bestimmt zu stolz, um jemanden um etwas zu bitten.

Schenk blickte noch einmal skeptisch in den Rückspiegel, weil er meinte, dort gerade irgendwo einen schwarzen Wagen mit getönten Scheiben gesehen zu haben. Doch jetzt konnte er nichts dergleichen erkennen. Er sah wohl schon Gespenster.

Imker war alleine im Labor, seine beiden Mitarbeiterinnen hatten sich gerade verabschiedet. Sein Handy klingelte in seinem glaskastenähnlichen Büro. Er ging hin und drückte auf den grünen Hörer.

„Hallo, Herr Doktor."

Ach, dieser türkische Schönling. „Hallo."

„Mein Onkel hat über mehrere Mittelsmänner ein gutes Angebot eines Pharmakonzerns erhalten."

„Dachte ich mir."

„Deshalb bekommen Sie auch noch eine Prämie, wenn Sie uns das Objekt geliefert haben. Und Ihre ganzen Schulden sind dann getilgt."

Das wäre wie ein Lottogewinn, dachte Imker, als Alternative zur durchgeschnittenen Kehle. „Wie hoch ist diese Prämie?"

„Das kann ich Ihnen noch nicht sagen. Lassen Sie sich überraschen."

„Aber ich brauche jetzt Geld, um den Mann zu bezahlen."

„Wie viel verlangt er?"

„20.000 Euro. Als Anzahlung 10."

„Das können Sie doch bestimmt selber aufbringen, Herr Doktor. Was ist denn mit Ihrer Hypothek, dem Auto und Ihrem Familienschmuck?", fragte er ironisch.

Arschloch, dachte Imker und sagte: „Das dauert zu lange. Der Mann will sofort Geld sehen."

Es gab eine kleine Pause. Imker grinste hinterlistig.

„Gut, Herr Doktor. Damit das Geschäft vorwärts kommt, machen wir eine Ausnahme. Wo sind Sie jetzt?"

„Ich bin noch im Labor."

„Wann machen Sie Feierabend?"

„Das bestimme ich selber." Du kleiner Handlanger, hätte er gerne hinzugefügt.

„Wann und wo können wir uns treffen?"

„Sagen wir um 18 Uhr bei der Aral-Tankstelle in der Nähe des Klinikums?"

„Einverstanden. Ich bringe das Geld mit."

„Gut."

„Bis dann." Der Türke beendete das Gespräch.

„Super!", rief Imker und streckte den rechten Arm mit geballter Faust wie ein Sieger in die Höhe.

Bast zog das Fieberthermometer aus seiner Achselhöhle und las die Digitalanzeige ab: „39,28." Er hielt es wie einen fremdartigen Gegenstand am äußersten Ende und reichte es an Schenk weiter.

„Ganz schön hoch." Er schaute sorgenvoll auf den gemessenen Wert, drückte das Thermometer aus und erhob sich. „Jetzt hole ich Ihnen als erstes eine Aspirinbrausetablette. Und dann sehe ich mir die Wunde an."

Bast nickte stumm und schicksalsergeben.

Nachdem Schenk das Austrinken des Glases beaufsichtigt hatte, löste er mit spitzen Fingern und behutsam das unansehnliche Pflaster von der Stirn. Es war mit der vernähten Wunde verklebt und ließ sich schlecht lösen. In Basts Augenpartie – die tatsächlich weniger Falten aufwies als seine eigene –

zuckte es bei jedem festeren Ziehen. Schließlich hatte Schenk es geschafft, die Innenseite des Pflasters war blutig und eitrig. Er warf es mit gerümpfter Nase in den bereitgestellten Badezimmertreteimer und betrachtete die verkrustete Wunde. Die ganze, bestimmt sechs Zentimeter lange Naht hatte sich entzündet, die Wülste der Fäden waren rot geschwollen, an mehreren Stellen hatte sich gelbliches Sekret abgesondert.

„Das sieht übel aus. Da kommt sogar schon Eiter raus. Da muss ein Fachmann ran. Sie müssen zu einem Arzt."

Bast schüttelte mit zusammengepressten Lippen den Kopf und sah ihn verängstigt an.

„Ich kann Ihnen da nicht helfen." In Schenks Gedanken sprang etwas von Fachmann zu Fachfrau und von da zu Schwester Beate.

„Sie können doch aus der Apotheke eine Salbe gegen die Entzündung und Tabletten holen."

„Die Fäden müssen entfernt werden, die haben sich entzündet. Und das kann ich nicht."

Bast blickte ihn flehentlich an. Die rote Wundnaht schien zu glühen.

„Sie brauchen professionelle Hilfe. Und wenn Sie auf keinen Fall ins Krankenhaus oder zu einem Arzt wollen, bleibt nur noch eine Möglichkeit."

„Und die wäre?"

„Ich rufe die nette Krankenschwester vom Klinikum an und frage, ob sie herkommen und Sie versorgen würde. Ganz privat."

Bast sah ihn verständnislos an und zog die Schultern hoch. Seine Augen glänzten fiebrig.

„Na, diese durchaus hübsche, etwas kleinere und stets freundliche Schwester Beate. Sie war auf dieser Station ja nun wirklich die Ausnahme."

„Ich kann mich an keine besondere Krankenschwester erinnern."

„Macht nichts", sagte Schenk beruhigend. „Ich habe jedenfalls ihre Handynummer und rufe sie jetzt an. Ich werde ihr den Fall und Ihren Zustand schildern und sie um ihre Hilfe bitten. Hoffentlich ist es ihr freies Wochenende. Also, sind Sie damit einverstanden?"

„Habe ich eine Wahl?", kam es leidend zurück.

„Nein."

Nach einer Stunde kam Beate mit einem großen abgedeckten Einkaufskorb und verscheuchte sofort die trübselige Stimmung der beiden Männer. Sie begrüßte Bast absichtlich mit „Prora" und zwinkerte ihm zu.

„Ach, Sie sind das." Er erkannte sie und lächelte trotz seiner frankensteinmäßigen Stirn.

„Sie müssen sich aber wieder hinsetzen, sonst brauche ich eine Trittleiter, um mir Ihre Wunde anzusehen. Ich bin etwas zu klein geraten."

„Aber sehr wohlproportioniert." Schenk bekam gerötete Wangen wegen seines kühnen Kompliments.

„Danke. Aber mindestens 10 Kilo dieser Proportionen würde ich gerne wieder loswerden."

„Das wäre doch ein Verlust", schmeichelte Schenk und zwang sich, nicht auf ihren imposanten Busen zu starren, der in dem roten Shirt ungeheuer zur Geltung kam.

„Genug der Süßholzraspelei. Ich muss mich um meinen Patienten kümmern. Nicht wahr?"

Bast nickte nur und saß mit zurückgelegtem Kopf da.

„Das sieht wirklich schlimm aus." Beate begutachtete die rot geschwollene Narbe. „Die Fäden sind eingewachsen und haben sich eitrig entzündet. Die hätten ja auch schon längst entfernt werden müssen. Wann wurde das genäht?"

Da Bast nicht reagierte, antwortete Schenk: „Am 30. Mai."

„Normalerweise werden solche Fäden nach 10 bis 12 Tagen gezogen. Aber die hier sind nun schon 23 Tage drin und müssen schnellstens raus. Ich habe alles Nötige mitgebracht. Da das Entfernen in dem Zustand natürlich sehr wehtun wird, bekommen Sie jetzt als erstes eine ordentliche Schmerztablette."

Bast schluckte sie apathisch und legte sich wie

gewünscht auf die Couch, den Kopf auf die Lehne. Während Beate auf die betäubende Wirkung bei ihm wartete, breitete sie ihre medizinischen Utensilien auf dem kleinen Tisch aus, auf dem sonst die Telefonstation im Flur stand. Als Schenk einen Küchenstuhl neben die rechte Kopfseite von Bast stellte und fragte, ob es so richtig sei, wurde er von ihr nach einem knappen Nicken gleich als Assistent verpflichtet. Er holte noch den Badezimmertreteimer und platzierte sich selber so, dass er ihr Sachen vom Tisch angeben und alles zum Wegwerfen abnehmen konnte.

Als Beate mit ihren Vorbereitungen fertig war, setzte sie sich auf den Stuhl und blickte auf ihre Uhr. Mit der Pinzette drückte sie gegen eine Fadenwulst, und das sofortige Zucken von Bast zeigte ihr, dass sie noch etwas warten musste. Innerhalb der nächsten 10 Minuten erklärte sie den beiden schweigsamen Männern, wie sie vorgehen, was sie womit machen würde, wie und womit Schenk ihr assistieren sollte.

Ein neuerlicher Test mit der Pinzette zeigte deutlich weniger Reaktion. Sie wies Bast an, die Augen geschlossen zu halten, zog sich Einmalhandschuhe über, besprühte die verkrustete Wundnaht mit Octenisept und begann. Mit einem Skalpell durchtrennte sie die eingewachsenen Fäden, wischte das Blut weg, lockerte die Stücke mit der Pinzette, löste sie aus der blutig eitrigen Vertiefung und warf sie in die Pappschale, die ihr Schenk geduldig hinhielt. Schließlich hatte sie sämtliche Fäden entfernt und besprühte die Narbe wieder, das wässrige Desinfektionsmittel stand in den roten Kanälen. Beate schnitt sechs etwa 10 Zentimeter lange Pflasterstreifen von einer Rolle ab, bestrich bei einem die Kontaktfläche auf Wundgröße mit einer braunen Salbe und klebte es auf die abgetrocknete Naht.

„So, Herr Schenk. Meine pflegerische Anordnung an Sie: Jeden Morgen das Pflaster wechseln, so, wie ich es gerade getan habe. Ich lasse Ihnen fünf

Pflaster und die PVP-Jodsalbe da. Außerdem 20 Paracetamol-Tabletten. Die sind gegen Fieber, Entzündungen und Schmerzen. Davon bekommt er heute Abend zwei und ab morgen dreimal täglich eine."

„Und wie lange?"

„Bis er einen ganzen Tag fieberfrei war. Alles klar?", sie sah ihn eindringlich an. „Und wenn es Komplikationen gibt, rufen Sie mich an."

„Vielen Dank, Schwester Beate. – Wirklich." Schenk hätte sie umarmen und küssen können.

„So, Herr Bast, jetzt dürfen Sie die Augen wieder aufmachen. Die Operation ist beendet, die Fäden sind raus." Seine Haut sah echt nicht nach 68 aus.

Er öffnete blinzelnd die Augen, betastete das neue Pflaster und strahlte sie an.

„Sie waren sehr tapfer."

Bast nickte und setzte die Brille auf. Er hatte die Zähne zusammengebissen und sich wirklich jegliche Schmerzäußerung verkniffen. Schließlich hatten sie es ihnen damals so beigebracht.

Als alle Wasser getrunken und Beate ihre Ausrüstung weggepackt hatte, fragte Schenk seine Gäste nach ihren Pizza-Wünschen, die er dann kommen lassen wollte. Beate musste er überreden, doch noch zum Essen zu bleiben. Nach der telefonischen Bestellung räumte Schenk Tisch, Stuhl und Treteimer weg, stellte alles wieder an seinen Platz. Dann saßen sie im Wohnzimmer, und Beate beantwortete die zahlreichen Fragen von Schenk: ob denn kein Antibiotikum nötig sei, ab wann das Fieber weg sein müsse, ob er die Wunde jedes Mal von der Jodsalbe reinigen müsse, ab welcher Temperatur er noch eine Paracetamol zusätzlich geben könne und so weiter. Beate ließ all seine Sorgen wie Seifenblasen platzen und lächelte sie weg.

Nach einer dreiviertel Stunde brachte ein junger Mann die Pizzas. Es war erstaunlich, dass er beim Gehen seine tiefsitzende Hose nicht verlor. Das Essen nahmen sie in der Küche ein, Schenk saß auf dem unbequemen Hocker aus dem Schlafzimmer. Sie hatten alle verschiedene Pizzas. Bast wollte gleich aus der Pappschachtel essen, doch Schenk bestand auf Teller. Er fragte wegen Rotwein nach, doch da die anderen Wasser wollten, blieb er auch dabei.

Während des Essens wurden die Bewegungen von Bast langsamer und seine Augen immer kleiner. Der Kopf sackte nach vorne, schreckte sofort aber wieder hoch. Er entschuldigte sich für sein Einnicken, aber er sei jetzt furchtbar müde und würde sich gerne hinlegen. Die beiden Jüngeren hatten natürlich vollstes Verständnis dafür. Schenk erhob sich, um das Bett auf der Wohnzimmercouch herzurichten. Bast verabschiedete sich von Beate und bedankte sich für ihre Hilfe. Er sah erschöpft aus, seine Augen ähnelten angetauten Eisflächen. Beate hielt ihren Handrücken an seine linke Stirn, bestätigte Fieber und überwachte die umständliche Einnahme der zwei Paracetamol. Als Bast die Küche verließ, wirkte er von hinten wie ein kraftloser alter Mann.

Beate wartete mit dem Weiteressen auf Schenk, obwohl die Pizza natürlich kalt wurde. Sie dachte über diesen netten, aber etwas schwerfälligen Mann nach, der keinen Ehering trug und offensichtlich auch alleinstehend war. Da sie mit weiblichem Rundumblick kein Frauenfoto entdeckt hatte, nahm sie an, dass er geschieden war.

Als er zurückkam, schloss er die Tür und sagte: „Der war völlig fertig und ist sofort eingeschlafen."

„Verständlich. Das muss trotz Tablette verdammt schmerzhaft gewesen sein. Und dann noch das Fieber."

„Er hat sogar ein kleines Kissen und eine Decke mitgebracht. Ich hatte mich schon über sein vieles Gepäck gewundert."

„Vielleicht braucht er seine Kuscheldecke", sie lächelte verständnisvoll.

Schenk wärmte ihre Pizzas in der Mikrowelle auf und setzte sich auf den freien Küchenstuhl. Er fragte nochmals wegen Rotwein nach, doch Beate blieb bei Wasser, weil sie ja noch fahren müsse. Um keinen falschen Eindruck zu erwecken, begnügte er sich auch mit Wasser.

Nachdem er schließlich den Tisch abgeräumt und alles in die Spüle gestellt hatte, schaute Beate auffällig zur Uhr und wollte eigentlich gehen. Schenk bat sie, doch noch einen Moment zu bleiben, weil er noch einige Fragen hätte. Sie blickte ihn misstrauisch an, als er sich wieder hinsetzte, sein Glas drehte und scheinbar nach dem richtigen Anfang suchte.

„Kennen Sie einen Dr. Imker?"

„Na klar. Das ist der Laborleiter bei uns im Klinikum. Ehrlich gesagt, ein unangenehmer Typ."

„Der hatte mich auf der Arbeit angerufen und wollte unbedingt die Anschrift oder Telefonnummer von Bast haben."

„So? Wann war das denn?"

„Am 10. Juni", antwortete Schenk. „Und er teilte mir mit, dass man bei der Blutuntersuchung festgestellt hätte, dass Bast an einer seltenen, gefährlichen Krankheit leiden würde und schnellstens behandelt werden müsste."

„Was denn für 'ne Krankheit?"

„Die hat er mir nicht genannt. Aber ich war besorgt und habe ihm die vermeintliche Adresse von ihm gegeben."

„Wieso vermeintlich?"

„Weil sie falsch war. Der gute Herr Bast hat mich glauben lassen, er wohne in der Taubenstraße 42. Bis heute weiß ich nicht, wo er wirklich wohnt."

„Aha", Beate zog ihre Augenbrauen zusammen, sodass sich mittig eine tiefe Falte bildete. „Der hat wohl was zu verbergen?"

„Jedenfalls verhält er sich so."

„Aber das würde zumindest das starke Interesse von Imker an dem Blut von Herrn Bast erklären. Obwohl, eigentlich ..."

„Ja? Was denn?"

„Na, dass er eine seltene Krankheit hat."

„Wieso?", Schenk sah sie skeptisch an. „War dieses Interesse denn ungewöhnlich? Anders als üblich?"

„Na ja." In ihrem Kopf ertönte eine Alarmsirene. Sie musste sich bedeckt halten, durfte keine internen Krankenhausinformationen an Außenstehende weitergeben. Das könnte sonst Ärger geben. „Er ließ mehr Blutproben abnehmen als sonst. Aber die Entdeckung einer gefährlichen Krankheit rechtfertigt das selbstverständlich."

„Bast glaubt nicht an eine Erkrankung. Oder er verdrängt sie. Auf jeden Fall gibt er sich überzeugt davon, absolut gesund zu sein."

„Erstaunlich. Wie kann er sich da so sicher sein?", wunderte sich Beate. „Wirklich sonderbar."

„Das ist es alles. Nicht nur Herr Bast, auch dieser Dr. Imker hat sich ziemlich merkwürdig verhalten."

„So? Inwiefern?"

Schenk erzählte ihr, dass dieser Laborleiter am gleichen Abend – also nach Dienstschluss – erneut angerufen und sich darüber beschwert hatte, dass er ihm eine falsche Adresse gegeben habe. Er berichtete ihr von seinem Besuch in der Taubenstraße 42 und den Aussagen der Mieter, dass dieser Doktor dort in Begleitung eines zwielichtigen Schlägertypen aufgekreuzt sei und beide in einem schwarzen Auto mit vollgetönten Scheiben weggefahren wären.

Beim Zuhören wurde Beate immer nachdenklicher, diese Falte erschien wieder über ihrer Nasenwurzel. Sie dachte daran, wie Imker sie abgekanzelt hatte, als sie ihn um die gespeicherten Analysen bat. Aber das mit den verschwundenen Laborwerten durfte sie diesem Mann natürlich nicht sagen. Sie war schließlich zur Verschwiegenheit verpflichtet. Sie musste erst mal einen klaren Kopf bekommen und sich jetzt endgültig verabschieden.

Als Beate zu Hause auf ihrer Couch lag, am Tee nippte und ihre leise Lieblingsmusik hörte, fand sie das Verhalten von Dr. Imker immer noch sehr seltsam. Sie ging in Gedanken alles noch einmal durch: Kurz bevor Bast „Prora" sagte, hatte sie mit ihrem Stationsarzt über sein Alter gerätselt, weil ihn nur das weiße Haar älter erscheinen ließ. Daraufhin erzählte ihr Müller, dass Imker vom Blut des Patienten ganz fasziniert sei und es auf unter 40 Jahre schätzen würde. Danach hatte sie sich gewundert, als die Labor-Kerstin wieder mal Blut bei ihm abgenommen hatte. Worauf sie antwortete, dass ihr Chef nicht genug davon kriegen könne, weil an dem Blut irgendetwas Ungewöhnliches sei. Dann war Bast weg, und mit ihm auch alle Laborwerte und die Visitenkarte von Schenk. Als sie bei Imker nachfragte, wollte er sie zuerst abwimmeln. Erst als sie die Bemerkungen von Kerstin und Müller erwähnte, lenkte er ein und gab zu, dass das Blutbild für einen Mann seines wahrscheinlichen Alters wirklich außergewöhnlich sei. Im Laufe des Gesprächs wurde er immer ungehaltener, bis er sie nach ihrem Hinweis auf die gespeicherten Originalberichte wütend abgewürgt hatte.

Was spielte Imker da für ein Spiel? Wieso erkundigte er sich privat nach Bast? Und zeigte sich dabei sogar noch mit einem Unterwelttypen. Was hatte er mit solchen Leuten zu tun?

Auf jeden Fall gab es keinen Zweifel daran, dass Imker die Blutanalysen und die Visitenkarte aus der Akte genommen hatte. Woher sollte er sonst die Telefonnummern von Schenk haben?

Wieso riskierte er das alles? In was war er da verwickelt? Was war an dem Blut von Bast so besonderes? Hatte Imker da wirklich eine bedrohliche Krankheit entdeckt?

Sie musste unbedingt mal im Labor bei Kerstin schnüffeln gehen, wenn ihr blöder Chef weit weg war.

Kapitel 6

Als Erwin Bast aufwachte, wusste er nicht, wo er war. Er lag auf einer fremden Couch in einem fremden Zimmer. Nur der Schlafanzug, das kleine Kissen und die Decke gehörten ihm. Er erinnerte sich an gestern Abend und betastete das Pflaster an seiner Schläfe. Es tat nicht mehr so weh.

Er hatte mal wieder von der Abholung geträumt: Wie sie den in Reih und Glied aufgestellten Kindern des Waisenhauses zum Abschied zuwinkten und dann in das große Auto kletterten, das genauso schwarz war wie die Uniformen der beiden Männer. Sie waren ausgewählt worden, weil sie die besten arischen Merkmale hatten: drei Knaben mit blonden Haaren und blauen Augen: Konrad, Egon und er.

Man brachte sie auf die Kinderstation der angeschlossenen Klinik einer ausgedehnten Forschungsanstalt. Obwohl sie keineswegs krank waren, blieben sie über ein Jahr dort. Auch später kamen sie noch oft zur halbjährlichen Kontrolluntersuchung hierher zurück. Sie kannten die Wissenschaftler, Ärzte und Schwestern, und die kannten ihre Vornamen, obwohl sie offiziell nur mit der Projektbezeichnung ´Senex´ und ihrer Nummer genannt wurden.

Auf dem weitläufigen, abgesperrten Gelände gab es einen Kindergarten, eine Schule, einen Spielplatz und einen Sportplatz, auf dem sie sich nach der Vorschule meistens vor dem Fußballtor austobten. Auf den Straßen und Wegen begegneten ihnen überall seltsame Gestalten, die den drei Knirpsen unheimlich vorkamen: Riesen, Liliputaner in allen Altersstufen, Albinos, flaumhaarige Kinder mit auffallend hoher, gewölbter Stirn, andere trugen selbst im Hochsommer weiße Kopfbedeckungen, und Zwillingspärchen traf man andauernd, gelegentlich auch Drillinge.

Bast reckte sich und gähnte. Er sah zum Fenster und auf seine Uhr. Er hatte Durst und etwas Hunger. Und er musste mal zur Toilette.

„Na, haben Sie im Bad alles gefunden?", fragte Schenk seinen Gast, als der nach geraumer Zeit zögerlich in die Küche kam.

„Ja, alles bestens."

„Dann nehmen Sie hier bitte Platz. Kaffee kommt sofort."

„Da werde ich ja verwöhnt." Bast lächelte und setzte sich, betrachtete wohlwollend den Frühstückstisch.

„Essen Sie Toast oder lieber Brot? Brötchen gibt's hier sonntags leider nicht."

„Toast wäre gut."

„Ein Ei? Orangensaft?"

„Ich nehme alles." Bast verneigte sich, sodass man seinen geraden Scheitel sehen konnte.

„Sie müssen doch auch Hunger haben, schließlich haben Sie von der Pizza gestern Abend nicht viel gegessen."

„Das mit dem Einnicken bei Tisch ist mir sehr unangenehm."

„Kein Problem. Ist doch verständlich." Als Schenk ihm alles gereicht und Kaffee eingegossen hatte, fragte er: „Haben Sie denn einigermaßen geschlafen?"

„Gut sogar."

„Und die Schmerzen?", Schenk strich über seine Stirn.

„Sind deutlich weniger."

„Prima. Dann stärken Sie sich erst mal."

Bast nahm alles sehr langsam und bewusst zu sich, bei jedem Schlucken bewegte sich sein markanter Adamsapfel. Schenk aß und trank bestimmt doppelt so schnell. Er überlegte dabei, wie er am besten herausbekommen könnte, warum Bast so sicher war, nicht an dieser Krankheit zu leiden, die Dr. Imker festgestellt haben wollte.

Als Bast an der zweiten Tasse genippt und sie wieder abgestellt hatte, räusperte der sich und sagte: „Übrigens, ich habe Sie nicht belogen."

„Wie bitte?"

„Na, in Ihrem Brief warfen Sie mir vor, dass ich Ihnen eine falsche Adresse angegeben hätte."
„Ach, ist doch egal."
„Nein, nein", Bast hob einwendend die Hand. „Bevor ich die Taubenstraße nannte, hatten Sie mich gefragt, wo ich hin muss, und nicht, wo ich wohne."
„So? Macht das einen Unterschied?"
„Für mich schon."
„Aber ich musste doch annehmen, dass Sie in der Taubenstraße 42 wohnen."
„Das haben Sie geglaubt, aber ich habe das nicht behauptet. Deshalb habe ich Sie auch nicht angelogen."
„Na ja, Schwamm drüber", erwiderte Schenk und verzog den Mund. Das war doch Wortklauberei. Ob Lüge oder Verschweigen, Unwahrheit oder Auslassung, ob nicht gesagt oder vorgespielt: Bast war nicht ehrlich gewesen und wollte seinen Wohnsitz nicht verraten. „Möchten Sie noch einen Toast?"
„Gerne."

Nach dem Frühstück musste Bast Temperatur messen und seine Paracetamol schlucken. Schenk wechselte das Pflaster nach Beates Anweisung. Bast war fieberfrei und fühlte sich gut. Die Wundnaht sah schon viel besser aus als gestern, die Entzündung war erheblich zurückgegangen. Als Schenk die Couch wieder herrichten wollte, hatte Bast schon alles ordentlich zusammengelegt und gestapelt, sodass es Schenk nur noch ins Schlafzimmer zu bringen brauchte.
Dann saßen sich die beiden Männer abwartend gegenüber. Weil Bast schweigend zum Fenster sah, versuchte Schenk ein Gespräch zu beginnen. Doch es blieb bei einem mühsamen Interview mit äußerst knappen Antworten. Immer wenn Schenk ihm etwas über die mögliche Erkrankung, seine Familie, seinen Beruf oder seine Vergangenheit herauslocken wollte, blockte Bast geschickt ab, wich aus und wechselte das Thema mit einer Gegenfrage. Nach einer Stunde hatte Schenk absolut nichts Neues von ihm erfahren,

dafür aber Bast von ihm. Leicht verärgert widmete sich Schenk deshalb der Zeitung, die er ja gestern nicht ganz geschafft hatte. Bast fragte, ob er sich ein Buch aus dem Regal nehmen dürfe, entschied sich für eins von Heinrich Böll mit den frühen Romanen und begann sofort konzentriert zu lesen.

Auch während Schenk das Mittagessen zubereitete, schien Bast ohne Pause weiter zu lesen. Beim Essen redete er endlich mal von alleine, allerdings nur über das Buch ‚Das Brot der frühen Jahre', das ihm sichtlich zu gefallen schien. Er lobte die authentische Atmosphäre der Nachkriegszeit, die durch die Lektüre wie über eine Gefühlsbrücke regelrecht in ihn strömen würde, lebendig und mit allen Sinnen wahrnehmbar. Schenk hörte ihm aufmerksam zu, was er über das Buch, die damalige Zeit und die Sorgen und Nöte der Menschen erzählte und wunderte sich über seine ausgiebigen Kindheitserinnerungen, wo er doch erst 1945 geboren wurde. Das war zwar alles nicht das, was ihn vorrangig interessierte, aber er war froh, dass der Mann überhaupt von sich aus etwas sagte.

Den Abwasch erledigten sie gemeinsam, Schenk spülte und Bast trocknete sorgfältig ab. Als alles weggeräumt war, setzten sie sich wieder ins Wohnzimmer. Bast rückte seine Brille zurecht und schlug gleich wieder das Buch auf. Schenk dachte daran, den Fernseher einzuschalten, doch er wollte ihn nicht beim Lesen stören. Deshalb holte er sein Buch vom Nachtschrank und las auch.

Nach einiger Zeit klingelte das Telefon. Schenk schreckte auf, das Buch fiel ihm vom Schoß. Er begriff, dass er eingenickt war. Er stand auf und registrierte Basts Schmunzeln, der noch unverändert in seiner Leseposition saß. Schenk eilte in den Flur, schnappte sich das Telefon und meldete sich.

Es war Beate, die sich nach dem Patienten erkundigen wollte. Er freute sich, ihre Stimme zu hören und dachte an die Verheißungen ihres roten Shirts. Er setzte sich in die Küche und berichtete ausführlich über den verbesserten Gesundheitszustand von Bast. Anschließend plauderten sie über alles Mögliche, vom Wetter über Sonntage bis zum Fernsehprogramm. Als Schenk das Telefon nach einer halben Stunde wieder in die Station steckte, bedauerte er es fast, dass nun wohl kein Grund mehr vorlag, die nette Krankenschwester mal wieder zu treffen.

Schenk erzählte Bast von ihrem Anruf und richtete ihren Gruß aus. Der lobte auch die Hilfsbereitschaft dieser sympathischen Frau und beteuerte beiden seine Dankbarkeit. Schenk wollte seine Gesprächigkeit gleich ausnutzen und gab vor, dass Schwester Beate auch meinte, er solle sich lieber im Klinikum melden und diese eventuelle Erkrankung nicht auf die leichte Schulter nehmen. Doch Bast wehrte das energisch ab und las weiter, reagierte auf weitere Fragen nur mit sturem Kopfschütteln.

Während des Abendbrots sagte Bast dann, dass er morgen wieder nach Hause wolle, weil es ihm wirklich schon wieder gut gehe, deshalb wolle er ihm nicht länger zur Last fallen. Schenk bestand aber darauf, dass er bis zum Nachmittag bleiben solle. Er würde morgen etwas früher von der Arbeit kommen und Kuchen mitbringen. Wenn sie dann gemütlich Kaffee getrunken hätten, würde er ihn mit seinem Gepäck wieder zu diesem Bankparkplatz fahren. Natürlich könne er ihn auch gerne nach Hause bringen, schlug Schenk ironisch vor, was Bast ebenso schelmisch dankend ablehnte.

Später sahen sie sich die Tagesschau und den Tatort an, bei dem Bast schon nach kurzer Zeit auf den richtigen Täter tippte. Anschließend richteten sie gemeinsam die Couch als Schlafstätte her. Bevor Schenk ins Badezimmer ging, erinnerte er Bast daran, morgen früh die Temperatur zu messen, die Tablette zu schlucken und das Pflaster zu wechseln. In der Küche solle er sich wie zu Hause bedienen.

Imkers Handy meldete einen unbekannten Anrufer. Er ging ran. Es war wieder der Neffe des Türken.

„Was ist los, Herr Doktor? Wir warten auf Ihre Nachricht für die geplante Lieferung. Warum dauert das so lange?"

„Tja, das verzögert sich etwas. Der ehemalige Patient sträubt sich noch."

„Ich denke, der ist mit allem einverstanden?"

„Ist er auch. Aber er will wohl den Preis noch etwas hochtreiben." Beziehungsweise ich, dachte Imker.

„Von uns können Sie kein Geld mehr erwarten."

„Nein, nein. Ich regele das schon."

„Gibt es Probleme?", fragte der Türke.

„Nichts, was ich nicht schaffen könnte."

„Dann erwarten wir die baldige Übergabe."

„Ich melde mich dann."

„Das hoffe ich doch, Herr Doktor." Der Türke hatte ihn weggedrückt.

„Puh!", Imker wischte sich über seine Halbglatze. Die Geduld von denen hatte tödliche Grenzen. Er musste den Weißhaarigen unbedingt kriegen und jetzt die Initiative ergreifen.

Das Telefon klingelte und klingelte. Bast stand besorgt davor und wusste nicht, wie er sich verhalten sollte. Das Klingeln war ausdauernd, fordernd. Das konnte doch nur Schenk sein. Oder Schwester Beate. Nur die beiden wussten, dass sich jetzt hier jemand aufhielt. Ein anderer hätte es doch schon lange aufgegeben. Wenn es jetzt noch dreimal klingeln würde, dann ...

Es hörte nicht auf. Bast gab sich einen Ruck, nahm das Telefon aus der Station und hauchte ein fragendes „Ja?" hinein.

„Herr Bast?"

Das war nicht Schenk. Aber woher kannte der Mann seinen Namen?

„Guten Morgen, Herr Bast. Ich bin Dr. Imker vom Klinikum Nord. Ich muss Sie dringend sprechen. Es ist sehr wichtig."

Er antwortete nicht.

„Ich weiß, dass Sie da sind. Können wir uns nicht

irgendwo treffen und reden?"

Bast presste die Lippen zusammen. Er sollte besser Schluss machen.

„Es geht um Ihr Blut. Ich nehme an, Sie wissen um die Besonderheit darum."

Er blieb stumm. Was wollte der Kerl?

„Herr Bast, ich bitte Sie. Sagen Sie doch etwas. Können wir uns nicht treffen?"

Er schwieg.

„Ich muss unbedingt mehr über diese Veränderung wissen. – Und nicht nur ich, sondern auch meine Geschäftspartner. Und die sind nicht zimperlich. Können wir uns nicht gütlich einigen, Herr Bast?"

Kein Laut kam über seine Lippen. Er musste gleich auflegen.

„Ich kann Ihnen auch eine ordentliche Summe anbieten, wenn Sie uns – und natürlich der Wissenschaft – für eine gewisse Zeit zur Verfügung stehen."

Was hatten die vor? Wollten die ihn ausschlachten?

„Wir könnten alle mit Ihrer Einzigartigkeit viel Geld verdienen."

Einzigartig? War er wirklich der letzte von zehn?

„Und einen alten Traum der Menschheit wahr werden lassen."

Wohl eher einen Albtraum. Bast drückte auf den roten Hörer und steckte das Telefon wieder in die Station. Ein paar Minuten starrte er es noch an, weil er befürchtete, es würde erneut klingeln. Aber dieser Doktor hatte für dieses Mal wohl genug.

Bast ging wieder ins Wohnzimmer und setzte sich in den Sessel. Aber zum Lesen hatte er jetzt keine Ruhe mehr. Zu viele Fragen jagten durch seinen Kopf: Woher wusste der Kerl, dass er hier war? Ob Schenk ihn doch informiert hatte, obwohl er strikt dagegen war? Hatte er sich aus Sorge um seine Gesundheit über seinen Willen hinweggesetzt? Nein, das würde er nicht tun. Vielleicht hatte dieser Imker auch nur geblufft und ihn mit seinem Namen angesprochen, weil Schenk sich ja garantiert gemeldet hätte. Wieso konnte der als Klinikum-Arzt mit zwielichtigen Geschäftspartnern zusammenarbeiten? Was hatten die mit ihm vor? Na ja, heute Abend war er wieder verschwunden und unauffindbar.

Bast hatte die ganze Zeit mit dem Anhänger seiner Kette gespielt. So wie er es oft beim Nachdenken machte: er rieb an dieser versilberten Hülse, die er schon so lange um seinen Hals trug und ihn trotz ihrer Gefährlichkeit immer beruhigte.

Als Schenk mit dem Kuchenpaket den Flur betrat, sah er als erstes die Reisetasche und den Rucksack ordentlich in der Ecke stehen. Er wusste selbst nicht, ob er wirklich froh war, diesen sonderbaren Mann wieder loszuwerden. Er begrüßte den lesenden Bast, setzte Kaffee auf und deckte den Tisch.

Auf jeden Fall hatte dieser weißhaarige Mann ein Geheimnis, er verunsicherte ihn und machte ihn gleichzeitig neugierig. Seit dem Unfall hatte er seinen tristen Alltag verändert, durcheinander gebracht, durch ihn hatte er neue Eindrücke und Anforderungen erlebt.

Bast aß den Kuchen mit großem Appetit. Nach einigen Schlucken Kaffee fragte er: „Und? Wie war Ihr Arbeitstag so?"

„Wie immer. Da passiert nichts Besonderes."

„Regt sich keiner über eine Ablehnung auf?"

„Wir haben ganz selten Bürgerkontakt. Einsprüche oder Beschwerden laufen schriftlich ab. Für mich also weitgehend anonym."

„Ist für Sie bestimmt auch bequemer."

„Tja." Schenk überlegte, ob er sich nach seinem Beruf erkundigen sollte. Aber wozu? In einer Stunde war er fort, und er würde ihn wahrscheinlich nie wiedersehen. „Und wie sah die Narbe aus?"

„Sehr gut."

„Fieber?"

„Nein. 36,98."

„War sonst irgendwas gewesen?"

„Nein", Bast schüttelte kauend den Kopf. Er durfte niemanden einweihen. Und er sollte diesen hilfsbereiten Mann nicht noch weiter hineinziehen.

Bevor sie die Wohnung verließen, hatte Schenk ihm die Jodsalbe, die Pflasterstreifen und die Paracetamol mit den entsprechenden Anweisungen aufgenötigt, das Fieberthermometer und das Böll-Buch lehnte Bast jedoch ab.

Während der Fahrt meinte Schenk wieder, im Rückspiegel für einen Moment ein auffällig schwarzes Auto bemerkt zu haben. Beim bewussten Hinsehen konnte er aber nichts Verdächtiges entdecken.

Auf dem kleinen Bankparkplatz half Schenk beim Schultern des Rucksacks. Bevor so etwas wie Abschiedsstimmung aufkommen konnte, bedankte sich Bast mit einem kurzen Händedruck und marschierte mit seiner Reisetasche los. Schenk wartete noch, bis er um die nächste Ecke verschwunden war, natürlich ohne noch einmal zurückzuschauen.

Als Schenk wieder in seiner Wohnung stand, erschien sie ihm noch leerer und stiller als sonst. Er schritt unruhig von einem Zimmer zum anderen. Er stand am Fenster und betrachtete den Straßenverkehr. Auch der Anblick seines sauberen Wagens mit der makellosen Motorhaube gab ihm nichts. In der Küche dachte er daran, das Kaffeegeschirr abzuwaschen. Aber das konnte er auch später erledigen. Wie alles. Als Abendbrot würde er den restlichen Kuchen essen. Aber jetzt musste er raus hier, an die frische Luft, sich bewegen, etwas hören und Menschen sehen, gehen und gehen und möglichst nicht denken.

Erwin Bast hatte gelüftet und gerade seine Sachen ausgepackt, als der Türgong ertönte. Das war bestimmt seine Nachbarin Frau Eichstedt, die sein Heimkommen bemerkt hatte. Nur sie wusste, dass er für ein paar Tage weg wollte.

Aus Gewohnheit spähte Bast durch den Spion und bekam einen Schreck. Da standen zwei Männer vor seiner Tür: ein kleiner Dicker mit Halbglatze, runder

Brille und Schweinsaugen, und ein schwarz gekleideter Hüne mit Stoppelschnitt, der wie ein Rausschmeißer aussah. Jetzt schaute der genau auf den Spion – Bast bekam eine Gänsehaut durch den Blickkontakt – und knallte seine Hand davor.

Bast zuckte zurück und stellte sich neben die Tür. Die Angst trieb seinen Herzschlag hoch. Verdammt! Was waren das für welche?

Dieses Ding-Dong hörte gar nicht mehr auf.

Was wollten die? Er würde sich nicht rühren, dann müssten die annehmen, es sei keiner zu Hause.

Es klopfte an der Tür und jemand sagte: „Hallo, Herr Bast. Ich weiß, dass Sie da sind."

Das hatte er doch schon mal gehört.

„Machen Sie bitte auf, Herr Bast. Ich bin Dr. Imker vom Klinikum Nord. Ich hatte Sie heute Vormittag bereits am Telefon und um ein Treffen gebeten."

Woher wusste der seine Adresse? Wie hatten die ihn finden können?

„Wir müssen uns in Ruhe unterhalten."

Die kannten sein Versteck. Wie hatten die das geschafft?

„Ich habe ein großzügiges Angebot für Sie."

„Ach, Scheiße!", fluchte der andere Mann und schlug mehrmals mit voller Wucht gegen die Tür.

„Nicht so laut!", ermahnte ihn Imker und säuselte wieder: „Bitte, Herr Bast."

Er durfte sich nicht melden und keinerlei Geräusch verursachen. Dann mussten die doch glauben, dass niemand in der Wohnung war.

„Was ist denn hier los?", hörte er die Stimme von Frau Eichstedt. Endlich verstummte der Türgong. „Was machen Sie hier für einen Krach? Wer sind Sie überhaupt?"

„Wir wollen zu Herrn Bast."

„Der ist nicht da. Merken Sie das nicht?", fragte sie scharf.

„Sind Sie sicher?"

„Absolut. Und jetzt verlassen Sie das Haus, oder ich rufe die Polizei an", sagte seine resolute Nachbarin.

„He, Alte ..."

„Natürlich", unterbrach Imker den bedrohlichen Riesen. „Wir gehen ja schon. Wir wollen keinen Ärger machen."

„Das will ich doch hoffen. Wenn Ihr Begleiter schon keine Manieren hat."

„Was war das?", blaffte der zurück und hätte ihr gerne seine Knarre ins freche Maul geschoben. Doch für seinen neuen Chef waren Schusswaffen tabu. Wenn der wüsste, dass er eine hinten im Hosenbund hatte, wäre er seinen Job schon wieder los.

„Still, Mecki!", zischte Imker. „Wir sind gleich weg. Einen schönen Abend noch."

Bast riskierte wieder einen Blick durch den Spion. Er sah die bulligen Rückseiten der zwei Männer auf der Treppe und Frau Eichstedt, die ihren Abgang in drohender Abwehrstellung überwachte. Dann stellte sie sich ans Geländer, schaute nach unten und wartete, bis die Kerle verschwunden waren. Sie sah noch kurz zu seiner Tür und ging kopfschüttelnd zurück in ihre Wohnung.

Bast schlich ins Wohnzimmer, benutzte den Fenstervorhang als Deckung und überprüfte beide Straßenseiten. Er entdeckte sie in der gegenüberliegenden Parkreihe, wo sie neben einem hohen schwarzen Auto mit abgedunkelten Scheiben standen und heftig aufeinander einredeten. Schließlich eilte der kleine dicke Arzt zu einem weißen Flitzer, zwängte sich hinters Lenkrad und preschte davon. Der Leibwächtertyp stieg in den Wagen, schwarz zu schwarz, ließ das Fenster runter, steckte sich eine Zigarette an, aber fuhr nicht weg.

Als er nach einer Viertelstunde immer noch da stand und sich die nächste Kippe anzündete, ging Bast einige Schritte rückwärts, setzte sich in seinen Sessel, lehnte sich mit sorgenvoller Miene zurück und dachte nach. Automatisch wanderte seine Hand zu dem Anhänger an der Kette.

Schenk wunderte sich über den späten Anruf und

meldete sich nur mit: „Ja?"
„Guten Abend. Hier ist Erwin Bast."
„Oh! Haben Sie etwas vergessen?"
„Nein."
„Geht es Ihnen gut?"
„Ich werde belagert."
Schenk blieb verdutzt stehen. „Wie bitte?"
„Ich war kaum zu Hause, da klingelte dieser Dr. Imker an meiner Wohnungstür, zusammen mit seinem Gorilla."
„Aber woher kennen die jetzt plötzlich Ihre Adresse?" Sie ist doch das bestgehütete Geheimnis, hätte er gerne hinzugefügt.
„Die müssen Sie schon länger beschattet haben. Und dadurch haben sie mich gefunden und vorhin bis nach Hause verfolgt."
„Was?", Schenk starrte für einen Moment sein Telefon an, als hätte er außerirdischen Empfang.
„Die müssen uns die ganze Zeit beobachtet haben. Nur so konnte dieser Imker heute Morgen wissen, dass Sie zur Arbeit sind und ich alleine in Ihrer Wohnung bin."
„Verstehe ich nicht."
„Na, er hat bei Ihnen angerufen und wusste ganz genau, dass ich am Apparat war."
„Aber davon haben Sie mir überhaupt nichts erzählt!", empörte sich Schenk und setzte sich auf die Couch.
„Ich wollte Sie nicht noch mehr belasten."
„Vor allen Dingen sollten Sie mir nicht ständig etwas verheimlichen."
„Ja, ja", seufzte Bast.
„Haben Sie mit Dr. Imker gesprochen?"
„Nein. Nicht bei Ihnen am Telefon und nicht hier an meiner Tür. Meine Nachbarin hat mit der Polizei gedroht und sie damit verscheucht. Außerdem hat sie denen gesagt, dass ich nicht zu Hause bin, was sie auch noch annehmen muss. Aber jetzt sitzt der Gorilla schon seit über zwei Stunden gegenüber in seiner schwarzen Karre. Der wird garantiert die ganze Nacht da lauern. Ich werde hier auch kein

Licht anmachen."

Schenk umfasste seine Stirn. „Das hört sich ja an wie in einem Krimi." Zweimal hatte er geglaubt, ein schwarzes Auto wäre ein Stück hinter ihm gewesen.

„Ich bin hier jedenfalls nicht mehr sicher."

„Aber was wollen die denn von Ihnen?"

„Weiß ich nicht. Es hat aber nichts mit einer unbekannten Krankheit zu tun."

Davon war Bast auch von Anfang an ungewöhnlich überzeugt gewesen, dachte Schenk. „Das ist alles sehr, sehr merkwürdig."

„Können Sie mir noch einmal helfen?"

„Wie denn?"

„Ich muss hier weg. Raus aus der Stadt. Aber ich weiß nicht, wie und womit. Ich habe doch kein Auto und ..."

„Ja?", Schenk hoffte auf eine Offenbarung.

„Würden Sie mich irgendwo hinfahren? Am besten über 100 Kilometer weg."

„Tja", Schenk kaute an seiner Unterlippe. Doch wohl nicht jetzt noch. Eine Nachtfahrt ins Ungewisse? Und morgen Früh dann wieder zur Arbeit?

„Ginge das?"

„Warum rufen Sie nicht die Polizei an?"

„Und was soll ich denen sagen?"

„Dass Sie sich von diesem Typen verfolgt und bedroht fühlen."

„Sobald die Polizei hier am Haus vorfährt, haut der doch sofort ab. Dann habe ich keinerlei Beweise."

Schenk konnte ihm nur wortlos zustimmen, rückte seine Brille zurecht. „Die müssen doch irgendetwas von Ihnen wollen. Etwas Wichtiges oder Wertvolles."

„Ich hab nichts."

„Wenn ich Ihnen wieder helfen soll, erwarte ich aber absolute Aufrichtigkeit von Ihnen. Ich will die ganze Wahrheit wissen."

Bast schwieg quälend lange. Schenk meinte zu spüren, wie er mit sich kämpfte. Beim Warten lockte sein volles Glas Rotwein, aber jetzt wollte er einen absolut klaren Kopf behalten. Schließlich fragte er

nach: „Akzeptieren Sie das?"
„Muss ich ja wohl."
„Wenn Sie meine Hilfe wollen, schon."
„Abgemacht", knurrte Bast.
„Und ich will Ihre ganze Geschichte erfahren. Alles."
Es gab wieder eine Pause. „Wenn´s sein muss."
„Gut", Schenk grinste zufrieden. Das war zwar Erpressung gewesen, aber freiwillig würde dieser Mann nie reden. „Wir könnten doch die Nummer mit der Polizei spielen und den Typen damit vertreiben. Oder haben Sie eine Idee, wie Sie unbemerkt aus dem Haus kommen könnten?"
„Möglicherweise."
Wie ein Verdurstender stierte Schenk das Glas an. „Dann lassen Sie mal hören."
„Es gibt hier im Keller einen Durchgang zum Nachbarhaus, das dem gleichen Vermieter gehört. Von dort kommt man in einen Innenhof mit Garagen und einer Toreinfahrt, die auf die nächste Seitenstraße führt. Da könnte ich raus, ohne dass der Kerl im schwarzen Auto es mitkriegt."
„Hört sich doch gut an." Schenk hatte sich eigentlich eine hindernisreiche Fluchtszene wie in einem Film vorgestellt.
„Müsste jedenfalls klappen."
„Aber da Sie dieses Mal mehr Gepäck mitnehmen müssten – so für ein bis zwei Wochen -, sollten Sie auf Ihr Kissen und Ihre Decke verzichten, und ich sollte irgendwo in der Nähe auf Sie warten."
Nach der gewohnten Bedenkzeit sagte Bast: „Dann treffen wir uns an der Ecke Südstraße/Sonnenstraße, da wo der Kiosk ist. Kennen Sie das?"
„Werd ich schon finden. Kann man da auch parken?"
„Ich glaube ja."
„Und wann soll ich dort sein?"
„Sagen wir um 23 Uhr?"
Da von Schenk nur ein unterdrücktes Stöhnen kam, fühlte sich Bast in Erklärungsnot: „Ich muss ja schließlich noch meine Klamotten packen und zum

Treffpunkt schleppen."

„Ich kann Sie auch direkt an dieser Toreinfahrt abholen." Schenk lächelte hämisch.

„Lieber nicht."

„Gut. Dann bis nachher."

„Ja. Und passen Sie auf, dass Sie nicht verfolgt werden."

„Natürlich", betonte Schenk und beendete das Gespräch. Er saß noch eine Weile bewegungslos auf der Couch und überlegte, wo er mit Bast hin fahren sollte und wie er das morgen im Amt regeln könnte.

Als Bodo Schenk auf dem Parkstreifen vor dem geschlossenen Kiosk hielt, kam Bast aus dem Eckdurchgang heraus. Mit dem prallen Rucksack, der Reisetasche und einem verschlissenen Koffer kam er ihm wie ein Heimatvertriebener vor. Aber schließlich war er ja auch auf der Flucht.

Schenk packte sein Gepäck in den Kofferraum. Bast wunderte sich, dass gar nichts von ihm drin stand. Schenk wiegelte seine Fragen ab und versprach, ihm alles während der Fahrt zu erzählen. Er fuhr los, Bast fummelte wieder mit dem Sicherheitsgurt herum.

Schenk beobachtete aufmerksam den Rückspiegel, während er mehrmals sinnlos abbog und einen überflüssigen Umweg nahm, doch hinter ihm tauchten überhaupt keine Scheinwerfer auf, also fuhr er auf die Stadtautobahn in Richtung A2.

„Niemand verfolgt uns."

„Gut", Bast nickte.

„Nach unserem Telefonat habe ich mir folgenden Plan ausgedacht: Wir fahren jetzt in ein Motel bei Magdeburg, wo Sie nur eine Nacht bleiben. Ich fahre nach dem Einchecken gleich wieder nach Hause, weil ich mich morgen Früh bei meiner Dienststelle krank melden muss, dann zu meinem Arzt gehe und anschließend die AU-Bescheinigung im ..."

„Die was?"

„Die Arbeitsunfähigkeitsbescheinigung im Amt abgeben werde. Danach packe ich meine Koffer und hole Sie im Motel ab. Wir fahren gemeinsam weiter ostwärts und bleiben irgendwo eine Woche. Vielleicht an der Mecklenburgischen Seenplatte. Was halten Sie davon?"

Bast zuckte mit der Schulter und sagte: „Ich muss mich ja nach Ihnen richten. Ich bin auf Ihre Hilfe angewiesen."

„Und ich kann nicht einfach der Arbeit fernbleiben. Eine Krankmeldung ist da die einfachste Lösung."

„Verstehe. Aber ich kann mich darauf verlassen, dass Sie mich da wieder abholen und nicht sitzen lassen?"

„Das verspreche ich Ihnen. Und auf mich kann man sich verlassen."

Bast verstand die Anspielung und ärgerte sich darüber. Er hatte jetzt keine Lust mehr, mit diesem Mann zu reden. „Ich bin müde und mache mal ein bisschen die Augen zu."

„Ja." Schenk warf ihm einen besorgten Seitenblick zu. „Klar."

Mittlerweile fuhren sie auf der Autobahn in Richtung Magdeburg. Es waren viele Lastwagen unterwegs. Bast drehte den Kopf nach rechts und schloss die Augen. Als er vorhin mit seinem vielen Gepäck durch diesen Keller schlich, hatte er sich an die Flucht vor dem Iwan erinnert. Zusammen mit Lotte – seiner Jugendliebe – war er durch zerstörte Städte geirrt, sie schleppten ihre Habseligkeiten durch unzählige Keller und zerbombte Häuser. Auf dem Bahnhof in Rostock, wo es von Menschenmassen wimmelte, hatten sie sich verloren. Er wollte nur etwas zu essen besorgen, und als er mit zwei Kartoffeln und einem harten Kanten Brot zurückkam, war Lotte nicht mehr da. Er suchte sie überall in diesem Chaos, doch er fand sie niemals wieder.

Lotte und er, beide 15 Jahre alt, Hand in Hand rannten sie durch die letzten Kriegsmonate. Bevor sie in einer Scheune oder einem Keller eng umschlungen einschliefen, flüsterten sie sich ihre Pläne fürs gemeinsame Leben zu. Nie würde er den wunderbaren Anblick ihrer knospigen Brüste vergessen. Es war das Schönste, was er bis dahin gesehen hatte, so zart und vollkommen und verlockend.

Kapitel 7

Da sie die nächsten Tage wieder Spätdienst hatte, wollte es Beate heute mal im Labor versuchen. Sie klopfte an die offene Tür und sagte: „Guten Morgen, Kerstin. Ist dein Chef da?"

„Der hat heute frei. Zum Glück", sie verdrehte die Augen.

Das Glück war auf ihrer Seite, fand Beate und fragte: „Ist er so nervig?"

„Das war er schon immer. Aber in letzter Zeit ist er unausstehlich. Der muss jede Menge private Probleme haben."

„Ehestress?"

„Geschieden ist er ja bereits."

„Ach so. – Na, vielleicht ´ne neue Beziehung oder Geldsorgen."

„Wohl eher das letztere." Kerstin rollte mit ihrem Hocker heran und sprach nun viel leiser: „Man munkelt, dass er Spielschulden hat. Und davon reichlich."

„Echt?", Beate schüttelte überrascht den Kopf.

„Was wolltest du denn von ihm?"

„Ach, ich hatte ihn schon vor einiger Zeit nach den Laborwerten eines Patienten gefragt, weil in der Akte nichts mehr zu finden war. Und ihr habt das ja bestimmt noch im Computer."

„Soll ich mal nachgucken?"

„Das wäre nett von dir." Beate zwang sich, unbeteiligt zu klingen. „Oder ich komme wieder, wenn der Imker da ist. Aber der fühlt sich ja auch gleich belästigt."

„Ja, das kenne ich." Kerstin war schon zum Computer gerollt, Beate folgte ihr. „Wie heißt der Patient?"

„Herr Prora."

„Das war doch dieser Weißhaarige, dem wir so oft Blut abzapfen mussten." Auf dem Monitor erschien eine Namensliste. Kerstin tippte etwas ein.

„Genau der."

„Unter dem Namen ist schon mal nichts."

Es war zwar unwahrscheinlich, aber Beate wollte es lieber abklären. „Und Bast?"

„Wer ist das?" Kerstins Finger sprangen über die Tastatur.

„Der gleiche Mann. Der Name Prora war wohl ein Missverständnis."

„So so." Sie suchte beim Namensverzeichnis mit B. „Nee, den gibt's hier auch nicht."

„Schade."

„Wann war das?"

„Am 31.5. und 1.6.. Dann ist er leider abgehauen."

„Ich erinnere mich, dass Imker darüber extrem sauer war." Kerstin tippte und klickte mit der Maus herum. „Da ist auch nichts."

„Seltsam. Werden eure Analysen denn sonst so schnell gelöscht?"

„Nein. Die bleiben meistens ein Jahr bei uns gespeichert. Und diese Sache ist ja noch keinen Monat her. Komisch." Kerstin kratzte sich nachdenklich am Kopf. „Dann gehe ich jetzt noch mal die Laborberichte des fraglichen Zeitraums durch." Sie wanderte durch eine andere Liste, klickte hier und da.

„Und?"

„Absolut nichts. Als wenn der Mann nie hier gewesen wäre."

„Das verstehe ich nicht." Imker hatte also alle Daten verschwinden lassen und sicherlich etwas Illegales vorgehabt, um seine Spielschulden loszuwerden.

„Ich auch nicht." Kerstin machte einen Schmollmund und zog die Schultern hoch. „Jetzt durchsuche ich noch den Papierkorb als letzte Möglichkeit." Sie tippte und klickte. „Nichts da. Sehr merkwürdig."

„Tja, da kann man nichts machen."

„Wo doch der Imker so an diesem Blut interessiert war."

„Weißt du auch, warum?"

„Nee, keine Ahnung. Alle Analysen hat er selber durchgeführt. Das war Chefsache. Da hat er keinen von uns rangelassen."

„Hast du mal irgendwas gehört von einer gefährlichen Erkrankung bei Herrn Prora?"

Kerstin schüttelte den Kopf. „Nur, dass sein Blut außergewöhnlich sei."

„Hm."

„Woher hast du das denn mit der Krankheit?"

„Von dem Mann, der ihn hier mal besucht hat." Beate sah auf ihre Uhr. „Gut. Dann danke ich dir für deine Bemühungen."

„Gern geschehen."

„Und noch einen schönen cheffreien Tag. Tschüss."

„Ich werde es genießen. Tschüssi." Kerstin rollte wieder an ihren Arbeitsplatz mit den vielen Probenschalen, Ampullen und Reagenzgläsern."

Bast hatte schlecht geschlafen, weil die Matratze zu weich und ausgelegen war und er wirres Zeug von Lotte und Martha geträumt hatte. Martha war ein Jahr nach ihrer Goldenen Hochzeit an Unterleibskrebs gestorben. Das war jetzt sechs Jahre her. Seitdem lebte er völlig allein in einer anderen Stadt, damit niemand Verdacht schöpfte. Bis zum Schluss hatte er Martha verschwiegen, warum er keine Kinder zeugen konnte. Sie starb in der Annahme, dass es wohl an ihr gelegen hätte. Und das konnte er sich nicht verzeihen.

Nach dem ordentlichen Frühstück ging er an die frische Luft. Das Motel gehörte zu einer großen Raststätte. Er spazierte herum und staunte über die vielen Autos aus halb Europa. Bei der Tankstelle stand ein öffentlicher Fernsprecher. Er hatte genug Münzen und wählte die Nummer seiner Nachbarin.

„Ja, bitte?"

„Guten Morgen, Frau Eichstedt. Hier ist Erwin Bast. Ich wollte mal ..."

Sie unterbrach ihn sofort: „Gut, dass Sie anrufen. Na, bei Ihnen war ja was los. Vorhin war die Polizei hier, weil man in der Nacht bei Ihnen eingebrochen hat."

„Was?", Bast erschrak und spürte sein Frühstück rumoren.

„Ja, eingebrochen. Die haben einfach Ihr Türschloss aufgebohrt. Der Polizist meinte, das sehe nach einem Profi aus. Bestimmt waren das die beiden zwielichtigen Gestalten, die gestern am späten Nachmittag bei Ihnen klingelten und gegen die Tür schlugen. Die hab ich zwar rasch verjagt, aber in der Nacht sind die wohl zurückgekommen." Frau Eichstedt musste kurz Luft holen. „Die Tür unten ist aber nicht beschädigt. Keine Ahnung, wie die ins Haus gelangt sind. Sie brauchen jedenfalls ein neues Schloss. Wann kommen Sie denn wieder?"

„Erst in zwei Wochen." Das war doch garantiert dieser Gorilla gewesen. „Ich bleibe ein bisschen länger hier."

„Ach, so. Gut. Aber da muss schleunigst wieder ein Türschloss rein. Wenn Sie einverstanden sind, werde ich gleich meinen Sohn anrufen, damit er heute Abend einen neuen Zylinder kauft und einbaut. Der kann so etwas."

„Das wäre wirklich sehr nett. Ich bezahle dann selbstverständlich auch den Arbeitslohn."

„Ja, ja", schwächte sie ab. „Das regeln wir schon."

„Ist denn meine Wohnung durchsucht oder verwüstet worden? Ist noch etwas kaputt?"

„Nein, ich hab nichts bemerkt. Es steht alles an seinem Platz und sieht ordentlich aus. Ob was fehlt, weiß ich natürlich nicht."

„Das ist gut. Also, Frau Eichstedt, ich muss jetzt Schluss machen."

„Kann man Sie denn irgendwo erreichen? Sie haben ja leider kein Handy."

„Das ist schlecht. Ich mache eine Art Rundreise. Aber ich melde mich nächste Woche wieder bei Ihnen."

„Ja."

„Vielen Dank für Ihre Hilfe. Und ich entschuldige mich für die vielen Unannehmlichkeiten."

„Schon gut. Wiederhören, Herr Bast. Und noch einen schönen Urlaub."

„Danke, Frau Eichstedt. Auf Wiedersehen."

Er ging voller Sorgen zum Motel zurück. Dieser Imker schreckte nicht vor kriminellen Handlungen zurück, um ihn zu fassen. Dafür hatte er seinen Gorilla und womöglich noch mehr solcher Typen. Also würde er auch Gewalt anwenden, um ihn gefügig zu machen und an einen geheimen Ort zu bringen, wo sie ihn in Ruhe untersuchen, stückchenweise ausschlachten und schließlich zu Tode testen konnten.

Bodo Schenk fuhr erneut auf der Autobahn in Richtung Magdeburg. In Braunschweig war er sehr vorsichtig gewesen, hatte jede Menge Haken geschlagen und dabei ständig im Rückspiegel überprüft, ob er verfolgt wurde. Aber er konnte nichts entdecken, schon gar keinen schwarzen Wagen mit getönten Scheiben.

Heute Morgen hatte er sich als erstes bei seiner Dienststelle krank gemeldet. Dann saß er eineinhalb Stunden im Wartezimmer seines Arztes, weil er ja keinen Termin hatte. Der zeigte erwartungsgemäß sofort Verständnis für seine geschilderten Angstzustände, seine Schlaflosigkeit, Unruhe und Erschöpfung und schrieb in für zwei Wochen krank, bis einschließlich 12. Juli. Anschließend hatte er sich ins Amt geschleppt und seinem Vorgesetzten mit Leidensmiene die AU-Bescheinigung überreicht.

Während er seinen Koffer packte, entstand eine richtige Urlaubsstimmung in ihm. Schließlich war er schon lange nicht mehr verreist gewesen. Er freute sich richtig auf eine Woche an einem fremden Ort, in einer anderen Landschaft. Auf die Erklärungen von Bast war er auch neugierig. Schenk hoffte nur, dass er ihm wirklich die ganze Wahrheit sagen würde.

Dieser weißhaarige Mann hatte sein ödes Leben tatsächlich interessanter gemacht, der war immer für eine Überraschung gut und forderte von ihm Entscheidungen, brachte neue Aufgaben und Eindrücke. Auch wenn Bast ihn womöglich wieder enttäuschen würde, waren die Tage mit ihm doch eine

Bereicherung, eine willkommene Abwechslung.

Schenk trat das Gaspedal runter, und der Motor gehorchte sofort. Er fühlte sich blendend, auch wenn er krankgeschrieben war. Dieser amüsante Gedanke und das Rasen auf der Überholspur ließen ihn lächeln.

Um die Mittagszeit klopfte Schenk an die Zimmertür von Bast. Der öffnete erst, als er seinen vollen Namen nannte. Gleich vorne standen nebeneinander Koffer, Reisetasche und Rucksack.

„Ich bin startklar", Bast zeigte auf sein Gepäck.
„Gut, dass Sie ihr Wort halten."
„Versprochen ist versprochen. Also, dann checken wir jetzt aus und gehen zum Essen rüber in die Raststätte." Schenk deutete seinen beunruhigten Blick damit, dass ihm der Ausdruck ‚auschecken' nicht geläufig und ihm ein Restaurant zu teuer war. „Ich lade Sie ein. Übrigens übernehme ich alle Kosten unserer Reise, auch das Motel hier."
„Aber das kann ich doch nicht annehmen", erwiderte Bast deutlich entspannter.
„Das müssen Sie schon. Denn immerhin sind Sie ja auf meine Hilfe angewiesen, wie Sie es selber ausdrückten", Schenk verzog den Mund.
„Dann muss ich mich wohl fügen", Bast zuckte mit der Schulter und schmunzelte.
„Wie sieht Ihre Narbe aus?"
„Gut. Da ist nichts mehr entzündet."
„Prima. Dann können wir ja." Schenk bückte sich, hob den schweren Rucksack hoch und half ihm beim Anlegen. „Den Rest nehme ich." Er schleppte Koffer und Reisetasche hinter Bast her und war überzeugt davon, dass der Weißhaarige eine bessere Kondition hatte als er.

Während des Essens berichtete Bast von dem Telefonat mit der Nachbarin und dem Einbruch in seine Wohnung. Schenk reagierte geschockt und vergaß das Kauen. Als er das mit dem Profi hörte, bekam er schlagartig Bedenken. Worauf hatte er sich da bloß eingelassen? Das waren Kriminelle, vor denen sie jetzt flüchteten. Das konnte gefährlich werden.

Auch als sie später wieder auf der A2 fuhren, hatte Schenk vor lauter Sorgen keine Lust, seinen Beifahrer auszufragen. Und der verhielt sich gewohnt schweigsam.

Am Berliner Ring ging es dann in Richtung Norden. Die Landschaft war flach, es gab ausgedehnte Wälder, dazwischen Wiesen und einsame Gehöfte, aber wenig Ackerflächen, immer mal wieder drehten sich Gruppen von Windrädern. Bei Malchow fuhr er von der A19 ab, landete schließlich in Untergöhren am Fleesensee und hielt vor einem kleinen Hotel, wo sie sogar zwei Einzelzimmer bekamen.

Imkers Handy klingelte. Erst wollte er nicht rangehen, tat es aber dann doch. Wie befürchtet, war es der Neffe des Türken.

„Wir warten immer noch, Herr Doktor."

„Ja, tut mir leid. Ich hätte mich heute auch gemeldet."

„So?", kam es ungläubig zurück.

„Der Mann ist krank geworden und liegt im Bett. Deshalb verzögert es sich noch einmal."

„Spielen Sie keine Spielchen mit uns, Herr Doktor. Ich warne Sie."

Imker bekam einen trockenen Hals. „Das ist die Wahrheit."

„Die Geschäftspartner meines Onkels werden langsam ungeduldig."

„Sobald der Mann wieder gesund ist, geht der Handel über die Bühne. Krank nutzt der Ihnen doch auch nichts."

„Denken Sie an die Fotos und daran, dass die 10.000 Euro – die ich Ihnen so prompt aushändigte – ebenfalls auf Ihre Rechnung kommen."

Und ich begleiche sie entweder mit Bast oder mit meinem Leben, dachte Imker und sagte: „Ich halte mich an unsere Abmachung."

„Das hoffe ich, Herr Doktor. In Ihrem Interesse.

Bis bald." Der Türke hatte das Gespräch beendet.

Nach dem Abendessen blieben sie an ihrem Tisch sitzen. Es waren nur wenige Gäste da. Bast trank Bier und Schenk Rotwein. Nach einigen Schlucken zeigte der Rebensaft bei ihm seine arzneiähnliche Wirkung: er beruhigte, wärmte, dämpfte und belebte gleichzeitig.

„So. Dann wollen wir mal unsere erste Fragestunde abhalten. Aber denken Sie an Ihre Zusage, mir die ganze Wahrheit zu erzählen."

„Ja", hauchte Bast mit gequältem Gesichtsausdruck, doch seine blauen Augen blieben unergründlich.

„Ich will alles wissen. Wir haben über eine Woche Zeit und Ruhe."

Bast nickte stumm.

„Also, warum haben Sie das Krankenhaus fluchtartig verlassen? Wieso waren Sie so sicher, dass Sie nicht ernsthaft erkrankt sind?"

„Bevor wir anfangen, müssen Sie mir aber versprechen, dass Sie niemandem etwas von meiner Geschichte erzählen."

„Jawohl." Schenk hob die rechte Hand und spreizte drei Finger wie bei einer Vereidigung. „Ich gebe Ihnen mein Ehrenwort, dass ich nichts davon weitergebe."

„Gut", Bast sah sich um und nippte an seinem Bier. „Das mit der angeblichen Krankheit war nur ein Trick von diesem Dr. Imker, um mich zu kriegen."

„Aber woher wissen Sie das so genau? Und wozu sollte er Sie kriegen?"

„Bei der Blutanalyse in seinem Labor hat er schnell entdeckt, dass mein Blut sehr ungewöhnlich ist; genauer gesagt, meine Zellen und Gene. Deshalb will er meinen Körper haben, um mich zu untersuchen. Höchst wahrscheinlich kann man mit meinem Blut und meiner DNA viel Geld verdienen, wenn man die Besonderheit meiner Gene erforscht und schließlich daraus ein Medikament entwickelt, mit dem die Pharmaindustrie Millionen kassieren könnte."

„Und wogegen oder wofür wäre diese Medizin?", fragte Schenk.

„Für ein langes Leben."

„Also ein weiteres Mittelchen gegen die Nachteile des Älterwerdens? So was wie Ginseng, Vitasprint oder ´ne Frischzellenkur?"

„Nein, mit solchem Kram ist das nicht vergleichbar. Ich meine eine genetische Veränderung. Außerdem gibt es für die Wirksamkeit so einer Frischzellentherapie bis heute keinerlei wissenschaftlichen Nachweis."

„Echt nicht?", staunte Schenk und leerte sein Glas.

„Nein."

„Möchten Sie auch noch ein Bier?"

„Jetzt noch nicht. Danke."

Schenk rief die Bedienung und bestellte ein Glas Rotwein. „Habe ich das richtig verstanden: Ihre Gene sind ganz außergewöhnlich und ermöglichen Ihnen, ein besonders hohes Alter zu erreichen?"

„So ist es."

„Und das ist einmalig? Oder gibt es das bei einem gewissen Prozentsatz der Menschheit? Ich habe mal gehört, dass es in Japan und Grönland die meisten Hundertjährigen gibt. – Oder war es Island?"

„Japan auf jeden Fall. Durch gewisse Ernährungsgewohnheiten werden die Leute in bestimmten Ländern viel älter als anderswo. Kreta ist auch so ein Gebiet. Das kommt wohl durch Omega-Fettsäuren von Fischen, durch Olivenöl oder Walfleisch. Auch bei uns gibt es immer mehr Hundertjährige." Bast überlegte einen Moment. „Aber bei mir ist es schon recht einzigartig."

„Und woher kommt das? Haben Ihre Eltern auch ein hohes Alter erreicht? Wurde Ihnen das vererbt?"

Die Bedienung brachte den Wein. „Danke."

„Nein."

„Sondern?"

Bast zögerte mit der Antwort. „Es wurde uns angezüchtet."

„Wieso uns? Ich denke, Sie sind da einzigartig?"
„Na ja, wir waren mal zehn. Ob von denen noch welche leben, weiß ich nicht. Wir verloren uns damals in alle Richtungen."
„Aber ich denke, Sie und diese anderen werden besonders alt. Warum sollten die dann nicht mehr leben?" Schenk spülte seine Verwunderung mit Rotwein runter.
„Wir sind natürlich nicht gegen einen gewaltsamen Tod, Verletzungen und Krankheiten immun."
„Ach so, verstehe." Schenk korrigierte sich mit einem Kopfwackeln. „Jedenfalls versuche ich es. Also, wenn Ihnen nichts Lebensbedrohendes zustößt," – wie von einem Auto angefahren zu werden, dachte er – „werden Sie garantiert 100 Jahre alt?"
„Eigentlich mehr."
„Tatsächlich?", Schenk musterte ihn zweifelnd und trank einen Schluck.
Bast nickte nur.
„Wie alt denn?"
„150 Jahre."
„Was?", Schenk starrte ihn mit offenem Mund dümmlich an.
„So war es jedenfalls geplant."
„Das ist unmöglich."
Basts Mimik drückte Bestätigung aus, fast schuldbewusst.
„Aber ... Das gibt´s doch nicht", Schenk schüttelte ungläubig den Kopf.
Bast nickte wieder.
„Dann haben Sie ja noch nicht mal die Hälfte Ihrer Lebenserwartung erreicht."
„Na ja, ich bin ..."
Schenk rechnete und unterbrach ihn verblüfft: „Dann würden Sie ja noch das Jahr 2095 erleben."
„Nun, ich ..."
Schenk redete einfach weiter: „Das kann ich mir nicht vorstellen." Er bestaunte sein Gegenüber wie ein Weltwunder. „Das ist unfassbar. So alt kann man doch gar nicht werden."

Die beiden leerten gleichzeitig ihre Gläser. Bei Bast fiel beim Schlucken der ausgeprägte Adamsapfel auf. Schenk überhörte seinen Einwand, bestellte eine neue Runde und sah ihn erwartungsvoll an.

„Na ja, die maximal erreichbare Lebensspanne liegt beim Menschen bei 120 Jahren."

„Tatsächlich?"

Bast nickte. „Das wäre möglich. Es ergibt sich aus den normalen zellulären Alterungsprozessen, also ohne Krankheiten, ungesunde Lebensweise und äußere Einflüsse. So alt sind Menschen auch schon geworden. Manche Forscher meinen, durch eine geringere Kalorienaufnahme über einen langen Zeitraum und bestimmte Mittel könnte man dieses sogenannte physiologische Alter auch erreichen. Oder sogar noch älter werden."

„He, ich hab mal eine Fernsehsendung über das Thema gesehen. Da wurde von Versuchen bei Würmern und Mäusen berichtet, dass die durch dauerhaftes Hungern erheblich länger leben würden."

Die Bedienung brachte die Getränke. Schenk prostete ihm zu und erzählte begeistert von dieser Sendung und seinen eigenen Gedanken dazu. Schließlich blickte Bast deutlich auf seine Armbanduhr, gähnte hinter vorgehaltener Hand und meinte, er sei jetzt doch recht müde und würde sich gerne zurückziehen. Schenk zeigte Verständnis und wünschte ihm eine gute Nacht. Er sah ihm hinterher und fand, dass er wirklich erschöpft wirkte. Aber schließlich hatte er seit gestern auch allerhand durchgemacht.

Bodo Schenk bedauerte die Verschwendung des unberührten Biers, doch ihm würde es den angenehmen Rotweingeschmack verbittern und sicherlich nicht bekommen.

Er überdachte noch einmal alles, was Bast ihm erzählt hatte. Das war wirklich unglaublich, dass er 150 Jahre alt werden könnte. Das wäre glatt eine verdoppelte Lebenserwartung.

Kapitel 8

Erwin Bast lag schon einige Zeit wach, seine kreisenden Gedanken wurden wie so oft unweigerlich weit zurück gezogen, diese starke Strömung drängte immer rückwärts. Er spielte mit seinem Anhänger und dachte daran, wie ihnen damals feierlich diese Ketten mit den versilberten Hülsen umgehängt wurden: Es war am Tag nach ihrer letzten Kontrolluntersuchung. Sie lebten schon fast drei Jahre in der Reichsschulungsburg Sassnitz. Deutschland hatte Polen mit Panzern überrollt und schien jeden besiegen zu können. Alle fühlten sich stark und stolz und eins. Auch die Jungs hielten sich schon für Helden, waren davon überzeugt, dass bereits irgendwo die schwarzen Schirmmützen mit dem silbernen Totenkopf für sie bereitlagen und Ruhm auf sie wartete.

In diese glorreiche Stimmung passte genau die Feierstunde zum Abschluss der jahrelangen Behandlung. Ursprünglich sollte sogar der Reichsführer-SS dabei sein, weil ihn dieses Projekt außerordentlich interessierte. Aber er musste zu einem wichtigeren Termin. Er wurde von einem hageren Obersturmbannführer vertreten, der einen unglaublich bohrenden Blick hatte, den man nicht lange aushielt. Alle Ärzte und Wissenschaftler waren anwesend, außerdem mehrere schwarze und braune Uniformen sowie zwei typische Ledermäntel.

Dr. Stranz – der Forschungsleiter – hielt eine kurze Rede und zwinkerte den Jungs dabei gelegentlich zu. Der Obersturmbannführer sprach erheblich länger über ihre außerordentliche Bestimmung beim Aufbau einer langlebigen arischen Führungsschicht, wobei schon acht sich ablösende Generationen das tausendjährige Reich vollenden könnten. So sei eine fast familiäre, epochale Kontinuität der nationalsozialistischen Bewegung gesichert. Diesen Satz verstanden sie damals natürlich gar nicht.

Damit niemand von den Auserwählten in die Hände des Feindes gelangen konnte, wo man ihnen das Geheimnis herauspressen und für ihre Zwecke nutzen konnte, bekam jeder Junge diese Hülse mit einer kleinen Glaskapsel, die ein schnell wirkendes Gift enthielt.

Eigentlich sollten sie ja die Urväter eines ewigen arischen Elitegeschlechts werden, doch zu dem Zeitpunkt konnte man natürlich noch nicht ihre Fortpflanzungsfähigkeit überprüfen, die durch die Nebenwirkungen der Behandlung leider zerstört wurde.

Oder zum Glück? Seit er Martha alt und krank werden und später sterben sah, empfand er seine lange Lebensdauer nicht mehr als Segen, sondern als Fluch. Eigentlich war es gut, dass er diese Naturwidrigkeit nicht vererben konnte. Womöglich hätte sich diese Manipulation noch von Generation zu Generation verstärkt und schließlich 200-jährige Monster hervorgebracht.

Er reckte sich, sah zur Uhr und stand auf.

Nach dem ausgiebigen Frühstück drängte Schenk voller Elan zum Aufbruch. Auf dem Fußweg zum Fleesensee erfuhr Bast von ihm die Liste seines Programms mit möglichen Besichtigungen und Ausflügen: Bootsfahrten, die Städte Malchow und Waren, ein Wisent-Schaugehege, die verschiedenen Seen, Fahrradtouren und die größte Ferienanlage Nordeuropas. Das alles könnten sie sich ansehen, wenn Bast einverstanden sei.

„Meinetwegen", erwiderte der mit gleichgültiger Miene. „Entscheiden Sie mal."

„Gerne", freute sich Schenk. „Aber beschweren Sie sich später nicht."

Bast schüttelte nur den Kopf.

Nach einer halben Stunde erblickten sie den See und kurz darauf den Anlegesteg der Ausflugsflotte. Da das Wetter vielversprechend aussah, schlug Schenk gleich eine Schifffahrt vor.

„Wirkt ja noch ziemlich neu", Schenk deutete auf die Anlegestelle. „Na ja, da sieht man wenigstens mal, wo unser Geld bleibt", er verzog hämisch den Mund.

Bast sagte nichts, sondern schaute auf die weite Wasserfläche hinaus. Schenk studierte den Abfahrtsplan, sah auf seine Uhr und teilte ihm mit, dass das Schiff gleich kommen müsse.

Bast beobachtete die anderen Leute, die auch zum Steg kamen. Doch sie sahen alle wie harmlose Touristen aus.

Das Schiff legte pünktlich an. Sie setzten sich nach oben, um die frische Luft und den Ausblick zu genießen. Nach wenigen Minuten fuhr das Schiff wieder ab.

Weiter draußen auf dem See war es recht windig, sodass Bast ständig sein weißes Haar wieder nach hinten strich. Dieses Problem hatte Schenk ja nicht. Von hier aus sah man auch richtig schöne Sandstrände.

„Was macht denn Ihre Narbe?", Schenk strich sich über seine Augenbraue.

„Die sieht gut aus. Keine Entzündung mehr."

„Dann glaube ich, dass Sie ab morgen kein Pflaster mehr benötigen." Er dachte an Schwester Beate.

„Einverstanden."

Nach einiger schweigsamer Zeit hielt es Schenk für angebracht, mit seiner Befragung fortzufahren: „Sagen Sie mal, hätten Sie nach der Wiedervereinigung keinen Schadensersatz verlangen können für das, was man Ihnen angetan hat? Sie erzählten doch, dass man es Ihnen angezüchtet hat."

„Wie bitte?", Basts Augen sahen ihn verständnislos an, sie waren deutlich blauer als der See.

„Es gab doch viele, die für erlittenes Unrecht durch die DDR Entschädigungen erhalten haben: Stasi-Opfer, Häftlinge oder gescheiterte Republikflüchtlinge. Da gab und gibt es die Möglichkeit der Wiedergutmachung."

„Die DDR?", der blaue Blick blieb fragend.

„Oder haben die Russen das mit Ihnen gemacht?"

„Der Iwan? Der war zu so etwas nicht fähig."

„Wieso Iwan?" Jetzt sah Schenk ihn irritiert an. „Wann war das denn?"

Bast antwortete ohne nachzudenken: „Na, vor dem

Krieg."

„Vor dem Zweiten Weltkrieg?", fragte Schenk verdutzt.

Bast nickte nur und schaute aufs Wasser.

„Moment mal. Ich denke, Sie sind 68 Jahre alt. Folglich müssten Sie 1945 geboren sein." Er stutzte. „Oder stimmt das auch wieder nicht?"

Bast schwieg.

„Was ist? Sind Sie 68?"

„Nein."

„Sondern?"

„Ich bin älter."

„Was?", Schenks Verblüffung kam so laut, dass andere Fahrgäste zu ihnen herübersahen. Erheblich leiser sagte er: „Aber Sie hatten mir doch Ehrlichkeit versprochen. Müssen Sie mich denn immer wieder enttäuschen?"

„Sie haben mich ja gestern Abend nicht aussprechen lassen."

„Wie?", Schenk überlegte befremdet. „Wann soll das denn gewesen sein?"

„Als Sie meinten, ich hätte noch nicht mal die Hälfte meiner Lebenserwartung erreicht und würde noch das Jahr 2095 erleben."

Schenk grübelte nach. „Aber …", er schüttelte den Kopf, „das hätten Sie mir doch da sagen müssen. Dann hätten Sie mich eben auch unterbrechen müssen."

„Das ist nicht meine Art."

„Mensch …", Schenk schnaufte und kaute an seiner Oberlippe. Dieser Kerl legte ihn doch immer wieder rein und hatte dafür stets eine Ausrede parat. Er sah zum Himmel, wo nur wenige Wolkenstreifen schwebten, dann auf die ruhige Wasserfläche. Es war jetzt überhaupt nicht mehr windig. Schenk räusperte sich und rückte seine Brille zurecht. „Und? Wie alt sind Sie wirklich?"

Nur der Adamsapfel von Bast bewegte sich.

„Wie alt sind Sie?"

„84."

„Was?", Schenk starrte ihn entgeistert an. „Das ist

doch ..."

„Unglaublich, ich weiß. Deshalb gebe ich auch 68 an."

„Und auch danach sehen Sie nicht aus."

„Tja."

„84 Jahre!", Schenk betrachtete ihn und drehte den Kopf langsam hin und her. „Das ist unfassbar. Ein Wunder."

„Die gibt´s nicht."

„Also waren es nicht die Russen und nicht die DDR, sondern die Nazis?"

„So würde ich sie nicht nennen. Es waren deutsche Mediziner und Wissenschaftler."

„Dieselbe Sorte hat in den KZ´s grausame Experimente gemacht."

„Man muss immer erst forschen, um irgendwann helfen zu können."

„Was?" Schenk brauste auf. „Wollen Sie diese perversen Sadisten etwa auf eine Stufe mit ehrbaren Wissenschaftlern stellen? Das kann doch nicht Ihr Ernst sein?"

„Es war eine andere Zeit." Bast presste die Lippen zusammen. „Die taten alle nur ihre Pflicht."

„Wie bitte? Die Pflicht, möglichst viele Menschen zu quälen, zu vergasen und zu verbrennen?"

„Damals sah man das anders."

Schenk entgegnete wütend: „Und manche haben´s heute noch nicht kapiert, suchen krampfhaft eine gute Seite an den Nazis und sehen es immer noch anders!" Das letzte Wort fauchte er Bast entgegen, stand auf und ging zum Bug des Schiffes. Heftig atmend, mit rasendem Herzschlag und etwas zittrig setzte er sich auf einen freien Platz und versuchte, sich wieder zu beruhigen. Also war dieser seltsame Mann ein alter Nazi? Vielleicht ein hoher SS-Offizier, als sein Haar noch blond war? Ein Vorzeige-Arier, der im KZ Untermenschen vernichtete? 150 Jahre Nazi? Eine furchtbare Vorstellung. War er ein Kriegsverbrecher, ein NS-Massenmörder – und deshalb so bemüht, unerkannt zu bleiben und keine Spuren zu hinterlassen? Das wäre eine Erklärung für seine Heimlichtuerei.

Schenk atmete bewusst durch die Nase, seine Aufregung ließ nach. Bei diesen Nazi-Verteidigern konnte er einfach nicht ruhig bleiben. Er sah zum schönen Himmel, auf den See und zum Ufer, das hier aus einem hohen Schilfgürtel bestand, dahinter ragten Bäume empor. Er warf einen Blick auf Bast, der da hinten unbeweglich saß und verloren wirkte. Die anderen Passagiere schienen sich nicht für sie zu interessieren.

Auf dem Rückweg nach Untergöhren hatte keiner ein Wort gesprochen. Im Ort blieb Bast vor einem Frisörladen stehen und sagte ohne Blickkontakt: „Ich muss mir die Haare schneiden lassen. Ich komme dann ins Hotel nach."

„Gut", Schenk nickte und ging weiter, war froh, ihn los zu sein. Er hätte jetzt ein Glas Rotwein gebrauchen können, aber dafür war es noch zu früh. Er sah sich die Geschäfte an und suchte eine Bäckerei, wo er einen Kaffee und ein Stück Kuchen bekommen konnte.

Plötzlich sprang ihm etwas Schwarzes ins Auge, was bei ihm sofort Alarm auslöste. Vor einer Pizzeria stand ein schwarzer Van mit getönten Scheiben. Er bog in die Straße ab und erkannte nach einigen Metern das Hamburger Kennzeichen. Dr. Imker und sein Gorilla? Bildete er sich da etwas ein? Konnte es so viele Zufälle geben? Das Auto war leer, wahrscheinlich aßen sie in dem Lokal.

Schenk bekam augenblicklich Schweißperlen auf der Stirn, sein Herzschlag beschleunigte sich wieder. Er kehrte um und eilte zum Hotel. Viele Gedanken schwirrten durch seinen Kopf, die sich erstaunlicherweise selbsttätig richtig sortierten.

Als er vor der Rezeption ankam, war er außer Atem. „Hat jemand nach uns gefragt? Nach Bodo Schenk oder Erwin Bast?"

Die junge Frau in der weißen Bluse antwortete etwas verunsichert: „Nein, Herr Schenk."

„Wirklich nicht?" Er holte einen 10-Euro-Schein

aus seinem Portmonee und schob ihn ihr zu. „Es ist äußerst wichtig."

„Sie zögerte. „Na ja." Nach einem scheuen Rundumblick legte sie eine Hand aufs Geld und zog es zu sich. „Ihr Schwager hat extra betont, ich solle Ihnen nichts verraten, er wolle Sie überraschen."

„Mein Schwager?" Er hatte gar keinen. „Wie sah er denn aus?"

„Na ja, ziemlich groß und stabil, Kurzhaarschnitt, schwarz gekleidet, mit einer tätowierten Schlange am Hals." Sie dachte an die 20 Euro, die der Typ ihr gegeben hatte.

„Das hab ich befürchtet. Das war nicht mein Schwager, sondern ein unangenehmer Kerl von einem Inkassobüro." Also hatten sie ihn doch unbemerkt verfolgt. Und er war sich so sicher gewesen.

„Genauso sah er auch aus", sie lächelte zaghaft.

„Machen Sie bitte sofort die Rechnung fertig, wir müssen auschecken. Ich will keinen Ärger mit dem."

„Wir auch nicht", sie zog besorgt die Augenbrauen hoch.

„Gibt es hier im Ort mehrere Frisöre?"

„Nein, nur einen. Aber ich ..."

„Würden Sie mich gleich mit dem verbinden? Ich gehe jetzt aufs Zimmer. Und denken Sie bitte an die Rechnung."

„Ja. Natürlich." Sie sah ihm erstaunt hinterher und suchte dann das örtliche Telefonbuch.

Schenk hatte den Plan deutlich im Kopf, musste ihn nur noch Punkt für Punkt abarbeiten und dabei ruhig bleiben.

Er hatte seinen Koffer bereits zur Hälfte gefüllt, als das Telefon klingelte. Dem Frisörmeister musste er sein Anliegen wiederholen, dann hatte er Bast am Apparat, der nach den Worten ‚schwarzes Auto' sofort den Ernst der Lage begriff. Schenk teilte ihm mit, dass er auch seine Sachen packen und ihn mit dem Auto beim Frisör abholen würde. Er solle sich seine auffallenden Haare dunkel färben lassen und erst aus dem Geschäft kommen, wenn er sich dort zeige. Bast war ohne Widerspruch mit allem einverstanden.

In Rekordzeit packte er ihr Gepäck, schleppte es ins Auto, zahlte mit EC-Karte, bat die verstört aussehende Frau an der Rezeption um Verschwiegenheit und fuhr zu der Pizzeria.

Schenk parkte ungefähr 50 Meter vom schwarzen Van entfernt. Aus dem Handschuhfach nahm er sein Schweizer Taschenmesser, klappte die größte Klinge heraus und ging zu dem leeren Wagen. Er bückte sich so, als würde er seinen Schuh zubinden. Er wollte das Messer in den Reifen rammen, doch es prallte regelrecht ab. Erst als er die Klinge an der weicheren Reifenflanke mit Druck hin und her bewegte, drang sie ins Gummi ein. Beim Rausziehen entwich zischend die Luft, das Auto sackte deutlich ab. Schenk zerstach so alle Reifen, beobachtete dabei den Eingang der Pizzeria und die Umgebung. Zum Glück sah er keinen Menschen.

Auf dem Rückweg zu seinem Wagen klappte er das Taschenmesser zusammen und wunderte sich über seine Kaltblütigkeit. Erleichtert reckte er sich auf seinem Sitz, legte das rote Messer wieder an seinen Platz und sah zur Uhr. Mit diesem plattfüßigen Auto konnten die ihn jedenfalls nicht mehr verfolgen. Er lächelte zufrieden, startete und fuhr zu dem Frisörladen.

Als er das Geschäft betrat, entdeckte er nur einen männlichen Kunden, der durch den Spiegel einen bekannten Blick mit ihm tauschte, bevor sein beschäumter Kopf von einer jungen Blondine nach hinten in ein Waschbecken gelegt wurde.

„Herr Bast, ich warte dann draußen."

„Ja", antwortete der etwas beeinträchtigt.

Bevor der Chef, der gerade einer Frau die Haare schnitt, etwas sagen konnte, war Schenk mit einem „Wiedersehen" wieder draußen.

Er hörte Radio, tippte mit den Fingern aufs Lenkrad, kontrollierte die Straße vor und hinter ihm, sah in Minutenabständen zur Uhr und wurde langsam unruhig.

Dann schreckte er zusammen, weil jemand die

Beifahrertür öffnete. Ein dunkelhaariger Mann setzte sich neben ihn und schaute ihn leiderfüllt an.

„Das gibt´s doch nicht!", Schenk starrte ihn fassungslos an. Bast wirkte mit seinen gefärbten Haaren wie ein Vierzigjähriger, erheblich jünger als er selbst. „Sie sehen ja nur halb so alt aus, wie sie wirklich sind." Das war alles unglaublich.

„Ich fühle mich auch unwohl dabei. Das ist mir ganz schön peinlich."

„Aber sehr effektiv." Schenk bestaunte seine Frisur. „Mit den weißen Haaren wären Sie denen sofort überall aufgefallen. So hält man Sie für einen Mann mittleren Alters, aber niemals für den 68-jährigen Erwin Bast." Er lachte auf. „Und erst recht nicht für den 84-jährigen."

„Müssen wir nicht weg?"

„Natürlich." Schenk startete und fuhr los. „Ich will nur sicher sein, dass dieser schwarze Bulle uns nicht verfolgen kann."

„Beim letzten Mal waren Sie sich auch sicher", sagte Bast vorwurfsvoll. „Und trotzdem ist er Ihnen nachgefahren."

„Es tut mir leid. Das ist mir wirklich ein Rätsel. Ich hab so aufgepasst, aber absolut nichts Verdächtiges bemerkt."

„Und wie wollen Sie diesmal verhindern, verfolgt zu werden?"

„Ich habe dem alle vier Reifen zerstochen."

„Was? So etwas machen Sie?"

„Ja", Schenk grinste stolz. „Da bekommt er nicht so schnell Ersatz. Jetzt will ich nur da vorbeifahren, um zu gucken, ob die schwarze Karre noch da steht."

„Aber der kennt doch Ihr Auto."

„Ich fahre in einiger Entfernung vorbei. Wir sind gleich dort. Der Wagen steht vor einer Pizzeria, wo der sich den dicken Bauch vollgeschlagen hat."

„Sie machen ja Sachen", Bast schmunzelte.

„Da ist er", Schenk zeigte nach links. Der Leibwächtertyp bewegte sich gestikulierend um den schwarzen Van herum, trat wütend gegen einen platten Reifen. An der offenen Fahrertür stand ein großer, schlanker Mann mit einem Handy am Ohr. Keiner von den beiden sah in ihre Richtung.

„Verdammt! Dr. Imker kann das nicht sein. Also sind jetzt sogar zwei Kerle hinter uns her."

Bast verrengte den Hals, um länger beobachten zu können. Dann setzte er sich wieder richtig hin. „Diesen Langen hab ich noch nie gesehen."

„Der ist wohl neu dabei."

„Müssen die nun in eine Werkstatt geschleppt werden?"

„Wahrscheinlich. Man kann die Reifen allerdings auch dort wechseln. Aber die müssen erst mal vier passende für diese Karre auftreiben. Das kann dauern."

„Gute Idee", Bast nickte anerkennend.

„Danke. Das mit der Verfolgung soll mir nicht wieder passieren. Ich kapier das immer noch nicht."

„Und wo fahren wir jetzt hin?"

Schenk drehte sich zu ihm, sah in vielversprechend an und fragte: „Wie wär´s mit Rügen?"

Die blauen Augen von Bast erstrahlten, als würde die Sonne aufs Meer blinken. „Tatsächlich? Das wäre wunderbar. Noch ein Mal Prora wiedersehen." Er lächelte glücklich.

Beate hatte Spätdienst und ein Dienstwochenende vor sich. Als sie den ständig klingelnden Patienten für schätzungsweise 20 Minuten beruhigt hatte und die Tür hinter sich schloss, blieb ihr Blick gegenüber an der Zimmernummer haften: 32-14. Sofort dachte sie wieder an den weißhaarigen Herrn Bast, der sie an ihren Großvater erinnert und in diesem Zimmer gelegen hatte; und an Bodo Schenk, der sich leider nicht noch mal gemeldet hatte, obwohl er sich durchaus interessiert gab. Aber schließlich glotzten alle Männer nur auf ihren Busen.

Sie seufzte, ging ins Dienstzimmer und erledigte Eintragungen. Auch dabei rotierten ihre Gedanken um diesen weißhaarigen Mittelpunkt. Sie litt unter Gewissensbisse, weil sie gestern von Kerstin wichtige Dinge erfahren hatte, die Bast und Schenk wissen sollten.

Imker hatte immerhin alle Labordaten von Bast verschwinden lassen und illegale Taten vorgehabt, oder immer noch vor. Irgendetwas an seinem Blut musste wertvoll sein. Vielleicht wollte Imker damit seine Spielschulden abbezahlen. Womöglich wurde er sogar von kriminellen Geldverleihern dazu gezwungen. Und wenn er denen Bast nicht übergeben konnte, war er dran. Kein Wunder, dass ihm der Diebstahl und die Löschung von Krankenhausdaten und andere ärztliche Vergehen völlig egal waren.

Oder bildete sie sich da etwas Absurdes ein? War das alles total übertrieben und sie spann sich da einen blöden Krimi zusammen?

Sie musste Bodo Schenk wohl doch anrufen, um ihn zu warnen. Oder zumindest, um seine Meinung zu hören.

„Guten Tag." In der offenen Tür stand eine ältere Frau.

„Guten Tag." Beate stand auf, ging ihr entgegen und fragte freundlich: „Ja, bitte? Kann ich Ihnen helfen?"

Schenk war nicht über die Autobahn gefahren, sondern hauptsächlich auf der B 194 bis Stralsund. Unterwegs hatte er darüber gelästert, dass hier in Mecklenburg-Vorpommern die Straßenbäume durch aufwändige Leitplanken geschützt würden. Bei sich in Niedersachsen käme niemand – außer einigen grünen Spinnern – auf solch eine kostspielige Idee, da würden die Bäume einfach gefällt. Das wäre doch wieder ein typischer Ost-West-Widerspruch: im ärmsten Mecklenburg-Vorpommern gäbe es durch westlichen Geldtransfer Leitplanken für Bäume, im bezahlenden Niedersachsen dagegen nicht. Bast hatte nur selten und wortkarg auf seine Monologe reagiert, meist die Landschaft betrachtet, gedöst oder nachgedacht.

Erst als sie auf Rügen gemütlich auf dieser herrlichen Deutschen Alleenstraße fuhren, drehte er sich zu Schenk und sagte: „Ich habe die ganze Zeit überlegt, warum die Kerle im schwarzen Auto erst heute aufgetaucht sind?"

„Wieso?"

„Na, wenn wir gestern schon verfolgt wurden, waren die doch ständig hinter uns und hätten gewusst, dass wir in diesem Hotel sind. Dann hätte der Gorilla doch nicht auffallend nachfragen müssen. Und warum haben die dann bis heute gewartet?"

„Keine Ahnung", antwortete Schenk mit einem Schulterzucken. „Vielleicht waren sie kaputt und mussten sich erst ausruhen."

„Glaub ich nicht."

„Oder sie mussten sich erst von ihrem Boss neue Instruktionen holen."

„Auch unwahrscheinlich."

„Na, dann weiß ich's auch nicht", erwiderte Schenk etwas genervt. „Ist das denn wichtig?"

„Womöglich schon."

„Und?", Schenk verdrehte die Augen. „Was haben Sie für eine Theorie darüber?"

„Was wäre, wenn die einen Peilsender an Ihrem Auto angebracht hätten?"

„Quatsch! Ich hätte gar nicht gedacht, dass Sie Agentenfilme mögen", er schüttelte belustigt den Kopf. „Und die Stasi existiert nicht mehr."

„Aber das sind Profis."

„Ein Sender an meinem Wagen?", Schenk sah ihn verunsichert an. „Das gibt's doch gar nicht im echten Leben."

„Das würde auch erklären, warum Sie von dem Verfolger – trotz größter Aufmerksamkeit – nichts bemerkt haben, weil es nämlich überhaupt keinen Sichtabstand gab."

„Da ist schon was dran." Schenk blickte automatisch in den Rückspiegel und kaute an der Oberlippe.

„Eben. Die konnten irgendwann dem Signal folgen. Die sind bestimmt erst heute Vormittag in Untergöhren angekommen, mussten sich dann aber vergewissern, ob wir Hotelgäste sind oder ob Ihr Auto nur zufällig da auf dem Parkplatz steht."

„Verdammt!" Schenk sah zur Uhr. „Wenn Sie Recht haben, können die uns ja in aller Ruhe nachfahren, wenn die neuen Reifen montiert sind. Die können sich jede Menge Zeit lassen und würden uns doch sicher finden."

„Eben."

„In 500 Metern kommt ein Parkplatz. Da halte ich an und überprüfe den Wagen." Seine Stirn war sorgenvoll gerunzelt.

Als er den Motor abgestellt hatte, öffnete Schenk das Handschuhfach, schob unter anderem das Schweizer Taschenmesser beiseite und holte die kleine Taschenlampe heraus. Heute kommt viel zum Einsatz, dachte er und nickte Bast zu, der sich unangenehm bedrängt fühlte.

Schenk stieg aus, untersuchte auf seiner Seite den vorderen und hinteren Radkasten, klopfte innen gegen die hohl klingende Verkleidung.

Bast verließ auch das Auto, reckte sich und fragte: „Und?"

„Hier ist alles mit Kunststoff zu, da würde kein Magnet halten." Um seine Hose nicht zu beschmutzen, nahm er die hintere Fußmatte heraus und kniete sich darauf. Er schaltete die Taschenlampe ein. Zum Glück waren die Batterien nicht leer. Er leuchtete zu beiden Seiten, bückte sich weiter herunter und suchte aufmerksam alles ab. Er entdeckte nichts.

Etwas schwerfällig erhob er sich und wiederholte es auf der Beifahrerseite. Bast hatte sich einige Schritte entfernt. Schenk beleuchtete den erstaunlich sauberen Unterboden von hinten nach vorne. Er stutzte und schwenkte den Lichtstrahl noch einmal zurück. Da war etwas. In der Mitte des Autos hing an dem stabilen Längswinkel, wo man auch den Wagenheber ansetzte, ein schwarzes Kästchen.

Schenk bekam plötzlich Angst, dass es beim Ablösen explodieren könnte. Aber das ist wohl doch reichlich übertrieben, sagte er sich. Die ungewohnte, anstrengende Haltung, sein Übergewicht und die Aufregung verursachten bei ihm Atemnot. Er hechelte, zog das Kästchen mit einem Ruck ab und richtete seinen Oberkörper wieder auf. „Hier. Ich hab das Ding." Er keuchte und hielt es hoch, es war so groß wie eine Zigarettenschachtel. „Diese Schweine."

„Hab ich also Recht gehabt."

„Ja." Schenk kam sich albern vor, wie er so vor Bast kniete. Er stand mühsam auf und wischte sich über die Stirn. „Ein Peilsender an meinem Auto. Unglaublich."

Sie begutachteten das kleine Gerät, das von außen nur einen eingedrückten, ebenfalls schwarzen Knopf hatte.

„Kein Lämpchen", murmelte Bast. „Aber eingeschaltet."

„Das ändern wir sofort." Schenk betätigte den Knopf, der dann wieder heraus ragte. Er wog das Kästchen kurz in seiner Hand, warf es kurz entschlossen mit voller Wucht auf den Boden und trat mehrmals darauf. „So. Da wird wohl absolut nichts mehr funktionieren."

„Garantiert nicht", sagte Bast.

Beide bückten sich gleichzeitig, sammelten die verstreuten Einzelteile ein und warfen sie in den Abfallbehälter des Parkplatzes.

Nach dem sehr späten Abendessen saßen sie sich schweigend gegenüber. Trotz ihrer Erschöpfung hatte es keiner eilig, das gemeinsame Zimmer aufzusuchen, wo sie dann eine Handbreit auseinander, aber wenigstens in getrennten Betten, schlafen mussten. Denn leider hatten sie nur ein Doppelzimmer bekommen, weil Schenk ja unbedingt in Binz bleiben wollte.

Über zwei Stunden hatten sie gesucht, bis sie ein annehmbares Quartier ohne Doppelbett fanden. Zwei Einzelzimmer konnte man überhaupt nicht kriegen, denn schließlich war hier Hauptsaison.

„Ich hoffe, Sie schnarchen nicht", Schenk lächelte zaghaft, wollte die Stimmung etwas auflockern.

„Gleichfalls", brummte Bast abweisend.

Schenk schnaufte und trank einen Schluck. Der

bewährte Rotwein hatte seine Befürchtung aufgelöst, dass man sie für ein schwules Paar halten könnte. Eine Vorstellung, die ihm äußerst unangenehm war.

„In den kleineren Orten hätten wir bestimmt noch zwei Einzelzimmer gefunden", beschwerte sich Bast. „In Göhren, Sellin oder Baabe. Hätte ja auch kein Hotel sein müssen."

„Aber Binz liegt günstiger und ist schöner. Hier ist auch mehr los. Und ich muss nicht andauernd mit dem Auto fahren." Und auf meinen Rotwein verzichten, sagte er in Gedanken. Fast hätte er noch hinzugefügt: Wer bezahlt, bestimmt.

Kapitel 9

Bast kam mit nacktem Oberkörper und ohne Pflaster aus dem Badezimmer. Schenk betrachtete seine sehnige, fettlose Gestalt und wurde neidisch. Es war unvorstellbar, dass dieser Mann 84 Jahre alt sein sollte. Mit seinem dunklen Haar musste man ihn für einen sportlichen Vierzigjährigen halten. Im Vergleich zu ihm fühlte sich Schenk unförmig, schwabbelig und alt.

Er ging zu Bast und besah sich die Narbe an seiner Stirn, die nur noch aus einem rosafarbenen Strich bestand. „Sieht wirklich gut aus. Ist ja erstaunlich schnell verheilt."

„Ja." Bast nahm ein kurzärmeliges Hemd aus der linken Schrankhälfte.

„Haben Sie denn gut geschlafen?"

Bast nickte und verzog einen Mundwinkel. „Aber Sie haben geschnarcht."

„Kann gar nicht sein. Das streite ich ab."

„Dachte ich mir."

„War das mal eine echte Patrone?", Schenk deutete auf seine Halskette.

„Ja."

„Ist da was drin?"

„Nein." Bast zog das Hemd an und ging wieder ins Bad.

Schenk blickte sorgenvoll auf die geschlossene Tür und dachte: Ob er wirklich ein alter, unbelehrbarer Nazi ist? Hat er irgendwo eine verblasste Tätowierung mit den SS-Runen? Hat er mit dieser Patrone seinen ersten Juden erschossen? – Er könnte tatsächlich ein untergetauchter Kriegsverbrecher sein.

Das war ja völliger Unsinn! Schenk schlug sich mit der flachen Hand an die Stirn, weil ihm eingefallen war, dass Bast bei Kriegsende ja erst höchstens 16 Jahre alt gewesen sein konnte.

Nach dem Frühstück fuhren sie nach Prora. Wie

Schenk vermutet hatte, verbesserte das schlagartig die Laune von Erwin Bast.

Als sie das Auto auf dem großen Parkplatz abgestellt hatten, marschierte der zielsicher und mit strahlender Miene los; Schenk musste sich anstrengen, um mit ihm Schritt zu halten. Sie kamen zu einem unheimlich langen Gebäude, an dem in gewissen Abständen rechtwinkelig gleich hohe Bauten vorgesetzt waren. Bast blieb stehen und sagte mit ausgebreiteten Armen wie ein Reiseführer: „Das ist der Koloss von Prora der Organisation Kraft durch Freude, kurz KdF genannt. Hier sollten mal 20.000 Menschen gleichzeitig Urlaub machen. Diese kleineren Quergebäude sind die Treppenhäuser mit den Sanitäranlagen."

„Wirklich imposant", staunte Schenk.

„Ja. Damals wurde alles in einem größeren Maßstab und für die Ewigkeit gebaut."

„Na ja", Schenk hatte schon eine kritische Erwiderung zum 1000-jährigen Reich parat, aber er wollte vorsichtig sein mit Äußerungen über die NS-Zeit, „das wurde doch aber nie fertiggestellt." Er wollte unbedingt einen neuerlichen Streit und ein Abschotten bei Bast vermeiden.

„Stimmt. Da kam der Krieg dazwischen. Aber von 1936 – 1939 waren hier 9.000 Arbeiter beschäftigt."

„Aha." Schenk wollte ihm nichts davon sagen, dass er sich schon im Internet darüber informiert hatte.

„Übrigens wurden die Bauarbeiten auch international gewürdigt. Bei der Weltausstellung 1937 in Paris erhielt das Modell des Seebades Prora einen Grand Prix."

Überall auf dem weitläufigen Gelände schlenderten Einzelpersonen oder Besuchergruppen umher, auch eine Schulklasse umringte ihren Lehrer.

Und 1940, dachte Schenk, hätten die Deutschen den Preis nach Paris zurückbringen können.

Voller Stolz redete Bast weiter: „Was hier in den drei Jahren errichtet wurde, ist schon eine gewaltige Leistung. Es fehlten nur noch die Schwimmhalle, der Bahnhof, einige Wohnblocks, die kolossale Festhalle und diverse Wirtschaftsgebäude. Das Baumaterial dafür war teilweise schon da, weil nach Kriegsende weitergebaut werden sollte."

„Na, da wurde ja nun nichts draus", konnte sich Schenk nicht verkneifen.

„Nein." Bast presste die Lippen zusammen und setzte sich wieder in Bewegung. Schenk eilte hinterher. Sie gingen durch einen breiten Durchgang zur anderen Seite des Riesengebäudes.

„Das ist die Seeseite", sagte Bast mit einem Armschwenk. „Jedes Zimmer sollte Meerblick haben."

„Donnerwetter!", Schenk war überwältigt von dem Anblick. Die Fensterfront schien wirklich bis zum Horizont zu reichen. Er fühlte sich wie eine Ameise vor ihrem Bau. „Ich hab noch nie so ein langes Haus und so viele Fenster gesehen."

„4,5 Kilometer lang."

„Einfach gigantisch!"

„Nicht wahr?" Bast freute sich über seine Begeisterung.

„Und hinter diesem Wald ist die Ostsee?"

„Ja, genau. Das ist nur ein schmaler Kiefernstreifen als Windschutz, dahinter beginnt gleich der herrliche Strand."

„Wirklich toll!" Schenk ging näher zu Bast. „Und wie sind Sie dann als Junge hierher nach Prora gekommen?"

„Ich lebte damals hier in Sassnitz in der Reichsschulungsburg."

„Den Ausdruck hab ich noch nie gehört. Aber alle Achtung", Schenk zog beeindruckt die Augenbrauen hoch, „hört sich nach einem Elite-Internat an."

„Na ja, da kamen Waisenkinder mit auffallend arischen Merkmalen hin und wurden im Sinne der nationalsozialistischen Bewegung erzogen."

Kein Wunder, dass er die Nazis immer noch nicht für schlecht hält, dachte Schenk und fragte: „Wurde Ihnen dort Ihre Langlebigkeit angezüchtet?"

„Nein, das war vorher und woanders."

Sie gingen langsam weiter in Richtung zu dem Waldstreifen.

„Und wann sind Ihre Eltern gestorben?"
„1932. Da war ich drei Jahre alt. Wir lebten in Ostpreußen. Sie wurden von aufgebrachten polnischen Landarbeitern umgebracht."
„Mein Gott!", Schenk war erschüttert.
„Und hier von Sassnitz wurden abwechselnd die Burschengruppen nach Prora gefahren, um fürs Leben zu lernen, körperlich ertüchtigt zu werden und an etwas Großem mitzuwirken. Auf gut deutsch", Bast zwinkerte ihm zu, „wir sollten als Handlanger und Bierholer für die Bauarbeiter dienen. Aber denen waren wir zu anstrengend. Die hatten keine Lust, sich mit uns abzugeben, uns etwas beizubringen oder auf uns aufzupassen. Also konnten wir hier den ganzen Tag herum stromern, spielen, am Strand liegen oder schwimmen. Das waren wunderbare Ferientage für uns."
„Das kann ich mir vorstellen."
Sie betraten den unbefestigten Weg durch den Wald. Die oberste Schicht bestand aus braunen Kiefernnadeln, darunter lag heller Sand, den man an einigen Stellen sehen konnte.
„Das war ja eine gewaltige Organisationsleistung damals", Schenk rückte seine Brille zurecht, „allein schon diese Dimensionen und das nötige Material und jeden Tag 9.000 Bauarbeiter gezielt einsetzen."
„Organisieren konnte man damals gut."
Ja, darin waren sie Meister, dachte Schenk. Alles wurde im Hakenkreuz verhakt und funktionierte widerstandslos: Aufmärsche, Autobahnbau und KdF, von europaweiten Transportzügen in die KZ´s bis zu den Kapazitäten der Verbrennungsöfen.
So wie seine Schuhe im weichen Weg einsanken, so versackte Bast mit jedem Schritt tiefer in der vergangenen Zeit und war wieder ein Junge, der mit seinen Kameraden hier herum rannte. Die Stimme von Schenk wurde undeutlich und einlullend wie Wellengang. Dort war damals die kleine Lichtung gewesen, wo sie sich in großer Runde Zigaretten und Bier geteilt hatten. Jeder Lungenzug verursachte bei ihm Erstickungsanfälle und Übelkeit, das Bier

schmeckte ekelhaft bitter.

„Man hört schon die Brandung", sagte Schenk.

Seltsamerweise kamen Bast die knorrigen Wurzeln wie erstarrte Schlangen vor.

Und da hinten hatten Konrad, Egon und er den Maurerlehrling mit den Segelohren heimlich beim Wichsen beobachtet.

„Ein würziger Duft hier", Schenk zog die Luft hörbar durch die Nase ein. „Man riecht die Kiefern und das Meer."

Sie hatten darüber gestaunt, wie groß so′n Ding wurde und wie weit es spritzen konnte. Tagelang war das ihr Gesprächsthema gewesen.

„Das ist wirklich ein schmaler Wald." Schenk blieb bei den letzten Bäumen stehen und betrachtete freudig den weiten Strand. „Und das ist ja der beste Urlaubssand hier."

„Wie bitte?", Bast sah ihn an und tauchte raketengleich aus den 74 Jahren wieder an die Oberfläche.

„Ein herrlicher Strand hier."

„Ja. Schön, nicht wahr?"

Schenk nickte zustimmend. „Aus den besser erhaltenen Bauten könnte man immer noch eine riesige Hotelanlage machen. Bei der tollen Strandlage hier."

„Lieber nicht", Bast schüttelte den Kopf. „Das wär nicht richtig. Das muss alles so bleiben und langsam verfallen und vergehen. Wie alles von damals."

„Würde wahrscheinlich sowieso zu teuer werden."

Sie gingen weiter. Bei jedem Schritt sanken sie tief ein.

„Was ist denn das da?", Schenk zeigte nach links zu einem mächtigen Betonbauwerk, das wie eine graue, wulstige Zunge ins Meer ragte.

„Das ist ein Fundament für die geplant gewesene Seebrücke, die als Anlegestelle dienen sollte. Hier hätte es natürlich auch einen regelmäßigen Schiffsverkehr gegeben."

„Logisch."

Auf dem breiten Strand lagen ganz vereinzelt ein paar Leute, Spaziergänger gab es auch nur wenige.

„Da sind ja sogar welche im Wasser", Schenk hielt

seinen ausgestreckten Arm in diese Richtung.

„Klar. Ist ja auch warm."

„Aber das Wasser doch noch nicht."

„Ich würde auch reingehen. Aber ich hab ja meine Badehose nicht eingepackt", sagte Bast und lächelte richtig schelmisch.

Dr. Imker legte das Telefon ganz vorsichtig ab, als wäre es eine Bombe mit Bewegungszünder. Der Türke hatte ihm gerade höchstpersönlich in seinem gebrochenen Deutsch ein beängstigendes Ultimatum gestellt: Wenn er diesen weißhaarigen Mann mit dem Langlebigkeits-Gen nicht bis in exakt fünf Tagen gefasst hatte, war er dran. Er prustete und wischte sich über seine Halbglatze. Also bis Dienstag, den 2. Juli um 18 Uhr.

Er nippte an seinem Feierabendwhisky. Es ging um Leben und Tod. Um seines. Es gab nur noch diese beiden Möglichkeiten: schuldenfrei oder ein qualvoller Tod. Denn darauf konnte er sich verlassen: der Türke würde ihm nicht einfach eine Kugel in den Kopf jagen lassen. Die Todesdrohung empfand er schon schlimm genug, aber der Gedanke an unvorstellbare Schmerzen war unerträglich. Er sah wieder diese grässlichen Fotos vor sich, die sein Neffe ihm präsentiert hatte. Den hatte er bestimmt abgesetzt, weil er zu gutgläubig ihm gegenüber gewesen war.

Imker nahm die runde Brille ab und massierte seine Nasenwurzel. Diese Idioten hatten alles vermasselt. Erst lassen sie sich vor ihrem Fresslokal die Reifen zerstechen, dann gibt der Peilsender auf Rügen seinen Geist auf. Und das sollen Profis sein.

Er nahm einen Schluck und setzte die Brille wieder auf, dadurch wirkten seine Augen nicht ganz so klein. Die Zeit drängte. Er musste Bast erwischen, egal wie, nur lebendig. Er würde die beiden Blödmänner nachher anrufen und ihnen ein anderes Ultimatum stellen: kein Geld oder eine Erfolgsprämie. Sie sollten gefälligst dieses ganze Rügen nach Schenk und Bast absuchen. Ein männliches

Paar, die auffallend weißen Haare und das bekannte Auto: das konnte doch nicht so schwierig sein.

Es war jedenfalls höchste Zeit, einen Plan B auszuarbeiten. Wenn die Bast nicht finden konnten, musste er sich rechtzeitig nach Übersee absetzen. In Europa würde der Türke ihn früher oder später schnappen. Sein Auto durfte er auf keinen Fall benutzen. Wahrscheinlich wurde er jetzt schon beschattet, oder er hatte auch einen Sender am Wagen. Womöglich mit ferngesteuerter Bombe? – Quatsch! Imker schüttelte den Kopf und strich sich über die kahle Stirn.

Er würde morgen von einem öffentlichen Telefon einen Nachtflug buchen, am besten nach Mexiko. Geld hatte er ja noch, auch sein Konto war nicht im Minus. Natürlich nur durch die 10.000 Euro des Türken.

Um unbemerkt zum Flughafen zu gelangen, würde er nur mit einer Reisetasche das Haus durch den Garten verlassen, ein Taxi zur nächsten Seitenstraße kommen lassen und dann den Zug nehmen.

Imker leerte das Glas und verfluchte seine vielen Fehler. Es gab leider keinen anderen Schuldigen als ihn selbst. Dabei war er so zuversichtlich gewesen, als er das sensationelle Blutbild von Bast entdeckte und dessen Langlebigkeitsgene dem Türken als Millionengewinn schmackhaft machen konnte. Er empfand es als Glücksfall im letzten Moment.

Aber wenn Bast nicht zu fassen war, wenn er nicht liefern konnte, musste er hier alles aufgeben und woanders noch mal neu anfangen. – Aber ohne jegliches Glücksspiel.

Nach dem Abendessen blieben sie noch bei Bier und Rotwein am Tisch sitzen. Dem leckeren Fisch hatten sie zur Verdauung einen Linie hinterher gekippt.

„Nun erzählen Sie doch mal von Anfang an", sagte Schenk. „In welches Kinderheim sind Sie denn zuerst gekommen?"

„Nach Königsberg. Das war für mich wie eine

Weltstadt."

„Und wo wurden Sie dann ... behandelt?"

„Das war eine sehr große, umzäunte und bewachte Anlage bei Stettin. Da gab es einen Kindergarten, einen Spielplatz, eine Schule und einen Sportplatz. Auf dem ausgedehnten Gelände liefen jede Menge gruseliger Gestalten herum." Bast sah wieder diese dünnhaarigen Kinder mit den deformierten Schädeln vor sich. „Da wurden sehr viele Experimente gemacht."

„War da auch dieser Mengele?"

„Nein."

„Und wann war das?"

„1934. Ich war fünf Jahre alt."

„Damals wurden bereits Versuche an lebenden Menschen durchgeführt?", wunderte sich Schenk. „Ein Jahr nach der Machtübernahme?"

„Ja. Diese Forschungsanstalt gehörte schon vorher der Partei."

„Und das hat die damalige Regierung geduldet?"

„Muss ja wohl", antwortete Bast. „Die NSDAP hatte von Anfang an die besten Beziehungen nach ganz oben."

„Waren Sie auch in dieser Partei?"

„Natürlich."

„Was wurden denn da für Experimente gemacht?"

„Alle möglichen. Genaues weiß ich natürlich nicht. Wir haben ja nur die verbundenen Testpersonen gesehen. Und die kamen uns schon reichlich unheimlich vor."

„Durchaus verständlich bei fünfjährigen Kindern."

„Für jedes Projekt gab es eine bestimmte Bezeichnung." Bast sah sich im Lokal um. Beide Männer tranken gleichzeitig.

„Und wie wurde Ihr Projekt benannt?"

„Senex."

„Sagt mir nichts. Was heißt das denn?"

„Das ist Latein und bedeutet ‚Greis, alter Mann'."

„Ach, daher kommt ‚senil', nicht wahr?"

„Nehme ich an. Ich kann kein Latein."

Schenk nickte verständnisvoll und nahm einen

Schluck Rotwein.

„Wir waren 10 Knaben. Jeder wurde offiziell nur mit der Projektbezeichnung und seiner Nummer genannt. Konrad war Senex 1, Egon Senex 2, ich war Senex 3 und so weiter."

„Mädchen gab´s dabei überhaupt nicht?"

„Nein."

„Wurden Sie auch operiert?"

Bast zuckte mit der Schulter. „Ich nehme es an. Betäubt wurden wir jedenfalls öfter. Doch genaueres weiß ich nicht. Nur von kleinen Eingriffen wie Punktionen und so. Aber uns wurde ständig Blut abgenommen. Deshalb bekamen wir auch immer leckeren roten Traubensaft zu trinken. Und leider montags und freitags ekelhaften Lebertran." Er verzog angewidert sein Gesicht.

„Und wie haben die dann Ihre Langlebigkeit erreicht?"

„Durch verschiedene, komplizierte Genveränderungen und mehrere Behandlungen. Vielleicht wurde uns auch etwas eingepflanzt, irgendein Implantat."

„War das mit der DNA denn damals schon bekannt?"

„In Deutschland schon. Wir waren in allem viel weiter."

„So so." Besonders in der industriellen Vernichtung von Menschen, fiel Schenk ein. Sein Blutdruck schnellte sofort zur Aufregungshöhe empor. Zur Senkung leerte er sein Glas, schluckte die Wut damit runter und dachte: Bast ist ein alter Nazi, weil er von denen so erzogen wurde, die waren seine Familie. Und wenn er ein paar Jahre älter gewesen wäre, hätte er auch jede Menge sogenannter ‚Untermenschen' ohne Gewissensbisse umgebracht. Schenk machte der Bedienung das Zeichen für eine neue Runde.

Bast trank auch langsam aus und sagte dann: „Sie haben mir doch von dieser Fernsehsendung erzählt, dass man durch hungern älter werden kann."

Schenk nickte nur und dachte: Der findet sicherlich immer noch nichts Unrechtes an der nationalsozialistischen Geschichte.

„Den gleichen und noch viel stärkeren Effekt kann man durch Veränderung des Erbguts erreichen. Heute werden zum Beispiel Würmer genetisch manipuliert, sodass sie sechsmal so lange leben wie unbehandelte. Wenn man das auf den Menschen überträgt, ergibt das ein Alter von 500 Jahren."

„Echt?"

„Ja. Und Fliegen, denen man eine aus roten Trauben gewonnene Substanz verabreicht, werden um ein Drittel älter."

Die Bedienung brachte die Getränke.

„Danke. Ich hab ja immer schon gesagt, dass Rotwein gesund ist." Schenk hob sein Glas. „Prost! Auf ein langes Leben."

Aber nicht zu lange, dachte Bast, denn überleben macht einsam. Er nippte an seinem Bier, das ihm so bitter vorkam wie damals in Prora.

„Um was für Genveränderungen handelte es sich denn bei Senex?"

„Das waren zwei verschiedene. Erstens bekamen wir das Enzym Telomerase, um die verkürzten Telomere wieder aufzubauen."

„Aha." Schenk sah in völlig verständnislos an.

„Die Telomere sind DNA-Stücke, die an den Chromosomenenden sitzen und keine Erbinformation enthalten. Sie verkürzen sich bei jeder Zellteilung. Wenn die Telomere aufgebraucht sind, werden die Chromosomen selber beschädigt, sodass bei jeder Zellteilung Gene verloren gehen. Durch das Enzym Telomerase kann man die Telomere in allen Zellen verlängern und damit den üblichen programmierten Zelltod länger hinausschieben."

„Und das haben Sie schon mit fünf Jahren verstanden?"

„Natürlich nicht", Bast schmunzelte. „Das hat mir später Konrad alles erklärt."

„Der Senex 1 war?"

„Ja. Und unser Primus. Der war damals auch zwei Jahre älter als ich und hat alle Wissenschaftler ausgefragt und sich heimlich Notizen gemacht. Aber richtig kapiert habe ich das erst Jahrzehnte später. Verständlicherweise hab ich mich mein ganzes Leben lang mit diesem Thema beschäftigt."

„Es hat ja auch Ihr gesamtes Leben verändert. Konnten Sie denn überhaupt heiraten und eine Familie gründen, ohne aufzufallen?"

Bast bekam sofort feuchte Augen und drehte sich zur Seite.

„Entschuldigung! Ich ... Ich wollte Sie nicht ..."

„Schon gut." Bast holte ein Taschentuch hervor, wischte sich über die Augen und schnäuzte zweimal.

Schenk hätte nie gedacht, dass dieser Mann so schnell weinen würde. Er wollte das übergehen und zum vorherigen Gespräch zurückkehren. „Und wie lief die andere Genveränderung ab?"

Bast hatte sich wieder gefasst und streckte seinen Rücken, seine blauen Augen glänzten aber noch. „Da ging es um das sogenannte ‚Methusalem-Gen'. Heute bezeichnet man es als ‚FOXO3A-Gen'."

„Noch nie gehört."

„Aber wenn ich ehrlich bin", Bast schaute zur Uhr und seufzte, „spüre ich jetzt doch eine gewisse Müdigkeit. Dann machen wir morgen da weiter, wo ich gerade aufgehört habe."

„Abgemacht."

„Ich gehe dann schon mal hoch."

„Und Ihr Bier?"

„Mag ich nicht mehr."

„Ich komme bald nach", sagte Schenk und dachte: Er hat also auch seine empfindlichen Seiten.

Der lange Bruno rüttelte Mecki unsanft wach. Der grunzte wie ein Schwein und wusste zuerst nicht, wo er war.

„Der Imker hat vorhin angerufen. Auf dem Zimmertelefon."

„Was?" Mecki rieb sich schlaftrunken die Augen. „Warum hast du mich denn nicht geweckt?"

„Hab ich ja versucht, aber du hast überhaupt nicht reagiert, sondern nur geschnarcht wie ein Walross." Bruno verzog angeekelt den Mund. Es war echt eine

Zumutung, dass man hier das Bad, das Zimmer und das Doppelbett mit so einem Typen teilen musste. Aber etwas Besseres hatten sie hier in Sellin nicht gefunden, nachdem sie zuvor Binz vergeblich abgeklappert hatten.

Der stämmige Mecki mit der tätowierten Schlange am Hals rappelte sich hoch, gähnte ungeniert und strich sich mehrmals über seinen Stoppelschnitt, um wach zu werden. „Und? Was hat er gesagt?"

„Er war immer noch sauer, weil die uns durch die Lappen gegangen sind. Er hat Druck gemacht, weil er angeblich von seinem Auftraggeber Druck kriegt."

„Und?"

„Wenn wir den Weißhaarigen bis Montagabend erwischt haben, bekommen wir noch ´ne Erfolgsprämie."

„Wie viel?"

„Hat er nicht gesagt", Bruno verzog das Gesicht.

„Gar keine Andeutung?"

„Nee."

„Und wenn wir den Alten nicht schnappen?"

„Kriegen wir gar nichts."

„Was? Der spinnt wohl!"

„Kannst du ihm ja selber sagen."

„Scheiße!" Mecki setzte sich schwerfällig auf die Bettkante und reckte sich mit erhobenen Armen, dabei sah man die weißen Schweißränder an seinem schwarzen T-Shirt. „Hast´e dem Imker gesagt, dass ich penne?"

„Nee. Ich hab gesagt, du bist auf ´em Klo."

„Gut gemacht."

Bruno machte eine gelangweilte Miene. „Wir sollen dieses ganze Rügen absuchen und uns mindestens einmal pro Tag bei dieser Prora-Anlage umsehen, weil die da garantiert auftauchen würden."

„Geht klar." Mecki hob seine Zigarettenschachtel hoch. „Kann ich hier ausnahmsweise mal eine rauchen?"

„Auf keinen Fall."

Er warf die Schachtel wieder hin. „Also haben wir noch vier ganze Tage."

„Ja."

„Müsste doch zu schaffen sein."

„Kennst du eigentlich den Auftraggeber von Imker?"

Mecki nickte. „Er wird nur ‚der Türke' genannt. Ziemlich mächtiger Typ."

„Aber wie er heißt, weißt du nicht?"

„Nein."

Bruno überlegte einige Zeit und sagte dann: „Falls wir die Karre irgendwo entdecken, müssen wir als erstes den Peilsender austauschen."

Mecki brummte nur.

„Vielleicht sollten wir uns auch aufteilen, dann könnten wir in der gleichen Zeit mehr absuchen."

„So´n Leihwagen kostet aber ordentlich was. Oder wolltest du die Insel mit dem Fahrrad abstrampeln?"

„Idiot!"

Mecki grinste und zog sich ächzend die Schuhe an, er stand auf, sah auf seine protzige Armbanduhr und fragte: „Kommst du noch mit runter, e´n Bier trinken?"

„Nee. Ich guck hier oben noch ein bisschen Fernsehen." Und werde ausgiebig das Zimmer lüften, dachte der lange Bruno.

„Okay." Mecki griff sich sein Handy und seine Zigaretten und warf die Tür hinter sich zu.

Kapitel 10

Sie hatten es zur ersten Abfahrtszeit geschafft und saßen bei schönstem Seewetter draußen auf dem nur zur Hälfte besetzten Ausflugsschiff, die Fahrt ging von Binz über Sassnitz bis zum Kreidefelsen und wieder zurück.

Gerade konnten sie von der Seeseite die durch die Bäume teilweise verdeckte Fassade von Prora sehen. Bast hatte Schenk mehrere Punkte gezeigt und erklärt, was da und dort mal entstehen sollte. Die Anlage besaß wirklich die perfekte Top-Urlaubslage: Ostsee, Sandstrand, Kiefernwäldchen und Gebäudekomplex mit garantiertem Meerblick.

Schenk freute sich über das Wetter, den ruhigen Wellengang und den vielen Platz auf Deck. Das Klingeln seines Handys schreckte ihn auf. Bast reagierte überhaupt nicht, sein Kopf war stark nach links gedreht und weiterhin auf Prora fixiert.

Als er das Handy endlich in der Hand hatte, meldete er sich nur mit einem vorsichtigen „Ja?"

„Herr Schenk?", fragte eine Frauenstimme.

„Ja?"

„Hallo. Hier ist Schwester Beate."

„Oh!" Das war ja eine Überraschung. „Guten Tag."

„Wo sind Sie denn, Herr Schenk? Ich habe bei Ihnen zu Hause und auf Ihrem Diensttelefon angerufen, aber keinen erreicht."

„Wir sind auf Rügen."

„Wir?", wiederholte sie verunsichert.

„Ja."

„Also sind Sie mit jemandem im Urlaub?"

„Könnte man so auch nennen. Im Moment sieht es jedenfalls ganz danach aus."

Von Beate kam nur ein „Hm."

„Aber eigentlich sind wir auf der Flucht."

„Wie bitte? Jetzt verstehe ich gar nichts mehr."

Schenk grinste und war sich der Rätselhaftigkeit seiner Aussagen voll bewusst. „Herr Bast und ich sitzen auf einem Ausflugsschiff und sind vor kurzem an Prora vorbeigefahren." Jetzt drehte Bast seinen Kopf zu ihm und sah ihn misstrauisch an.

„Sie sind mit Herrn Bast unterwegs?"

Schenk amüsierte sich herrlich, wollte das Spielchen aber auch nicht übertreiben. „Ja. Nachdem er von Ihnen so hervorragend versorgt wurde und es ihm deutlich besser ging, wollte er am Montag gleich wieder nach Hause."

„Am Sonntag hatten wir ja noch telefoniert."

„Richtig. Aber da wusste ich das noch nicht. Und dann wurde Herr Bast zu Hause von Dr. Imker und seinem Schläger belästigt und schließlich belagert."

„Also sind die ihm gefolgt?", fragte Beate.

„Ja. Dann hat er mich um Hilfe gebeten, und noch in der Montagnacht habe ich ihn unbemerkt mit seinem Gepäck abgeholt. Nach einer Übernachtung bei Magdeburg sind wir am Dienstag am Fleesensee in Mecklenburg-Vorpommern gelandet. Am Mittwoch haben uns die Schergen von Dr. Imker – mittlerweile waren es zwei – dort entdeckt, weil die einen Peilsender an meinem Auto angebracht hatten und ..."

„Was?", unterbrach ihn Beate. „Das hört sich ja an wie in einem Krimi."

„Das wird noch besser." Bast nickte ihm lächelnd zu und sah dann wieder zur Küste von Rügen. „Ich habe denen alle Reifen zerstochen, und wir sind hierher geflüchtet und haben den Peilsender zerstört."

„Sie haben die Reifen zerstochen?"

„Ja." Schenk war immer noch stolz auf diese Tat.

„Unglaublich", Beate lachte auf. „Das hätte ich Ihnen nicht zugetraut."

„Tja. Ich mir auch nicht."

„Aber dann wissen die ja auch, dass Sie auf Rügen sind."

„Wieso?"

„Na, weil das Signal da erloschen ist."

„Ach, so." Schenk spürte eine gewisse Beunruhigung. „Aber Rügen ist groß. Wie sollen die uns hier finden?" Bast warf ihm einen Seitenblick zu.

„Seien Sie trotzdem vorsichtig."

„Aber klar." Plötzlich hatte er einen Einfall. „Wollen Sie nicht übers Wochenende hierher kommen und mit uns ein bisschen Urlaub machen? Das Wetter ist hier wunderbar."

„Das geht leider nicht. Ich muss dieses Wochenende arbeiten. Nachher hab ich auch noch Spätdienst."

„Schade. Sie müssen ja immer so viel arbeiten", betonte er voller Mitleid.

Einige Möwen begleiteten jetzt das Schiff und forderten kreischend etwas zu fressen.

„Aber ich könnte ..." Beate verstummte.

„Ja?"

„Na ja, ab Montag habe ich eine Woche Urlaub. Da könnte ich hoch kommen. Das ginge schon. Einen Ortswechsel könnte ich echt auch mal wieder gebrauchen."

„Na, das wäre doch prima."

„Aber da oben kriegt man doch so kurzfristig bestimmt kein Zimmer mehr. Jetzt ist schließlich Hauptsaison."

„Es ist schon schwierig. Aber ich finde hier sicherlich etwas Passendes für Sie. Ich werde gleich morgen mit der Suche beginnen."

Da es von den Passagieren nichts Fressbares gab, drehten die Möwen wieder ab.

„Das würden Sie für mich tun?"

„Natürlich." Und nicht nur das, dachte Schenk, sondern alles. Das Schönste wäre ja, wenn sie mit Bast das Bett tauschen würde.

„Gut. Also abgemacht. Sie suchen für mich ein Zimmer, und ich komme am Montag nach Rügen. Mir reicht aber auch eine ganz einfache Unterkunft, am besten bei Privatvermietern. Und am Sonntag muss ich wieder zurück."

„Alles klar. Sobald ich etwas habe, melde ich mich bei Ihnen. Spätestens am Sonntag."

„Da hab ich Frühdienst, also dann erst ab nachmittags. Vorher können Sie mir aber eine SMS schicken. Wir haben nämlich wieder einen auf den Deckel gekriegt, weil unsere Handys im Dienst aus-

geschaltet bleiben müssen."
„Verstehe."
„Super! Ich freue mich schon."
„Und ich ... wir erst."
„Jetzt haben Sie mir so viel spannende Neuigkeiten berichtet, dass mir meine richtig langweilig und überflüssig vorkommen. Aber deshalb habe ich Sie eigentlich angerufen."
„Erzählen Sie."
„Also, ich hab bei uns noch mal nachgeforscht. Es gibt keinen Zweifel daran, dass Dr. Imker die Labordaten von Herrn Bast und Ihre Visitenkarte verschwinden ließ. Er scheint hohe Spielschulden zu haben und wird vielleicht von einem kriminellen Geldverleiher dazu erpresst, seine Schulden mit dem Körper von Herrn Bast zu bezahlen."
„Als lebende Gen-Bank quasi, um ein Mittel für Langlebigkeit zu entwickeln."
„Darum geht´s also", sagte Beate. „Dann soll Imker Herrn Bast aufspüren und an einen dubiosen Pharmakonzern ausliefern?"
„So muss es sein."
„Erschreckend."
„Ja. Aber es passt alles zusammen. Kriminell sind die auf jeden Fall, die haben auch die Wohnung von Bast aufgebrochen, in jener Montagnacht. Ich glaube, die schrecken vor nichts zurück, weil es um sehr viel Geld geht."
„Passen Sie bloß auf, Herr Schenk."
„Die finden uns hier nicht."
„Ich werde jetzt aber Schluss machen, weil ich noch zur Arbeit muss."
„Klar. Über Erwin Bast gibt es auch allerhand Neuigkeiten."
„Ich bin schon gespannt darauf. Also, tschüss erst mal. Und grüßen Sie ihn von mir."
„Ich melde mich dann. Auf Wiederhören." Er steckte das Handy weg und sagte: „Ich soll Sie von Schwester Beate grüßen."
„Danke."
„Die darf doch ihr wahres Alter erfahren?"

Bast nickte.

„Und alles andere auch, oder?"

„Ja, ich vertraue ihr. Und sie hat mir sehr geholfen."

„Eben." Schenk berichtete ihm von ihren Mitteilungen, und dass sie am Montag für eine Woche hierher kommen würde. Unter Berücksichtigung seiner stets sparsamen Gefühlsregungen – mit Ausnahme von gestern Abend – strahlte Bast regelrecht vor Glückseligkeit.

Das Schiff hielt nun Kurs auf Sassnitz. Auf der schmalen Landzunge an der Hafeneinfahrt stand ein kleinerer grün-weißer Leuchtturm.

Am Ufer gegenüber war eine Fabrik für Fischkonserven. Bei einem dort liegenden Fischkutter hatte ein lärmender Möwenschwarm mehr Glück bei der Futtersuche gehabt. Auf einer Anhöhe oberhalb des Hafens standen Häuser von Sassnitz.

Schenk war überzeugt, dass die auch alle Fremdenzimmer vermieteten, bei dieser Aussicht.

Das Schiff legte an. Der Kapitän erzählte über die Bordlautsprecher Wissenswertes über den Ort, besonders über die Fährverbindungen in den Norden und Osten, die alle von dem südlicheren neuen Hafen aus gingen.

„Ob diese Schulungsburg hier als Gebäude noch existiert?"

„Nein", Bast schüttelte den Kopf. „Die hat der Iwan damals gleich gesprengt."

Durchaus verständlich, dachte Schenk, stand auf und beugte sich über die Reling, um das Auslaufen des Schiffes zu beobachten.

Als er sich nach einiger Zeit wieder neben Bast setzte, sagte er: „Die Beate meint, die beiden Kerle mit dem schwarzen Auto würden uns jetzt auf Rügen suchen, weil hier das Funksignal abbrach."

Gleich hinter Sassnitz begann allmählich die Steilküste.

„Davon gehe ich auch aus."

„Ach, ja?", erwiderte Schenk gereizt. „Und warum haben Sie das nicht mal erwähnt?"

„Man muss doch nicht alles aussprechen, was eigentlich offensichtlich ist."

„Es würde aber die Verständigung ungemein erleichtern."

„Sie sollten auch Ihr Auto woanders parken, nicht direkt vor unserem Hotel."

„So so. Sonst noch was?", fragte er bissig.

„Ja. Sie sollten jeden Morgen unter dem Wagen nachschauen, ob eventuell wieder ein Peilsender befestigt wurde."

Klugscheißer!, dachte Schenk und zischte verärgert. Aber leider hatte er Recht.

Nun sah man den ersten kleineren Kreidefelsen und weiter rechts noch einen. Die Steilküste war erheblich höher geworden und oben bis zur Kante mit großen Bäumen bewachsen.

Schenk erfreute sich an dem Anblick und beruhigte sich dadurch wieder. Ihm fiel ein, dass sie dann ab Montag ja Beates Auto benutzen und seines irgendwo abstellen könnten.

„Da ist der berühmte Kreidefelsen", Bast deutete nach rechts.

„Wirklich imposant."

Dort oben standen Leute am Geländer, direkt am Abhang, ein Kind winkte. Dahinter sah man das Dach eines Gebäudes.

Die Lautsprecher knackten, der Kapitän meldete sich wieder und berichtete von diesem hellen Felsen, der ‚Königsstuhl' hieß und gar nicht so stabil war wie er wirkte, denn im vorigen Jahr habe es einen Erdrutsch mit Todesopfer am Strand gegeben.

Schenk zeigte eine überraschte, betroffene Miene.

Der Ausflugsdampfer fuhr eine Schleife, so hatten alle Passagiere reichlich Zeit und Gelegenheit, dieses Naturwunder zu bestaunen und ausgiebig zu fotografieren. Dann nahm das Schiff wieder Kurs auf Binz, auf der Rückfahrt würde es nicht in Sassnitz anlegen.

Schenk brach schließlich das lange Schweigen und fragte: „Wissen Sie denn, was aus den anderen neun Senex-Jungs geworden ist?"

„Nach Stettin, nach der Beendigung des Forschungsprogramms, war ich nur noch mit Konrad und Egon da", er machte eine Kopfbewegung zur Küste hin, „drüben in der Reichsschulungsburg."

„Also Senex 1 bis 3 wurden dort unterrichtet und erzogen?"

„Ja. Die übrigen Probanden sah ich nach der letzten Kontrolluntersuchung und der offiziellen Verabschiedung niemals wieder."

„Einige leben bestimmt noch."

„Kann schon sein. Keine Ahnung. Konrad und Egon haben die Kriegszeit jedenfalls nicht überlebt."

„So?"

„Konrad kam als Ordensjunker zur SS und fiel schließlich bei der Verteidigung von Ostpreußen. Egon wurde im letzten Kriegsmonat noch in den Volkssturm gesteckt und vom Rückstrahl einer Panzerfaust getötet, die ein Alter vor ihm abgeschossen hatte, ohne sich vorher umzusehen."

„Das ist ja tragisch."

„Tragisch war vieles."

„Und Sie? Wie ist es Ihnen ergangen?"

„Ich war für vieles noch etwas zu jung. Was ich damals bedauerte", er lächelte entschuldigend. „Und in den Kriegswirren, als sich von Osten nach Westen alles auflöste und zerstört wurde, hatte ich einfach sehr viel Glück." Hoffentlich hatte Lotte auch Glück gehabt, dachte Bast. Alt und unförmig konnte er sie sich nur schwer vorstellen.

„Wann war eigentlich diese Senex-Verabschiedung?"

„1939. Nach unserem ersten siegreichen Blitzkrieg."

Schenk fand diesen Satz zum Kotzen, aber er verkniff sich jede Bemerkung, sondern fragte mit starker Überwindung: „Glaubten denn damals wirklich alle, dass es mit dem Siegen so weiter gehen würde?"

„Hundertprozentig."

Schenk presste die Lippen zusammen und dachte: Na ja, er war ein zehnjähriger Junge, der zu einem deutschen Helden erzogen wurde.

„Es ging ja auch so weiter, Sieg auf Sieg: Dänemark, Norwegen, Holland, Belgien, Frankreich und so weiter."

„Aber in Stalingrad war Schluss."

„Der Führer hatte die Japaner überschätzt und wurde schlecht beraten, als er den Vereinigten Staaten den Krieg erklärte. Nur durch die Lieferungen der USA konnte der Iwan überleben und zum Gegenangriff übergehen."

„Lassen wir das Thema lieber." Schenk platzte bald vor Wut.

Bast sah in skeptisch an, mit diesem eisblauen Blick.

Nach einer stummen Pause fügte Schenk hinzu: „Ich bin jedenfalls heilfroh, dass Deutschland den Krieg nicht gewonnen hat. Sonst würde ich jetzt irgendwo in Europa Wache schieben, weit weg von zu Hause und allein in einem fremden Land. Und ich hätte ständig Angst, von Widerstandskämpfern ermordet zu werden."

„Solch eine feige Gesinnung hatten wir damals nicht."

„Was?"

„Solche Bedenken hatten wir nicht."

„Leider." Schenk konnte sich nicht mehr beherrschen, er sprang auf, ging in Richtung Heck, verfluchte diesen überzeugten Nazi und erinnerte sich an seine gleiche Reaktion bei ihrer ersten Bootsfahrt.

Dr. Imker saß in seinem Büro vor dem Computermonitor, aber er beschäftigte sich nur mit seinem Smartphone. Plan B war abgeschlossen. Er hatte jetzt alles für seine Flucht arrangiert. Er würde den Ablauf des Ultimatums nicht abwarten, sondern bereits am Montagabend von hier verschwinden. Sein Flieger nach Mexiko-City startete am Dienstagmorgen um 7.00 Uhr in Frankfurt. Den Zug dorthin hatte er vorsichtshalber nicht reserviert, er würde schon einen Sitzplatz finden.

Imker hob den Kopf, sah durch die große Glasscheibe und belauerte seine beiden Labormäuse, die brav arbeiteten. Irgendwie hatte er seit ein paar Tagen das ungute Gefühl, dass sie alles über ihn wussten – was natürlich unmöglich war. Aber sie steckten oft die Köpfe zusammen und tuschelten, und wenn er dazu kam, wurden sie schlagartig stumm und trennten sich hastig.

Wahrscheinlich hatte seine Angst vor dem Türken schon einen pathologischen Verfolgungswahn bei ihm verursacht. Er pustete betrübt und senkte den Kopf wieder zum Handy, überprüfte noch einmal die geplante Ankunftszeit am Frankfurter Flughafen. Er hatte überall genug Zeitreserven. Aber es würde eine lange Nacht werden.

Nach Feierabend musste er noch zu einem Geldautomaten, um weiteres Bargeld anzusammeln. Das würde er in seiner Unterhose verstecken, oder in so einem Gürtel. Imker verzog kurz den Mundwinkel, sah auf die Uhr und dann erneut zu seinen fleißigen MTA´s.

Er musste bei allem sehr vorsichtig sein. Jeder kleine Fehler könnte sein Ende bedeuten.

Aber noch hoffte er auf Plan A.

Auf dem Rückweg zum Hotel hatten sie sich Fischbrötchen und etwas zu trinken gekauft. Das verzehrten sie jetzt auf einer Parkbank und beobachteten dabei das rege Treiben hier.

„Schmeckt gut", sagte Bast, der nach der Kontroverse an Bord nun um Entspannung bemüht war und ungewohnt viel redete.

„Ja, sehr lecker." Schenk biss bereits in sein zweites Matjesbrötchen.

„Jetzt ist hier schon mehr Betrieb als heute Morgen."

„Vielleicht schlafen die meisten länger."

„Ist ja auch schließlich Urlaub." Bast trank aus seiner Wasserflasche, beim Schlucken sah man deutlich seinen Adamsapfel.

Schenk versuchte, seine braunen Entgleisungen zu

verdrängen. Als er aufgegessen und getrunken hatte, fragte er: „Was können Sie mir als Experte denn empfehlen, damit ich ein hohes Alter erreiche?"

„Zu aller erst deutlich weniger essen", Bast schaute ihn richtig schelmisch an, sodass Schenk lachen musste. „Denn Sie wissen ja, durch reduzierte Nahrungsaufnahme entstehen weniger freie Radikale. Das sind ja die Hauptverursacher für einen vorzeitigen Tod, weil sie die Zellen altern lassen und Teile der DNA zerstören."

„Ja, ja. Aber hungern will ich auch nicht." Schenk tätschelte seinen gewölbten Bauch. „Was gibt es denn sonst noch für Mittelchen für ein langes Leben? Also ohne Gen-Veränderungen."

„Statt die Radikalen zu vermeiden – was am leichtesten wäre -, kann man sie im Körper auch bekämpfen, zum Beispiel mit Vitamin E. Doppelt so wirkungsvoll ist aber Melatonin, das der Mensch auch selber produziert, aber leider im zunehmenden Alter immer weniger."

„Ist dieses Melatonin frei verkäuflich?"

„Leider nicht. Aber Vitamin E." Bast hielt mal wieder Ausschau nach dem Schwarzgekleideten mit dem Stoppelschnitt. Außer der Länge war im bei dem anderen Kerl nichts Markantes aufgefallen. Wie Dick und Doof, kam ihm in den Sinn.

„Davon etwas zu schlucken, wäre einfacher und angenehmer, als jeden Tag auf 1.000 Kalorien zu verzichten."

„Tja, man muss es nur wollen und sich beherrschen können."

Kann ja nicht jeder so ein asketischer deutscher Übermensch sein, dachte Schenk und fragte: „Bekamen Sie damals auch Melatonin?"

„Ja." Und er müsste es eigentlich weiter einnehmen, um seine 150 Jahre zu erreichen. Aber wollte er das überhaupt? Seit über zwei Jahren schluckte er nicht mal mehr Vitamin E.

„Und noch andere Mittel?"

Bast nickte. „Somatotropin und Rapamycin. Aber diese beiden Stoffe haben erhebliche Nebenwirkungen." Und waren wahrscheinlich für seine Zeugungsunfähigkeit verantwortlich.

„Na, die wollen wir nicht." Schenk blickte auf seine Uhr und reckte sich. „So, gehen wir dann weiter?"

„Meinetwegen."

„Und im Hotel gönnen wir uns dann eine kleine Mittagsruhe. Einverstanden?"

„Aber nicht wieder schnarchen."

Schenk machte ein schuldbewusstes Gesicht. „Ich versuch´s." Nina hatte ihn immer angestoßen, wenn er auf dem Rücken lag und extrem schnarchte, und er hatte sich dann automatisch auf die Seite gedreht.

Er wollte gerade aufstehen, als sein Handy klingelte. „Bestimmt die Beate, kurz vor ihrem Dienstbeginn", sagte er zu Bast und meldete sich voller Schwung: „Ja? Hallo!"

„Guten Tag, Herr Schenk", begrüßte ihn eine Männerstimme, die ihm bekannt vorkam. „Hier ist Dr. Imker vom Klinikum. Ich muss Sie dringend …"

„Lassen Sie uns in Ruhe, Sie Verbrecher!"

Bast starrte ihn erschrocken an, wegen seiner Lautstärke und dieser Bezeichnung.

„Darf ich Ihnen …?"

„Nichts dürfen Sie!"

„Wo sind Sie gerade?"

„Das möchten Sie wohl gerne wissen, wie?"

„Wo sind Sie?", wiederholte Imker.

„Das geht Sie gar nichts an!", entgegnete Schenk und drückte das Gespräch weg. Woher kannte der seine Handynummer? „Das war doch tatsächlich dieser Imker." Ach, der hatte ja seine Visitenkarte. „Leider kennt der meine ganzen Telefonnummern."

„Der gibt nicht auf."

„Aber dass wir auf Rügen sind, scheint er nicht zu wissen."

„Hoffentlich."

„Ob der dieses Handy auch orten lassen kann?", fragte Schenk besorgt.

„Kann ich mir nicht vorstellen."

„Dieser Mistkerl!"

„Der hat einmal Blut geleckt und bleibt dran." Mein Blut, dachte Bast. „Der ist erst zufrieden, wenn er mich hat."

„Das wird nicht passieren."

Bast schwieg mit unergründlicher Miene.

„Kommen Sie. Gehen wir."

Kapitel 11

Die zwei lagen ausgestreckt auf ihren Betten. Schenk schlief auf seiner rechten Seite, aber von ihm hörte man nur ein regelmäßiges Schnaufen. Bast starrte mit offenen Augen an die Zimmerdecke und hatte beide Hände im Nacken verschränkt. Er dachte an diesen Imker und seine Handlanger. Die würden ihn nie in Ruhe lassen. Eigentlich war ihre Flucht und der Aufenthalt hier völlig sinnlos. Er konnte doch nicht ständig auf Reisen sein. Irgendwann musste er ja sowieso wieder nach Hause. Die würden das mitkriegen oder schon auf ihn warten. Er hatte jetzt nur eine Galgenfrist von höchstens zwei Wochen. Schenk musste doch auch wieder zurück und an seine Arbeit. Und dann?

Bast nahm die Hände hinter dem Kopf weg und strich sich über die Stirn. Wie konnten sie nur so naiv gewesen sein und geglaubt haben, sie fahren mal ein bisschen in Urlaub, kommen nach zwei Wochen zurück und alles sei in Ordnung? Und Imker wäre nicht mehr da oder hätte kein Interesse mehr an ihm?

Nichts wäre vorbei. Das hier war nur ein Aufschub, ein Hinauszögern. Imker hatte wie ein Bluthund seine vielversprechende Fährte aufgenommen und würde ihn nicht in Ruhe lassen. Er hatte kriminelle Profis engagiert, die die Drecksarbeit für ihn erledigten.

Mit seinem Gen-Material konnte man garantiert viel Geld verdienen. Alle Pharmakonzerne forschten an Mitteln für ein langes Leben ohne Altersgebrechen. Da waren Millionen drin, wenn man die Rezeptur für den vielbeschworenen Jungbrunnen besäße. Für die Welt wäre es allerdings eine Katastrophe, wenn die Menschen in den Industrieländern doppelt so alt werden würden.

Aber wie kam er daraus? Gab es eine Lösung?

Bast schloss die Augen und überlegte. Doch nach wenigen Minuten sah er Marthas ratloses Gesicht vor sich, wie sie ihn an ihrem 60. Geburtstag gefragt hatte, warum nur sie Falten und Altersflecken bekäme und er nicht? Er hatte sich raus geredet, aber ihr nicht die Wahrheit gesagt. Zehn Jahre lang stellte sie die gleiche Frage. An ihrem 70. zum letzten Mal. Da konnte er schon auf sein weißer werdendes Haar verweisen. Aber zufrieden war sie damit nicht. Sie meinte, das Geburtsdatum in seinem Ausweis stimme garantiert nicht und blieb bis zu ihrem Ende misstrauisch.

Bast stöhnte und öffnete die Augen. Er hätte ihr das alles erzählen müssen. Nun wusste dieser fremde schnaufende Mann neben ihm viel mehr als Martha, mit der er über 50 Jahre verheiratet war.

Nach der Mittagspause war Schenk voller Tatendrang und verkündete seine weitere Tagesplanung: zuerst das Jagdschloss Granitz, das in der Nähe von Binz lag, dann den Rasenden Roland irgendwo auf seiner Bahnstrecke sehen, vielleicht ein Hünengrab in Augenschein nehmen und dann Ortsbegehung von Sellin, wo sie auch in einem bestimmten Fischrestaurant zu Abend essen würden.

„Sind Sie damit einverstanden, Herr Bast?"
„Hört sich jedenfalls interessant an."
„Also los."

Zuerst inspizierte Schenk den Unterboden seines Autos, konnte aber nichts entdecken. Sie verließen Binz im Süden und fuhren auf einer Straße mit wenig Verkehr bis zum Parkplatz des Schlosses. Von dort ging es zu Fuß weiter, immer leicht bergauf. Nach kurzer Zeit kamen sie in einen kleinen Wald.

Sie besichtigten das Jagdschloss Granitz. Den Turm bestieg Bast alleine, weil es Schenk zu anstrengend fand. Der wollte in der Zwischenzeit schon Kaffee und Apfelkuchen bestellen.

Sie saßen dann draußen, die meisten Tische waren frei.

„Auf die Schlagsahne hab ich lieber verzichtet", sagte Schenk.

„Das ist vernünftig. Denken Sie immer dran, die

freien Radikalen freuen sich über jede Kalorie."
„Schmeckt ja auch so gut."
Bast schwärmte von der verzierten gusseisernen Wendeltreppe und der herrlichen Aussicht da oben, wo man das Meer von zwei Seiten sehen konnte.
Sie tranken Kaffee, aßen Kuchen und schauten der Bedienung bei ihrer Arbeit zu.
Schenk wollte die Gelegenheit nutzen und fragte: „Was hatten Sie denn für einen Beruf?"
Bast sah ihn an und zögerte mit der Antwort, er rechnete schon mit einem Abblocken. „Ich habe Schriftsetzer gelernt und anschließend fünf Jahre in einer kleinen Druckerei gearbeitet. 1957 bin ich gleich zur Bundeswehr." Diese vielen Tränen, die Martha vergossen hatte, als er ein Jahr nach ihrer Hochzeit darauf bestand, Soldat zu werden. „Und 15 Jahre dort geblieben."
Schenk nickte und dachte: Seine jugendliche Sehnsucht nach Zucht und Ordnung, Uniformen und Gleichschritt.
„Leider wurde ich nicht als Berufssoldat übernommen. Danach war ich in einem Arbeitsamt zwei Jahre damit beschäftigt, Akten zu bewegen. Das hielt ich nicht mehr aus und kündigte."
„Aber das war doch ein sicherer Arbeitsplatz."
„Das war aber auch alles."
„Das ist doch auch nicht zu verachten, wenn man sich keine Sorgen um sein geregeltes Einkommen machen muss."
„Mir reichte das aber nicht."
„Und danach?"
„Anschließend habe ich wieder als Schriftsetzer in einer Stempelfabrik gearbeitet. Die nannten sich da ‚Flexografen'", Bast schmunzelte, „was sich sehr anspruchsvoll und adlig anhörte."
„Was heißt das denn?"
„Gummistempelmacher. Die Dinger, die früher in allen Größen auf Ihrem Behördenschreibtisch standen, in karussellähnlichen Stempelhaltern."
„Stimmt. Ein paar Stempel hab ich auch noch. Aber heute wird ja alles gleich ausgedruckt."

„Nach fünf Jahren habe ich dann bei einem Beerdigungsinstitut angefangen."
„Wie kamen Sie denn dahin?"
„Das hat sich so ergeben. Und da war ich 20 Jahre lang angestellt. Bis 1999."
„Da kann ich Sie mir gut vorstellen", sagte Schenk und dachte: Pietät, Diskretion, seriöse Distanz. „Aber dann haben Sie ja bis zu Ihrem 70. Lebensjahr gearbeitet?"
„Richtig. Aber das war kein Problem."
„Dann hatten Sie ja ein sehr abwechslungsreiches Berufsleben."
„Kann man sagen."
„Also bekommen Sie auch Rente?"
„Selbstverständlich."
„Sind Sie auch krankenversichert?"
„Natürlich", Bast kräuselte seine Stirn und reckte sich.
„Weil Sie keine Versichertenkarte dabei hatten."
„Die schlepp ich doch nicht ständig mit mir rum."
„Den Ausweis auch nicht?"
„Nein." Bast schob seine leere Tasse zur Seite und sah sich um. Er schien jetzt genug zu haben von der Fragerei.

Als sie auf dem Rückweg das Wäldchen hinter sich gelassen hatten, hörten sie lautes Pfeifen und rhythmisches Fauchen.

„Da ist der Rasende Roland", Bast zeigte nach rechts auf den roten dampfenden Nostalgiezug.

„Jawohl. Das ist er", Schenk strahlte und stemmte die Hände in die Hüften. „Sollen wir damit mal fahren? Der fährt von Göhren bis Putbus und hat viele Haltestellen."

„Wegen mir nicht."

Sie beobachteten den Zug, bis er in einer Senke verschwunden war, das Pfeifen hörte man noch länger.

Vom Parkplatz aus fuhren sie südlich in Richtung Stresow, zuerst über einen asphaltierten Feldweg. Die beiden Hünengräber, die sie sich ansahen, fanden sie nicht so beeindruckend. Also fuhren sie auf die Bundesstraße, kamen an einem See vorbei und gleich darauf ins Ostseebad Sellin. Schenk stellte den Wagen auf dem großen Parkplatz ab.

In diesem Moment fuhr der schwarze Van mit den getönten Scheiben ungefähr 400 Meter entfernt in eine Seitenstraße und hielt vor einer Pension. Heute hatten sie ganz Bergen erfolglos abgesucht.
„Mann, hab ich ´en Brand", stöhnte Mecki.
„Also abgemacht, heute Abend setzt du mich in Binz ab, was ich dann ablaufen werde, und du fährst nach Putbus und suchst da."
„Wenn´s sein muss."
„Sonst schaffen wir das nie bis Montagabend, wenn wir immer zusammen suchen."
Mecki brummte und strich sich über seinen Stoppelkopf.
„Du willst doch auch die Kohle, oder?"
„Na klar."
Bruno hatte die Karte genau im Kopf. „Und dann können wir diese ganze Südostecke abhaken."
„Aber bild dir bloß nicht ein, dass du hier den Chef spielen kannst."
„Hast du andere brauchbare Ideen?"
„Schade, dass man den kaputten Sender nicht irgendwie orten kann."
„Wie sollte das denn gehen?"
„Na, so wie beim Handy."
„Aha", Bruno verdrehte die Augen. Der Kerl war einfach zu blöd.
„So, jetzt brauch ich aber e´n Bier", Mecki öffnete die Beifahrertür.

Schenk und Bast saßen auf der letzten freien Bank an einem terrassenförmigen Abhang, der mit vielen Blumen schön gestaltet war. Sie hatten gar nicht mit diesen Höhenunterschieden in Sellin gerechnet. Hier links ging es über eine lange Treppe runter zum Meer und der Seebrücke. Einen Aufzug gab es auch. Deshalb hatte Bast vorgeschlagen, etwas am Strand entlang zu gehen, doch Schenk hatte keine Lust und

Bedenken wegen des Sands in den Schuhen.

„Hier ist aber nicht so viel los", sagte Schenk.

„Ist halt ein bisschen kleiner. Aber auch nett."

„Ja. Schon."

„Dafür haben die hier die schönste Seebrücke auf Rügen", sagte Bast.

„Stimmt."

Als Schenk so die unterschiedlichsten Menschen betrachtete, fiel ihm wieder ein, dass sich andere auch so ihre Gedanken über sie machen würden, über zwei Männer ohne Frauen. Womöglich hielt man sie wirklich für ein Schwulenpaar, wo sie sich doch sogar ein Zimmer teilten. Oder sie nahmen an, dass Bast sein erheblich jüngerer Bruder war. Oder ... Doch, es war durchaus möglich, dass man ihn mit seinem dunklen Haar auch für seinen Sohn halten konnte. So alt sah er im Vergleich zu ihm aus.

Bast räusperte sich und sagte: „Hier würden Sie bestimmt eher ein Zimmer für Schwester Beate finden."

„Kann schon sein. Aber ich probiere es erst einmal in Binz. Das ist schöner, wenn wir abends zusammen essen gehen und was trinken, dann muss sie nicht mehr mit dem Auto los."

„Na ja, vielleicht haben Sie Glück."

„Ich werde ab morgen Vormittag auf jeden Fall die Pensionen und Privatvermieter abklappern."

„Würden Sie mich dann vorher nach Prora fahren?"

„Wie?", Schenk sah ihn erstaunt an. „Sicher kann ich das. Aber ich weiß natürlich nicht, wie lange es dauert."

„Das macht nichts. Ich habe Zeit."

„Wenn Sie meinen." Schenk war etwas enttäuscht, dass Bast überhaupt nicht auf die Idee kam, sich an der Zimmersuche zu beteiligen. Allein schon aus Dankbarkeit für die Hilfe von Beate. Getrennt könnten sie ja bei viel mehr Häusern nachfragen.

„Holen Sie mich einfach ab, wenn Sie etwas gefunden haben. Egal, wann. Ich bin sehr gerne dort."

„Aber Sie sollten sich dann etwas zu trinken und zu essen mitnehmen."

„Das werde ich."

Im Gesicht von Bast meinte er etwas Spöttisches zu erkennen, so als ob er in lediglich für einen verfressenen Säufer hielt.

Schenk sah irgendwo hin, aber er grübelte über diesen seltsamen Mann nach, der hier neben ihm saß und ihn schon so oft verärgert hatte. Die ursprüngliche Theorie, weshalb er seinen Wohnsitz und seine Identität verheimlichte, war hinfällig geworden. Er bekam Rente und besaß eine Krankenversicherung, er war kein Sozialbetrüger. Der einzige Grund, warum er das Klinikum so fluchtartig verlassen hatte, war sein Wissen um seine außergewöhnlichen Gene. Nur deshalb war er abgehauen, weil er Angst hatte vor Blutuntersuchungen und der Entdeckung seiner Besonderheit – und nicht, weil er keine Krankenversicherung hatte oder zu Unrecht Sozialleistungen bezog.

Und er hatte absolut Recht gehabt mit seinen Befürchtungen. Durch seine Schuld war Imker auf sein Blut aufmerksam geworden, hatte seine vielversprechende Einzigartigkeit entdeckt und ließ ihn nun deshalb verfolgen.

Erwin Bast – der Senex-Mann mit der Nummer 3 – wollte immer nur irgendwo unerkannt leben, nicht auffallen, keine Neugier erwecken durch den krassen Widerspruch seines Aussehens und seines tatsächlichen Alters. Ganz zu schweigen von seiner biblischen Lebenserwartung.

Als Bast ihn plötzlich ansprach, zuckte er innerlich zusammen. „Herr Schenk, haben Sie eigentlich gedient?"

„Nein." Allein schon dieser altmodische patriotische Ausdruck!

„Warum nicht?"

„Ich war nur eingeschränkt tauglich."

„Ach, so."

„Zu der Zeit wurden nur die mit dem vollen Tauglichkeitsgrad eingezogen."

Ohne es zu sagen, schaffte es Bast, dass er sich minderwertig fühlte, schwächlich. Das war eindeutig ein weiterer Minuspunkt auf seiner Beurteilung. Schenk stöhnte verhalten und blickte auf die Uhr, ob es noch nicht Zeit war zum Essen zu gehen. Dieses Fischrestaurant befand sich im Zentrum.

Bruno durchstreifte Binz wie ein ruheloser, ausgehungerter Wolf. Er marschierte mit schnellen Schritten durch die Straßen und über die Parkplätze und checkte alle Autos nach Farbe, Modell und Kennzeichen.

Brunos Augen suchten rasch und aufmerksam die Umgebung ab. In seinem Kopf zentrierten sich all seine Gedanken immer wieder auf das Geld, das er durch diesen Job bekommen würde. Oder im schlimmsten Fall eventuell nicht. Aber das würde er keinesfalls so hinnehmen. Wenn Imker nicht zahlte, würde er sich an dessen Auftraggeber wenden, an diesen Türken.

Er brauchte das Geld. Nicht für sich. Er war sparsam und benötigte nicht viel zum Leben. Aber für seine Tochter war das Geld bestimmt.

Bruno blieb wie erstarrt stehen. Da parkte so ein silberner Passat. Nach einem Rundumblick näherte er sich dem Auto. Fehlanzeige. Er hatte ein Stuttgarter Kennzeichen. Er ging weiter.

Seine Tochter Lydia war das einzig Vernünftige, was er in seinem verkorksten Leben zustande gebracht hatte. Sie war jetzt 11 und hübsch, anständig, fleißig und bekam gute Noten in der Schule.

Diese Eigenschaften waren allerdings nicht sein Verdienst. Das musste er zugeben. Das hatte alles Eva erreicht, seine Ex.

Die Kennzeichen kamen aus ganz Deutschland. Die Leute mussten auch dicke Gehälter kriegen, denn ihm war noch keine einzige alte Karre aufgefallen.

Als Eva damals schwanger wurde, hatten sie geheiratet und alles lief bestens. Dann verlor er seine Arbeit und fand nichts Ordentliches mehr, nur

Schrott. Das Geld reichte vorne und hinten nicht. Aber er musste seiner Familie doch was bieten. Also machte er krumme Geschäfte und drehte kleine Dinger. Beim ersten großen wurde er geschnappt.

Bruno kam jetzt genau an der Stelle vorbei, wo heute Mittag noch das Auto von Schenk gestanden hatte.

Als Lydia mit drei Jahren in den Kindergarten kam, saß er im Knast. Auch als sie eingeschult wurde. In der Zwischenzeit hatte sich Eva scheiden lassen und irgendwann einen Lehrer kennengelernt, für den ein Kind kein Hindernis für eine Beziehung war. Diesen Typen hatte sie dann geheiratet und war in sein tolles Haus eingezogen. Er konnte ihr das auch gar nicht verdenken. Er hatte sie nur enttäuscht und sitzen gelassen und ihr schlechtes Gerede eingebracht.

Als Bruno schließlich aus dem Knast kam, hatte er keine Familie mehr, keine Wohnung, keine Arbeit, nichts mehr. Seine Ex fertigte ihn an der noblen Haustür ab. Für seine achtjährige Tochter war er ein vollkommen Fremder. Eva verzichtete auf jeglichen Unterhalt, den er sowieso nicht zahlen konnte. Laut Gericht durfte er Lydia nur ein Mal im Monat sehen, und zwar an jedem ersten Sonntag von 14 bis 19 Uhr.

Am Anfang waren diese Treffen mit seiner Tochter eine Qual, für beide Seiten. Sie kannten sich gegenseitig überhaupt nicht. Sie hielt ihn für einen Versager und Verbrecher. Er hatte keinerlei Erfahrung mit Mädchen in ihrem Alter. Also plante er diese wichtigen Sonntage mit möglichst viel Beschäftigung und Ablenkung: Kino, eventuell Zirkus oder Rummel, Eiscafé, Zoo, McDonald oder für Lydia interessante Ausflüge.

Da stand wieder so ein silberner Passat. Aber leider aus Köln, nicht aus Braunschweig.

Das Eis zwischen ihnen brach erst bei ihrem ersten Zirkusbesuch. Lydia war total begeistert, weil sie so etwas noch nie live gesehen und so mit allen Sinnen erlebt hatte. Sie klatschte andauernd, kreischte und freute sich. Als sie in der Pause zu den

Tieren gingen, hielt sie seine Hand. Und das erzeugte ein wunderbares Gefühl in ihm.

Das war eben etwas völlig Neues für sie. Obwohl es ihr zu Hause an nichts fehlte und ihr neuer Papa sehr großzügig war; Geld spielte da absolut keine Rolle.

Bruno sah kurz auf seine Uhr. Hoffentlich suchte der Dicke genauso intensiv wie er und hielt kein Nickerchen im Auto.

Mittlerweile hielt er diese paar Stunden mit Lydia für das Schönste und Wichtigste in seinem Leben. Dieser heilige Sonntag war der Höhepunkt des Monats. Er hatte eine Beziehung zu seiner Tochter aufgebaut, doch er wollte ihr noch mehr geben. Dafür sparte er, dafür brauchte er dieses Geld.

Der Fisch war auch nicht besser gewesen als der von gestern Abend, dafür aber erheblich teurer. Da der hochnäsige Kellner nach dem Essen ständig um ihren Tisch schlich und nach weiteren Wünschen fragte, bezahlte Schenk und gab nur 30 Cent Trinkgeld.

Draußen empfanden sie es noch angenehm warm. Also setzten sie sich in einen gut gefüllten Biergarten und Schenk bestellte. Die lebhafte Gesprächskulisse gefiel ihm.

Die flotte Bedienung brachte die Getränke und eilte gleich weiter.

Schenk hob sein Wasserglas und prostete Bast zu. Der hielt sein Bier hoch und sagte: „Wie? Heute keinen Rotwein?"

„Ich muss doch noch fahren."

„Dann essen wir morgen wieder in Binz."

„Außerdem muss ich nicht jeden Tag Wein trinken." Schenk befürchtete, rot zu werden. „Obwohl er ja so gesund sein soll."

„Das kommt durch Resveratrol. Das gehört zu den Polyphenolen, die vorwiegend in der Schale und den Kernen der Trauben enthalten sind. Aber die gibt´s auch im Grünen Tee."

„Aha." Schlaumeier, dachte Schenk.

„Allerdings", Bast grinste schadenfroh, „der gesundheitsfördernde Effekt der Polyphenole wird beim Rotwein durch den Alkoholgehalt wieder aufgehoben."

„So so." Schenk nippte an seinem elenden Mineralwasser. „Sie wollten doch noch weiter von diesem FOXO-Gen berichten."

„Richtig. Das FOXO3A-Gen. Früher nannte man es Methusalem-Gen. Es kommt extrem häufig bei Menschen über 100 Jahren vor. Dieses Gen bewirkt, dass sich die Körperzellen zum Wohle des Gesamtorganismus selbst zerstören, wenn sie krank oder alt sind. Dadurch verhindern sie auch Krebs."

„Und dieses Langlebigkeitsgen wurde Ihnen damals auch", Schenk suchte den passenden Ausdruck, „eingesetzt?"

„Eher gefördert und entsprechend verändert. Angezüchtet."

„Und wie?"

„Das hab ich nie ganz kapiert. Ich glaube, das hat selbst Konrad nicht verstanden." Bast trank Bier und ließ seinen Adamsapfel hüpfen.

„Und wie haben die ganzen anderen Hundertjährigen dieses Gen bekommen?"

„Von alleine. Das hat sich bei ihnen entwickelt. Durch bestimmte Ernährungsgewohnheiten und so."

„Da sind wir wieder bei den Japanern und Isländern."

„Richtig. Wissenschaftler haben herausgefunden, dass die Möglichkeit eines hohen Lebensalters zu 70 Prozent durch Umwelt- und Ernährungseinflüsse und zu 30 Prozent durch die Genetik beeinflusst wird."

„Also ist es bei Ihnen auch nicht sicher, dass Sie 150 Jahre alt werden?"

Bast schüttelte den Kopf. „Auf keinen Fall. Das hab ich Ihnen doch schon gesagt. Ich kann auch krank werden und daran sterben."

Schenk dachte an seine Frau, an ihren verbitterten Gesichtsausdruck mit dem stummen Vorwurf: Womit hab ich das verdient? Warum ich? Mit diesem komischen Gen oder einem anderen Mittel könnte

Nina vielleicht noch leben.

„Übrigens fördert dieses FOXO3 die Bildung von Sirtuin, das vermehrt bei der Kalorienreduzierung ausgeschüttet wird. Also weniger essen ist mehrfach zu empfehlen. Dieses Sirtuin kann auch durch Resveratrol aktiviert werden, diesem Wirkstoff in roten Trauben und Beeren."

„Na, dann trink ich doch lieber mehr Rotwein als zu hungern", sagte Schenk und nahm einen Schluck Wasser.

Kapitel 12

Beate hatte nach ihrem Spätdienst geduscht, einen Tee aufgesetzt und eine Scheibe Brot geschmiert. Nun lag sie im Nachthemd unter ihrer Decke auf der Couch, aß einen Apfel und sah dabei irgendeine dämliche Serie. Nachher wollte sie umschalten und sich noch einen Film angucken, denn morgen hatte sie auch Spätdienst und konnte ausschlafen.

Die bewegten Bilder im Fernsehen nahm sie nicht richtig wahr, starrte durch sie hindurch und sah dahinter andere Bilder: Den dementen Mann, der seinen Infusionsschlauch abgerissen und sich den geblockten Katheter gezogen hatte, der dann blutend und schreiend herum rannte. Den tiefen Dekubitus der alten Frau, die seit ihrem Schlaganfall nur noch zustimmend oder ablehnend aufstöhnen konnte. Bei der Wundversorgung musste sie sich zwingen, nicht auch den frei liegenden Knochen schön zu säubern.

Beate seufzte und strich sich müde über die Stirn. Sie versuchte, sich wieder auf die Fernsehbilder zu konzentrieren, auf der Oberfläche zu bleiben, sich damit abzulenken. Doch nach wenigen Minuten dachte sie an das heutige Telefonat mit diesem Schenk. Hatte sie nicht viel zu schnell zugesagt? Musste der nicht denken, sie sei hinter ihm her und sehr an einer Beziehung interessiert? Hätte sie sich nicht mehr zurückhalten sollen? Musste er ihre schnelle Zustimmung nicht als Aufforderung betrachten, sie möglichst rasch flach zu legen?

Was dachte sie denn da? Beate schwenkte amüsiert den Kopf hin und her und trank Tee. Sie freute sich wirklich darauf, für ein paar Tage nach Rügen zu fahren, mal etwas anderes zu sehen. Und ganz alleine würde sie das sowieso nicht machen. Was war denn schon dabei, wenn sie sich einen kleinen Urlaub gönnte und dabei Gesellschaft hatte? Alles Weitere würde sich ergeben.

Obwohl sie bei diesem zurückhaltenden Mann wahrscheinlich die Initiative ergreifen musste, ohne dass es auffiel. Wenn sich da überhaupt etwas entwickelte. Und wenn sie es wollte. Beate lächelte und gähnte, nahm die Fernbedienung und schaltete um.

„Ja?", meldete sich Mecki am Telefon.
„Ich bin´s", sagte Dr. Imker.
„Hallo. Guten Abend."
„Wie sieht es aus? Habt ihr irgendeine Spur?"
Mecki räusperte sich, zögerte die Antwort hinaus: „Nein, bis jetzt nicht."
„Mann, ihr habt nur noch drei Tage." Und ich auch, dachte Imker.
„Aber wir suchen jetzt getrennt, damit wir mehr schaffen, in der gleichen Zeit. Dadurch sind wir schon mit der ganzen Südostecke fertig."
„Gut."
„Hier gibt´s ´ne Menge Autos."
„Logisch." Imker verdrehte genervt die Augen und nippte an seinem Whisky.
„Und mehrere silberne Passat Limousinen haben wir auch schon gefunden."
„Ist ja schön. Nur leider nicht die richtige."
„Nee", erwiderte Mecki leise.
„Ist Bruno auch im Zimmer?"
„Der duscht mal wieder."
„Macht der gut mit?"
„Na ja, um das Meiste muss ich mich kümmern."
„Erzähl dem aber nichts Privates über mich", sagte Imker. „Ich trau dem nicht so richtig."
„Ich auch nicht."
„Also, strengt euch gefälligst an, wenn ihr euer Geld haben wollt."
„Klar, Chef."
„Ihr müsst die finden."
„Ja."
„Und vergesst nicht, euch mindestens einmal am Tag in Prora umzuschauen. Das ist dem Bast sehr wichtig, der hängt an diesem Klotz."
„Jawohl."
„Ich rufe morgen wieder an. Tschüss."

„Ja, tschüss. Schönen ..."

Aber Imker hatte das Gespräch bereits weggedrückt. Er legte das Telefon auf den Tisch und wischte sich über seine Halbglatze. Irgendwie hatte er das ungute Gefühl, dass die das Auto und diesen Bast nicht finden würden. Aber noch hatten sie ja drei ganze Tage. Wie war das? Die Hoffnung stirbt zuletzt? Besser die Hoffnung als er.

Imker trank einen Schluck Whisky, genoss die brennende Wärme. Eigentlich rechnete er noch mit einem Anruf des Türken. Als er das Glas hinstellte, nahm er wieder den Reiseführer von Mexiko-City und blätterte darin.

Schenk und Bast lagen in ihren Betten und hatten sich die Tagesthemen angesehen.

„Soll ich irgendwohin umschalten?", Schenk hielt die Fernbedienung hoch. „Oder ausschalten?"

„Machen Sie aus. Ich werde noch etwas lesen."

„Gut." Schenk drückte den Fernseher aus und nahm sich die Zeitung noch mal vor.

Bast las in seinem Lieblingsbuch ‚Der Weg zurück' von Remarque, das er schon zigmal gelesen hatte. Allerdings störte ihn jetzt das Zeitungsrascheln seines Bettnachbarn.

Schenk fand nichts Interessantes mehr und versuchte es mit einer Unterhaltung: „Wenn ich Sie richtig verstanden habe, stirbt man eigentlich nur, weil der Körper sich selber zerstört, so wie durch diese freien Radikalen."

„Ja. So ungefähr."

„Sonst würde ich auch 120 Jahre alt werden."

„Das ist Ihre maximal erreichbare Lebensspanne. Richtig."

„Gibt es denn auch Lebewesen, bei denen das nicht zutrifft? Die viel langsamer oder gar nicht altern. Gibt´s so etwas?"

Bast sah ihn einen Moment abschätzend an, legte das vergilbte Lesezeichen ins Buch und klappte es zu. „Nun, erst einmal ist die Lebenserwartung natürlich extrem unterschiedlich, das reicht von der

Eintagsfliege bis zur Galapagos-Riesenschildkröte, die zum Beispiel während ihres Lebens 125 Zellteilungen durchmacht und eine Lebensspanne von 175 Jahren hat. Da sind wir wieder bei den verkürzten Telomeren. Denn zwischen der Anzahl der durch die Telomerlänge begrenzten Zellteilungen und der maximalen Lebenserwartung besteht eine Wechselwirkung. Der Mensch hat übrigens normalerweise 60 Zellteilungen."

„Und Sie haben mehr durch Ihre Telomerbehandlung?"

Bast nickte. „Es gibt aber niedere Organismen, die überhaupt nicht altern, die also praktisch unsterblich sind, so wie Amöben und Algen, aber auch Mehrzeller wie winzige Süßwasserpolypen."

„Aha. Was Sie so alles wissen." Schenk nickte und dachte: Wenn dieser Nazi-Fan ‚niedere Organismen' sagt, meint der doch bestimmt auch Behinderte, Juden und Farbige.

„Es gibt aber auch höher entwickelte Lebewesen, die wenig oder keine Anzeichen von Seneszenz – also Vergreisung – zeigen. So zum Beispiel der Klippenbarsch, von dem es nachweislich ein 205 Jahre altes Exemplar gab, oder die Amerikanische Sumpfschildkröte." Bast spielte wieder mit seinem Anhänger. „Als bisher einziges Säugetier gilt der mausähnliche Nacktmull, der eine neunmal höhere Lebensspanne hat als gleich große Mäuse, und bis zum Schluss nur geringe altersbedingte Veränderungen hat."

Und Erwin Bast oder Senex 3, dachte Schenk, der aussieht wie 40, garantiert 150 Jahre alt wird, bis zum Schluss das Hakenkreuz verehrt und potent bleibt.

„Bei den Pflanzen gibt es viele Arten, die nicht altern. So entwickelt eine über tausend Jahre alte Stieleiche in jedem Jahr immer wieder Blätter und Eicheln in gleicher Qualität. So ein Baum stirbt nur durch äußere Einflüsse, wie Blitzschlag, Pilzbefall oder Waldbrand." Bast hatte den Eindruck, dass Schenk nicht konzentriert zuhörte, deshalb wollte er seinen Vortrag beenden. „So, ich bin müde und werde jetzt schlafen." Er knipste sein Licht aus und drehte sich zur Seite.

„Wie?" Schenk wunderte sich über das abrupte Ende.

„Gute Nacht."

„Ja, gleichfalls." Ob der seine Gedanken lesen konnte?

Irgendetwas hinderte Schenk daran, sein Licht auch zu löschen. Er fühlte eine gewisse Unruhe in sich, die ständig den Begriff ‚Rotwein' an die Oberfläche spülte. Sein Schlummertrunk fehlte ihm wirklich. Am liebsten hätte er sich angezogen und unten an der Bar noch ein Gläschen getrunken. Aber dann würde ihn Bast endgültig für einen Alkoholiker halten.

Schenk starrte eine Weile unschlüssig in die dunkle Hälfte des Zimmers. Dann gab er sich einen Ruck und sagte leise: „Herr Bast?"

Sofort reagierte der mit einem „Ja?"

„Darf ich Sie noch mal etwas fragen?"

Bast drehte sich zu ihm. „Was ist denn los? Können Sie nicht schlafen?"

„Nein. Ich mache mir Sorgen."

„Worüber?"

„Über Sie."

„Wieso?"

„Was werden die mit Ihnen anstellen, wenn sie uns erwischen?"

„Darüber grübeln Sie nach?"

„Ja. – Sie denn nicht?"

„Doch. Natürlich. Aber ich kann so etwas gut zur Seite schieben, ins unterste Fach packen, und so trotzdem schlafen."

„Beneidenswert."

Bast richtete sich etwas auf. „Wenn die mich schnappen, werden sie mich in ein geheimes Labor schaffen, sicherlich im Osten irgendwo. Man wird mich einsperren, fixieren und sedieren und zuerst ausgiebige Untersuchungen durchführen. Sie werden Kulturen mit meiner DNA anlegen, die Ursachen meiner Langlebigkeit erforschen, Teile meiner

Organe entnehmen und bearbeiten, mich regelrecht ausschlachten und schließlich umbringen. Aber erst, wenn sie sicher sind, das Wundermittel für ein langes Leben herstellen zu können."

„Und das Geldangebot von Imker?"

„Ist nur ein Lockmittel. Die werden mich früher oder später töten. Und Sie sollten sich rechtzeitig in Sicherheit bringen, damit Sie für die nicht zu einem gefährlichen Zeugen werden."

„Meinen Sie etwa, die würden mich auch umbringen?"

Bast zögerte mit der Antwort. „Wenn Sie zu viel wissen, bestimmt. Die kennen keine Skrupel."

„Einbruch, Lügen und Verfolgung – gut. Aber Mord?"

„Sie dürfen nicht zum Zeugen meiner Entführung werden."

„Aber ich kann Sie doch nicht im Stich lassen."

„Wenn die uns hier finden, müssen Sie sofort verschwinden, mich allein lassen. Herr Schenk", betonte er eindringlich, „ich will Sie nicht auf dem Gewissen haben. Sie haben schon so viel für mich getan, aber Ihr Leben dürfen Sie keinesfalls für mich riskieren."

„Aber ...", Schenk spürte seinen beschleunigten Herzschlag. War das die Angst? „Sie haben kein Auto. Sie brauchen doch meine Hilfe." Oder machte er sich in Wirklichkeit nur Sorgen um sein Wohlergehen?

„Sie haben mir schon genug geholfen. Wenn die uns hier nicht entdecken und unser schöner Urlaub vorbei ist, für den ich Ihnen sehr dankbar bin, müssen Sie unbedingt ohne mich in Ihr Leben zurückkehren."

„Aber ich ..."

„Sie müssen zurück nach Braunschweig, da ist Ihre Wohnung, Ihre Arbeit, da leben Ihre Bekannten, da ist das Grab Ihrer Frau."

„Und Sie?"

„Ich werde mich nach Polen oder ins Baltikum absetzen und da untertauchen. Darin hab ich

schließlich Erfahrung."
Trotz allem musste Schenk auflachen. „Das kann man wohl sagen. Im Verheimlichen und Verstecken sind Sie Profi."
„Vielleicht brauche ich dann einen verlässlichen Verbindungsmann in Deutschland, der mir meine Rente überweist und wichtige Post nachschickt."
„Natürlich postlagernd und anonym, ohne Ihre Adresse zu kennen."
„Selbstverständlich", Bast grinste hinterlistig.
„Aber Sie sind doch auch der Ansicht, dass die Typen uns hier nicht finden, oder?"
„Ja. Ich glaube es nicht." Er wollte Schenk nicht weiter beunruhigen.
„Mein ich auch." Schenk dachte daran, dass er seitdem Nina zum Sterben ins Krankenhaus kam, nie wieder im Bett jemanden neben sich gehabt und damit gesprochen hatte.
„Das wäre schon ein außerordentlicher Zufall."
„Ob Dr. Imker dieses Wundermittel selber entwickeln will?"
„Nein, auf keinen Fall. Das ist viel zu groß für einen einzelnen. Dahinter steckt ein internationaler Pharmakonzern. Imker hat nur meine Besonderheit entdeckt und mich auf geheimen Kanälen angeboten. Der will mich nur möglichst teuer weiter verkaufen."
„Oder wird dazu gezwungen. Wegen seiner Spielschulden."
„Kann auch sein. Warum er das macht, ist für mich zweitrangig. So, jetzt will ich aber schlafen." Bast drehte sich wieder zur Wand. „Nochmals gute Nacht."
„Ja, schlafen Sie gut." Schenk löschte das Licht und legte sich auf die Seite. In der Dunkelheit fühlte er sich sofort verlassen und einsam. Zu Hause war nichts. Da gab es niemanden, der ihn vermissen würde. Höchstens nach einer gewissen Zeit sein Arzt und irgendein Weinlieferant.
Schenk dachte mal wieder an Nina. Er schämte sich und bedauerte es immer noch, dass er so jämmerlich versagte, als sie beim letzten Mal mit-

einander schlafen wollten. Während des Liebesspiels zuckte die blitzartige Befürchtung auf, er könnte sich beim Geschlechtsverkehr mit ihrem Krebs anstecken. Dieser kurze Gedanke und sein sofortiges schlechtes Gewissen darüber, stoppte die Blutzufuhr nach dort unten, da rührte sich nichts.

Nina tröstete ihn damit, dass so was mal passieren könne und nicht so schlimm sei. Aber es war schlimm. Nicht, weil er keinen Steifen bekam, sondern weil ihm etwas derartig Abwegiges und Hinterhältiges eingefallen war. Er lag damals auch noch lange wach und kam sich wie ein gemeines Schwein vor.

In Sellin lagen auch zwei Männer in Betten nebeneinander. Nur noch dichter zusammen.

Bruno lag schon einige Zeit wach. Er war auf der Toilette gewesen und konnte nicht wieder einschlafen, weil der Dicke so furchtbar laut schnarchte. Eben wie ein Walross. Das war wirklich eine Zumutung.

Aber nach dieser musste er dann nur noch zwei Nächte ertragen. So oder so. Ganz gleich, was passierte. Am Montagabend würde er jedenfalls nicht mehr auf Rügen sein und dieses blöde, ungepflegte, ekelhafte, schnarchende Urvieh da neben sich nie wieder sehen.

Er musste an etwas anderes denken, sich beruhigen, sonst könnte er mal wieder ausrasten und Mecki mit seinem verschwitzten Kopfkissen ersticken.

Bruno drehte sich auf den Rücken, verschränkte die Hände im Nacken und dachte an seine Tochter. Das verbesserte immer seine Stimmung. Er freute sich schon auf den nächsten Sonntag mit ihr.

Das Geld von diesem oder durch diesen Job – egal, wer zahlte – war ein großer Batzen seiner angepeilten Summe, die er bis zum 18. Geburtstag von Lydia zusammen haben musste. Die 1.000 Euro zur Konfirmation lagen bereits in seinem Geheimversteck: 10 herrliche druckfrische Hunderter. Da würde sie staunen. Und seine Ex erst recht.

Aber das war noch gar nichts im Vergleich zum Geburtstagsgeschenk zu ihrer Volljährigkeit. Da würde er ihr den Schlüssel für ein blitzblankes neues Auto überreichen, zur Not auch einen Jahreswagen. Er würde seiner Tochter ihr erstes Auto schenken. Das hatte er sich vorgenommen. Lydia sollte wenigstens ein Mal stolz auf ihren Vater sein. Sein langes Wegsein und seine vielen Fehler konnte er ja leider nicht ungeschehen machen.

Er war so froh, dass er jetzt ein gutes Verhältnis zu seiner Tochter hatte. Auch wenn es nur auf fünf Stunden im Monat beschränkt wurde. Er musste sich damit zufrieden geben. Kleine Schritte und immer ruhig bleiben, auch zu Eva und ihrem so toleranten Lehrer.

Er war mittlerweile nur eine Randfigur im neuen Leben seiner Familie, aber vielleicht konnte er mit seinem großzügigen Geschenk ein einziges Mal ihre staunende Anerkennung bekommen.

Das Schnarchen war röchelnder, aber etwas leiser geworden. Bruno stieß seinen verhassten Bettnachbarn unsanft an. Der grunzte und legte sich laut schmatzend auf die Seite.

Bruno drehte sich auch um. Jetzt lagen sie Rücken an Rücken. Er horchte auf die widerlichen Geräusche von Mecki und erwartete jeden Moment erneutes Schnarchen. So schlief er schließlich ein.

Mario meldete sich sofort: „Ja?"
„Ich bin´s."
„´n Abend, Doktor."
„War was?"
„Nein."
„Kein Hinweis auf den Weißhaarigen?"
„Absolut nichts. Ich hau jetzt auch ab."
Imker sah auf seine Uhr. „Tu das. Dann bis morgen."
„Ja. Tschüss."
Für den Fall, dass seine Schuldentilgung gar nicht mehr auf Rügen, sondern wieder hier in Braun-

schweig war, hatte er Mario beauftragt, jeden Abend eine Stunde vor Basts Wohnung Wache zu schieben, ob dort eventuell Licht an war.

Imker legte das Handy weg. So war er wenigstens sicher, dass er nicht umsonst Rügen nach ihm absuchen ließ. Natürlich konnte Bast auch ganz woanders sein, aber er hatte leider nur diese beiden Anhaltspunkte.

Er machte sich etwas zu essen, schaltete den Fernseher ein, zappte durch die Sender und sah sich irgendetwas an, ohne es richtig aufzunehmen.

Später genehmigte er sich seinen Whisky, nur der verhalf ihm noch zu positiven Gefühlen. Ansonsten spürte er alle Ängste, die überhaupt möglich waren.

Der Türke hatte zwar nicht angerufen, aber um Punkt 23 Uhr war eine knappe SMS von ihm eingegangen: ‚Noch 91 Stunden.'

Das war Drohung genug. Keine überflüssigen Worte.

Und da er sich ja schon einen Tag vor Ablauf des Ultimatums absetzen wollte, hatte er nur noch 67 Stunden bis zu seinem Verschwinden.

Das war wirklich nicht mehr viel.

Vielleicht war es ein Fehler gewesen, dem Türken die gewinnbringende Langlebigkeit von Bast zur Tilgung seiner Spielschulden anzubieten. Denn der hatte sich natürlich seinerseits wieder bei zwielichtigen Geschäftspartnern irgendwelcher Pharmakonzerne zur Lieferung verpflichtet und würde bei Nichterfüllung auch Ärger bekommen.

Andererseits wäre er schon lange tot, wenn er dem Türken dieses Angebot zu seiner Rettung nicht gemacht hätte.

Ein erschreckender, unvorstellbarer und seltsam fremder Gedanke, dass er sich jetzt im Verwesungsprozess befinden würde.

Er musste weiterhin zweigleisig vorgehen: Die Hoffnung, Bast noch zu erwischen, nicht aufgeben, aber gleichzeitig seine Flucht penibel planen und im Ernstfall äußerst vorsichtig durchführen.

Kapitel 13

Am Samstagmorgen waren sie schon vor neun mit dem Frühstück fertig gewesen. Schenk hatte das Auto überprüft und Bast nach Prora gefahren, nicht ohne bei einem Supermarkt anzuhalten, wo er zwei Flaschen Wasser und eine Tüte Kekse für ihn kaufte. Jetzt standen sie auf dem Parkplatz und hatten abgesprochen, dass Schenk um 13 Uhr wieder hier stehen würde. Falls er bis dahin noch kein Zimmer für Beate gefunden hätte, sollte Bast zu jeder vollen Stunde erneut hier auf ihn warten.

„Ich habe schließlich keine Ahnung, wie lange es dauern wird. Das hatte ich Ihnen ja gesagt", Schenk zuckte mit der Schulter. „Hier gibt´s ja wohl auch kein öffentliches Telefon, ein Handy haben Sie sowieso nicht, also können wir uns überhaupt nicht erreichen."

„Bis jetzt habe ich – und Generationen vor mir – auch überlebt, ohne ständig telefonisch erreichbar zu sein."

„Natürlich", Schenk stöhnte innerlich. „Also ist das alles kein Problem für Sie?"

„Nein. Dann bis später. Und viel Erfolg."

„Ja." Schenk verkniff sich jede weitere Bemerkung.

Bast stieg aus, schulterte seinen schlaffen Rucksack und marschierte zur Anlage, natürlich ohne ein Grußzeichen oder sich umzudrehen. Durch die dunklen Haare wirkte er wie ein sportlicher Vierzigjähriger. Halb so alt, wie er wirklich war.

Mit einer gemurmelten Verwünschung legte Schenk den ersten Gang ein und fuhr nach Binz zurück.

Beim Gehen überlegte Bast, was er sich zuerst ansehen wollte, innen oder außen. Da gerade die Sonne schien, weiter hinten über der Ostsee aber graue Wolken vorherrschten, entschied er sich für den Strand.

Als Bast nach dem breiten Durchgang ins Freie

trat, blieb er wieder überwältigt stehen und staunte über die kilometerlange Fensterfront. Das war wirklich ein gigantisches Bauwerk, das sie damals geschaffen hatten und bis heute die Zeiten überdauern konnte.

Bast schmunzelte, weil er richtig stolz auf diese Leistung war, obwohl sie keinen vernünftigen Handschlag zum Bau beigetragen, sondern eher die Männer von der Arbeit abgehalten hatten. Ihm fiel gleich der ewig schimpfende dicke Polier mit dem Führerschnurrbart ein, über den sie sich ständig lustig gemacht hatten, der ihnen so oft mit geballter Faust und knallrotem Gesicht hinterher gedroht hatte, wenn sie lachend zum Waldgürtel rannten. Er hatte sie zwar nie zu fassen gekriegt, aber sich mehrmals in der Reichsschulungsburg über sie beschwert, was ihnen jede Menge Kopfnüsse, Stockhiebe und Strafarbeiten einbrachte.

Bast drehte sich um und schlenderte zum Kiefernwäldchen, das wie ein grüner Sichtschutz zwischen Strand und Gebäude lag. Er hatte bis jetzt nur drei andere Besucher gesehen. Aber es war ja noch früh.

Sie waren die Bierholer für die Bauarbeiter gewesen: vier Jungs schleppten zwei Kästen. Einmal war ihr Durst so stark und das Bier so verführerisch gewesen, dass sie sich zwei Flaschen geteilt hatten, und damit es nicht sofort auffiel, hatten sie die leeren Pullen mühsam wieder voll gepinkelt. Tagelang brachen sie in ansteckendes Gelächter aus, wenn sie sich vorstellten, wie die Maurer oder Handlanger mit einem Plopp die Bierflaschen öffneten und dann ihre Pisse im Mund hatten.

Bast ging auf dem unbefestigten Weg durch den Waldstreifen: braune Kiefernnadeln auf hellem Sand und zahlreiche Wurzeln als Stolperfallen, über die sie oft gestürzt waren. Es sah noch genauso aus wie vor 75 Jahren. Aber wieso kamen ihm bei den Wurzeln immer gleich Schlangen in den Sinn?

Bei den letzten windschiefen Kiefern blieb er stehen, blickte auf den Strand und die ruhige See. Er atmete tief ein und fühlte sich wohl. Nach wenigen Schritten sanken seine Schuhe im Sand ein, und er zog sie aus. Er stapfte vorwärts, der seichten Brandung entgegen. Die Möwen schienen ihn wie einen alten Bekannten zu begrüßen. Hier war Frieden und alles gut. Hier könnte es auch mal harmonisch zu Ende gehen. Einfach so. Wie die Wellen, die vor und zurück flossen, hin und her. Eine ewige Wiederkehr wie bei Tag und Nacht oder den Jahreszeiten.

Bast ging in Richtung der Betonpfeiler für die geplant gewesene Seebrücke, dahinter sollte einmal die gewaltige Festhalle stehen. Er setzte sich in den Sand und schaute aufs Meer hinaus. Am Horizont sah er ein Schiff. Diese Weite war beruhigend und majestätisch. Die grauen Wolken über der Ostsee hatten sich verzogen.

Am Anfang hatten sie hier auch mal Sträflinge bei den Erdarbeiten beobachtet und sich über ihre gestreiften Klamotten lustig gemacht, die wie Schlafanzüge aussahen. Es waren klapprige Männer gewesen, die ihre Schubkarren kaum vorwärts bekamen und oft mit ihnen umfielen. Die Aufseher griffen natürlich hart durch. Schwäche konnte nicht geduldet werden.

Diese gestreiften Gestalten wurden immer weniger. Die harte Arbeit war wohl nichts für die.

Schenk hatte sich in der Touristeninformation ein Bettenverzeichnis und einen Stadtplan besorgt. Auf einer sonnigen Bank hatte er eine Vorauswahl getroffen und die infrage kommenden Pensionen angerufen, leider ohne Erfolg. Dass Einzelzimmer rar waren, hatten sie ja auch schon akzeptieren müssen. Bei Hotels wollte er gar nicht nachfragen, weil Beate extra betont hatte, dass ihr auch eine ganz einfache Unterkunft ausreichen würde. Das konnte er nur mit möglichst preisgünstig gleichsetzen.

Nun bummelte Schenk durch die Nebenstraßen von Binz und suchte ein Schild mit ‚Zimmer frei'. Denn die Privatvermieter, die nur ein oder zwei

Zimmer anbieten konnten, hatten sich bestimmt nicht in diese Unterkunftsliste aufnehmen lassen. Die wollten doch nebenbei nur ein bisschen Schwarzgeld kassieren.

Schenk ertappte sich dabei, dass er an die üppigen Formen von Beate dachte und sich wünschte, sie würde anstelle von Bast in Reichweite neben ihm liegen. Der konnte doch mit der Hoteldecke in seinem geliebten Prora übernachten. Er amüsierte sich über seine Einfälle und entdeckte ein Fremdenzimmer-Schild an einer geschlossenen Einfahrt.

Nach mehrmaligem Klingeln wurde die Haustür nur soweit geöffnet, wie es die Sicherheitskette zuließ.

„Guten Morgen. Haben Sie noch ein Zimmer frei?"

Die kleine alte Frau sah ihn misstrauisch an und sagte: „Für alleinstehende Männer sowieso nicht."

„Es ist ja nicht für mich, sondern für eine Frau."

„Für Ihre?"

„Nein."

„Wohl für Ihr Techtelmechtel?"

„Wie bitte? Ich bin ..." Schenk musste lächeln. Leider nicht. „Nein. Sie ist ..." Aber das ging doch diese neugierige Alte absolut nichts an. „Haben Sie denn nun ein freies Zimmer?"

„Nein", antwortete sie und schloss die Tür wieder.

Schenk stand noch einen Moment verstört davor. Dann schüttelte er den Kopf und entfernte sich. Na, das konnte ja was werden.

Bast hatte sich das möblierte Zimmer angesehen, das genauso rekonstruiert war, wie man es damals geplant hatte. Während er die Einrichtung betrachtete, kam er sich wieder vor, als wäre er mit einem Schlag ins Jahr 1940 gefallen. Im Geiste hörte er Durchsagen, Musik, Reden und Siegesmeldungen aus dem Lautsprecher.

Die Zimmer waren nur zweieinhalb mal fünf Meter groß, die schlichte Ausstattung nichts für die verwöhnten Wohlstandskonsumenten von heute. Es gab zwei Betten, einen Schrank, eine Sitzecke mit Tisch und ein Handwaschbecken. Die Toiletten und Duschen befanden sich in den landwärts gerichteten Treppenhäusern der jeweiligen Blocks. Die Zimmer selber hatten ja alle Meerblick. Bei Bedarf konnten zwei davon durch eine Tür zu Vier-Personen-Familienzimmern verbunden werden.

Bast ging den weiten Flur entlang, seine Schritte hallten. Er stellte sich vor, was hier und überall zu den Essenszeiten für ein lautstarkes Gedränge geherrscht hätte, bei 10.000 belegten Gästezimmern.

Essen und duschen sollte man gemeinsam. Auf jeder Etage gab es eine Sanitärseite für Männer und eine für Frauen. So prüde, wie viele heute glaubten, waren sie damals überhaupt nicht gewesen, nur nicht so massenhaft verdorben. Aber bereits vor 80 Jahren wurden nackte Körper in ihrer Natürlichkeit nicht als anstößig empfunden. Ein gesunder Geist in einem gesunden Körper.

Bast besah sich ein unrenoviertes Zimmer, stand einige Minuten am Fenster und genoss den Ausblick: das blaue Meer hinter den grünen Kiefern. Auch von diesem herrlichen Landstrich und seinen guten Erinnerungen daran, hatte er Martha nie etwas erzählt. Er hatte sie mit ihren vielen Fragen sterben lassen. Nun war sie schon sechs Jahre tot. Er presste die Lippen zusammen und verließ das Zimmer.

In einem großen Duschraum schritt er umher und dachte an ihr Gemeinschaftsduschen in der Reichsschulungsburg. Die Kleineren – anfangs gehörten sie auch dazu – hatten immer neidisch auf die längeren Schwänze und die Schambehaarung der Älteren geschielt. Ganz im Gegensatz zu dem perversen Meier, der Sport, Geschichte und Deutsch unterrichtete. Bei jedem Duschen nach dem Sport hatte er nur Stielaugen für die haarlosen Unterkörper der kleinen Knaben, er geilte sich an ihnen auf, und wenn sein Ding größer wurde, verschwand er auf dem Klo. Aber es gab nie Hinweise, dass er einen der Jungs unsittlich berührt oder gar missbraucht hätte. Trotzdem wurde Meier bei der chaotischen Auflösung in Sassnitz von den Stärksten der Schule zusammengeschlagen.

Und dann hatte es da noch den Lehrer Schulte gegeben, der sich einen Spaß daraus machte, bei jedem Sieg der Wehrmacht dieses Wort auszulassen, dabei auf ihn zu zeigen und nur ‚bei' und den jeweiligen Ort zu sagen. Er fand dieses Wortspiel mit seinem Namen wohl irgendwie lustig.

Bast ging wieder auf einem der langen Flure, nahm den Rucksack ab und stellte ihn auf die Fensterbank. Er hatte schon lange nicht mehr an seinen richtigen Namen gedacht. Von hier aus konnte er ein Stück vom Parkplatz überblicken, wo jetzt mehrere Autos standen. Er holte eine Wasserflasche heraus und trank, schaute dabei aus dem Fenster. Da pisste doch tatsächlich so ein Schwein in aller Öffentlichkeit an einen Busch. Da konnten doch Kinder vorbeikommen und bei diesem schwarz gekleideten ...

Halt! Bast verschluckte sich und hustete, sprühte einen Schwall Wasser gegen das Fensterglas. War das etwa der Gorilla von Dr. Imker? Der da so breitbeinig stand, könnte der massige Leibwächtertyp mit Stoppelschnitt und schwarzen Klamotten sein.

War der das?

Bast stellte die Flasche ab und trat einen Schritt vom Fenster zurück. Dieser Kerl drehte sich jetzt zu ihm, griff sich kurz in den Schritt, nahm die Zigarette aus dem Mund und sah sich gelangweilt um. Das war hundertprozentig Imkers Gorilla. Dann musste der andere ja auch in der Nähe sein, so ein großer Schlanker.

Bast ging in gleicher Entfernung zwei Fenster nach vorne. Nun konnte er mehr vom Parkplatz sehen. Sogleich entdeckte er in der Nähe den schwarzen Wagen mit den getönten Scheiben und dem Hamburger Kennzeichen, er stand mit der Front nach vorne halb im Schatten. Aber der Lange war nicht zu sehen, nur zwei Paare und einige Kinder. Ob der hier oben die Gänge absuchte? Bast sah erschrocken links und rechts den Flur entlang. Er war ganz alleine hier. Noch.

Bast ging wieder zurück, immer nach draußen blickend, bis zum dritten Fenster hinter seinem Rucksack. Da war der Typ! Er marschierte forsch auf seinen Kumpanen zu, sein Kopf drehte sich dabei in alle Richtungen, er sah auch nach oben und suchte die Fensterreihen ab. Bast machte einen Satz rückwärts, lehnte sich mit dem Rücken an die Wand zwischen zwei Fenstern. Er atmete heftig, fühlte sich gejagt. Sie waren tatsächlich hier. Er hörte von irgendwoher Kindergeschrei und Getrappel.

Nach einigen bangen Minuten näherte er sich wieder dem Fenster. Er konnte niemanden sehen. Er schlich ein Fenster vorwärts. Da standen die beiden Kerle. Der Lange redete gestikulierend auf den Dicken ein, der ab und zu nickte oder mit der Schulter zuckte.

Bast hörte Schritte auf diesem Flur und riss entsetzt den Kopf nach rechts. Waren sie jetzt etwa zu dritt? Aber es war nur ein grauhaariger Besucher, der ihn befremdlich ansah, weil er sich so dicht an die Fensterseite drängte. Er trat mehr in die Mitte. Der Grauhaarige drehte sich um und entfernte sich rasch.

Sofort stand Bast wieder am Fenster. Doch Imkers Schergen waren verschwunden. Er eilte nach vorne, an seinem Rucksack vorbei. Er sah gerade noch, wie das schwarze Auto abfuhr. Voller Erleichterung stützte er sich mit beiden Ellenbogen auf der Fensterbank ab, hechelte die Angst aus sich raus.

Sie hatten ihn nicht erwischt. Diesmal nicht. Aber sie waren ihm dicht auf den Fersen. Auch ohne Peilsender.

So schnell hatte er nicht mit ihnen gerechnet. Sie konnten ihn jederzeit und überall auf Rügen schnappen. Verdammt!

Schenk hatte ein passendes Zimmer gefunden und belohnte sich jetzt in einem Straßencafé mit einem Pott Kaffee und einem Stück Kuchen. Das Haus lag zwar etwas außerhalb, war aber selbst für ihn in einer Viertelstunde vom Zentrum aus zu Fuß zu erreichen. Die Vermieterin, die so Mitte sechzig und sehr freundlich war, hatte ein Doppel- und ein Einzelzimmer, mit oder ohne Frühstück. Das konnte Beate ja dann hier entscheiden.

Schenk sah zur Uhr, bis 13 Uhr hatte er noch viel Zeit. Der Kuchen schmeckte vorzüglich. Er holte sein Handy heraus, um Beate die Zimmerreservierung mitzuteilen. Zu seiner Überraschung blinkte es. Er hatte also eine SMS erhalten. Na, Beate war wohl neugierig und wollte schon nachfragen, ob er etwas gefunden hatte?

Er klappte das Handy auf und erschrak über die Nachricht: ‚Hallo, Herr Schenk. Ich biete Ihnen 10.000 Euro für Herrn Bast. Melden Sie sich bitte. Dr. Imker.'

Dieser Mistkerl! Der schreckte auch vor nichts zurück. Und so einer betitelte sich als Doktor. Er hatte ein Kopfgeld auf Bast ausgesetzt.

Schenk trank seinen Kaffee aus und ärgerte sich über diesen skrupellosen Verbrecher. Besonders auch, weil er ihn anscheinend für käuflich hielt.

Dann schrieb er mühselig die SMS: ‚Liebe Beate. Ich habe ein günstiges Zimmer für Sie gefunden und gebucht. Adresse: Fr. Schulz in Binz, Dünenweg 4. Ich freue mich schon auf Sie. Bodo Schenk.'

War die Anrede zu vertraulich? Hätte er nicht korrekterweise noch ‚Schwester' vor den Vornamen setzen müssen? Immerhin waren sie ja nicht per Du. Und ihren Nachnamen kannte er ja gar nicht. Ach, was. Seine ewigen Bedenken. Er schüttelte den Kopf und sendete die Nachricht ab. Jetzt war sie weg.

Es war wohl besser, wenn er Bast nichts von Imkers SMS und den angebotenen 10.000 Euro erzählte. Der war doch auch so schon misstrauisch genug. Nachher dachte er noch, er hätte hinter seinem Rücken Kontakt mit diesem Gangster und würde mit ihm verhandeln. Bei dieser Summe könnte ja so mancher schwach werden.

Schenk hätte sich jetzt gerne ein Gläschen Rotwein gegönnt, aber es war ja schließlich erst vormittags. Und fahren musste er nachher auch noch. Also bestellte er sich eine Apfelschorle.

Nein, dieses unanständige Angebot von Imker würde er Bast verschweigen. Er wollte ihn nicht unnötig beunruhigen.

Bast hatte relativ schnell seine Panik überwunden. Mit seinen dunklen Haaren hätten die ihn sowieso nicht erkannt. Das war eine gute Idee von Schenk gewesen. Trotzdem hatte er Angst gehabt. Sie waren ihm gefährlich nahe gekommen. Zum Glück stand Schenks Auto ja nicht hier, sonst hätten sie bestimmt alle Flure und jedes Zimmer durchsucht.

Er trank noch einen Schluck Wasser, hängte sich den Rucksack über die Schulter und schritt die Treppen hinunter. Draußen ging er nach rechts. Hier sollte sich einmal die Tonfilmhalle befinden. Dann stand er in der Mitte des geplanten Festplatzes und blickte zum Strand hin. Genau geradeaus hätte sich die gewaltige Festhalle erhoben. Das Kaffeehaus rechts war fertig geworden, bei dem Gegenstück auf der linken Seite hatten sie nur den Rohbau geschafft.

Bast drehte sich wieder und ging weiter längs der Gebäudefront in Richtung Norden. Hier links wäre der Bahnhof gewesen. Dahinter sah er jetzt ein Stück Wasserfläche, das war der Kleine Jasmunder Bodden. Hier lag nur ein Kilometer Land zwischen Ostsee und diesem Gewässer, das früher eine Verbindung zum Meer hatte.

Auf diesem Bodden trieben Lotte und er in einem Ruderboot, während sie sich küssten und streichelten. Es war ein herrlich milder Herbsttag gewesen, die Mücken tanzten in der Sonne. Er hätte mit ihr bis ans Ende der Welt rudern können.

Kennengelernt hatten sie sich im September ´44. Im Krieg dienten fertiggestellte Teile der Anlage in Prora als Ausbildungsstätte für Luftwaffenhelferinnen und ein Polizeibataillon. In einem anderen Teil war ein Lazarett der Wehrmacht untergebracht. Lotte arbeitete in der Küche. Er kam damals weiterhin so oft wie möglich nach Prora, aber nur noch an den Wochenenden, meistens mit dem Fahrrad. An einem schönen Sonntag waren sie sich am Strand begegnet, und er hatte sie mutig angesprochen und bald zum Lächeln gebracht. Eigentlich hielt er sie für eine Luftwaffenhelferin, weil sie so fraulich wirkte.

Erst später, nachdem sie ihm ihre entzückenden kleinen Brüste gezeigt hatte, verriet sie ihm, dass sie nur einen viel zu großen Büstenhalter besaß, den sie mit Watte ausfüllte.

Lotte. Seine Jugendliebe. Sie war so schlank und zart gewesen, er konnte sie sich überhaupt nicht als alte Frau vorstellen. Und auf dem Bahnhof in Rostock hatten sie sich für immer verloren.

Mittlerweile war Bast am nördlichsten Gebäudeabschnitt angekommen, der nur noch in zerstörten Überresten vorhanden war. Die Außenwände fehlten überall, man konnte in die offenen verwüsteten Räume hineinschauen, nur das Skelett stand noch. So hatte es auch damals in den vielen zerbombten Städten ausgesehen, durch die er mit Lotte gezogen war, ständig auf der Flucht vor dem Iwan.

Bast setzte sich auf einen großen Stein, holte die Kekse und die zweite Flasche Wasser aus dem Rucksack. Gut, dass Schenk dafür gesorgt hatte. Er aß und trank, betrachtete die Ruinen und fühlte sich wieder in die letzten Kriegsmonate versetzt. Er dachte an die grausigen Leichen, die sie manchmal in den Trümmern sahen, wenn Lotte und er in einem Keller Unterschlupf suchten.

Er knabberte an einem Keks und holte seine Gedanken wieder in die Gegenwart zurück. Er durfte Schenk auf keinen Fall gefährden. Sein eigenes Leben war ihm inzwischen gleichgültig. Er fühlte sich sowieso übrig geblieben, hatte auf unnatürliche Weise seine Zeit und sein Verfallsdatum überschritten.

Eigentlich müsste er jetzt sofort in den Osten abhauen und Schenk von seiner belastenden Anwesenheit befreien. Aber das würde auch nichts nutzen, war keine Garantie für Sicherheit. Imker würde nie locker lassen, er hatte sein kostbares Blut entdeckt und würde ihn weiter verfolgen, mit diesen beiden Typen oder anderen oder noch mehreren. Und selbst wenn er weg war, würden sie sich an Schenk halten. Womöglich auch an Schwester Beate, falls sie von ihrem Kontakt zu ihnen wussten. Die Vorstellung, dass sie Schenk ausquetschen oder sogar foltern würden, um seinen Aufenthaltsort aus ihm herauszupressen, empfand er als unerträglich.

Nein, sein Verschwinden würde die Gefahr für Schenk nicht verringern, sondern drastisch erhöhen. Sie würden ihn nicht in Ruhe lassen. Ihn kannten sie, seine Adresse, sein Auto, alles. Imker hatte seine Visitenkarte und konnte sich voll auf ihn konzentrieren. Und über Schenks preisgegebenes Wissen würden sie ihn früher oder später erwischen.

Aber wie konnte er aus dieser bedrohlichen, aussichtslosen Lage herauskommen?

Bast sah zum Himmel mit seinen flüchtigen weißen Wolken. Der Horizont war milchig verschwommen. Er hörte die Möwen, atmete tief ein und schmeckte die salzige Seeluft.

Es gab nur eine einzige wirkliche, endgültige Lösung.

Kapitel 14

Schenk stand schon vor der vereinbarten Zeit auf dem recht vollen Parkplatz und sah Bast im Rückspiegel aufs Auto zukommen. Nein, er würde ihm nichts von Imkers SMS erzählen.

Als Bast sich angeschnallt hatte, sagte Schenk: „Na, jetzt ist hier aber erheblich mehr Betrieb."

„Ja. Viele Besucher. Es ist ja auch sehr sehenswert."

„Das stimmt."

„Ich würde gerne noch einmal einen halben Tag hier allein verbringen. Vielleicht am Montag, wenn Sie auf Schwester Beate warten."

Schenk zog die Stirn in Falten und erwiderte: „Sie kriegen wohl nicht genug von Ihrem Prora?"

„Nein."

Schenk startete das Auto und fuhr los. Ihm gefiel der Gedanke, dass er am Anfang ohne Bast mit Beate sprechen konnte.

Als er an die große Straße kam, bog er nicht links nach Binz ab, sondern nach rechts in Richtung Sassnitz.

„Woher kommt eigentlich der Name Prora?", fragte Schenk. „Ist das so eine Zusammensetzung von Abkürzungen?"

„Nein. Diese Landschaft heißt so."

„Aha."

„Haben Sie denn ein passendes Zimmer gefunden?"

Während Schenk von der Zimmersuche und besonders von dieser schrulligen Vermieterin berichtete, dachte Bast an die beiden Handlanger von Imker, die ihm so bedrohlich nahe gekommen waren. Er hatte beschlossen, Schenk kein Wort davon zu sagen. Aber er musste weiterhin wachsam sein. Falls die Kerle erneut auftauchten, mussten sie fliehen, und er würde sich unterwegs von Schenk für immer trennen, um ihn nicht zu gefährden. Jedenfalls für eine gewisse Zeit, denn in Braunschweig würden sie

Schenk garantiert auflauern.

„Haben Sie großen Hunger? Wollen Sie irgendwo eine Kleinigkeit essen, bevor wir zum nächsten Besichtigungspunkt fahren?"

Bast schüttelte den Kopf. „Ich habe ja die Kekse von Ihnen aufgegessen, und das Wasser ausgetrunken. Das war eine gute Idee von Ihnen gewesen."

„Na, wenigstens mal eine."

Bast lächelte und fragte: „Was sehen wir uns denn als nächstes an?"

„Die Kreidefelsen. Den berühmten Königsstuhl. Aber diesmal von Land aus, von oben. Einverstanden?"

„Natürlich."

Dr. Imker stand wieder seitlich am Fenster und spähte durch den Schlitz zwischen Übergardine und Wand nach draußen. Der schwarze Audi mit den getönten Scheiben und dem Berliner Kennzeichen stand immer noch an der gleichen Stelle. Eine dunkle Gestalt saß hinter dem Steuer.

Heute Morgen war ihm das Auto zum ersten Mal aufgefallen. Da es nur wenige Meter von seinem Haus parkte, sollte er es also bemerken. Der Türke wollte ihm zeigen, dass er ihn beobachtete, ihn unter Kontrolle hatte. Aber sicherlich gab es da noch einen zweiten Typen, der ihn nicht so auffällig überwachte, sondern sich irgendwo an der Hinterseite versteckte.

Imker ging ins Wohnzimmer und durch die Terrassentür nach draußen. Er gab sich betont lässig, reckte sich und schritt auf dem Rasen umher, dabei überprüfte er alle Seiten, ohne jemanden zu entdecken. Aber vielleicht lauerte der auch außerhalb seines Grundstücks hinter der mannshohen, dichten Hecke.

Imker blickte zum Himmel, als würde er die Wetterlage abschätzen, und schlenderte wieder ins Wohnzimmer zurück. Er schloss die Terrassentür und setzte sich in einen Sessel. Es wurde immer gefährlicher. Der Türke würde ihn bis zum Ablauf seines Ultimatums nicht mehr aus den Augen lassen.

Zur Sicherheit sollte er bei seiner Flucht gar keine Tasche mitnehmen, sondern einfach wie ein Spaziergänger von seinem Haus weggehen und erst mehrere Straßen entfernt in das dorthin bestellte Taxi steigen.

Aber völlig ohne Gepäck nach Mexiko zu verreisen, würde womöglich Argwohn erregen. Vielleicht sollte er heute schon eine Reisetasche zum Bahnhof schaffen. Er konnte von außen unbemerkt in die Garage gelangen. Sie würden ihn selbstverständlich verfolgen, entweder per Sichtkontakt oder mit einem Peilsender, der garantiert schon an seinem Auto hing. Sie würden misstrauisch werden, wenn er sich dem Bahnhof näherte. Es wäre schwierig, die Tasche heimlich in einem Schließfach zu deponieren.

Das war alles viel zu riskant.

Imker beugte sich vor und strich über seine Halbglatze. Er nahm sein Handy in die Hand, aber er hatte keine Nachricht. Er legte es wieder hin. Erwartungsgemäß hatte Schenk nicht auf seine SMS reagiert. Und anrufen hatte erst recht keinen Zweck, weil der ihn sofort wegdrücken würde.

Gleich hinter Sassnitz kamen sie in einen Wald, die Straße ging leicht bergan.

Bast dachte an die vielen Wehrertüchtigungsübungen, die sie von der Reichsschulungsburg aus hier in diesem Wald und dem angrenzenden Gelände durchgeführt hatten. Sie hielten das hier damals für einen großen Abenteuerspielplatz, wo man sich tarnen und anschleichen konnte, andere Gruppen überfiel und nach Möglichkeit besiegte, Gefangene nahm und sie stolz ins eigene Lager brachte, wo sie Ruhm und Ehre von ihren Führern empfingen. Diese Kampfspiele hatten immer viel Spaß gemacht, und abends am Lagerfeuer waren sie nicht mehr Freund oder Feind, sondern wieder treue Kameraden und sangen das Lied von den zitternden morschen Knochen.

Schenk stellte den Wagen auf dem Parkplatz ab,

die Straße zum Königsstuhl war für Besucherautos gesperrt, nur Busse und Lieferfahrzeuge durften weiterfahren.

„Dann machen wir ja sogar noch eine kleine Wanderung."

„Sehr schön", sagte Bast, der sich dem langsameren Tempo von Schenk anpasste.

„Ich wusste gar nicht, dass hier so viel Wald ist." Eigentlich hatte er sich vorgenommen, Bast heute darauf anzusprechen. Stattdessen redete er jetzt von diesem Wald.

„Ich glaube, das ist auch das größte Gebiet auf Rügen."

Sie wurden öfter von schnelleren Spaziergängern überholt.

„Manche haben´s ja eilig", meinte Schenk, obwohl er eigentlich etwas ganz anderes sagen wollte.

Sind ja nicht alle so lahme Enten, dachte Bast.

Schenk gab sich einen inneren Ruck, um endlich die Frage zu stellen, die ihm schon lange auf der Seele lag, aber nicht über seine Lippen wollte: „Wussten Sie damals von den KZ´s?" Jetzt war es raus.

Bast ließ sich mit der Antwort Zeit. „Dass es Arbeits-, Straf- und Umerziehungslager gab, das schon. Aber Sie meinen ja bestimmt diese sogenannten Vernichtungslager?"

Sofort regte sich Schenk auf. „Ja, diese sogenannten!", betonte er laut. „Auschwitz zum Beispiel. Wussten Sie damals, dass die deportierten Juden dort systematisch angeliefert, aussortiert, vergast und verbrannt wurden?"

„Nein. Das nicht."

„Aber Sie leugnen diese grauenhaften Taten nicht?"

„Das kann ich wohl nicht, Herr Schenk."

„Waren Sie denn mit diesem Massenmord einverstanden?"

„Wir wussten doch nichts davon."

„Und wenn Sie es gewusst hätten?", fragte Schenk lauernd.

„Nun, dass man geistig und körperlich schwer Behinderte von ihren Leiden erlöste, konnte und kann ich gut verstehen. Da ging es um rassische Gesundheit, über die bereits vor den Nationalsozialisten weltweit diskutiert wurde."

Schenk schnaufte nicht wegen der geringen Steigung, sondern vor Wut.

„Wenn Sie eine kranke Stelle an so einem Baum haben", Bast zeigte auf eine mächtige Buche, „muss man sie entfernen, sie raus schneiden, um den ganzen Baum nicht zu gefährden."

„Duschen zum Vergasen können Sie doch nicht mit Baumschnittarbeiten vergleichen!", empörte sich Schenk.

„Ich spreche gerade von gesund und krank, von unwertem Leben."

„Das ist an sich schon ein perverser Ausdruck."

„Aber wichtig für die Rassenhygiene. Das ist die natürliche Auslese. Nur der gesunde Stärkere, der für sich selber sorgen kann, darf sich fortpflanzen. Das ist Eugenik."

„Was ist das?"

„Eugenik ist die Selbststeuerung der menschlichen Evolution. Das war die Losung der 2. Internationalen Eugenik-Konferenz von 1921."

„Da kennen Sie sich ja anscheinend mit aus."

Bast zuckte mit der Achsel. „Darüber mussten wir mehrere Aufsätze schreiben. Ich bin halt mit gewissen Begriffen erzogen worden und aufgewachsen. Das stand alles in unseren Schulbüchern."

„Dann ist diese Rassenlehre also gar keine Erfindung der Nazis?"

„Nein. Diese Bewegung gab es schon vorher und war international. Nur die Deutschen haben sich mal wieder getraut, es auch zu praktizieren."

„Na, gratuliere!", fauchte Schenk und hätte kotzen können.

Der Weg wurde jetzt steiler. Links lag ein Teich. Der Wald bestand hauptsächlich aus alten Buchen. Die beiden Männer gingen stumm nebeneinander her.

Nach einiger Zeit brach Bast das Schweigen: „Ihre Empörung ist ja teilweise verständlich, andererseits aber auch scheinheilig."

„Wieso denn das?"

„Keiner möchte ein unselbständiges, menschenunwürdiges Leben führen. Auch Sie nicht. In diesem Land hat sich eine heuchlerische Sozialromantik ausgebreitet, die sich immer weiter von der Natur entfernt. Und Lager mit Stacheldraht gibt´s ja wohl heutzutage auch jede Menge. Nicht nur in Russland, sondern auch im so humanen Europa. Man denke nur an Lampedusa, wo die Afrikaflüchtlinge interniert werden."

„Das sind doch Asylbewerber, die ..."

„Die hier einfach eingesperrt werden, weil sie das Meer lebend überquert haben."

Schenk wollte etwas erwidern, schloss dann aber den Mund, verzog das Gesicht und brummte Unverständliches vor sich hin.

Nun hatten sie oben das Ausflugslokal erreicht. Ab hier war es ebener. Da keiner etwas sagte, gingen sie weiter bis zu den abgesicherten Aussichtspunkten, von denen man rechts die Kleine Stubbenkammer und links den Königsstuhl betrachten konnte. Die weißen Abhänge verliefen fast senkrecht nach unten, wo man in der Tiefe ein Stück Strand und etwas türkisfarbenes Wasser sehen konnte.

Der Anblick dieser beeindruckenden Kreidefelsen besänftigte Schenk wieder. Er durfte sich nicht immer so aufregen, wenn es um die Nazizeit ging. Aber wenn Bast so verständnisvoll von dieser menschenverachtenden Diktatur sprach, ohne Mitleid mit den Opfern, könnte er ihn jedes Mal durchschütteln. Aber er musste sich zurückhalten, sonst würde der gar nichts mehr erzählen.

Schenk startete einen Gesprächsversuch: „Geht verdammt steil abwärts, nicht wahr?"

„Ja."

„Der Königsstuhl ist 118 Meter hoch."

„Aha."

„Hier kommt es auch immer wieder zu Abbrüchen,

bei denen ..."

„Ich weiß", blockte Bast ab und starrte nach unten, abgestützt am Querbalken der Absperrung.

Ungefähr acht Kilometer Luftlinie von den beiden entfernt, saßen Bruno und Mecki am Sassnitzer Hafen auf einer Bank und beobachteten die vielen Touristen. Sie sahen einige weißhaarige Männer, aber leider nicht den richtigen.

„Ganz schön Betrieb hier", sagte Bruno.

„Stimmt", antwortete Mecki mit vollem Mund, der gerade sein zweites Fischbrötchen vertilgte.

„Die werden ja sogar mit Bussen hierher gekarrt."

„Tja, die Rentner haben Zeit und Geld."

„Aber nicht alle." Bruno dachte an seine Mutter, die sich oft darüber beklagte, dass die Frauen im Osten durch diese Vollzeitberechnung viel mehr Rente als die im Westen bekämen, obwohl sie nie etwas in unsere Kasse eingezahlt hätten.

An der Kaimauer hatten zahlreiche Schiffe festgemacht, auf denen Fisch in allen möglichen Variationen angeboten wurde. Die Leute schlenderten vorbei und verglichen zuerst die Preise, ehe sie etwas kauften.

„Irgendwo müssen wir doch mal auf Schenk und den Weißhaarigen treffen", sagte Bruno.

Mecki zog kauend die Schultern hoch.

„Die fallen doch auf." Bruno betrachtete angewidert den mampfenden Dicken neben sich, der sich eigentlich nur fürs Essen und Trinken interessierte. Er konnte ihn wirklich nicht mehr lange ertragen.

„Irgendwie sind wir immer am falschen Ort."

„Scheint so", erwiderte Mecki und leckte sich die Finger ab. Wenn er alleine gewesen wäre, hätte er die Serviette jetzt einfach weggeworfen.

„Sollen wir uns nachher noch mal in Prora umschauen?", fragte Bruno.

„Wenn's sein muss." Mecki pulte sich mit dem Fingernagel Essensreste zwischen den Zähnen heraus.

„Das war doch dem Imker so wichtig."

Mecki nickte und zündete sich dann eine Zigarette an. „Weil der Alte mal früher was mit diesem Prora zu tun hatte."
„Aber eigentlich brauchen wir diesmal nur den Parkplatz nach dem Passat absuchen."
„Würde ich sehr begrüßen."
War zu erwarten, dachte Bruno. Nur nicht bewegen.

Nach Kaffee und Kuchen hatte sich die Stimmungslage zwischen den beiden wieder verbessert. Sie saßen in dem gut gefüllten Ausflugslokal.
„Ich hab jetzt auch richtig Hunger gehabt", sagte Bast.
„Das glaub ich. Ich hab ja zwischendurch schon ´ne Kleinigkeit gegessen."
„Ich auch. Die Kekse."
„Die machen hier ja ein gutes Geschäft."
„Essen und trinken geht immer."
„Mal sehen, ob Schwester Beate schon geantwortet hat." Schenk holte sein Handy hervor, es blinkte tatsächlich. Na, hoffentlich nicht noch mal dieser Imker, dachte er. Aber die Nachricht kam von Beate: ‚Lieber Bodo. Ich freue mich, dass Sie ein Zimmer gefunden haben. Ich melde mich am Sonntagnachmittag. Vielen Dank und liebe Grüße von Beate.' Sie hatte ihn auch so vertraulich angeredet. Also war es richtig gewesen. Er sollte dann als erstes mit ihr Brüderschaft trinken, mit einem dicken Kuss.
„Und?"
„Beate freut sich und hat sich bedankt. Sie ruft dann morgen Nachmittag an." Schenk legte das Handy neben sich. „Wir müssen ja noch abklären, wo und wann wir uns treffen. Sie wollten am Montag noch mal nach Prora, nicht wahr?"
„Ja." Bast zeigte auf das Handy. „Das ist wohl heutzutage Mode geworden, so´n Ding immer neben sich zu haben?"
„Stimmt. Besonders die jüngeren Leute rennen nur noch mit dem Handy in der Hand herum. Ich brauche es eher selten." Wozu auch? Sein früheres

Leben kam ihm leer und einsam vor. Da klang ‚lieber Bodo' doch richtig gut und vielversprechend.

„Irgendwann reden die Menschen gar nicht mehr direkt miteinander." Bast hatte stets den Eingang im Auge, um Imkers Typen sofort zu entdecken.

„Ich schlage vor, dass wir anschließend ins Hotel fahren und eine kleine horizontale Pause machen."

„Gut. Könnte ich dann mal vom Zimmertelefon aus meine Nachbarin anrufen?"

„Natürlich."

„Ich habe hier noch keinen öffentlichen Fernsprecher gesehen."

„Klar." Schenk lächelte. „Sie brauchen eben auch ein Handy."

Für Bast war es mittlerweile selbstverständlich geworden, dass er überhaupt nichts bezahlen musste.

Nach einigen schweigsamen Minuten fragte Schenk: „Wie ist es Ihnen eigentlich nach Kriegsende ergangen? Wo haben Sie da gelebt?"

„Mal hier, mal dort."

„Aber Sie waren ja erst 16 Jahre alt und ohne Familie." Die braune Partei war seine Familie gewesen, dachte Schenk, zog den Gedanken aber sofort wieder aus diesem streitträchtigen Bereich zurück.

„Nun, ich wurde irgendwann von einer Militärstreife aufgegriffen und landete nach mehreren Stationen in einer Einrichtung für heranwachsende Waisen. In Leipzig."

„Ein staatliches Heim?"

„Nein, den gab's ja nicht mehr. Es gehörte der katholischen Kirche." Und die hatten es ziemlich schnell geschafft, dieser führerlosen ehemaligen Hitlerjugend die Haken vom Kreuz zu entfernen, zumindest oberflächlich.

„So richtig mit Nonnen und Priestern?"

„Bei uns gab es Mönche, im Mädchenhaus nur Nonnen."

„Ging es da streng zu?", fragte Schenk.

„Ja. Aber das waren wir ja gewohnt."

„Wo kamen die elternlosen Jugendlichen denn so

her?"

„Die Jungs kamen so wie ich aus einer Reichsschulungsburg, aus normalen Waisenhäusern oder aufgelösten Volkssturmeinheiten. Die Mädchen hauptsächlich aus BDM- und Lebensborn-Heimen." Wegen der verständnislosen Miene von Schenk erklärte Bast: „BDM war die Abkürzung für ‚Bund Deutscher Mädel', das weibliche Gegenstück zur Hitler-Jugend. Der Lebensborn war ein von der SS getragener Verein. Er sollte nach den Vorschriften der nationalsozialistischen Rassenhygiene die Geburtenrate von arischen Kindern fördern, besonders auch aus außerehelichen Beziehungen."

Bei dem Wort ‚Rassenhygiene' stieg der Blutdruck von Schenk sofort wieder. Aber er versuchte, sich nicht aufzuregen, sondern es ins Lächerliche zu ziehen. „Wie soll man sich das denn vorstellen? Wurden dort reinrassige Frauen von blonden SS-Männern begattet? Eine Zuchtanstalt für arischen Nachwuchs?"

Zu seiner Überraschung schmunzelte Bast und antwortete: „Was da so alles geschah, erfuhr man natürlich nicht. Diese Lebensborn-Heime waren streng abgeschottet und unter SS-Aufsicht. Der Reichsführer selber", wieder fühlte er sich durch Schenks Gesichtsausdruck zu einer Erläuterung genötigt, „also Heinrich Himmler, war der Präsident des Vereins. Es gab damals aber jede Menge Gerüchte über Unzucht mit Minderjährigen, Vergewaltigungen und Paarungszwang."

„Also war es eigentlich ein öffentlich gefördertes SS-Bordell ohne Verhütungsmaßnahmen?"

„Soweit würde ich nicht gehen. Es sollten einfach so viele arische Kinder wie möglich geboren werden. Auch ohne Heirat, was zu der Zeit ja noch nicht so selbstverständlich war wie heute."

„Egal, unter welchen Umständen sie gezeugt wurden."

„Ja – schon. Übrigens, da die Heime in sicheren Gebieten lagen und ärztlich hervorragend betreut wurden, waren sie während des Krieges bei schwangeren Ehefrauen von SS-Angehörigen sehr beliebt."

„Tja, jeder sorgt zuerst für sich."

Bast nickte. „In den besetzten Ländern gab es auch Lebensborn-Heime. Die meisten in Norwegen, wo ungefähr 12.000 Kinder geboren wurden."

„So viele?", wunderte sich Schenk. „Und die Väter waren alle deutsche Besatzungssoldaten?"

„Ja. Es ging eben um die Stärkung der nordischen Rasse."

„Und was passierte nach dem Krieg mit diesen Norwegerinnen?"

„Die und ihre Kinder hatten natürlich dort ein schweres Leben, wurden verachtet und als ‚Deutschenflittchen' bezeichnet."

„Was Sie so alles wissen", sagte Schenk und sah zur Uhr. „So, wollen wir dann los?"

„Meinetwegen."

Auf dem Rückweg zum Auto dachte Bast an dieses Tauf-Ritual in den Lebensborn-Heimen, wie es ihm einmal ein Mädchen während ihres gemeinsamen Geschirrspüldienstes geschildert hatte. Bei ledigen Müttern übernahm der Verein Lebensborn die Vormundschaft. Die Neugeborenen wurden in einem speziellen Zeremoniell unter Auflegen eines silbernen SS-Dolches unter der Hakenkreuzfahne getauft, ganz ohne einen kirchlichen Vertreter.

Kapitel 15

Imker war innerlich aufgewühlt. Seine Aufregung hätte er gerne mit einem Whisky gedämpft, aber er musste einen absolut klaren Kopf behalten. Jederzeit konnten sich die beiden Blödmänner von Rügen, Mario oder der Türke melden. Jederzeit konnte sich die Lage verändern. Entweder zum Guten oder zum Schlechten.

Imker dachte wieder an die Fotos, die ihm der Neffe des Türken präsentiert hatte. Es war zwar makaber, aber in Gedanken stellte er eine Rangliste der schrecklichsten von diesen vier Todesarten auf. Am fürchterlichsten fand er die Stange durch den Kopf, dann folgten das Erdrosseln, die durchgeschnittene Kehle und schließlich der Kopfschuss, den er einwandfrei vorziehen würde. Wenn er denn eine Wahl hätte.

Sie lagen nebeneinander auf ihren Betten. Schenk las in der Zeitung. Bast bekam gerade die Telefonverbindung mit seiner Nachbarin.

„Ja, bitte?"

„Guten Tag, Frau Eichstedt. Hier ist Erwin Bast. Ich wollte mich mal wieder melden."

„Oh, die Woche ist doch noch gar nicht rum."

„Stimmt." Unglaublich, dass das Gespräch mit ihr erst vier Tage her war. „Aber ich rufe heute schon an, weil es mir sehr unangenehm ist, bei Ihnen noch Schulden zu haben." Da war er noch in diesem Raststätten-Motel bei Magdeburg gewesen, der ersten Station seiner Flucht.

„Das macht doch nichts. Das kann doch warten, bis Sie wieder hier sind."

„Aber da das noch etwas dauert, möchte ich unbedingt, dass Sie sich das Geld für das Türschloss plus 50 Euro Arbeitslohn für Ihren Sohn aus meiner Wohnung holen."

„Das ist doch nicht nötig."

„Doch, doch." Bast blickte kurz zu Schenk, der

hinter der Zeitung nicht zu sehen war.

„Also bleiben Sie noch länger im Urlaub?"

„Ja. Und deshalb will ich auf jeden Fall, dass Sie jetzt Ihr Geld bekommen."

„Na ja, wenn Sie darauf bestehen."

„Das tue ich, Frau Eichstedt. In meinem Wohnzimmerschrank im obersten Schubfach finden Sie ein dunkelblaues Brillenetui, darin sind vier 50-Euro-Scheine. Nehmen Sie sich bitte das Geld heraus."

„Und die Quittung für den Schließzylinder lege ich dafür rein."

„Gut. Und denken Sie an die 50 Euro für Ihren Sohn. Ich bin ja so froh, dass Sie das in meiner Abwesenheit so hervorragend geregelt haben."

„Dafür sind Nachbarn doch da."

„Das ist aber bei weitem nicht selbstverständlich."

„Ich hab´s gerne getan."

„Also, Frau Eichstedt. Vielen Dank noch mal für alles."

„Gern geschehen. Wiederhören, Herr Bast. Und weiterhin einen schönen Urlaub."

„Danke. Auf Wiedersehen." Er legte den Hörer zurück aufs Telefon. Er wollte schließlich keine Schulden hinterlassen. „So, das ist geregelt."

„Gut." Schenk hatte die Zeitung weggelegt und sich bereits auf die Seite gedreht, weil er durch die ungewohnte Bewegung und die viele frische Luft etwas müde war. „Ich mach mal kurz die Augen zu."

„Kann ich die Zeitung haben?"

„Klar."

Während Bast leise mit der Zeitung raschelte, dachte Schenk an die vielen Streitgespräche mit seinem Vater über die NS-Zeit. Auch damals hatte es ihn in Rage gebracht, wenn der behauptete, im Dritten Reich sei ja nicht alles schlecht gewesen; wenn er die Nazi-Gräuel mit positiven Leistungen wie der Autobahn, dem Mutterkreuz, der Ferienverschickung, dem Volkswagen oder der bezwungenen Arbeitslosigkeit ausgleichen wollte.

Sein Vater konnte einfach nicht kapieren, dass das vermeintlich Gute nur dem Bösen dienen sollte: Die

Leute hatten Arbeit, weil sie Waffen, Uniformen und alle möglichen Rüstungsgüter herstellten, weil sie Bunker, Kasernen und Anlagen wie Prora bauten, oder die Autobahn, die Hitler wiederum zum schnellen Transport seiner Armeen brauchte. Den Volkswagen bekam auch keine Privatperson, sondern nur das Heer als Kübelwagen. Das war alles auf Pump finanziert und sollte nach dem großen Endsieg von der Beute zurückgezahlt werden, doch für die Schulden und Zinsen mussten sie heute noch aufkommen.

Schenk kam es vor, als würde er jetzt mit Bast diesen Vater-Sohn-Streit um das Dritte Reich fortführen, diesen großen Generationenkonflikt. Sein Vater wäre jetzt 90, sechs Jahre älter als Bast, der wiederum erheblich jünger aussah als er selber.

„Stopp! Anhalten!"

„Was?" Mecki trat voll auf die Bremse, sodass bei beiden der Sicherheitsgurt blockierte. Erst jetzt sah er in den Rückspiegel und prustete erleichtert, weil da kein Auto war. „Spinnst du? Was ist denn los?"

„Da", Bruno zeigte nach links.

„Und?"

„Da hinten steht so ein silberner Passat."

„Ach, so." Mecki blinkte nach links und bog in die Straße ein. „Mensch, ich dachte, ich hätte e´n kleines Kind übersehen oder so!"

„Wenn du auch nichts siehst."

„Ich fahr ja schließlich."

Als sie sich dem Passat näherten, erkannte Bruno, dass es nicht der richtige war. „Kannst wieder zurückfahren. Der kommt irgendwo aus ´em Osten, diese drei Buchstaben kenn ich nicht."

„Du bist doch sonst so bewandert bei den Nummernschildern."

„Alle hab ich auch nicht im Kopf." Bruno blickte stöhnend auf seine Uhr. „Scheiße, wieder nichts."

„Einen so zu erschrecken", Mecki schüttelte den Stoppelkopf und wendete. „Und dann noch völlig umsonst. Wenn uns da jetzt einer hinten drauf geknallt wäre."

„Mensch, halt die Klappe!"

Frau Eichstedt benutzte zum ersten Mal das neue Türschloss bei Herrn Bast, es funktionierte einwandfrei. Na ja, auf ihren Sohn konnte man sich eben verlassen.

Als sie die Wohnung betrat, fiel ihr sofort die schlechte Luft auf. Sie rümpfte die Nase, öffnete dann in jedem Zimmer ein Fenster auf Kippe und ließ alle Türen auf.

Im Wohnzimmer zog sie das oberste Schubfach im Schrank heraus und fand gleich das dunkelblaue Brillenetui. Sie nahm drei 50-Euro-Scheine heraus, legte das mitgebrachte Restgeld und die Quittung hinein und schob das Fach wieder zu.

Frau Eichstedt betrachtete das einzige Foto, das sie bis jetzt entdeckt hatte. Es zeigte die Ehefrau von Herrn Bast, die vor sechs Jahren gestorben war. Mit ihr hatte sie sich manchmal im Treppenhaus unterhalten. Sie war zwar auch nicht gerade gesprächig gewesen, aber bei weitem nicht so wortkarg wie ihr Mann. Mit dem hatte sie in den letzten Tagen mehr geredet, als in all den Jahren zusammen.

Als sie sich weiter im Zimmer umschaute und noch eine Schranktür öffnete, kam sie sich plötzlich furchtbar neugierig vor. Deshalb verließ sie rasch die fremde Wohnung und legte dann einen Erinnerungszettel auf ihren Küchentisch, damit sie die offenen Kippfenster nicht vergaß.

Schenk lag immer noch auf der Seite, aber er hatte nicht geschlafen. Er grübelte über Erwin Bast und das weitere Vorgehen nach. Bis jetzt hatte er einfach verdrängt, dass diese Unterweltstypen sie hier finden könnten. Das glaubte er auch weiterhin nicht. Aber was passierte in genau zwei Wochen, wenn sein Urlaub auf gelbem Schein vorbei war und er wieder nach Braunschweig zurück musste? Wenn er keine weitere Krankmeldung bei der Arbeit einreichte und dort nicht erschien, würde er mächtig Ärger bekommen.

Senex 3, Schenk griente kurz, konnte auf keinen Fall wieder in seine Wohnung zurück, weil die garantiert ständig observiert wurde. Und bei ihm war er auch nicht mehr sicher. Er selbst war ja keineswegs sicher.

Wieder mal befürchtete er, dass diese Kerle ihn verschleppen und foltern würden, bis er ihnen den Aufenthaltsort von Bast verriet. Und dann würden sie ihn sicherlich als Mitwisser beseitigen.

Bast las jetzt wahrscheinlich wieder in seinem Buch, es raschelte anders und viel seltener. Einen Mittagsschlaf brauchte dieser Mann mit seinen 84 Jahren natürlich nicht. Damit würde er wohl erst ab 120 anfangen.

Schenk lächelte und schielte zu seinem Wecker. Er verspürte schon Hunger.

Gab es denn keine ungefährliche Lösung?

Um exakt 18 Uhr hatte er eine SMS vom Türken erhalten: ‚Noch genau 72 Stunden.'

Dr. Imker saß jetzt in seinem Auto, würde gleich das Garagentor von innen öffnen und hinausfahren. Aber er würde seinen Beschatter nicht zum Bahnhof und einem Schließfach führen, wo jeder Idiot kombinieren konnte, dass er sich bald absetzen wollte. Nein, das war viel zu gefährlich und könnte sein vorzeitiges Ende bedeuten, noch vor Ablauf des Ultimatums in drei Tagen.

Imker betätigte die Fernbedienung, das teure Sektionaltor erhob sich, er startete den Wagen, rollte langsam auf die Einfahrt, per Knopfdruck schloss sich die Garage wieder. Er fuhr bis zur Bordsteinkante und hörte, wie das Auto mit den getönten Scheiben angelassen wurde. Er grinste gehässig und bog nach links ab. Der schwarze Audi mit dem Berliner Kennzeichen scherte aus und folgte ihm.

Imker hatte einen neuen Plan, wie er hoffentlich unbemerkt doch noch Gepäck zum Bahnhof und nach Mexiko mitnehmen konnte. Er hatte diesen länglichen Koffer, den seine Ex mal unbedingt haben musste, vollgestopft und in so eine blaue, überdimensionale Einkaufstasche von Ikea gesteckt. Er würde nun ins Klinikum fahren und mit dieser riesigen Tragetasche hineingehen, sodass sein Überwacher annehmen musste, er würde halt am Samstagabend seine Arbeitskleidung für eine Woche wechseln.

Beim Abbiegen und jedem Halt an einer Ampel warf Imker einen Kontrollblick in den Rückspiegel. Der schwarze Wagen war immer da. Sein Verfolger gab sich absolut keine Mühe, nicht aufzufallen, sondern hing fast an seiner Stoßstange. Der südländisch aussehende Fahrer trug eine Sonnenbrille, deshalb gab es zum Glück keinen Augenkontakt zwischen ihnen.

Er sollte merken, dass der Türke ihn ständig beobachten ließ. Er sollte Angst kriegen, und die sollte sich an ihn heften wie dieser Ganove da hinter ihm.

Am Plan B-Tag – der erschreckend nah war, nämlich schon übermorgen, am Montag – würde er morgens wie gewohnt mit seiner unverdächtigen Umhängetasche zur Arbeit fahren. Der Audifahrer würde ihm selbstverständlich folgen, seinen abgestellten Wagen überwachen und auf ihn warten. Doch er würde am Nachmittag ein Taxi zum Nebeneingang kommen lassen, dort mit seinem Reisekoffer und der Tasche einsteigen und sich zum Bahnhof fahren lassen. Sein Aufpasser konnte warten, bis er so schwarz wurde wie sein Audi.

Imker sah in den Rückspiegel und verzog hämisch den Mundwinkel. Er fuhr jetzt aufs Klinikum-Gelände und bewegte sich vorschriftsmäßig im Schritttempo vorwärts, immer den Schwarzen hinter sich. Er hielt auf seinem Parkplatz, sein Schatten ungefähr 30 Meter entfernt.

Imker stieg aus, öffnete die Heckklappe, nahm die blaue Riesentasche heraus und schlenderte zum Haupteingang, dabei hielt er den Koffergriff zusammen mit dem Henkel dieser tragbaren Plastikplane, und möglichst so, als wäre es nicht besonders schwer. Der Handlanger des Türken verließ ebenfalls seinen Wagen und kam ihm nach.

Imker hatte seinen weißen Flitzer am Mittwoch noch in einen Packen Bargeld umgewandelt, jetzt besaß er nur noch den älteren Kombi. Den würde er als Abschiedsgeschenk und Rätsel auf seinem persönlichen Parkplatz stehen lassen. Und der müsste dann irgendwann von dort weggeschleppt werden, damit sein Nachfolger sein Auto dort abstellen konnte. Imker lächelte schadenfroh.

In der großen Fensterfront des Eingangs sah er den dunklen Audifahrer hinter sich. Imker ging hinein, nutzte die Deckung des Parkscheinautomaten, stellte den doch recht schwer gewordenen Koffer ab und blickte vorsichtig zurück. Wie erwartet, blieb der Typ draußen stehen, wollte ihm nicht ins Krankenhaus nachkommen. Jetzt holte der sein Handy hervor und telefonierte.

Schönen Gruß an den Türken, dachte Imker grimmig, schnappte sich das blaue Ungetüm und eilte weiter, nahm die Treppe ins Untergeschoss und betrat den Umkleideraum der Ärzte, der erfreulicherweise leer war. Er öffnete seinen geräumigen Spind, nahm diesen ungewöhnlichen Koffer aus der Riesentasche und stellte ihn hinein. Diese Anschaffung seiner Ex hatte sich als sehr nützlich erwiesen, nicht so eine überflüssige Geldverschwendung wie die meisten anderen.

Im Schrank hing sein Kittel, eine Hose und drei Hemden, alles in weiß und sauber, gestern erst hingehängt, weil er immer freitags zum Dienstschluss wechselte. Imker schloss wieder ab, verließ den Raum mit dem leeren, knatternden Plastikbeutel und ging in eines der Ruhezimmer für die Nachtbereitschaft. Dort nahm er vier von den dicken Wolldecken aus dem Regal, stopfte sie in die Ikeatasche und spazierte wieder zurück, ließ sich absichtlich Zeit. Er überlegte, ob er noch im Labor vorbeischauen sollte, entschied sich aber dagegen, um kein unnötiges Misstrauen zu erregen.

In der Eingangshalle lief ihm ausgerechnet noch

diese neugierige Schwester über den Weg, die auf der Station arbeitete, wo Bast damals lag und verschwand. Imker erwiderte ihren verwunderten, aber freundlichen Gruß nur mit einem Kopfnicken.

Draußen marschierte er mit der gefüllten Tragetasche zielstrebig zu seinem Auto. Der Typ mit der Sonnenbrille lehnte an seiner schwarzen Karre und rauchte. Als er ihn bemerkte, warf er die Kippe weg und stieg in den Audi. Imker öffnete die Heckklappe, warf das blaue Ding lässig hinein, zog die Laderaumabdeckung drüber und setzte sich hinters Steuer. Er startete, tuckelte bis zur Straße und fuhr dann im normalen Tempo zurück. Er zog diesen schwarzen Schatten hinter sich her bis vor sein Haus.

Als er wieder in seiner geschlossenen Garage stand, entschloss er sich, die Tasche mit den Wolldecken im Wagen zu lassen; denn falls Plan B nicht nötig war, würde er die Decken natürlich wieder zurückbringen, es handelte sich ja schließlich um Klinikeigentum. Imker schmunzelte und stieg mit dem guten Gefühl aus, diesen kleinen Ganoven und damit den Türken überlistet zu haben.

Als er später in der Küche ein Glas Wasser trank, klingelte sein Handy. Er sah aufs Display und war beruhigt: es war Mario.

„Ja?"

„Hallo, Doktor."

„Gibt´s was Neues?" Imker setzte sich.

„Bei diesem Bast sind auf einmal zwei Kippfenster auf."

„So? - Merkwürdig."

„Ob der wieder hier ist?"

„Glaub ich nicht." Imker nahm die Brille ab und legte sie auf den Tisch.

„Aber die Fenster waren heute Vormittag noch alle zu. Da bin ich nämlich zufällig hier vorbeigefahren."

Imker überlegte und rieb sich die Nasenwurzel. „Vielleicht hat diese resolute Nachbarin einen Schlüssel und gießt die Blumen und lüftet ab und zu."

„Kann sein."
„Bestimmt. Wenn es dunkel ist, machst du ja sowieso deine Kontrollsichtung. Dann siehst du ja, ob die Fenster wieder zu sind."
„Oder sogar Licht brennt."
„Eben."
„Alles klar", sagte Mario.
„Gut. Bis dann."
„Tschüss, Doktor."

Nach dem deftigen Abendessen und einem Verdauungsschnaps blieben sie noch an ihrem Tisch sitzen. In dem kleinen Lokal war nicht viel Betrieb. Schenk hatte ein Glas Rotwein vor sich stehen, Bast ein Bier. Er saß wieder so, dass er den Eingang im Auge hatte.

„Da Ihre Zellen ja nicht so geschädigt werden wie bei normal Sterblichen, sind Sie doch bestimmt auch immun gegen Alzheimer?"

„Immun würde ich nicht behaupten, aber sicherlich resistenter. Meine DNA bleibt viel länger voll funktionsfähig, kann Defekte wieder reparieren und damit Defizite vermeiden."

„Genau", Schenk trank einen Schluck Rotwein und genoss den Geschmack. „Das nimmt ja rasant zu, das mit dieser Demenz, weil die Leute heute immer älter werden."

„Zumindest im Moment."
„Wie meinen Sie das?"
„Nun, die Menschen, die jetzt über 90 Jahre alt sind, hatten im Laufe ihres Lebens harte Entbehrungszeiten, besonders in der Weimarer Republik. Wer das als Kind überlebte, bei dem entstand eine genetische Zähigkeit. Erinnern Sie sich noch, was ich Ihnen darüber erzählte, dass man durch Hungern älter werden kann?"

„Na, klar", sagte Schenk, aber er dachte: Und dann gab der liebe Onkel Adolf dem Papa Arbeit, damit die Kinderchen wieder genug zu essen hatten, nicht wahr? Kam das jetzt?

„Und durch diese Mangeljahre entwickelten die

Gene dieser Leute eine gewisse Langlebigkeit."

„Also glauben Sie nicht, dass es mit der steigenden Lebenserwartung immer so weiter geht?"

„Auf keinen Fall. Wenn diese Generation der Hundertjährigen mal weggestorben ist, sinkt die durchschnittliche Lebenserwartung wieder deutlich."

„Aber das hieße ja auch, dass diese ganzen beängstigenden Prognosen über den Anstieg der Demenzkranken gar nicht so dramatisch ausfallen würden?" Schenks Blick wurde oft vom lockenden Rotwein angezogen.

„Ich glaube es nicht", sagte Bast. Allerdings werden die Menschen eindeutig älter als früher, schon alleine durch die bessere medizinische Versorgung. Dadurch steigt natürlich der Anteil der Senioren an der Gesamtbevölkerung, im Jahr 2030 auf ein Drittel."

„Und weil zu wenig Kinder geboren werden. Vielleicht brauchen wir heute auch so eine Art Lebensborn-Verein?"

Bast überhörte seinen angriffslustigen Sarkasmus und setzte sein Bier an, bei jedem Schluck rollte sein Adamsapfel hoch und runter.

„Aber es gibt doch einen Zusammenhang zwischen hohem Alter und Alzheimer, oder?", fragte Schenk.

„Sicher. Je älter man wird, umso höher wird dieses Risiko. Erst steigt es recht langsam an. So gibt es bei den 75 bis 80-Jährigen sechs Prozent Demente, bei den 80 bis 85-Jährigen aber bereits über 13 Prozent. Der Anteil verdoppelt sich dann praktisch alle fünf Jahre, sodass er bei den über 90 Jahre alten schon bei 35 Prozent liegt."

„Also über ein Drittel dieser Greise sind verwirrt?"

„Reden Sie nicht so respektlos über alte Leute", Bast hob mahnend den Zeigefinger und griente. „Das ist immerhin fast meine Generation."

Schenk lachte auf und winkte ab. „Ach, Sie sind doch außer Konkurrenz."

„Das wird sich erst noch zeigen. Vielleicht werde ich jenseits der 100 auch etwas schusselig."

„Sie doch nicht, Herr Bast." Schenk zwang sich, an dem Rotwein nur zu nippen. „Ob dieser geistige Abbau nur dadurch kommt, dass sich die DNA nicht mehr regenerieren kann?"

„Wahrscheinlich. Allerdings ist Alzheimer natürlich eine Krankheit. Aber man kennt immer noch nicht die genaue Ursache. An mangelnder geistiger Betätigung liegt es jedenfalls nicht. Denn auch Akademiker, Künstler und Politiker erkranken daran."

„Aber woher kommt es dann?"

„Womöglich ist es ein Schutzmechanismus des Gehirns, damit wir nicht komplett wahnsinnig werden."

„Wie soll ich das verstehen?", fragte Schenk.

„So wie bei einem Gedächtnisverlust nach einem Unfall oder traumatischen Erlebnissen. Da versteckt das Gehirn diese Geschehnisse auch sehr gut in die unterste Schublade. Manchmal erkennen die Betroffenen sogar ihre Angehörigen nicht wieder."

„Aber irgendwann erinnern die sich wieder an alles."

„Oft aber erst durch langwierige Psychoanalyse oder Hypnose. Bei Dementen kann man auch einiges wieder an die Oberfläche zurückholen, allerdings nicht auf Dauer."

„Eventuell gelingt das auch eines Tages." Der blutrote Wein lockte ihn.

„Vielleicht ist ab 85 Jahren bei vielen Menschen der Speicher einfach voll. Das Gehirn behält noch das Langzeitgedächtnis, aber fürs Kurzzeitgedächtnis hat es nicht mehr genug freie Kapazitäten; es sichert die Erinnerungen, vergisst aber das, was gerade passiert ist."

„Man müsste wie bei einem Computer den alten, überflüssigen Ballast einfach löschen können, um Platz für neue Daten zu schaffen."

„Tja, wenn das beim Menschen auch so einfach ginge."

Schenk leerte sein Glas und freute sich auf die angenehme Wirkung. „Aber ... Also, wenn das Gehirn mit ungefähr 85 Jahren bei vielen voll ist und sich durch Demenz schützt, wie soll es dann bei Ihnen bis 150 funktionieren?"

„Keine Ahnung."

„Haben Sie keine Angst?"

Bast schüttelte den Kopf. „Schon lange nicht mehr."

„Ich brauch jetzt noch einen Rotwein. Möchten Sie noch ein Bier?"

„Klar."

Als Beate nach Dienstschluss aus dem Fahrstuhl trat, kam von links Kerstin vom Labor heran.

„Oh, auch mal einen Spätdienst am Wochenende gehabt?"

Kerstin nickte. „Das kommt bei mir ja zum Glück nicht so oft vor wie bei euch."

„Dann können wir ja zusammen zum Parkplatz gehen", Beate machte eine Kopfbewegung in die Richtung.

„Und was hast´e morgen für einen Dienst?"

„Frühdienst. Und dann", Beate legte eine bedeutungsvolle Pause ein, „habe ich eine Woche Urlaub."

„Beneidenswert. Fährst du weg?"

„Ja. Nach Rügen."

„Toll. Wohin denn da?"

„Nach Binz." Sie durfte ihr aber nicht verraten, dass sie dort den weißhaarigen Mann treffen würde, dem Kerstin mehrmals Blut abgenommen hatte, als man ihn noch für Herrn Prora hielt.

„Echt? Da musst du unbedingt ein paar Fotos mit dem Handy machen und mir schicken. Wir wollen da nämlich auch mal hin."

„Geht klar. Aber dazu brauche ich noch deine Handynummer."

„Kriegst du."

Sie kamen jetzt nach draußen und gingen nach rechts zum Personalparkplatz. Die Laternen leuchteten schon, obwohl es noch nicht dunkel war. Eine Sicherheitsmaßnahme des Klinikums.

„Dein Chef war heute ja auch hier. Hat dich wohl kontrolliert?"

„Echt?", staunte Kerstin. „Im Labor hat er sich nicht blicken lassen."

„Nein? Ich bin ihm in der Eingangshalle begegnet. Er schleppte so ´ne riesige blaue Ikeatasche."

„Von Ikea?", wunderte sie sich. „Dass der da auch einkauft, hätte ich nie gedacht. Der Laden ist doch eigentlich unter seinem Niveau." Kerstin zog eine affektierte Grimasse und grinste dann.

„Komisch. Das kann doch nicht alles Schmutzwäsche gewesen sein."

„Schon möglich. Vielleicht bringt er den ganzen Kram nur einmal im Monat zur Wäscherei. Ich glaube nicht, dass der selber ´ne Waschmaschine bedient und bügelt."

„Der ist mir sowieso unsympathisch."

„Tja, wer mag schon Dr. Imker?"

„Hier ist mein Auto", sagte Beate.

Die beiden blieben stehen, holten ihre Handys hervor und tauschten ihre Nummern aus.

Imker stellte sein Whiskyglas ab und sah aufs Handy: es war Mario.

„Ja?"

„n´Abend, Doktor."

„Und?"

„Die Fenster sind wieder zu. Und Licht brennt auch nicht."

„Gut. Hätte mich auch gewundert."

„Soll ich so weitermachen wie bisher?", fragte Mario.

„Du brauchst eigentlich nur noch abends kurz mal nachgucken, ob da Licht an ist. Also keine ganze Stunde dort warten. Das Gleiche könntest du auch bei der Wohnung von Schenk machen."

„Okay."

„Das reicht völlig als Absicherung." Und ist billiger, dachte Imker, obwohl wahrscheinlich alle von ihm kein Geld mehr sehen würden.

„Geht klar."

„Gut. Bis dann."

„Tschüss, Doktor."

Kapitel 16

„Das nenne ich ein Sonntagsfrühstück", sagte Schenk begeistert, stellte seinen reichlich gefüllten Teller hin und setzte sich.

„Guten Appetit", Bast warf einen verächtlichen Blick auf seine üppige Auswahl.

„Schließlich gibt´s ja erst heute Abend wieder etwas Vernünftiges zu essen."

„Sie könnten womöglich vor Entkräftung umfallen", lästerte Bast.

„Ich will jedenfalls nicht extra hungern, um besonders alt zu werden."

„Wäre jetzt wahrscheinlich sowieso zu spät, damit anzufangen."

„Eben", Schenk musste auch lächeln und führte eine Gabel voll Rührei zum Mund. „Da wir mal wieder bei unserem Thema sind: Wenn Sie so ein biblisches Alter erreichen, dann hat das doch nicht nur Vorteile, sondern bestimmt auch jede Menge Nachteile für Sie, oder?"

„Noch befinde ich mich ja in einem normalen Alter."

„Aber Sie sehen mindestens 40 Jahre jünger aus."

„Das kommt durch die gefärbten Haare, die mir immer noch peinlich sind."

„Nein, nein. Die verstärken diesen Eindruck nur noch."

Bast zuckte mit der Schulter und trank Kaffee, über die Tasse hinweg beobachtete er die anderen Gäste.

„Also, erzählen Sie doch mal, was Sie bis jetzt für Probleme mit Ihrem veränderten Alterungsprozess hatten."

„Das größte Problem ist, dass ich deswegen von Verbrechern gejagt werde, dass ein Pharmakonzern durch kriminelle Machenschaften an mein Blut und meine Gene will, und dass ich später ausgeschlachtet irgendwo entsorgt werde."

„Sicher. Klar." Schenk zerkaute genüsslich ein

knuspriges Stück Bacon. „Aber von dieser aktuellen, bedrohlichen Lage einmal abgesehen, was empfanden Sie als das Schlimmste?"

„Dass meine Frau lange vor mir sterben musste, vor sechs Jahren, nachdem wir 51 Jahre verheiratet waren. Und dass Sie natürlich merkte, dass mit mir etwas nicht stimmte, dass ich anders war, weil ich optisch fast nicht älter wurde." Er hätte es Martha unbedingt sagen müssen. Jetzt wusste dieser Beamte mehr als sie jemals.

„Verstehe", Schenk nickte betroffen. „Einerseits ist es ganz gut, dass Sie auch keine Kinder haben. Wie sollten die das auch verstehen, wenn der Vater eines Tages jünger wirkt als sie selbst? Das wäre ja so wie bei uns jetzt."

Bast blickte ihn nachdenklich an mit seinen meerblauen Augen und sagte: „Stimmt. Wie Vater und Sohn."

„Und Sie sehen jünger aus als ich."

„Das Schlimmste wäre allerdings, dass die Kinder lange vor einem sterben würden. Und sogar noch die Enkelkinder."

„Ja. Furchtbar."

Eigentlich gut, dass ich durch die Behandlung zeugungsunfähig wurde, dachte Bast und sagte: „Das ist wirklich kein Segen, sondern ein Fluch. Es ist sehr belastend, wenn das gesamte Umfeld, die Ehefrau, Kollegen und Bekannte alle sichtbar älter werden, nur man selber nicht. Nach einigen Jahren wird schließlich jeder Nachbar oder Kollege misstrauisch, wenn man immer noch so aussieht wie am Anfang. Deshalb musste ich auch alle paar Jahre umziehen und den Arbeitsplatz wechseln."

„Und Ihre Identität verschleiern", Schenk zerschnitt eine Scheibe Lachs.

„Logisch. Irgendwie fühlt man sich nicht mehr zum normalen Leben dazu gehörend, außen vor, übrig geblieben. Man kommt sich manchmal selber fremd vor, wenn man in den Spiegel schaut und im Vergleich mit anderen, auch innerlich, eben aus einer anderen Zeit."

„War ja auch schwierig genug, Sie schließlich aufzuspüren."

„Und leider haben Sie diesen Imker dadurch auf meine Spur gebracht."

„Das tut mir leid. Aber ich war mir so sicher ..." Schenk brach ab, weil ihm einfiel, dass er durchaus mal das Gefühl hatte, von einem schwarzen Auto verfolgt zu werden.

„Ich mache Ihnen selbstverständlich keinerlei Vorwürfe. Im Gegenteil, ich bin Ihnen ungemein dankbar. Ohne Ihre Hilfe läge ich schon einige Zeit auf der Schlachtbank."

„Wie sich das anhört."

„Ist aber so."

„Tja", Schenk betrachtete seinen geleerten Teller. „Ich glaube, ich guck mal, was das Büfett noch an leckeren Kleinigkeiten bietet."

„Tun Sie das." Bast sah ihm hinterher und dachte, dass zwei Lebensspannen wirklich zu viel sind.

Als Bruno vom Frühstück wieder ins miefige Zimmer kam, lag Mecki immer noch im Bett und schnarchte vor sich hin. Er hatte gestern Abend einige Schnäpse zu viel gekippt und war heute Morgen nicht wach zu kriegen.

Bruno öffnete das Fenster weit und zog ihm die Bettdecke weg. Einige Sekunden reagierte dieser unförmige, abstoßende Körper nicht, dann suchte er mit geschlossenen Augen etwas zum Zudecken und grunzte ungehalten.

„Aufstehen!"

Mecki schmatzte laut und drehte sich auf die andere Seite, tastete wieder nach der Bettdecke.

„Hallo! Steh endlich auf, du Penner!"

Zögernd öffneten sich seine Augen, er blinzelte und brummte.

„Aufstehen!"

„Was?" Mecki hob den Kopf einige Zentimeter und ließ ihn wieder zurückfallen. „Bist du bescheuert?", krächzte er.

„Es ist schon bald zehn Uhr", log Bruno. „Wir

müssen wieder los."

„Heute ist doch Sonntag."

„Wir haben eine 7-Tage-Woche."

„Arschloch!"

„Wenn du jetzt nicht aufstehst, rufe ich Imker an und melde ihm, dass du keinen Bock mehr hast, für ihn zu arbeiten."

„Was?" Mecki rappelte sich etwas hoch und rieb sich die Augen. „Du willst mich bei dem anscheißen?"

„Nur informieren. Ich mach die ganze Sucherei ja schließlich nicht alleine. Sonst will ich auch deinen Anteil haben."

„Ich hau dir gleich welche in die Fresse!"

„Auch dazu müsstest du aufstehen."

„Drecksau!"

„Also, was ist nun?" Bruno hob den Telefonhörer hoch. „Stehst du jetzt auf oder soll ich ihn anrufen?"

„Ja, ja, du Arsch! Ich steh auf."

„Gut." Bruno legte den Hörer zurück. „Ich such in der Zwischenzeit noch mal Sellin ab, zu Fuß."

Mecki stemmte sich auf die Ellenbogen, zwinkerte zum offenen Fenster hin und fragte: „Warum willst´e denn hier noch mal rumlaufen?"

„Erklär ich dir später."

„Gibt´s noch Frühstück?"

„Nicht mehr lange."

„Scheiße!"

„Und dusch mal ordentlich und zieh saubere Sachen an."

„Verpiss dich!"

„Wo geht´s denn heute hin?", fragte Bast, nachdem Schenk das Auto überprüft hatte und beide eingestiegen waren.

„Zur nördlichsten Spitze. Nach Kap Arkona."

„Aha."

„Kennen Sie das von früher?" Schenk nahm die Landkarte aus dem Handschuhfach, berührte dabei das rote Taschenmesser, mit dem er so mutig die Reifen aufgeschlitzt hatte.

„Ja. Wir haben mal einen Ausflug von der Reichsschulungsburg dorthin gemacht."

Warum lässt er dieses überholte, durch Trümmer verstaubte ‚Reichs' nicht einfach weg?, dachte Schenk.

Bast erinnerte sich an die Besichtigung des Peilturms und der Bunkeranlagen der Marine, bei der sie andächtig den Geschichten über die U-Boot-Helden lauschten und von großen Abenteuern träumten.

Schenk faltete die Landkarte wieder zusammen und steckte sie links ins Seitenfach. „Und auf der Rückfahrt machen wir einen Halt auf dieser schmalen Landbrücke zwischen Glowe und Juliusruh. Da soll auch ein sehr schöner Sandstrand sein."

„Einverstanden."

„Na, dann." Schenk startete, fuhr los und verließ Binz.

Als sie an dem Hinweisschild nach Prora vorbeikamen, sagte Bast: „Also morgen Vormittag setzen Sie mich da wieder ab, nicht wahr?"

„Natürlich. Wie abgemacht." Und er konnte sich ungestört um Beate kümmern.

Sie fuhren an dem neuen Sassnitzer Hafen vorbei und entfernten sich dann von der Küste. Schenk dachte an Beate und Bast an morgen, an die Temperatur der Ostsee. Sie kamen durch Sagard und etwas später an einem See vorbei. Bei Glowe erblickten sie das Meer wieder und gelangten auf diese beidseitig vom Wasser umgebene Landverbindung, die Schenk vorhin erwähnt hatte. Allerdings sahen sie das Wasser nach wenigen Minuten nicht mehr, weil die Straße durch einen Kiefernwald verlief. In gewissen Abständen gab es rechts Parkplätze.

„Hier halten wir später irgendwo und gehen dann an den Strand", sagte Schenk.

„Gerne."

Über Juliusruh fuhren sie nach Altenkirchen und von da nach Putgarten, wo sie das Auto abstellten; denn Arkona erreichte man nur mit dieser Touristenbahn, der Kutsche, per Fahrrad oder zu Fuß, oder mit Sondergenehmigung, weil in dem alten Leuchtturm auch Trauungen stattfanden.

Bast hatte die Benutzung der Bimmelbahn strikt abgelehnt. Also gingen sie auf dieser autofreien Straße, der kräftige Wind blies ihnen entgegen. Es waren wenige Leute unterwegs.

„Hier muss man ja andauernd zu Fuß laufen", maulte Schenk.

„Ist doch schön. Und gesund."

„Na ja, wenigstens gibt´s hier keine Steigung."

Jetzt kam ihnen eine alte Frau im Rollstuhl entgegen, sie hatte eine dunkel karierte Decke über den Beinen und wurde von einem Mann mit grau melierten Haaren geschoben.

Die Blicke von Bast und dieser dicklichen Frau trafen sich, und sie erinnerte ihn an irgendjemand.

Sie waren jetzt auf gleicher Höhe. Die Frau starrte Bast durch ihre Brille bestürzt an. Sie gingen vorbei.

Die Frau verrenkte ihren Kopf und sagte: „Halt!"

„Was ist denn?", fragte der Rollstuhlschieber.

„Halt, junger Mann!", rief sie. „Sie mit dem dunklen Haar. Hallo!"

Schenk blieb stehen und drehte sich um. „Die meint Sie."

„Mich?", Bast sah zurück.

„Was hast du denn?", ihr Begleiter beugte sich zu ihr runter.

„Sie da", sie zeigte eindeutig auf Bast. „Würden Sie bitte noch mal zurückkommen?"

„Mutti, du kannst doch fremde Leute nicht einfach so ansprechen."

Die Frau reagierte nicht darauf, sondern sagte eindringlich: „Kommen Sie doch bitte zurück!"

„Vielleicht haben Sie etwas verloren?", meinte Schenk.

„Glaub ich nicht."

Beide gingen zurück. Die Frau fixierte Bast mit ungläubiger Miene. Und diesen Blick kannte er irgendwoher.

„Sie sehen genauso aus wie er", sie nickte mehrmals. „Nur mit dunklem Haar."

„Mutti, was ist denn ...?"

„Sie müssen sein Sohn sein." Sie musterte ihn verwundert. „So eine Ähnlichkeit."

Bast sah sie stumm an. Diese Augen und die Nase. Sie kam ihm bekannt vor. So, als würde sich eine andere Person in ihr verstecken.

„Sie müssen schon entschuldigen", ihr Sohn zog bedauernd die Schultern hoch.

„Macht doch nichts", erwiderte Schenk, weil Bast keinen Ton von sich gab.

Der Blickkontakt mit dieser Frau löste in Bast Erinnerungen und ließ sie nach oben steigen. Sollte das etwa ...?

„Wie heißen Sie denn?", wollte sie wissen.

Basts Lippen blieben geschlossen. Konnte sie das sein? War das möglich?

Schenk sah ihn ungeduldig an.

„Mutti, bitte!"

„Sie müssen sein Sohn sein", wiederholte sie. „Lebt er noch?"

Bast spürte eine einschnürende Beklemmung und atmete schneller. Der Wind drückte von hinten, als wollte er sie auf die Frau zuschieben. War sie das wirklich?

„Wer denn?", fragte Schenk und schaute Bast dabei vorwurfsvoll an.

„Na, Erwin Sieg."

Bast schluckte mehrmals, sein Adamsapfel hüpfte. Das war tatsächlich Lotte! Unglaublich! Diese alte Frau im Rollstuhl war Lotte. Seine Jugendliebe.

„Du irrst dich, Mutti."

„Aber Sie sehen doch genauso aus", sie nickte auffordernd. „Sogar den Adamsapfel haben Sie von ihm geerbt. Und vom Alter kommt es auch hin."

Bast räusperte sich, etwas Unsichtbares würgte ihn, er zwang sich zu sprechen: „Sie verwechseln mich da mit jemandem." Diese Lüge steckte wie ein Kloß in seinem Hals. Aber sie durfte auf keinen Fall die Wahrheit erfahren.

„Siehst du, Mutti."

„Erwin Sieg. Wir waren in den letzten Kriegsmonaten zusammen. Auf der Flucht vor den vorrückenden Russen. Wir waren gleichaltrig, beide 15 Jahre. Auf dem überfüllten Bahnhof in Rostock haben wir uns verloren. Weil ich vor Hunger ohnmächtig wurde, brachte man mich in die Bahnhofsmission. Und von dort kam ich ins noch vollere Krankenhaus."

Bast fühlte sich innerlich stranguliert. Aber er durfte sich nichts anmerken lassen. Sie würde das nie begreifen. Niemand konnte verstehen, dass man wie sein eigener Sohn aussah. „Tut mir leid." In dieser alten, dicken Frau steckte seine schöne, zarte Lotte. Unfassbar!

„Wir haben uns nie wieder gesehen." Sie blickte ihn so leidend an.

Hinter Altersflecken, Doppelkinn, Brille und Falten erkannte er seine junge, schlanke Lotte. „Sie vertun sich da. Ich kennen keinen Erwin Sieg." Diese leugnenden Worte schmerzten richtig.

„Sie sehen genauso aus wie er. Diese strahlenden blauen Augen, die markanten Gesichtszüge, diese Nase. Sie haben auch dieselbe Statur. Nur er hatte eben diese strohblonden Haare."

Schenk schielte misstrauisch zu Bast.

„Tut mir wirklich leid." Und furchtbar weh, dachte der.

„So eine Ähnlichkeit", sie schüttelte den Kopf.

„Nun ist aber gut, Mutti."

„Das ist mein Sohn."

Die drei Männer nickten sich gegenseitig zu.

„Ich lebe hier in Bergen in einem Altersheim. Mein lieber Junge holt mich jeden Sonntagvormittag ab, und dann machen wir einen kleinen Ausflug."

„Schön", Schenk lächelte ihnen zu.

„Und zum Mittagessen bin ich wieder pünktlich im Heim."

„Eben, Mutti. Und deshalb wollen wir die Herren auch nicht noch länger unnötig aufhalten."

„Macht doch nichts", meinte Schenk.

„So eine Ähnlichkeit", sagte sie und betrachtete Bast immer noch zweifelnd.

„Es reicht jetzt, Mutti!"
„Ja, ja. Auf Wiedersehen, meine Herren."
Schenk und Bast erwiderten ihre Verabschiedung. Ihr Sohn deutete eine Verneigung an, umfasste die Griffe des Rollstuhls und schob energisch ab. Die Frau versuchte, sich noch einmal umzuwenden, schaffte es aber nicht.

„Die schien sich ihrer Sache ja verdammt sicher zu sein."

„Ja", murmelte Bast und dachte: Sie ist wieder nach Rügen zurückgekehrt und hier geblieben. Und ausgerechnet hier begegnen wir uns wieder. Wie kann es so viele gehäufte Zufälle geben?

Die beiden drehten sich um und gingen weiter in Richtung Kap Arkona.

„Vielleicht ist die Frau schon etwas durcheinander", sagte Schenk.

„Hm." Nein, war sie nicht.

„Sie haben aber auch viele Gemeinsamkeiten mit diesem Sieg."

„So?" Bast hätte schreien und um sich schlagen können, zeigte aber nur ein gleichgültiges Achselzucken. Er würde jetzt auch so alt und verbraucht aussehen wie Lotte. Oder auch im Rollstuhl sitzen und auf Hilfe angewiesen sein. Eine erschreckende Vorstellung.

„Nun, zuerst der gleiche Vorname und das gleiche Alter, dann das Aussehen, blaue Augen und blondes Haar, außerdem lebten Sie im Krieg bis ´45 auch auf Rügen."

„Und?"

„Na, das sind ja wohl jede Menge Zufälligkeiten, oder?"

„Tja." 68 Jahre hatten sie sich nicht gesehen. Fast ein ganzes normales Menschenleben. Und ihres würde wohl bald vorbei sein.

„Waren Sie denn zum Kriegsende hin auch mal in Rostock?"

„Nein."

„Wirklich viele Übereinstimmungen."

„So was kommt vor." Bast wünschte sich, dass er

mit seiner Fragerei aufhörte.

„Sie haben der Frau Ihren Nachnamen gar nicht genannt."

„Wozu auch?"

„Sie hatte doch anständig gefragt."

Von Bast kam nur ein Brummen. Er hatte Lotte wiedergetroffen und gleich belogen.

„Unvorstellbar, dass Sie genauso alt sind wie diese Frau."

„Ja."

„Sieg ist ein komischer Name."

„Mann!", knurrte Bast und verdrehte die Augen.

Schenk sah in kurz von der Seite an und verkniff sich jede weitere Frage, auf die er sowieso nur einsilbig reagieren, aber sie nicht richtig beantworten würde.

Bis zum Kap marschierten sie schweigend nebeneinander her. Bast zwang sich, nicht an Lotte zu denken. Das konnte er jetzt nicht ertragen. Ihr Aussehen tat ihm immer noch weh. Das würde er morgen machen, wenn er alleine in Prora war.

Als sie vor den beiden Leuchttürmen standen, brachte Schenk sein angelesenes Wissen an, ohne Rücksicht auf die teilnahmslose Miene von Bast: Der linke Backsteinbau sei der 19 Meter hohe, quadratische Schinkelturm, der 1827 nach den Plänen dieses berühmten Architekten fertiggestellt wurde. Daneben stehe das Turmwärterhaus und der Neue Leuchtturm von 1902, der eine Höhe von 36 Metern habe.

„Sie haben sich ja gut informiert."

„In dem Schinkelturm kann man auch heiraten."

„Haben Sie diesbezügliche Absichten?", fragte Bast höhnisch.

Schenk lachte auf, schüttelte den Kopf und freute sich, dass er wieder redete.

Sie sahen den Marinepeilturm und erreichten die obere Kante der schroff abfallenden Küste. Eine steile Holztreppe führte hinunter zum Strand.

„Na, schaffen Sie das noch?"

„Klar", antwortete Schenk unbeeindruckt.

„Ist jedenfalls gut für den Kreislauf."

Hinunter ging es einfach und relativ schnell. Sie schwankten ein Stück über den steinigen Strand, auf dem man schlecht gehen konnte. Aus dem Wasser ragten mehrere vermodernde Pollerstümpfe, wahrscheinlich von einem früheren Landungssteg. Die Wellen klatschten gegen das schwärzliche Holz, als wollten sie es endlich wieder los werden.

Der Aufstieg war natürlich beschwerlich, die unzähligen Stufen brachten auch Bast zum Schnaufen, aber Schenk japste regelrecht mit hochrotem Kopf und wirkte oben total erschöpft.

„Ich brauch ′ne Pause", keuchte er, „und was zu trinken."

„Ich auch", Bast wischte sich über die Stirn.

Sie gingen zu einem nahen Imbiss, wo Schenk für jeden eine eiskalte Flasche Alster kaufte, die sie dort genüsslich an einem zerkratzten Biertisch leerten, leider hatte die Bank keine Rückenlehne.

Nach dieser erholsamen Erfrischung spazierten sie weiter und kamen schließlich zu einer teilweise restaurierten Befestigungsanlage mit einigen Palisaden und Erdwällen. Direkt am Weg stand eine große, bedrohliche Holzfigur, ihr geschnitztes Antlitz sah aus wie eine böse Märchengestalt.

„Was ist denn das für ein Monster?", fragte Bast.

„Moment", Schenk zog seinen Reiseführer aus der Gesäßtasche, blätterte darin herum und las vor: „Zeugnisse der slawischen Besiedlung sind Teile des halbkreisförmigen doppelten Ringwalls der Jaromarsburg aus dem 6. Jahrhundert." Schenk zeigte auf die Wallanlage und dann auf die finstere Skulptur. „Hier steht eine aus Ulmenholz gefertigte Nachbildung der imposanten, zweieinhalb Meter hohen Holzstatue der Gottheit ‚Svantevit', die einst ihren Platz im größten Tempel des Ostseeraums hatte." Er klappte das Büchlein wieder zu und steckte es weg.

Bast verbeugte sich schmunzelnd. „Vielen Dank für die interessanten Informationen. Ich hab gar nicht gewusst, dass hier vor so langer Zeit schon die

Slawen waren."

„Ich natürlich auch nicht."

„Svantevit", wiederholte Bast Silbe für Silbe. „Offensichtlich kein Gott der Liebe."

„Sieht eher wie ein Kriegsgott aus."

Bast erinnerte sich wieder an ihren damaligen Ausflug von der Reichsschulungsburg aus. Der SS-Offizier hatte ihnen bei der Führung das hier nicht gezeigt und kein Wort davon erwähnt, dass die Slawen hier bereits vor 1.400 Jahren eine Burg und einen Tempel hatten. Das slawische Volk wurde ihnen doch stets als rassisch minderwertig dargestellt, als primitive Untermenschen.

„Diese Burg war bestimmt schwer einzunehmen, von der Seeseite die Steilküste und von vorne die Wälle und Palisaden."

Bast nickte nachdenklich. Wo lebte denn zu dieser Zeit die Herrenrasse der Germanen? Etwa noch im Wald, mit Bärenfell bekleidet? Er wunderte sich über seine kritischen Gedanken, fand sie aber amüsant.

„Wollen wir noch diesen Weg durch die Anlage nehmen?", fragte Schenk.

„Gerne."

„Und dann gehen wir gemütlich zum Auto zurück."

„Wollen Sie gar nichts essen?", Bast zwinkerte ihm zu.

„Na, vielleicht ´ne Bratwurst, wenn wir an einem Imbiss vorbeikommen."

„Bestimmt."

Kapitel 17

Als sie im schwarzen Van saßen, drehte sich Mecki zu Bruno und knurrte: „Und?"

„Was?"

„Na, du wolltest mir doch erklären, warum du jetzt noch mal Sellin durchkämmt hast?"

„Weil wir uns nicht damit zufrieden geben dürfen, jeden Ort nur ein Mal durchsucht zu haben. Dieser Schenk und der Weißhaarige sind ja garantiert auch jeden Tag unterwegs und sehen sich was an. Wie Urlauber eben. Das wäre doch ein unglaublicher Glücksfall, wenn ihr Auto genau zu dem Zeitpunkt da steht, wenn wir gerade vorbeikommen, oder?"

„Klar."

„Das wär doch wie ein Sechser im Lotto", sagte Bruno, „also höchst unwahrscheinlich."

„Vielleicht sind die ja auch gar nicht mehr hier auf Rügen, sondern wieder in Braunschweig."

„Dann hätte uns der Imker schon Bescheid gegeben. Du hast mir doch erzählt, dass er da beide Wohnungen beschatten lässt."

„Ja, und?" Mecki kräuselte die Stirn und strich sich über seinen Stoppelschnitt. „Soll das etwa heißen, wir müssen jetzt jedes Kaff mehrmals absuchen?"

„Zumindest noch einmal die geläufigsten Urlaubsorte. Mehr schaffen wir sowieso nicht mehr."

„Also nur die an der Küste?"

„Genau. Ich bin mir ziemlich sicher, dass sie da irgendwo sind."

„Also können wir Bergen, Putbus und so abhaken?"

Bruno zog mit unschlüssiger Miene die Schultern hoch. „Ich meine, ja. Wir sollten uns auf die Ostseebäder konzentrieren."

„Gut. Wo fangen wir an?"

„Am besten gleich hier mit Baabe, Göhren und Thiessow. Und am Nachmittag noch mal nach Prora."

„Okay." Mecki rückte wieder richtig hinters

Lenkrad und setzte die Sonnenbrille auf.
„Morgen Vormittag nehmen wir uns Binz vor, dann Prora und am Nachmittag Sassnitz."
„Und das war's ja dann wohl. Am Montagabend endet unser Auftrag. So oder so."
„Ich brauch auf jeden Fall die Kohle."
Mecki brummte zustimmend, startete den Wagen und fuhr los. Er brauchte zusätzlich noch die 1.800 Euro für die Reifen. Bis jetzt hatte er sich noch nicht getraut, Imker darauf anzusprechen.
Bruno lehnte sich erleichtert zurück, weil der Dicke mit allem einverstanden war und kein Theater gemacht hatte. Dann dachte er wieder an seine Tochter Lydia und an das Geld.

Schwester Astrid stampfte fluchend ins Dienstzimmer. „Jetzt klingelt die Grüttner schon wieder!" Sie ließ sich genervt auf einen Stuhl fallen. „Die hat bestimmt schon wieder gekotzt. Das mach ich jetzt nicht noch mal weg. Ich hab echt die Schnauze voll!"
„Beruhige dich mal wieder." Beate vergewisserte sich, ob jemand ihre Ausdrücke gehört hatte.
„Du hast leicht reden!", fauchte Astrid zurück. „Du hast ja ab morgen Urlaub und kannst dich erholen. Aber ich hab noch 'ne ganze Woche Frühdienst."
„Ich gehe zu Frau Grüttner", Beate klappte die Dokumentationsmappe zu, in der sie gerade geschrieben hatte.
„Jetzt spielst'e wieder Mutter Theresa, wie?", erwiderte ihre Kollegin wütend.
„Wir sind Krankenschwestern und müssen dafür sorgen, dass es unseren Patienten gut geht. Auch wenn es uns nicht immer passt."
„Sei bloß nicht immer so verflucht verständnisvoll!", Astrid rollte mit den Augen.
„Ich gehe jetzt zu Frau Grüttner, und du beruhigst dich bitte wieder."
„Viel Spaß!" Sie verzog gehässig den Mund.
Als Beate ins Zimmer kam, blickte Frau Grüttner sie verängstigt an. Sie hatte wieder erbrochen, ihr

Nachthemd und das Bettzeug waren braun beschmutzt.

Astrid hätte ihr wenigstens ein Handtuch hinlegen und eine Nierenschale geben müssen, dachte Beate und drückte den Anwesenheitsknopf.

„Es tut mir so leid", sagte Frau Grüttner beschämt.

„Schon gut."

Die Frau im Nebenbett sah angewidert herüber und drehte ihnen dann demonstrativ den Rücken zu.

„Sie können doch nichts dafür." Beate zog sich Handschuhe über, ließ warmes Wasser in die Waschschüssel laufen, stellte sie auf den ausgeklappten Nachttisch und nahm die Papierrolle aus dem Schränkchen. Der Mülleimer stand noch neben dem Bett, sogar mit einem sauberen Plastikbeutel. Wenigstens daran hatte Astrid gedacht.

„Ich weiß gar nicht, wo das alles herkommt", sagte Frau Grüttner mit schwacher Stimme.

„Tja", Beate zuckte mit der Schulter. Sie riss Papier ab und entfernte damit zuerst das kaffeesatzartige Erbrochene. Der typische Geruch von angedautem Blut stieg ihr in die Nase.

Während sie die Patientin säuberte, musste sie sich eingestehen, dass sie keineswegs so selbstlos und verständnisvoll war, wie viele ihrer Kollegen annahmen. Auch ihr wurde immer schneller alles zu viel. Auch sie musste sich ständig beherrschen. Auch ihr fiel es immer schwerer, alle notwendigen Arbeiten ruhig zu erledigen. Sie war eben auch absolut keine Heilige. Nur der Gedanke an eine Woche Urlaub ließ sie dieses hier leichter ertragen.

Hinter Juliusruh nahmen sie den zweiten Parkplatz auf dieser Landzunge. Nach kurzem Fußweg standen sie am Rand des Kiefernwaldes und sahen den herrlichen Strand.

„Genau wie in Prora", sagte Schenk.

„Ja", Bast nickte. „Schön hier."

Als sie auf den feinen Sand kamen und einsanken, zog Bast Schuhe und Socken aus und ging barfuß.

„Sie nicht?", fragte er und schwenkte dabei seine Schuhe.

„Nein. Ich mag das nicht."

„Ist doch angenehm. Außerdem hat man nicht den ganzen Sand in den Schuhen."

Schenk schüttelte nur den Kopf und machte etwas unbeholfene Schritte im Vergleich zu Bast.

Als sie das Wasser erreichten, atmeten beide tief ein und aus und lächelten sich zu. Die Dünung war schwach, die Wellengeräusche beruhigend. Hier gab es nicht den kräftigen Wind wie am Kap Arkona.

„Links lang oder rechts?", fragte Schenk.

„Lieber rechts. Da ist der Strand noch länger."

Schenk stöhnte und erwiderte: „Hätte ich mir ja denken können."

„Tja", Bast zog schmunzelnd die Augenbrauen hoch.

Sie gingen jetzt auf dem dunklen, noch etwas nassen Sand, weil er fester war. Bast spürte die feuchte Kühle des Meeres an den Fußsohlen und dachte an morgen.

Nach einigen schweigsamen Minuten sagte Schenk: „Ich kann schon verstehen, warum die Pharmaindustrie so scharf auf ihre Gene ist."

„Wieso?"

„Na, wenn man das vorhin miterlebt hat, das mit der Frau im Rollstuhl, die Sie mit diesem Erwin Sieg verwechselt hat."

„Ja?", fragte Bast nach, aber er dachte: Nein, nein. Nicht an Lotte denken. Er musste ihr Wiedersehen nach 68 Jahren erst sacken und ruhen lassen, bis es nicht mehr so schmerzte.

„Sie sind beide gleichaltrig. 84 Jahre alt. Aber Sie sehen mindestens 40 Jahre jünger aus." Schenk hob abwehrend die Hand gegen seinen bekannten Einwand: „Und nicht nur wegen der gefärbten Haare."

Bast suchte den Himmel nach Möwen ab. Er sah keine einzige.

„Aber die Frau im Rollstuhl, die sah nach 84 Jahren aus: runzelig, verbraucht, hinfällig, mit offensichtlichen Einschränkungen."

Eine entsetzliche Beschreibung für seine graziöse Lotte, dachte Bast. Nur durch die Zeit so schrecklich verändert.

„Wenn man sie beide vergleicht, wohlgemerkt gleichaltrig, dann ist doch ganz klar, dass man mit ihren Langlebigkeitsgenen ungeheuer viel Geld verdienen könnte. Nicht nur, damit die Menschen irgendwann 150 Jahre werden, sondern um mit 84 Jahren – wo die meisten sonst bald sterben würden – nicht so fürchterlich alt auszusehen und hilfsbedürftig zu sein und im Altenheim zu landen."

„Meinen Sie?", fragte Bast scheinheilig, denn Schenk hatte seine eigenen Überlegungen ausgedrückt.

„Auf jeden Fall. Kein Mensch will so schleichend verfallen und schließlich auf Hilfe angewiesen sein."

„Es ist doch eigentlich nur ein Aufschieben. Die Hinfälligkeit kommt dann eben nur später, vielleicht so ab 110."

„Das wäre aber schon eine deutliche Steigerung der lebenswerten, selbstbestimmten Jahre." Schenk zwinkerte ihm zu. „Ich würde mir dieses Wundermittel jedenfalls kaufen."

„Ehrlich?"

„Absolut. Zusätzliche Lebensjahre wären doch der reine Luxus und mehr wert als ein teures Auto, ein Haus oder eine Weltreise. Lebenszeit ist doch kostbarer als alles Vorstellbare."

„Aber es gäbe dann wieder neue Probleme", sagte Bast. „Was wäre mit der Überbevölkerung, wenn alle 150 Jahre alt würden? Die Welt kann die Menschheit jetzt schon nicht ausreichend ernähren. Wie, wo und wovon sollen diese ganzen Leute dann leben?"

„Nun, es ginge ja vorrangig um die Bewohner der reichen Industrienationen. Und da gibt es doch überall Geburtenrückgänge, also sinkende Einwohnerzahlen. Wenn schon nicht genug Kinder nachkommen, müssen die Alten eben noch länger leben und arbeiten. Denken Sie nur an den Fachkräftemangel."

„Also bis 90 arbeiten?"

„Mindestens." Schenk grinste. „Wenn man so sieht, wie fit Sie mit 84 sind, wahrscheinlich eher bis 100."

Beide lachten. Bast schüttelte belustigt den Kopf und erwiderte: „Ich finde nicht, dass das wünschenswert wäre. Man soll der Natur nicht ins Handwerk pfuschen."

„Das wäre doch wirklich eine sichere Steigerung der Lebenserwartung. Und dann noch ohne die bekannten Nachteile des Alterns."

„Meinen Sie, die Menschen wären dann zufriedener?"

„Bestimmt", antwortete Schenk, obwohl ihm dabei bewusst war, dass Bast sehr selten so glücklich wirkte wie im Moment.

„Ich glaube nicht."

Schenk hatte plötzlich die Idee, ob man sich mit Dr. Imker nicht vielleicht gütlich einigen könnte, ob Bast seine gewinnbringende DNA nicht freiwillig zur Verfügung stellen könnte und dafür großzügig bezahlt würde, ohne Gefahr für sein leibliches Wohl. Natürlich tauchte Imkers Prämie von 10.000 Euro auch wieder aus der Versenkung auf.

Bast hörte einen Möwenschrei und sah eine einzelne aufs Meer hinausfliegen. Diesen einsamen, klagenden Schrei konnte er gut nachempfinden. Genauso fühlte er sich immer öfter.

Schenk ärgerte sich über seine naive Annahme, dass man diesem Imker irgendwie trauen könnte. Wahrscheinlich war es sowieso unmöglich, das Genmaterial von Bast zu bekommen, ohne seine inneren Organe zu schädigen. Ein dämlicher Einfall! Er blickte auf seine Uhr und fragte: „Wollen wir langsam wieder umkehren?" Da Bast nichts sagte, fügte er hinzu: „Oder wollen Sie tatsächlich bis zum Ende des Strands laufen?"

„Keine Bange." Bast musste lächeln. „Nachher sind Sie so erschöpft, dass ich Sie zum Auto schleppen muss."

„Könnte passieren."

„Also gehen wir lieber wieder zurück."

„Auf der Rückfahrt können wir ja auch irgendwo schön Kaffee trinken", schlug Schenk vor.
„Und Kuchen essen?", Bast blinzelte listig.
„Wenn er lecker aussieht."

Das Telefon klingelte. Dr. Imker sah aufs Display. Die Nummer kannte er nicht.
„Ja? Hallo?", meldete er sich.
„Noch 51 Stunden", sagte der Türke mit seiner bedrohlichen Reibeisenstimme.
Verdammt!, durchzuckte es Imker. „Ich weiß." Der rief von einem anderen Apparat an, weil er sonst bestimmt nicht abgenommen hätte. „Ich kann auch zählen."
„Wie sieht aus?"
„Wir sind dran." 51 Stunden minus 24, dachte Imker.
„Noch nicht Spur, die heiß ist?"
„Nicht direkt."
„Wo Sie suchen?"
Das könnte ihm so passen. „Das ist meine Sache."
„Vielleicht Sie brauchen mehr Männer? Ich haben genug."
„Daran liegt´s nicht."
„Woran dann?"
„Es dauert eben, bis man zwei Personen in einem bestimmten Gebiet findet. Das muss man systematisch absuchen."
„Wie groß ist Gebiet?"
„Ziemlich groß." Der Kerl wollte ihn aushorchen.
„Stadt oder Land?"
„Beides."
„Also Sie brauchen nicht Hilfe?"
„Nein." Wie hatte es nur so weit kommen können? Konnte er noch tiefer sinken?
„Sie dürfen nicht denken, dass Drohung leer ist."
„Das glaube ich keineswegs." Imker spürte, wie ihm der Schweiß ausbrach. Er könnte noch auf Grabestiefe sinken.
„Das", betonte der Türke laut, „ist nicht Spiel."
„Ich weiß."

„Wenn 51 Stunden aus sind, ist Leben von Sie nichts wert mehr."

„Aber ich ..." Der Türke hatte ihn bereits weggedrückt.

Imker legte das Telefon weg und wischte sich über die Halbglatze. Der Arsch sollte mal lieber anständiges Deutsch lernen, so wie sein eleganter Neffe.

Trotz aller Angst musste er grinsen, als er dachte: Und schönen Gruß an Ihren Aufpasser da draußen im schwarzen Audi.

Sie saßen in Glowe auf der Terrasse eines netten Cafés mit Meerblick und hatten vorzügliche Torte gegessen, Schenk natürlich zwei Stücke. Bei dem schönen Wetter waren alle Tische besetzt.

„Herr Bast, wenn wir Ihren Fall öffentlich machen, wenn wir an die Presse und ans Fernsehen gehen, könnte Sie das nicht langfristig vor solchen Bluthunden wie Imker und allen Pharmakonzernen schützen?"

„Das will ich nicht."

Schenk nickte. „Dachte ich mir."

Bast nippte an seinem Kaffee, schaute aufs Meer hinaus und schwieg.

„Aber wie stellen Sie sich denn Ihr weiteres Leben vor? Imker und Konsorten werden nicht so schnell aufgeben."

„Weiß ich."

„Spätestens in zwei Wochen müssen wir wieder in Braunschweig sein."

„Ich nicht."

Schenk sah ihn erstaunt an. „Wollen Sie wirklich nicht mit zurück?"

„Nein. Die würden mich ja gleich vor meiner Wohnung in Empfang nehmen und mich verschleppen."

„Stimmt. – Aber wo wollen Sie hin?"

„Erst einmal nach Polen oder ins Baltikum. Das habe ich Ihnen doch schon vorgestern Abend erzählt."

Schenk überlegte kurz. „Ja, ja. Und ich bin Ihr Verbindungsmann in Deutschland, nicht wahr?"

„Genau."

„Aber was wird aus Ihrer Einrichtung, Ihren Sachen und Wertgegenständen?"

„Da ist nichts von wert. Alles Wichtige habe ich stets dabei."

„Und Ihre Rente?"

„Kann ich an jedem Geldautomaten abheben."

„Sie wollen also wieder mal alles aufgeben und irgendwo neu anfangen?"

„Ich habe keine andere Wahl. Ich muss verschwinden." So oder so, dachte Bast.

„Aber wenn Ihre Geschichte bekannt würde, wären Sie auf Dauer sicher. Dann müssten Sie nicht immer wieder untertauchen und fliehen."

„Das darf, kann und will ich nicht."

„Aber Sie waren damals ein kleiner Junge. Sie hatten keinerlei Einfluss auf die Machenschaften dieser braunen Diktatur. Niemand hat sich darum geschert, ob Sie mit diesen Experimenten und Ihrer Behandlung einverstanden waren. Die Leute, die Ihnen das angetan haben und denen Sie ewige Treue und Verschwiegenheit geschworen haben, die sind alle schon lange tot."

Der blaue Blick von Bast signalisierte für einen Wimpernschlag das genaue Gegenteil. Dann hatte er seine Mimik wieder unter Kontrolle und erwiderte: „Trotzdem. Ich will keine Öffentlichkeit. Auf keinen Fall."

„Gut."

„Das müssen Sie mir versprechen", forderte Bast eindringlich. „Auch für die Zukunft. Wenn wir uns getrennt haben."

„Ja. Versprochen. Das muss ich ja wohl so akzeptieren."

„Richtig."

Alter Sturkopf, dachte Schenk und leerte seine Kaffeetasse. Also wird Senex 3 weiter auf der Flucht sein.

Mit einem Seufzer der Erleichterung setzte sich Beate in ihr Auto. Feierabend. Geschafft. Und jetzt hatte sie eine Woche Urlaub. Endlich mal etwas anderes sehen als Krankheit und Leid, etwas anderes riechen als ekelige Körperflüssigkeiten.

Sie startete den Motor, schaltete das Radio ein und fuhr los. Es war ein schöner Sonntagnachmittag. Als sie am Bürgerpark vorbeikam, sah sie mehrere Spaziergänger, junge Leute lagen auf dem Rasen, Kinder rannten herum, alle Sonnenbänke waren besetzt.

Beate fuhr gemütlich, hatte ihre Scheibe halb herunter und summte den Hit vom Radio mit. So konnte man es doch schon mal aushalten. Zuhause würde sie duschen, eine Kleinigkeit essen, sich ein Stündchen hinlegen und dann diesen Bodo Schenk anrufen.

Ob sie ihn morgen einfach gleich duzen sollte? Oder war das zu ungestüm? Er war ja recht zurückhaltend, da musste sie wohl öfter die Initiative ergreifen. Sie lächelte und schüttelte gewisse Gedanken aus ihrem Kopf.

Beate freute sich unheimlich auf morgen und auf eine Woche Rügen. Sonne, Meer und Strand, auf der Promenade oder durch Binz bummeln, abends gemütlich zusammensitzen, etwas trinken und reden, reden. Und keine kranken Menschen sehen.

Astrid hatte sich schließlich wieder beruhigt und sich für ihre Entgleisung entschuldigt. Sie war eben sehr aufbrausend und wurde schnell laut und benutzte unflätige Ausdrücke.

Frau Grüttner hatte noch zweimal kaffeesatzartig erbrochen. Das sah nicht gut aus. Beim letzten Mal hatte Astrid sie wieder versorgt.

Aber an so etwas wollte sie doch jetzt überhaupt nicht mehr denken. Die Sonne schien, die Luft war angenehm, die Musik belebend, sie hatte Feierabend und war für eine Woche frei von allem und voller Erwartungen.

„Da steht auch so´n Silberner."
„Aber kein Passat."
„Ganz schön was los hier", Mecki warf seine Kippe

achtlos weg.

Bruno trat sie aus und sagte: „Ist ja schließlich Sonntag und gutes Wetter."

Der Parkplatz von Prora war ziemlich voll. Die vielen Autos hatten die unterschiedlichsten Kennzeichen, nur mit BS hatten sie noch kein einziges entdeckt. Sie marschierten durch die Reihen, jeder überprüfte eine Seite. Mecki musste sich dem flotten Tempo von Bruno anpassen und kam ins Schwitzen.

Nach einer Viertelstunde saßen sie wieder im Van und tranken aus ihren Wasserflaschen.

„Wieder mal Fehlanzeige." Mecki reckte sich und fuhr los.

Als sie zur Hauptstraße kamen, standen vor ihnen schon vier Wagen, die auch darauf wollten. So einfach konnte man nicht abbiegen, denn auf der Straße gab es in jeder Richtung eine schleichende Schlange mit ganz wenigen Lücken.

„Hier ist ja e´n Betrieb", stöhnte Mecki und hätte jetzt gerne eine geraucht.

„Das ist auch die Hauptverkehrsstrecke der Urlauber, wenn sie von Nord nach Süd wollen – oder umgekehrt."

„Aha."

„Ich bin davon überzeugt, dass wir die Beiden sehen würden, wenn wir uns einen ganzen Tag an diese Straße stellen", sagte Bruno. „Wenn wir von morgens bis abends hier lauern würden."

„Wär aber verdammt öde."

Das erste Auto vorne nutzte einen etwas größeren Abstand und bog rechts ab.

„Der hat´s gut", meinte Mecki.

In dem Moment, wo es da vorne einen offenen Zwischenraum gab, sah Bruno eine silberne Passat-Limousine vorbeifahren.

„Ich glaube, das waren sie!"

„Was?" Mecki folgte der Stoßstange vor ihm.

„Da fuhr gerade so´n silberner Passat vorbei. Auch nach links."

„Mit Braunschweiger Kennzeichen?"

„Konnte ich nicht sehen. Verflucht!" Bruno schlug

aufs Armaturenbrett. „Kannst du hier nicht irgendwie raus und hinterher?"

„Wie denn?", Mecki deutete mit offenen Händen auf dieses Verkehrsgedränge vor ihnen. „Wie soll ich denn hier herauskommen? Und dann noch nach links!"

„Scheiße! Das waren sie bestimmt."

„Konntest du jemanden erkennen?"

„Am Steuer saß ein Mann."

„Und der Weißhaarige?"

„Na", Bruno brauste auf, „den Beifahrer hab ich natürlich nicht gesehen!"

„Bist´e dir echt sicher?"

„Ziemlich." Er musste sich wieder beruhigen. Es hatte keinen Zweck, sie saßen hier fest.

Vorne hatte es ein weiteres Auto nach rechts geschafft, nach links war es hoffnungslos.

„Und g´rade hast´e noch gemeint, die müssten irgendwann hier vorbeikommen. So´n Zufall."

Bruno nickte und spürte, wie sich seine gefährliche Wut wieder abkühlte. „Die fuhren auch Richtung Binz. Wahrscheinlich wohnen die da. Um diese Uhrzeit fährt man normalerweise nach Hause oder in die Unterkunft."

„Vielleicht finden wir sie ja morgen da", sagte Mecki und fügte zaghaft hinzu: „Darf ich mal eine rauchen?"

„Aber dann mach deine Scheibe auch ganz runter und puste den Qualm raus."

„Klar."

Als sie an der Einfahrt nach Prora vorbeigefahren waren, hatte Schenk auf die dort wartenden Autos gezeigt. „In Prora war heute wohl großer Andrang?"

Bast blickte kurz zu der Schlange und sagte: „Dafür wird morgen wieder nicht viel los sein."

„Sollen wir Sie wieder so abholen wie gestern?"

„Wieso ‚wir'?"

„Na, ich nehme doch an, dass Schwester Beate bis dahin hier ist und mit hierher kommt."

„Ach, so. Ja."

„Wir müssen dann morgen früh noch Wasser und Kekse für Sie kaufen."

Bast nickte. „Könnten Sie noch kurz bei der Post anhalten?"

„Morgen nach dem Einkaufen?"

„Nein, heute. Jetzt."

„Die haben doch zu."

„Aber zu dem Geldautomaten kommt man rein. Ich muss unbedingt Geld holen."

Schenk nahm an, dass er heute mal das Abendessen bezahlen wollte und willigte ein.

Kapitel 18

Sie lagen auf ihren Betten und ruhten sich etwas aus, bevor sie zum Abendessen aufbrechen würden. Bast las in seinem Remarque-Buch und Schenk in seinem Reiseführer.

Am Anfang hatte er versucht, mit Bast über neue Ausflugsziele zu reden, doch da der entweder gar nicht oder nur einsilbig antwortete, nahm er an, dass er ungestört lesen wollte und belästigte ihn nicht weiter.

Schenk blätterte in dem Büchlein vor und zurück und betrachtete zwischendurch immer wieder die ausgebreitete Landkarte. Sie hatten sich zwar schon viele Sachen angeschaut, aber die komplette Westseite von Rügen kannten sie noch gar nicht. Es war natürlich klar, dass Beate auch die berühmten Sehenswürdigkeiten besichtigen wollte. Also müssten sie sich einige Orte noch einmal in ihrer Begleitung ansehen. Falls Bast dazu keine Lust hatte, würde er gerne allein mit Beate die schon bekannten Stätten abfahren. Bast konnte sich dann ja wieder in seinem geliebten Prora aufhalten.

Als sein Handy klingelte, zuckte er zusammen. Er hatte es schon vorsorglich auf seinen Nachtschrank gelegt.

„Ja? Hier Schenk."

„Hallo, Bodo! Hier ist Beate."

„Schönen guten Abend", er nickte sogar.

„Ich wollte mich ja melden, um alles für morgen abzusprechen."

„Ganz recht. Ich habe Ihren Anruf erwartet." Ihre Stimme klang angenehm und so lebendig.

„Ich will morgen gleich um sechs Uhr losfahren."

„So früh?"

„Ja, dann ist nicht so viel Verkehr, und ich bin schon vormittags auf Rügen und kann den ersten Tag bereits genießen."

„Wie Sie wollen." Plötzlich musste Schenk an seine Frau denken. Ganz deutlich sah er Nina vor sich, als sie noch gesund war.

„Also müsste ich so um elf Uhr in Binz sein. Das meint jedenfalls mein Navi. Die Adresse meiner Unterkunft habe ich schon eingegeben. Wo wollen wir uns denn dann treffen?"

„Mal sehen." Schenk überlegte, doch sein ganzer Kopf war von Nina ausgefüllt. „Am Einfachsten wäre es eigentlich, wenn ich dort auf Sie warte."

„Prima! Dann melde ich mich da nur an, stelle meinen Koffer ins Zimmer, mache mich etwas frisch, und wir können gleich ein bisschen durch Binz spazieren. Nach der langen Autofahrt ist Bewegung das Beste."

„Gut. Gerne." Wieso tauchte Nina jetzt so dominant in seinen Gedanken auf?

„Und ich will so schnell wie möglich das Meer sehen."

„Sicher." Nur weil er jetzt mal mit einer anderen Frau sprach? Meldete sich da sein schlechtes Gewissen?

„Wie ist denn das Wetter da?", fragte Beate.

„Gut. Ein paar Wolken, aber auch viel Sonne." Er sah ganz genau, wie Nina ihm Vorwürfe machte und sich langsam aufregte. Nur der Ton fehlte.

„Herrlich! Macht es Sinn, einen Badeanzug mitzubringen?"

„Unbedingt." Trotz der ballongroßen, wütenden Nina erschien vor seinem inneren Auge auch noch Beate im Bikini. Sein Blick klebte an ihrem prächtigen Busen und versank in ihrem Dekolleté.

„Vielleicht können wir uns ja mal einen Strandkorb mieten und uns sonnen."

„Gute Idee." Nun sah er Nina bleich und aufgebahrt, mit diesen verbitterten Gesichtszügen.

„Dann ist ja alles geregelt. Ich freue mich schon."

„Ich ... Wir auch." Konnten Tote eifersüchtig sein?

„Ach, ja. Einen schönen Gruß an Herrn Bast."

„Richte ich aus." Was wäre erst, wenn er ihr wirklich untreu würde?

„Geht´s ihm gut?"

„Klar." Nina sollte ihn langsam mal loslassen, so

wie er sie auch loslassen musste.

„Also, dann bis morgen, Bodo. Ab elf können Sie mit mir rechnen."

„Gerne." Für ihn ging das Leben schließlich weiter.

„Tschüss."

„Ja. Und gute Fahrt."

„Danke."

Es war schön, mit einer Frau zu sprechen. Schenk legte das Handy zurück auf den Nachtschrank und drehte sich zu Bast. „Ich soll Sie von Schwester Beate grüßen."

„Nett von ihr."

„Sie darf ja alles über Sie wissen, nicht wahr?"

„Ja", antwortete Bast ohne aufzusehen.

Wieder stand Dr. Imker verdeckt am Fenster und spähte hinaus. Natürlich stand der schwarze Audi immer noch da. Der Typ musste doch irgendwann mal abgelöst werden. Der konnte ihn doch nicht allein rund um die Uhr beschatten.

Sicherlich hatten die sich schon unbemerkt abgewechselt und benutzten nur immer den gleichen Wagen, damit er ihn auch erkannte und als Drohung wahrnahm.

Er ging zurück, ließ sich in den Sessel fallen und überschaute zum wiederholten Male die bereitgelegten Sachen für morgen, die wie bei einem Appell ordentlich auf dem Tisch lagen: Reisepass, der ausgedruckte Flugschein, die Zugverbindungen, der Reiseführer von Mexiko, das spanische Wörterbuch, Brieftasche, die Fünfhunderter für die Socken und der ausgerollte Geldgürtel, der mit Euros und Dollars gefüllt war. Ab sofort würde er nur noch bar zahlen, Kartenabrechnungen konnte man zurückverfolgen. Außerdem waren seine Konten sowieso leer. Morgen würde er wie gewohnt zur Arbeit fahren. Aber er musste das alles hier dabei haben, denn aller Wahrscheinlichkeit nach würde er niemals wieder hierher kommen.

Hoffnung hatte er eigentlich keine mehr. Die

Beiden würden Bast und Schenk nicht finden. Er überlegte, ob er sie noch mal anrufen und Druck machen sollte. Aber dazu hatte er absolut keine Lust.

Das war der letzte Abend in seinem Haus. Das Ende eines Lebens. Das musste er gebührend würdigen, mit dem Rest seines besten Whiskys. Das würde auch verhindern, dass er durch die guten Erinnerungen in Wehmut versank.

Nach dem mittelmäßigen Abendessen spazierten sie durch Binz, suchten ein nettes Lokal zum Draußensitzen und entschieden sich für einen kleineren Biergarten. Bast bestellte Bier und Schenk Rotwein. Er wunderte sich immer noch darüber, dass Bast ja unbedingt Geld holen musste, aber dann keine Anstalten machte, die Restaurantrechnung zu bezahlen.

Als die Getränke kamen, prosteten sie sich zu. Nach einigen schweigsamen Minuten begann Schenk mal wieder mit der Unterhaltung: „Ob die Mächtigen des Dritten Reiches diese Wundermittel für ein verlängertes Leben auch benutzt haben?"

Bast schaute an ihm vorbei und sagte nichts.

„Es wäre natürlich nicht so wirksam wie bei Ihrer Senex-Gruppe gewesen, wenn die als Erwachsene erst mit der Behandlung angefangen hätten, aber trotzdem hätte es doch sicherlich ein Plus an Altersvitalität und an Lebensjahren gegeben." Schenk trank Rotwein und genoss den herbfruchtigen Geschmack. „Das muss doch eine ungeheure Versuchung für diese Kerle gewesen sein, ein normales Menschenleben zu überdauern und ihre Ideologie persönlich an folgende Generationen weiterzugeben. Man denke nur an ihr vielbeschworenes Tausendjährige Reich."

Die Augenbrauen von Bast zuckten hoch. Er nippte an seinem Bier, aber blieb stumm.

„Na, zum Glück haben die das anscheinend nicht gemacht. Das darf man sich doch gar nicht vorstellen, dass Hitler und Konsorten sonst weit über 100 Jahre alt geworden wären, wenn sie nicht vorher erfreulicherweise Selbstmord verübt hätten."

Da Bast ihn jetzt direkt ansah, erkannte Schenk in seinem Blick wieder diesen entgegengesetzten Ausdruck. Nur dieses Mal verflüchtigte er sich nicht sofort.

„Moment mal", Schenk runzelte verdutzt die Stirn. „Soll das etwa heißen ...?"

Bast presste die Lippen zusammen, sein Adamsapfel hüpfte.

„Sie sahen gerade genau so aus, als hätten diese Nazis auch Ihr Zeug eingenommen und dadurch eine höhere Lebenserwartung gehabt."

Bast sah unruhig zu den anderen Leuten. Er fühlte sich sichtlich unwohl.

„Sagen Sie etwas", forderte Schenk. „Stimmt das etwa?"

Bast stieß die Luft hörbar durch die Nase aus und zögerte mit der Antwort.

„Reden Sie!"

Bast räusperte sich. „Selbstverständlich gingen alle Ergebnisse des Senex-Programms unverzüglich an den Reichsführer-SS. Also an Heinrich Himmler."

„Und?", fragte Schenk lauernd.

„Dadurch wurde die gesamte Führungsschicht kontinuierlich über unsere Entwicklung und die erfolgreichen Behandlungsmethoden informiert. Die waren ständig auf dem neuesten Stand."

„Haben die diese Mittel auch geschluckt?"

„Mit Sicherheit."

„Was?" Schenk sah ihn entsetzt an und leerte sein Glas in einem Zug.

„Die haben die Präparate für ein längeres Leben auch eingenommen."

„Alle hohen Tiere?"

„Davon gehe ich aus. Ich weiß natürlich nichts hundertprozentig. Ich habe nur gehört, was so alles erzählt wurde. Viele Gerüchte. Allerdings glaubhafte."

„Nennen Sie Namen!" Schenk starrte ihn gespannt an.

„Goebbels, Göring, Himmler. - Eichmann, Mengele

und andere Lagerärzte. Und natürlich der Führer."

„Hitler auch?", Schenk beugte sich entgeistert vor.

„Nicht so laut!", ermahnte ihn Bast und schaute sich argwöhnisch um.

„Hitler auch?", wiederholte Schenk leise.

„Selbstverständlich."

Für diese Aussage hätte er Bast über den Tisch ziehen können. Stattdessen winkte er die Bedienung heran und bestellte ein Glas Rotwein, ohne Bast nach seinem Wunsch zu fragen. Durch diesen winzigen Racheakt fühlte er sich sogleich besser und legte noch etwas nach: „Also waren Sie und die anderen Jungs – Senex 1 bis 10 – nur die Versuchskaninchen für die obersten Nazischweine. Nur kleine Laborratten."

Die Augen von Bast blitzten frostig blau, die Lippen waren ein blasser Strich.

„Gottseidank hatte diese braune Oberschicht noch den Rest Anstand, sich zum Schluss selbst umzubringen."

Wieder irritierte ihn der Blick von Bast.

„Wie? Etwa nicht?", fragte er besorgt.

Bast verzog nur zynisch einen Mundwinkel und zuckte mit der Schulter.

„Aber ... Das ist doch bewiesen, dass Hitler, Goebbels und Himmler damals Selbstmord machten."

„Wenn Sie meinen", kam es eiskalt zurück.

Die Bedienung brachte den Wein. Schenk musste sich beherrschen, das Glas nicht gleich wieder zu leeren, sondern nur einen Schluck zu nehmen.

„Man hat doch die Leichen oder verbrannten Überreste untersucht und einwandfrei identifiziert."

„Bedenken Sie, dass es damals noch keine DNA-Analysen wie heute gab."

„Was wollen Sie damit sagen?", Schenk sah ihn zweifelnd an. „Dass der Selbstmord von denen nur vorgetäuscht war? Dass die andere Körper benutzten und damals mit dem Leben davon kamen? Meinen Sie das?"

„Diese Elite konnte alles machen."

Schenk hätte gerne voller Abscheu ausgespuckt,

schluckte seinen Protest aber trocken herunter und fragte: „Wollen Sie ernsthaft behaupten, dass die sich am Kriegsende nicht umgebracht haben? Ja oder Nein?"

„Ja."

„Wirklich?", Schenk starrte ihn fassungslos an.

Bast nickte, trank einen Schluck Bier und sah sich dabei um.

„Aber ... Wie haben die das hingekriegt? Wie konnten die die Siegermächte so täuschen?"

„Die waren doch heilfroh, dass sie offiziell für tot erklärt werden konnten und haben es nur zu gerne geglaubt. Stellen Sie sich doch mal Adolf Hitler beim Nürnberger Prozess vor. Oder Goebbels. Die hätten die Ankläger doch gar nicht zu Wort kommen lassen, sondern alle an die Wand geredet. Die hätten sich nicht so ruhig wie Göring verhalten. Nein, die Sieger waren froh, dass die oberste Führungsschicht weg war."

Schenk schüttelte ratlos den Kopf und murmelte: „Unglaublich."

„Das ist immer die beste Lösung, wenn die Verantwortlichen am Ende weg sind. Wenn man die vor Gericht stellt und dann lange inhaftiert, fördert man nur ihre Verehrung und verklärt sie wie Märtyrer. Denken Sie nur an Rudolf Heß oder Albert Speer."

Schenk zwang sich, nur am Wein zu nippen. Er betrachtete sein Gegenüber nachdenklich und sagte dann: „Aber trotzdem. So leichtgläubig waren die Amis, Briten und Russen bestimmt nicht, dass man denen irgendeine Leiche als Hitler, Goebbels oder Himmler unterjubeln konnte. Die Überreste wurden garantiert sorgfältig untersucht. Natürlich nach den damaligen Möglichkeiten, also ohne DNA und so. Wahrscheinlich hauptsächlich anhand des Zahnbildes."

„Selbstverständlich waren das nicht irgendwelche Leichen", erwiderte Bast überheblich. „Das war sorgfältig geplant. Wie alles damals."

„So wie in Auschwitz, wie?", fauchte Schenk zurück.

Bast presste die Lippen zusammen. Seine Augen verschossen blaue Eisblitze.

Schenk ärgerte sich, weil er sich wieder mal nicht beherrscht hatte. Er musste unbedingt vermeiden, dass Bast wieder dicht machte und nichts mehr erzählte. In freundlicherem Ton fragte er: „Aber wie sollen die das denn geplant haben?"

Bast ließ sich Zeit mit der Antwort, nur sein Adamsapfel regte sich. Nach einem schwachen Seufzer sagte er: „Herr Schenk, diese Obersten konnten absolut alles machen, alles arrangieren. Das waren die mächtigsten Männer in unserer Welt – und fast in der gesamten."

„Aber mal ganz praktisch. Wie kann ich mir das vorstellen? Wie haben die das geschafft?"

An einem voll besetzten Tisch wurde plötzlich laut gelacht und gegrölt. Wahrscheinlich hatte jemand einen guten Witz erzählt.

„Nun, beim Führer und bei Goebbels hatte man schon lange vorher geeignete Personen ausgesucht, die in Größe und Körperbau mit ihnen übereinstimmten, und logischerweise auch mit Eva Braun und der Familie von Goebbels. In allen Lagern stand ja genügend Menschenmaterial zur Verfügung."

Schenk ballte unter dem Tisch seine Fäuste und zügelte seine Wut. „Wissen Sie das genau oder vermuten Sie das nur?"

„Bis zum Kriegsende hatten wir in der Senex-Gruppe noch Kontakt untereinander. Und einige hatten ziemlich gute Verbindungen nach oben, in wichtige Kreise." Als an dem Tisch erneut gelacht wurde, warf Bast einen verächtlichen Seitenblick dorthin. „Aber natürlich war ich bei den Vorbereitungen nicht dabei und auch kein Tatzeuge. Aber ich kann mir sehr gut vorstellen, wie das alles abgelaufen ist."

„Ja, ja." Schenk leerte sein Glas und dachte: Reiß dich zusammen! „Sie auch noch ein Bier?" Bast nickte. Schenk winkte die Bedienung heran und bestellte eine Runde.

Da Bast nicht automatisch weiter redete, fragte er

nach: „Und dann? Wenn die passenden Personen gefunden waren, was kam dann?"

„Die wurden unter strengster Geheimhaltung irgendwo in Berlin eingesperrt. Als sich das Ende abzeichnete, tauschte man ihre manipulierten Zahnarztunterlagen, Röntgenaufnahmen und Arztberichte mit denen vom Führer, von Eva Braun und der Goebbels-Familie aus. Zum Schluss wurde der Hitler-Stellvertreter erschossen, die für Eva Braun vergiftet und beide verbrannt und in einem Granattrichter vergraben. Die Ersatzfamilie von Goebbels bekam Zyankali, man fand sie halb verkohlt vor dem Führerbunker. Anhand von geplanten Zeugenaussagen wurden sie von den Russen entdeckt und das mutmaßliche Führer-Ehepaar wieder ausgebuddelt und schließlich als Hitler, Goebbels und ihre Angehörigen identifiziert."

Die Bedienung brachte die Getränke. Schenk brachte nur ein heiseres „Danke" hervor. Wie hypnotisiert stierte er mit offenem Mund auf das Weinglas. Rot wie Blut, rot wie Blut, übermittelte es ihm. Das war alles unfassbar.

„Wenn man die Leichen verbrennt, ist eine Täuschung verständlicherweise leichter. Bei Himmler war es schon komplizierter."

Schenk löste sich aus seiner Erstarrung, nahm das Glas und trank zwei Schlucke Wein, der ihn sofort wieder belebte. Rot wie sein Blut.

„Haben die ... Wissen Sie, ob man eigentlich jemals in späteren Jahren die DNA von Hitler und Goebbels überprüft hat?"

Bast zog eine Schulter hoch und antwortete: „Die Familie Goebbels wurde erst 1970 vollständig verbrannt und die Asche in die Elbe gestreut. Beim Führer und Eva Braun haben die Siegermächte die Überreste garantiert nach einiger Zeit endgültig vernichtet, um auf keinen Fall irgendwelches Material aufzuheben, mit dem man eventuell eines Tages das Gegenteil beweisen könnte. Aber das ist nur eine Vermutung."

„Und bei Himmler? Wie war es da? Wurde der

auch verbrannt?"

„Nein. Der hatte schon länger einen Doppelgänger, der ..."

„Was?", unterbrach ihn Schenk.

„Nicht so laut."

„Ja. Entschuldigung. Bitte erzählen Sie weiter."

„Himmler ließ sich seit Anfang ´44 bei öffentlichen Auftritten manchmal durch ein Double vertreten, wenn es sich nur um irgendwelche Eröffnungen oder so handelte und nicht um wichtige Besprechungen oder Entscheidungen. – Er hatte Angst vor einem Attentat."

„Verständlich", konnte sich Schenk nicht verkneifen, biss sich aber sogleich auf die Zunge.

„Natürlich übernahm der Mann diese Rolle freiwillig und voller Stolz. Er hieß Heinrich Hitzinger."

„Der hatte sogar den gleichen Vornamen? Und die gleichen Initialen?"

Bast nickte. „Er war ein bedingungslos treuer Gefolgsmann seines Ebenbildes Himmler. Zu solch einer Aufgabe kann man keinen Menschen zwingen."

„Wenn Sie das alles wissen, müssen das doch viele andere auch gewusst haben. Das muss doch fast allgemein bekannt gewesen sein."

Bast schüttelte den Kopf. „War es nicht. Wie ich schon sagte, konnte ich mir das anhand von Tatsachen, Gerüchten und weitergegebenen Geheimnissen gut zusammenreimen."

„Mit 16 Jahren?"

„Ja, Herr Schenk. Ich bin eben durch eine sehr harte Schule gegangen."

„Gut. Weiter."

Beide nahmen ihre Gläser und tranken etwas.

„Nun, Himmler setzte sich in den ersten Maitagen ´45 mit absolut unbekanntem Ziel ab. Sein Doppelgänger lief wie geplant durch Norddeutschland, wo man nach zwei Wochen auf ihn aufmerksam wurde und ihn als Himmler verhaftete. Die britische Militärpolizei brachte ihn nach Lüneburg, wo er von sechs Männern intensiv verhört wurde, wahrscheinlich auch mittels Folter. Am 23. Mai ´45 starb

Hitzinger im Vernehmungszimmer – und für die ganze Welt damit Heinrich Himmler – durch Selbstmord mit einer in einer Zahnlücke versteckten Zyankalikapsel. – Getreu bis in den Tod."

„Das ist ja der reinste Krimi", staunte Schenk.

„So eine Giftkapsel besaßen damals viele." Bast musste sich zwingen, seinen Anhänger nicht zu berühren.

„Wurde die falsche Leiche auch verbrannt?"

„Nein. Der Leichnam wurde an einer geheim gehaltenen Stelle auf einem Standortübungsplatz in der Heide begraben."

„Und da liegen die Knochen immer noch?"

„Keine Ahnung."

„Unglaublich." Schenk nahm einen Schluck Wein. „Haben Sie schon mal daran gedacht, das alles aufzuschreiben und eventuell zu veröffentlichen?"

„Auf keinen Fall. Niemals. Und Sie haben mir auch versprochen, es nur Schwester Beate zu erzählen, sonst niemandem. Auch später nicht, wenn sich unsere Wege getrennt haben."

„Ja, ja." Schenks Hände beschwichtigten. „Ich halte mich an mein Versprechen."

Die Leute von dem lauten Tisch standen ebenso geräuschvoll auf und verließen quatschend und kichernd den Biergarten.

„Wussten Sie eigentlich, dass Himmler zum Kriegsende hin noch in Ungnade gefallen war?"

„Nein."

„Himmler wollte schon seit einiger Zeit mit den westlichen Alliierten Frieden schließen. Bereits ein Jahr vor Kriegsende bot er an, 1 Million Juden gegen 10.000 Lastwagen und Konsumgüter zu tauschen."

„Echt?"

Bast nickte. „Die Engländer lehnten aber jegliche Verhandlungen mit ihm ab. Im April ´45 sprach Himmler sogar mit einem Vertreter des Jüdischen Weltkongresses und mit Graf Bernadotte vom Schwedischen Roten Kreuz und gab schließlich alle weiblichen Häftlinge des Konzentrationslagers Ravensbrück frei. Bei einem weiteren Treffen wollte er noch mehr Inhaftierte freilassen, wenn man als Gegenleistung einen Kontakt zu Eisenhower herstellen würde, dem Oberbefehlshaber der westlichen Truppen. Himmler wollte ihm eine einseitige Kapitulation gegenüber den Westmächten anbieten. Die Alliierten gaben aber sein Angebot an die Presse weiter. Als der Führer davon erfuhr, bekam er einen Wutanfall und schloss Himmler von all seinen Ämtern aus."

„Davon wusste ich überhaupt nichts." Schenk fiel auf, dass er immer noch oft Führer sagte und nicht Hitler.

„Himmler hatte die Idee, mit den Engländern und Amerikanern gemeinsam gegen die Russen zu kämpfen, gegen den Kommunismus und die minderwertige slawische Rasse."

„Denken Sie an die Slawenburg am Kap Arkona", warf Schenk ein und dachte: Der ist braun bis auf die Knochen.

Bast reagierte nur mit einer hochgezogenen Augenbraue. „Eigentlich lag er gar nicht so verkehrt, denn drei Jahre nach Kriegsende waren die Siegermächte schon hoffnungslos zerstritten und in Ost und West gespalten. Frühere Waffenbrüder wurden zu Feinden und ehemalige Feinde zu Bündnispartnern. In gewisser Hinsicht sah Himmler den Eisernen Vorhang, den Kalten Krieg und den weltweiten Kampf gegen die Kommunisten voraus."

„Na ja, der Kommunismus hat sich ja schließlich von innen selber zerstört." Schenk konnte es nicht lassen und fügte hinzu: „Der Nationalsozialismus hatte doch auch kommunistische Ideale und Strukturen."

„Nur was die Volksgemeinschaft anging." Bast nippte an seinem Bier. Erst sah es so aus, als ob er noch etwas darauf erwidern wollte, doch er zog es vor zu schweigen.

Der Himmel war noch blassblau, keine Spur von heranrückender Nacht. Nur am leuchtenden, hoch stehenden Halbmond erkannte man den späten Abend, sonst hätte es auch nachmittags sein können.

„Es ist überhaupt noch nicht dunkel", sagte

Schenk und lehnte sich zurück. Er wollte unbedingt verhindern, dass dieses offene, interessante Gespräch von Bast einfach beendet wurde.

„Ja."

„Da Sie das damals alles so hervorragend kombinieren konnten, hatten Sie denn eine Ahnung, in welchen Ländern sich Hitler, Goebbels und Himmler versteckt hielten?"

Bast atmete hörbar aus, als hätte er mit einer schweren Last zu kämpfen. Schließlich antwortete er leise: „Wahrscheinlich in Argentinien. Jedenfalls irgendwo in Südamerika."

„Lebten da nicht auch Eichmann und Mengele?"

Bast bestätigte es mit einem Nicken. Sein Adamsapfel kam wieder in Bewegung.

„Haben Sie denn eine Vorstellung davon, wie alt die drei geworden sind?"

Der Blick von Bast wurde unruhig, er wanderte an dem von Schenk vorbei, vermied einen direkten Kontakt.

Das machte Schenk stutzig. „Sind die etwa ...?" Er erschrak selber über seinen Einfall.

Bast verharrte stumm, nur sein Adamsapfel sprang hektisch. Für einen Moment fixierten seine blauen Augen Schenk, und dem wurde plötzlich heiß am Kopf und flau im Magen.

Er beugte sich wieder vor und fragte mit bangem Unterton: „Sie sind doch tot, oder?"

Die Lippen von Bast blieben zusammengepresst, aber sein Blick ließ das Unvorstellbare ahnen.

„Reden Sie, verdammt noch mal!", Schenk schlug mit der flachen Hand auf den Tisch.

Einige Gäste an den Nachbartischen drehten sich neugierig um.

„Nicht so laut."

„Sagen Sie die Wahrheit."

Bast räusperte sich. „Bevor ich Ihnen davon erzähle, müssen Sie mir versprechen, dass Sie davon nichts an Schwester Beate weitergeben. Also an absolut keinen anderen Menschen. Und auch nichts irgendwo notieren."

Schenk spürte einen Kloß im trockenen Hals. „Ich schwöre es."

„Gut." Bast schaute sich prüfend um. „Also, ich weiß nicht, ob die drei heute noch leben. Aber es wäre durchaus möglich."

„Tatsächlich?", fragte Schenk schockiert. „Das ist ja unfassbar."

„Ich glaube allerdings, dass Sie mittlerweile gestorben sind. Die haben die Behandlung ja erst so zwischen 40 und 50 Jahren durchgeführt. Nicht so wie wir im Knabenalter. Deshalb denke ich, dass sie auch nicht das Höchstalter von 150 Jahren erreichen können. Das hatten Sie ja vorhin bereits angenommen, dass es bei Erwachsenen nicht so wirksam wäre."

Aber ich hätte es nie ernsthaft für möglich gehalten, dachte Schenk. „Wie alt wäre Hitler denn jetzt?"

Ohne Verzögerung antwortete Bast: „124."

Schenk stockte der Atem. Es war einfach unglaublich, dass Adolf Hitler eventuell noch leben könnte. Wie nach einem Rettungsanker griff er zum Weinglas und leerte es in einem Zug. „Möchten Sie noch ein Bier? Oder etwas anderes? Auf den Schreck muss ich noch was trinken."

„Nein, danke. Wollen wir nicht langsam aufbrechen? Es ist schon recht spät."

Schenk überhörte das, winkte die Bedienung heran und bestellte noch ein Glas Rotwein, einen zusätzlichen Schnaps verkniff er sich. „Und die beiden anderen? Wie alt wären die heute?"

Diesmal musste Bast überlegen und rechnen. „Goebbels wäre 116 und Himmler 113." Fast stolz fügte er hinzu: „Wir mussten damals alle Geburtstage der mächtigsten Männer auswendig lernen."

„Das ist unbegreiflich und beängstigend. Das würde sowieso niemand glauben." Dieser Massenmörder Himmler könnte vielleicht genüsslich seinen extra langen Lebensabend genießen, dachte Schenk, 70 Jahre nach seinen unmenschlichen Schandtaten. Und er würde mich sogar noch überleben.

„Wie gesagt, ich glaube nicht, dass sie das Höchstalter erreichen."

Hoffte er das oder bedauerte er das?, fiel Schenk ein. „Aber sie könnten noch leben. Das ist schon entsetzlich genug."

Die Bedienung brachte den Wein und kassierte anschließend am Nebentisch ab.

„Die Vorstellung ist wirklich gruselig." Schenk trank etwas Rotwein und hoffte auf eine Beruhigung seiner aufgewühlten Nerven und Gedanken.

Bast beobachtete ihn und sah dann vorwurfsvoll auf seine Armbanduhr.

Die Leute vom Nachbartisch brachen auf. Im Biergarten waren jetzt nur noch zwei Tische besetzt. Wie eine langsame, dunkle Flut eroberte die Nacht den Himmel.

Mit einem Mal konnte Schenk das alles nicht mehr ertragen, auch diesen Erwin Bast nicht, diesen Senex-Mann. Der gehörte als immer noch treuer Nachwuchs zu diesen drei Nazi-Urvätern, die jetzt womöglich irgendwo unter südamerikanischer Sonne saßen, von ihrer braunen Vergangenheit schwärmten und sich über ihre weltweiten Nachahmer und Fan-Clubs, über die Neo-Nazis und jede Hakenkreuzschmiererei hämisch freuten. Wie uralte Hexenmeister, die alle Menschen manipulieren und zum Bösen verführen wollten. Wie untote Obervampire, die die Jugend aussaugten und mit ihrem Gift infizierten.

Und ausgerechnet diese Monster sollten eine doppelte Lebenserwartung haben? Das war widerlich und unerträglich. Das konnte er nicht mehr ruhig aushalten. Der Rotwein kühlte seine Wut auch nicht. Am liebsten würde er aufspringen und Bast an die Gurgel gehen, seinen glatten, aber 84-jährigen Hals würgen, bis sein Adamsapfel sich nicht mehr rührte.

„Ich möchte mal zahlen!", rief Schenk ungewöhnlich laut und trank sein Glas ohne abzusetzen aus.

Kapitel 19

Bruno war schon einige Zeit wach. Er lag auf der Seite und sah ein Stück vom blauen Himmel in der oberen Fensterhälfte. Hinter seinem Rücken schnarchte Mecki.

Heute war Montag, der 1. Juli. Sie hatten nur noch diesen einen Tag, um ihren Auftrag zu erfüllen und dafür bezahlt zu werden. Bruno hatte nicht mehr viel Hoffnung.

Das war das letzte Mal, dass er neben diesem ekeligen Schwein pennen musste. Aber davon wusste der Dicke natürlich noch nichts. Abgesprochen war, dass sie morgen Vormittag ganz gemütlich nach Hause fahren wollten, falls sie die beiden Männer nicht fanden. Und obwohl Imker angekündigt hatte, dass sie nur bei Erfolg ihr Geld kriegen würden, wollten sie es trotzdem morgen gemeinsam bei ihm einfordern.

Aber Bruno würde sich an gar nichts halten. Er hatte seinen eigenen Plan.

Denn wenn sie diesen Weißhaarigen nicht liefern konnten, war bei Imker auch kein Geld mehr zu holen. Der stand selber unter viel stärkerem Druck, hing in der lebensgefährlichen Schraubzwinge von diesem unbekannten Türken, der sehr mächtig sein sollte und nicht lange fackelte.

Das hatte ihm wenigstens der Dicke erzählt. Aber einen Namen, eine Adresse, eine Telefonnummer oder ein Stammlokal kannte er auch nicht. Bruno hatte ihn in alle möglichen Richtungen hin ausgefragt. Denn eigentlich hatte er vorgehabt, das Geschäft an Imker vorbei direkt mit seinem Auftraggeber zu machen, oder ihm zumindest vor der Rückfahrt die Information zu verkaufen, dass sich die Gesuchten auf Rügen aufhielten. Aber es war kein Rankommen an diesen geheimnisvollen Türken.

Mecki grunzte und schmatzte, dann warf er sich auf die andere Seite und brachte damit das Bett zum Wackeln.

Auf jeden Fall musste er Geld für diesen Job bekommen. Er brauchte es für Lydia. Irgendwer musste bezahlen. Aus Mangel an Auswahl hatte sich Bruno für Mecki entschieden, auch als Entschädigung für die Zumutung, mit ihm das Zimmer, Bad und sogar das Bett zu teilen. Sein Notfallplan sah so aus, dass er sich heute Abend den Fahrzeugschein und den Van krallen würde, um ihn gleich in Polen zu verkloppen. Ein paar Tausender waren da auf alle Fälle drin. Immerhin hatte der Wagen ja auch vier nagelneue Reifen.

Bruno grinste gehässig, schlug die Bettdecke zurück und stand auf.

Wie vorausgesehen, war ihm der schwarze Audi wieder bis aufs Klinikgelände gefolgt, um sein Auto zu überwachen. Als sich Dr. Imker mit seiner Umhängetasche dem Eingang näherte, wirkte er genauso wie an jedem anderen Arbeitsbeginn. Kein Mensch konnte ahnen, dass er Banknoten im Wert von fast 30.000 Euro am Körper versteckt hatte.

In der großen Fensterfront sah er seinen dunklen Beschatter hinter sich, der sicherlich sofort wieder Meldung an den Türken erstattete. Imker betrat die Halle, ging ins Untergeschoss und schloss seinen Spind auf. Da stand sein gepackter Koffer. Er schob die Tasche ins oberste Fach, heute enthielt sie nichts für die Pausen, sondern war sein Handgepäck. Er zog den Kittel an, verschloss den Spind und ging zum Labor. Manchmal verursachten die 500-Euro-Scheine einen leichten Juckreiz oberhalb seiner Fußknöchel.

„Guten Morgen", begrüßte er seine beiden Mitarbeiterinnen, die sich noch mit Kaffeepötten in den Händen unterhielten.

„Guten Morgen, Dr. Imker", erwiderten sie mit einem bemühten Lächeln und entfernten sich voneinander.

Er betrat sein Büro, setzte sich an den Schreibtisch und sah durch die Glasscheibe die beiden Frauen, die sich artig an ihre Arbeitsplätze begaben.

Er blickte zur großen Uhr, es war genau 8 Uhr. Sein Handy piepte in seiner Hosentasche. Er holte es heraus und las die SMS: ‚Noch 34 Stunden.'

Dieser verfluchte Türke musste sich doch extra einen Wecker stellen, um ihn jedes Mal pünktlich zur vollen Stunde an seine restliche Zeit zu erinnern.

Imker warf das Handy achtlos vor sich hin und lehnte sich zurück. Er beobachtete seine Labormäuse, die sich bestimmt freuten, wenn sie ihn für immer los waren. Eigentlich hatte er nie ein gutes Verhältnis zu seinen Untergebenen gehabt.

Zu wem überhaupt?, fragte er sich verwundert. Ihm fiel spontan niemand ein.

Imker legte die runde Brille auf den Schreibtisch und rieb an seiner Nasenwurzel. Er strich sich nachdenklich über die Halbglatze. Tja, das war heute wahrscheinlich sein letzter Arbeitstag hier. Und er war einmal so stolz gewesen, als er zum Laborleiter befördert wurde. Mit einer raschen Kopfbewegung schüttelte er alles Sentimentale ab und setzte die Brille wieder auf. Er musste vorwärts denken, sich aufs Überleben konzentrieren.

Aber irgendwie musste er die Arbeitszeit auch rum kriegen. Also zog er die Schubfächer nacheinander auf und durchsuchte sie nach etwaigen Privatsachen, die er noch mitnehmen oder vernichten wollte.

Nach dem schweigsamen Frühstück und den anschließenden Toilettengängen verließen sie das Hotel. Schenk kontrollierte das Auto, erwartungsgemäß entdeckte er keinen Sender. Dann stiegen sie ein und fuhren zu dem Supermarkt.

Dieses Mal blieb Schenk stur hinterm Steuer sitzen. Schließlich hatte es Bast kapiert und stieg aus, um sich selber Mineralwasser und etwas zu essen zu kaufen, und es auch zu bezahlen.

Das war Schenks kleine Rache. Seit den unglaublichen Enthüllungen des gestrigen Abends empfand er die Anwesenheit von Bast nur noch belastend, weil er ihn deshalb zutiefst verachtete. Irgendwie machte er ihn mit dafür verantwortlich, dass diese

Nazi-Größen damals mit dem Leben davon kamen, es noch viele Jahrzehnte in Freiheit genossen und möglicherweise immer noch lebten. Hitler, Goebbels und Himmler, alle so um die 120 Jahre alt, weiterhin treu an den Hakenkreuz-Wahn glaubend und ohne jegliches Schuldbewusstsein. Das war abartig und alles unbegreiflich.

Natürlich wusste Schenk, dass es ungerecht war, wenn er Bast dafür verabscheute. Er war damals ein kleiner Junge gewesen, der von den Nazis verblendet, gleichgeschaltet, benutzt und missbraucht wurde. Aber er war der Einzige, der ihm aus dieser Zeit zur Verfügung stand. Das war so etwas wie braune Sippenhaft.

Bast kam mit einer roten Plastiktüte aus dem Geschäft zurück. Er öffnete die Beifahrertür und stieg ein, er schnallte sich immer noch etwas unbeholfen an.

Schenk warf einen Blick auf seinen Einkauf: zwei kleine Flaschen Wasser und ein Paket Butterkekse. „Mehr Wasser nicht?"

„Das reicht."

„Gut." Schenk startete und fuhr los in Richtung Prora. Auf den Straßen war noch wenig Verkehr, auch auf der Hauptstrecke. Kein Vergleich zu der Schlange gestern Nachmittag.

Das Wetter schien wieder gut zu werden. Der Himmel hing zwar voller Wolken, aber sie waren weiß wie die Möwen und trieben landeinwärts. Über der Ostsee dominierte schon das Blau. Der Horizont lag milchig verschwommen da, man konnte keine Trennungslinie zwischen Meer und Himmel erkennen.

Schenk bog links nach Prora ab und fuhr zu der Stelle, an der er ihn am Samstag abgesetzt hatte.

Er stellte den Motor ab, drehte sich zu Bast und fragte: „Soll ich Sie wieder um eins hier abholen?"

„Zwei wäre besser."

„Wirklich?"

Bast nickte. „Mir wird's hier nicht langweilig. Dann können Sie mit Schwester Beate auch noch

etwas zu Mittag essen. Die hat doch bestimmt Hunger nach der langen Fahrt."
„Und Sie?"
„Sie wissen doch, wenn man etwas hungert, wird man deutlich älter."
Schenk wusste nicht, ob es ein Scherz oder eine Anspielung auf ihn sein sollte. Die Mimik von Bast blieb jedenfalls unergründlich. „Wie Sie meinen."
„Ja. Alles klar."
„Also abgemacht. Um zwei Uhr stehen wir wieder hier." Schenk freute sich schon auf Beate.
„Dann bis später", sagte Bast und stieg aus.
„Ja, tschüss."
Bast warf die Tür zu und ging in Richtung der Gebäudefront. Schenk sah ihm nach und fühlte sich schlagartig mies, weil dieser einsame Mann mit der halbleeren, albern roten Plastiktüte absolut nichts für seine braun verseuchte Jugend und sein Schicksal konnte.
Zum allerersten Mal drehte sich Bast nach ihm um und hob die linke Hand zum Gruß. Schenk war so überrascht, dass er seine Hand erst hoch nahm, als er sich schon wieder umgedreht hatte und weiter ging.
Er ließ den Motor an und fuhr nach Binz zurück. Er schämte sich für seine ungerechte Verurteilung von Bast. Aber das war alles so ungeheuerlich.
Schenk parkte seinen Wagen in der Nähe des Hauses von Frau Schulz, bei der er Beates Zimmer gebucht hatte. Dann konnten sie später gleich von hier aus losfahren. Beate war sicherlich froh, nicht mehr hinter dem Steuer sitzen zu müssen. Er spazierte etwas in Richtung Zentrum, kaufte sich eine Zeitung und setzte sich als erster Gast in ein Straßencafé.

Bast ging zuerst nach links, in Richtung Norden. Ihn zog es zu den unfertigen Bauten, zu den Ruinen, zu den offenen Häuserflanken und Trümmern. Das war seine Zeit und sein Zustand.
Hier war alles mit hohem Maschendrahtzaun abge-

sperrt, damit keine Kinder hier eindrangen und diese wandlosen Gebäude und dieses Durcheinander von gefährlichen Überresten als Abenteuerspielplatz benutzten.

So wie sie damals. Immer auf der Flucht vor den Bauarbeitern und dem dicken Polier mit dem Führerschnurrbart.

Bast musste sich jetzt zwischen dem Zaun und dichten Büschen hindurch zwängen. Als er hoch zu dem dreifach gespannten Stacheldraht blickte, sah er urplötzlich wieder diesen toten Jungen vor sich, wie er da oben im Zaun der Forschungsanlage steckte. Als unüberwindliches Abschlusshindernis hing da dicht gerollter Stacheldraht. Darin hatte sich der Junge, der älter war als sie, hoffnungslos verfangen und schließlich qualvoll erdrosselt.

Natürlich wollten die Buben nicht als Memmen gelten, sondern sich gegenseitig ihren Mut beweisen, alle hielten sich für hartgesottene Feger, deshalb machten sie sich lustig über die starren Froschaugen und die dicke Zunge, die lila gequollen heraus hing. Der Kopfverband des Jungen war ein Stück verrutscht. Sie konnten sehen, dass er keine Ohren mehr hatte, nur gummiartige Stöpsel.

Bast strich sich über die feuchte Stirn, als könnte er so dieses grausige Bild aus seinem Gedächtnis wischen. Ihm wurde schwindelig, er lehnte sich mit dem Rücken an den Zaun und atmete heftig. Ihn nahm das heute ja viel mehr mit als damals.

Er öffnete zischend eine Wasserflasche und trank etwas. Nach einigen Minuten fühlte er sich besser. Durch dieses Gestrüpp wollte er sich nicht weiter durchkämpfen. Also schritt er vorsichtig durch ein überwuchertes Schuttgelände, näherte sich dem Strandabschnitt der Nordflügel.

„Stopp!"
Mecki schreckte auf. „Was?"
„Anhalten!"
„Ja, ja", Mecki schaute in den Rückspiegel und bremste.

„Da steht der Passat."

„Wo?", er sah orientierungslos nach allen Seiten.

„Drei Autos zurück. Auf unserer Seite", sagte Bruno und dachte: Blindfisch.

„Tatsächlich." Mecki blickte mit offenem Mund in den rechten Außenspiegel. „Das gibt´s doch nicht."

„Siehst du doch."

„Ich kann´s noch nicht fassen."

„Das ist der Wagen. Eine silberne Passat-Limousine mit dem richtigen Braunschweiger Kennzeichen."

„Klasse!"

Die beiden nickten sich grinsend zu. Unversehens hatte sich ihre Laune verbessert, die sich beim Frühstück noch am absoluten Tiefpunkt befand.

„Ich hab echt schon nicht mehr dran geglaubt", sagte Bruno. Alles konnte noch gut und einfach werden.

„Na, meinst´e ich?"

„Also ran an die Arbeit. Fahr erst mal da links in diese Straße rein."

Auch wenn Bruno schon wieder das Kommando übernahm, störte es Mecki nun überhaupt nicht. Er folgte seiner Anweisung, parkte gleich am Anfang der Straße ein und stellte den Motor ab.

„So. Wo ist der Sender?"

„Na, hinten im Van. In dieser schwarzen Montagetasche. Da ist alles drin."

„Also ...", Bruno brach ab und überlegte, er wollte den Dicken wenigstens zum Schein mitentscheiden lassen. „Ich schlage vor, du behältst diese Straße im Auge und rufst sofort mein Handy an, falls du Schenk oder den Weißhaarigen siehst. Ich werde den Sender anbringen, dabei kann ich diese gerade Straße in beide Richtungen beobachten. Was meinst du?"

„Okay. Einverstanden."

Bruno ballte freudig eine Faust. „Mann, jetzt kriegen wir doch noch problemlos unsere verdiente Kohle."

„Hurra! Super!"

„Die müssen ja dann hier irgendwo bei einem privaten Vermieter untergekommen sein. Und wir haben die ganze Zeit geglaubt, die würden im Hotel wohnen."

„Die müssen wohl auch sparen", erwiderte Mecki und lachte, weil er es witzig fand.

„Wir müssen aber trotzdem aufpassen und ruhig bleiben. Und nicht leichtsinnig werden. Wir dürfen uns jetzt auf der Zielgeraden keinen Fehler mehr leisten."

Meckis Miene wurde gleich wieder ernst. „Klar."

„So, dann such ich mal den Sender raus und klatsche ihn an die Karre. Bis gleich." Bruno stieg schwungvoll aus, warf die Tür zu und öffnete die große Heckklappe. Hier herrschte natürlich die gewohnte Unordnung vom Dicken. Der nutzte jetzt gleich die Gelegenheit, um eine zu qualmen.

Bruno zog die schwarze Tasche zu sich heran, betätigte die Schnapper und klappte sie auseinander. Hier lag alles drin, was man so für eine Entführung benötigte: Klebeband, stabile Kabelbinder, Stricke, dieses chinesische K.o.-Spray, ein Elektroschocker, zwei vorbereitete Knebel, ein Teppichmesser und Pfefferspray. Die fertig aufgezogene Spritze mit dem Betäubungsmittel steckte akkurat in einer Halterung für einen kleinen Schraubendreher. Bruno nahm den Sender aus der Seitentasche, er war nicht größer als eine Zigarettenschachtel. Der Empfänger mit dem Navi-Display lag vorne im Handschuhfach. Er schob die Tasche zusammen, ließ die Verschlüsse einschnappen und schob sie wieder zurück. Dann schleuderte er die Heckklappe ins Schloss.

Bruno blickte sich prüfend um und schlenderte mit dem Sender in der hohlen Hand zu diesem silbernen Passat, den sie so lange gesucht hatten. Er täuschte vor, etwas verloren zu haben und kniete sich neben den Wagen. Er konnte nichts Verdächtiges entdecken und schob sich schnell unter das Auto. Den kaputten Sender wollte er eigentlich entfernen, doch der war nicht mehr da. Also musste er irgendwann abgefallen sein. Nachdem er ihn eingeschaltet hatte, befestigte er den neuen Sender an einer anderen Stelle und testete seinen festen Halt.

Bast war doch zum Südstrand gegangen, dort gefiel es ihm besser. Er saß im Sand, ungefähr drei Meter von den Ausläufern der Wellen entfernt. Auf dem gesamten Strandabschnitt sah er nur fünf Leute.

Alles kam ihm so friedlich und schön und vertraut vor. Hier schien die Zeit stehen geblieben zu sein. Vieles sah genauso aus wie vor 75 Jahren: Ostsee, Strand, ein Streifen Kiefernwald und dahinter die gigantische Hausfront von Prora. Nur diese Gebäudeabschnitte waren inzwischen von außen fertig und hatten unzählige Fenster, und die Kiefern waren erheblich gewachsen.

Bast schaufelte mit einer Hand den feinen Sand hoch und ließ ihn zwischen seinen Fingern zurück rieseln. Er blickte aufs Meer und dachte an Lotte. Das war gestern eine unglaubliche Begegnung gewesen. Ein unpassendes, befremdliches Zusammentreffen zweier Menschen, die sich zwar von früher kannten, aber durch die Zeit getrennt wurden. So, als würde man als Achtzigjähriger seiner gleichaltrigen, leibhaftigen Mutter gegenüber stehen. Die Zeit war wie dieser Sand, sie war schlecht zu halten und zerrann einem zwischen den Fingern. Nur er hatte einen Haufen mehr davon abbekommen.

Für Lotte war die Zeit nicht verlangsamt abgelaufen. Alt und gebrechlich saß sie im Rollstuhl und musste geschoben werden. Ihm kam es wie eine Zeitreise vor: er konnte ahnen, wie er heute aussehen würde, wenn er nicht bei Senex entsprechend behandelt worden wäre. Er wollte nicht undankbar sein für sein jüngeres Aussehen und die geschenkte Lebenszeit, aber gestern Nacht hatte er sich gewünscht, dass man seine Gene nie manipuliert hätte, er wäre mit Lotte zusammengeblieben und alt geworden, und dieser junge Mann wäre ihr gemeinsamer Sohn gewesen, und vielleicht hätten sie auch Enkelkinder.

Andererseits, hinfällig und unselbständig und auf

Hilfe angewiesen zu sein, im Rollstuhl zu sitzen und im Altersheim zu wohnen, das wäre für ihn auch undenkbar und unerträglich, nicht mehr lebenswert.

Wie sicher Lotte war, seinen Sohn vor sich zu sehen. Verständlich, bei dieser absoluten Ähnlichkeit, nur circa 30 Jahre jünger. Dass er identisch mit beiden Personen war, musste für jeden unfassbar und utopisch sein. Wenn er sich ihr zu erkennen gegeben hätte, dass er der gleiche Erwin Sieg von 1945 war, sie hätte es niemals geglaubt und womöglich einen Herzanfall bekommen.

Auf die Idee, damals nach ihrem Verschwinden in Rostock in der Bahnhofsmission nachzufragen oder sie im Krankenhaus zu suchen, war er überhaupt nicht gekommen. Sie war weg, und er verdrängte, was ihr alles zugestoßen sein könnte. Diese Zeit war chaotisch, kurzlebig und gefährlich gewesen, man konnte sich auf nichts mehr verlassen.

Bei jedem spärlichen Essen, das sie sich teilten, überließ sie ihm stets zwei Drittel der Portion. Sie bestand darauf, dass er als Mann mehr essen und bei Kräften bleiben müsste. Sie brauchte ihn nicht lange zu überreden, er war ständig ausgehungert und einfach zu gierig. Sie verzichtete zu seinen Gunsten. Und dann wurde sie in der überfüllten Bahnhofshalle vor Hunger ohnmächtig und abtransportiert. Und er ließ sie im Stich. Und sie fanden sich nie wieder. Bis gestern.

Bast überlegte, ob es nicht besser gewesen wäre, an seinem letzten Tag nach Bergen in ihr Altersheim zu fahren, ihr die ganze Wahrheit zu erzählen und dabei ihre faltige Hand zu halten.

Die Wellen kamen langsam näher, sie leckten begehrlich nach ihm, als könnte es die Ostsee gar nicht mehr abwarten, ihn endlich zu kriegen.

Sein Handy klingelte auf dem Schreibtisch. Dr. Imker sah aufs Display und spürte Erleichterung, weil es nur Mecki war.

„Ja?"

„Guten Morgen, Chef."

„Morgen. Was gibt´s?"
„Wir haben ihn."
„Wen?", Imker beugte sich gespannt vor. „Den Weißhaarigen? Diesen Bast?"
„Nein, nein", kam es hastig zurück. „Den noch nicht. Aber den Wagen. Wir haben endlich diesen scheiß Passat gefunden."
„Echt?" Imker setzte sich wieder normal hin. War doch noch nicht alles verloren?
„Ja. Wir haben auch schon den neuen Sender dran befestigt. Jetzt warten wir nur noch ab, bis die Karre sich bewegt. Dann folgen wir denen und schnappen uns bei der erstbesten Gelegenheit diesen Alten."
„Das hört sich ja erfolgversprechend an." Imker schmunzelte und beobachtete seine beiden Mitarbeiterinnen. „Hat zwar lange gedauert, aber immerhin. – Wo bist du jetzt?"
„Na, im Van natürlich. Bruno sitzt neben mir und hat den Empfänger in den Händen. Wir sind bereit und warten."
„Sehr gut. Sobald irgendetwas Wichtiges passiert, meldet ihr euch wieder. Verstanden?"
„Klar, Chef."
„Also, weiter so. Tschüss." Ehe Mecki etwas erwidern konnte, hatte Imker ihn weggedrückt.

Vielleicht klappte es ja doch noch mit dem Tausch Bast gegen Schuldenerlass plus Provision. Vielleicht war es heute doch noch nicht sein letzter Arbeitstag hier. Er hatte ja noch über sechs Stunden Zeit. Dann musste er entweder nach Hause oder nach Frankfurt.

Sollte er dem Türken vorab schon ein positives, versöhnliches Signal senden?

Nein, lieber nicht. Der konnte ihn mal. Sein Ultimatum lief ja erst in 32 Stunden ab.

Schenk stand fünf Minuten vor elf vor der Unterkunft von Beate. Er war extra nicht früher gekommen, weil er bestimmt eine ganze Zeit auf sie warten musste. So eine weite Autofahrt dauerte meistens länger als geplant.

Er wollte nicht direkt vor dem Haus stehen

bleiben, sondern etwas auf und ab wandern. Immer noch geisterte durch seinen Kopf die irrsinnige Schlagzeile: Adolf Hitler lebt noch.

Nach mehreren Autos parkte da ein Corsa mit Braunschweiger Kennzeichen. Das konnte kein Zufall sein. Sie musste also schon eher angekommen sein. Er machte kehrt und ging zum Haus zurück. Als er kurz vor der Tür war, wurde sie geöffnet und Beate stürmte heraus.

„Überraschung!" Mit ausgebreiteten Armen kam sie ihm entgegen. „Hallo, Bodo", sie strahlte ihn an und umarmte ihn.

„Guten Tag, Beate." So viel Spontanität war er gar nicht gewohnt. Aber er genoss ihre Nähe und den wunderbaren Duft an ihrem Hals. Leider dauerte der Kontakt nicht lange.

„Ich bin etwas früher hier gewesen und deshalb schon reingegangen."

„Sind Sie etwa noch früher losgefahren?", fragte er.

„Nein. Um Punkt sechs Uhr. Aber es war überall wenig Verkehr, ich bin sehr gut durchgekommen." Beate zwinkerte ihm zu. „Und ich hab ein bisschen mehr aufs Gas getreten."

„Eigentlich können wir uns doch auch duzen, oder?"

„Gerne", sie nickte erfreut. „Das wäre mir sehr lieb."

„Den Brüderschaftkuss erledigen wir dann später."

„Aber Bodo!", sie drohte ihm lächelnd mit dem Zeigefinger. Der war ja fast ein Draufgänger und wohl doch nicht so schüchtern, wie sie befürchtet hatte.

Schenk fühlte sich prima, weil er sich das getraut hatte. „Was wollen wir jetzt als erstes unternehmen?"

„Ich will das Meer sehen."

„Gut. Mein Wagen steht ein Stück die Straße runter", er zeigte mit dem Daumen hinter sich. „Möchten ... Möchtest du fahren oder gehen?"

„Auf jeden Fall gehen."

„Ist auch nicht so weit."

„Egal." Sie drückte ihre Schultern zurück und dadurch ihren Busen nach vorne, der ihr rosa T-Shirt imposant spannte. „Ich muss mich jetzt bewegen."

„Gerne. Also los."

Nach wenigen Schritten fragte Beate: „Wo ist denn Herr Bast?"

„In seinem geliebten Prora. Dieser kolossalen Ferienanlage der Nazis. Da hält er sich gerne auf. Diese braune Atmosphäre des großdeutschen Wahns scheint ihm zu gefallen."

„Hältst du ihn für einen Nazi?"

„Hundertprozentig."

„Aber das passt doch gar nicht von seinem Alter her. Und Neo-Nazis sind erheblich jünger."

„Doch. Da passt alles", sagte Schenk und dachte: Möglicherweise trifft er eines Tages sogar noch seine alten Idole Hitler, Goebbels und Himmler in Südamerika. Und redet mit ihnen über die guten alten Zeiten.

„Wieso? Ich denke, er ist 68 Jahre alt. Also zu jung für die Nazizeit. Er ist doch Jahrgang 1945."

„Nein, nein", Schenk schüttelte wie ein Eingeweihter den Kopf. „Das stimmt auch nicht. Er ist älter."

„Wie jetzt? Er hat den Zweiten Weltkrieg schon miterlebt?"

„Ja. Und er hat noch ein langes Leben vor sich. Aber das erzähle ich dir alles noch in Ruhe. Ich habe sehr viel zu berichten."

„Sie ... Du machst mich ja richtig neugierig."

„Du wirst staunen, Beate." Er hätte gerne ihre Hand genommen oder einen Arm um sie gelegt.

„Holen wir ihn dann da in Prora ab?"

„Ja. Um zwei Uhr. Wir können dann irgendwo noch etwas essen."

„Aber nur eine Kleinigkeit." Sie drückte schuldbewusst ihr Shirt an den Bauch und brachte es darüber wieder zum Spannen.

„Na, bei dir ist doch alles optimal," sagte er, ohne auf ihre Oberweite zu glotzen. „Guck mich mal an.

Was soll ich denn da sagen?"

„Ach, ein Mann ohne Bauch ist doch ein Krüppel, oder?" Beate lachte auf und gab ihm einen leichten Schubs.

„Na ja." Er hätte gerne seine Wampe weggezaubert, besonders für den eventuellen Einsatz seiner Badehose.

„Übrigens hast du mir da ein schönes Zimmer besorgt. Und ziemlich günstig. Da musstest du doch bestimmt lange suchen."

„Ging so", antwortete er mit einem Achselzucken.

„Vielen Dank dafür, Bodo."

„Gern geschehen."

Da sie sich schon der Promenade und dem Zentrum genähert hatten, begegneten ihnen jetzt öfter andere Leute.

Als sie an dem Café vorbeikamen, wo Schenk heute Morgen gesessen hatte, fragte er: „Hast du eigentlich gar keinen Durst?"

„Die Frau Schulz, meine Vermieterin, war so nett, mir zur Begrüßung eine große Flasche Wasser hinzustellen. War sogar noch kühl. Davon hab ich gleich zwei Gläser getrunken."

„Aha."

„Habt ihr denn irgendwo Imkers Häscher gesehen?"

„Nein. Zum Glück nicht."

„Na ja, auch wenn die wissen, dass ihr auf Rügen seid, wäre es schon ein ungeheurer Zufall, wenn ihr euch über den Weg laufen würdet."

„Stimmt. Das sehe ich auch so."

„Aber aufpassen muss man schon."

„Klar. Ich suche auch jeden Morgen meinen Wagen nach einem versteckten Sender ab."

„Echt?" Sie blickte ihn erstaunt an und kicherte dann. „Wie in einem Krimi. Unglaublich."

„Unglaublich ist die treffende Überschrift für diese ganze Geschichte."

„Und dass du denen die Reifen zerstochen hast", sie schüttelte belustigt den Kopf, „das hätte ich dir niemals zugetraut."

„Tja", erwiderte Schenk mit stolz geschwellter Brust und eingezogenem Bauch, „man wächst mit den Aufgaben."

„In dir schlummert ja ein wahrer Held."

„Na, übertreib mal nicht", er griente geschmeichelt. Ob er einfach ihre Hand nehmen sollte?

Als sie in die nächste Straße einbogen, standen keine Häuser mehr vor ihnen, alles war offen. Man sah die Promenade mit zahlreichen Urlaubern, dann den Grünstreifen mit einigen Bäumen und dahinter die Ostsee.

„Das Meer!", freute sich Beate und ging sofort schneller. Schenk musste sich anstrengen, mit ihr Schritt zu halten. Trotzdem erreichte sie vor ihm die Promenade. Mit seitlich ausgestreckten Armen atmete sie tief ein und ließ alles auf sich wirken. Hier gab es keine Kranken und Leiden, keinen Stress und Ärger, keine sorgenvollen Menschen. Hier war Sonne und Sand, Weite und Wasser, Licht und gute Luft.

Beate zog ihre Schuhe aus und rannte auf den Strand. Sie juchzte wie ein junges Mädchen und schlenkerte in jeder Hand einen Schuh. Sie lief ausgelassen und hüpfend den Wellen entgegen, verursachte dabei kleine Sandfontänen.

Schenk bewunderte ihre natürliche Lebensfreude und ihren Mut. Ihm wäre so etwas auf alle Fälle peinlich gewesen.

Er stellte sich an die Kante der Promenade, beobachtete sie und war erleichtert, dass Nina nirgendwo aufgetaucht war.

Kapitel 20

Bast saß an einem der letzten Bäume, bevor der Strand anfing, ein Stück vom Weg entfernt. Er lehnte an dem krustigen Kiefernstamm und blickte aufs Meer hinaus.

Vorhin war er durch die langen Flure gewandelt, stand an den Fenstern in mehreren Zimmern und stieg Treppen hoch und runter. Wieder hatte er sich vorgestellt, wie sich die geplanten Massen von Feriengästen durch die Treppenhäuser schoben, wie ihre Stimmen, ihr Lachen und ihr Getrappel hallend verstärkt wurden. Ob man die Lautsprecherdurchsagen bei diesem Lärm überhaupt verstanden hätte?

Als er danach an dieser gigantischen, scheinbar endlosen Gebäudefront mit den unzähligen Fenstern entlang sah, fand er es immer noch verwunderlich, dass der Führer diese beeindruckende Baustelle niemals besucht hatte. Er verließ sich da auch wieder allzu leichtgläubig auf seine Vertrauten. In diesem Fall Göring, der persönlich dafür verantwortlich war.

Bast trank etwas Wasser. Einige Besucher kamen den Weg vom Strand herauf und betrachteten ihn argwöhnisch; wahrscheinlich hielten sie ihn für einen Penner und Säufer, der Wodka in seiner Wasserflasche hatte.

Prora. – Wenn man ihn fragen würde, wer die Idee zu dieser Anlage hatte, und wenn er ehrlich wäre, müsste er zugeben, dass die Nationalsozialisten Planungen aus der Weimarer Republik übernommen hatten. Denn erst durch die Einführung von bezahlten Urlaubstagen in den 1920er Jahren konnte sich so etwas wie Tourismus für die arbeitende Bevölkerung entwickeln. Und mit dem Bau des Rügendamms wurde bereits 1931 begonnen, also vor der Machtübernahme. Diese Verbindung war die verkehrstechnische Voraussetzung dafür, 20.000 Urlauber hier an- und abreisen zu lassen.

Über ihm kreischte ein Schwarm Möwen, als würden sie sich über ihn lustig machen.

Bast fiel wieder schmerzlich ein, wie überzeugt Lotte gestern war, als sie sich nach seinem vermeintlichen Vater Erwin Sieg erkundigte. Die Zeit hatte sie nicht geschont, so wie ihn, sondern altersentsprechend verändert. Die Jahre hatten sich in ihre welke Haut geritzt. Nichts war geblieben von einstiger Schönheit, glattem Gesicht und anmutiger Jugend. Im Laufe der Zeit verfiel eben alles.

Wenn keiner der Senex-Jungs überlebt hatte, war Lotte der einzige Mensch, der seinen richtigen Namen kannte. Bei Lehrer Schulte war er stets der personifizierte Sieg gewesen, ein Zeigen auf ihn ersparte dieses Wort. Und anfangs gab es jede Menge Siege.

Aber nach der Kapitulation, als alles zu Bruch gegangen war und nichts von vorher mehr galt, da wollte er nicht mehr so heißen; es war ihm zuwider, sich nach dieser totalen Niederlage als Sieg vorzustellen.

Der Hauptgrund war allerdings, dass die Alliierten bei diesem Namen und seinem arischen Aussehen gleich misstrauisch geworden wären und nach seiner NS-Vergangenheit geforscht hätten. So verschwieg er seinen Aufenthalt in der Forschungsanstalt der Partei, seine lebensverlängernde Behandlung, seine zahlreichen Kontakte mit SS-Leuten, seine Zeit in der Reichsschulungsburg Sassnitz, seine offiziellen Arbeitseinsätze in Prora und letztendlich auch seinen wahren Namen.

Er musste damals alle Spuren verwischen, um problemlos wieder neu anzufangen. Also wurde er als 15-jähriger, kriegsverwirrter Vollwaise ohne Papiere von der Militärpolizei aufgegriffen. In zermürbenden Verhören bestritt er jegliche Teilnahme am Volkssturm und an NSDAP-Organisationen. Schließlich erhielt er einen Ausweis auf den Namen Erwin Bast und kam in das katholische Heim für Heranwachsende in Leipzig. Der Name war ihm eingefallen, weil er so viele Stunden auf einem mit grobem Bast bespannten Stuhl befragt wurde.

Er öffnete diese dämliche rote Plastiktüte und

überlegte, ob er ein paar Kekse essen sollte. Aber er hatte keinen Appetit. Also trank er nur einen Schluck Wasser und sah dann auf seine Armbanduhr. Es hatte noch Zeit. Er atmete tief ein und aus, sein Blick verlor sich wieder am Horizont der Ostsee.

Beate war von allem kindlich begeistert. Sie rannte einige Meter ins Wasser hinein und flüchtete übertrieben vor den Wellen wieder zurück. Danach stand sie im Sand mit panierten Fußknöcheln und fotografierte andauernd mit ihrem Handy: das Meer, die Seebrücke, den Strand und die Promenade.

Schenk ging langsam über den befestigten Weg auf die Seebrücke, sie kletterte natürlich vom Strand herauf.

„Du bist ja kaum hier und machst schon so viele Fotos?", wunderte er sich.

„Ja." Sie rieb sich den Sand von den Füßen, klopfte ihre Schuhe gegeneinander aus und zog sie wieder an. Ein klein wenig außer Atem lehnte sie sich ans Geländer. „Die Bilder schicke ich gleich an Kerstin, einer Kollegin aus dem Labor. Die möchte auch mal in Binz Urlaub machen und wollte unbedingt so schnell wie möglich etwas von hier sehen."

„Ach, so."

„Übrigens, dieser Imker ist ihr Chef."

„Wirklich? Dieser Gangster?"

Beate sagte mit einem Achselzucken: „Im Klinikum ist er noch der muffelige Herr Doktor und Laborleiter. Von dieser ganzen kriminellen Sache ist bis jetzt dort nichts Offizielles bekannt."

„Leider können wir da im Moment auch nichts unternehmen, ohne Bast und seine Geschichte preiszugeben."

„Die Kerstin hat mir doch auch einiges über Imker erzählt, wie das mit der Scheidung, den Spielschulden und so. Sie hat auch im Labor-Computer nach Herrn Bast und Herrn Prora gesucht. Aber da war absolut alles von ihm gelöscht."

„Wirklich, ein feiner Herr Doktor."

„So", Beate tippte flink auf ihrer Handy-Tastatur

herum, „jetzt schreibe ich ihr, wie herrlich es hier ist und sende ihr die Fotos."

Schenk sah ihr dabei zu. Im Gegensatz zu ihm beherrschte sie ihr Handy vollkommen.

Als sie fertig war, schob sie es in die Gesäßtasche, zog ihr T-Shirt zurecht und lächelte ihn erwartungsvoll an. „Gehen wir ganz bis nach vorne?"

„Klar."

„Und", Beate druckste mädchenhaft herum, „erwähntest du nicht etwas von einer Kleinigkeit essen?"

„Kleinigkeit hast du gesagt."

„Ach", sie kniff ihm ein Auge, „ich rede manchmal viel und unüberlegt."

Sie lachten beide und schlenderten dicht nebeneinander nach vorne zur Anlegestelle.

Dr. Imker trommelte ungeduldig mit den Fingerspitzen auf seinem Schreibtisch. Warum meldeten sich diese Idioten nicht? Es war doch schon über zwei Stunden her. Benutzte Schenk sein Auto gar nicht?

Er starrte auf die große Uhr. Die Zeit verstrich und arbeitete gegen ihn. Wie alles.

Erst machten die ihm völlig unerwartet neue Hoffnung, und nun herrschte Funkstille.

Er hielt es nicht mehr aus, nahm sein Handy und wählte Mecki an.

„Ja, Chef?", fragte der etwas verunsichert.

„Was ist los? Warum ruft ihr nicht an?"

Kerstin hatte ganz genau den doppelten Piepton ihres Handys gehört. Es lag in ihrem Korb, weil Imker die Benutzung während der Dienstzeit nicht duldete.

„Weil noch nichts passiert ist", antwortete Mecki.

„Wie?"

Kerstin schielte zu Imker ins Büro. Der hatte natürlich sein Handy am Ohr. Das war eben der feine Unterschied zwischen Mitarbeiter und Vorgesetztem.

„Wir sitzen immer noch im Van und warten darauf, dass dieser Passat endlich bewegt wird."

„Steht der auch wirklich noch da?"
„Aber ja."
Kerstin sah noch einmal zu der großen Glasscheibe und drehte sich erschrocken wieder um, weil ihr Chef genau zu ihr blickte.
Was glotzt die Tussi denn hierher?, fragte sich Imker. Die soll gefälligst auf ihre Arbeit gucken.
„Na, hoffentlich legen die heute keinen autofreien Tag ein."
Von Mecki kam ein verunglücktes Kichern. „Glaub ich nicht. Die kommen noch."
Kerstin tat sehr beschäftigt. Imker war heute noch gar nicht aus seinem Loch herausgekommen. Wahrscheinlich hatte er am Wochenende wieder Unsummen verzockt und heute deshalb eine Stinklaune.
„Ist da in der Nähe ein Hotel oder eine Pension, wo ihr nachforschen könntet?"
„Nee. In der Ecke hier gibt's nur Privatvermieter", erwiderte Mecki.
„Gut. Ich mach dann Schluss. Meldet euch sofort, wenn sich da was rührt." Nach seinem letzten Wort drückte Imker auf den roten Hörer. So langsam bekam er Hunger, denn zum Frühstück hatte er nichts gegessen. Er legte das Handy nicht auf den Schreibtisch, sondern schob es in die Brusttasche des Kittels.
Kerstin würde sich die Nachricht in der Mittagspause oder nach Feierabend ansehen. Sie zuckte regelrecht zusammen, als die Bürotür aufschwang und er heraus kam.
Imker trat hinter seine beiden Mitarbeiterinnen, um Kontrolle vorzutäuschen. Er räusperte sich und sagte: „Ich habe jetzt noch ein paar Wege zu erledigen und gehe dann in die Kantine."
„Ist gut."
„Ja."
Fünf Minuten nach seinem Verschwinden lehnten sich die Frauen erleichtert zurück und sahen sich mit entsprechendem Mienenspiel an.
Kerstin pustete geräuschvoll Luft aus und meinte: „Ich dachte schon, der würde heute gar nicht mehr

abhauen."

„Hauptsache, er lässt uns in Ruhe arbeiten und nervt nicht rum."

„Wir erledigen doch sowieso schon alles alleine." Kerstin stand auf, holte ihr Handy aus dem Korb und öffnete die neue Sendung. Sie hatte Fotos und eine Nachricht von Beate erhalten. Sie betrachtete die schönen Urlaubsbilder aus Binz und freute sich mit Beate, dass es ihr so gut dort gefiel. Sie schrieb ihr gleich zurück und bedankte sich.

Das Wasser der Ostsee war kühl, aber nicht unangenehm. Genau wie der salzige Geschmack auf seinen Lippen. Er strampelte mit den Füßen auf der Stelle, um sich in der Senkrechten zu halten. Er schaute wehmütig zum Strand von Prora, sah das Gelb des Sandes, das Grün des Kieferngürtels und dahinter stückchenweise die kilometerlange Fassade.

Bast drehte sich um 180 Grad und schwamm mit ruhigen Zügen hinaus. Der Horizont lag vor ihm.

Wie oft er damals mit den Jungs hier gebadet hatte. Natürlich kam es jedes Mal zu einem Wettschwimmen. Alfred war der Schnellste gewesen, er konnte als einziger richtig kraulen. Dann folgten Egon und er selber. Den Schluss übernahm Konrad, der stets hektische und zu kurze Züge machte.

Sie hatten immer ihren Spaß gehabt. Egal, ob beim Schwimmen oder Fußball, beim Radfahren oder bei Kampfspielen, ständig wurde dabei geplappert, geschrien und gehänselt; jeder hatte den Ehrgeiz gehabt, zu gewinnen und die anderen mit den meisten und fiesesten Schimpfwörtern zu übertrumpfen.

Mit Lotte war er nur ein einziges Mal in der Ostsee gewesen. Sie mochte es nicht, wenn etwas Unsichtbares oder Unbekanntes unter ihr sein könnte. Mit einer raschen Kopfbewegung verscheuchte er den Gedanken an sie, schluckte dabei etwas Wasser. Das Salz des Lebens. Was war das? Hatte er es jemals gekostet? Oder jetzt erst zum Schluss?

Bast blickte hoch zum Himmel, da trieben nur

wenige Wolken. Jetzt war der Zeitpunkt da. Er zählte bis drei, hielt die Luft an und zerbiss die Glaskapsel. Er schmeckte Blut im Mund und spürte ein Brennen.

Weiter schwimmen, Erwin, wurde befohlen. Wie Säure rann da etwas seine Speiseröhre hinunter. Die Wellen schwappten ihm seicht entgegen, wie alte Bekannte. Plötzlich brannte es wie Feuer in seinem Magen, ihm wurde übel, er würgte.

Nicht schlappmachen. Weiter, Erwin. Zum Sieg. Er wollte über das Wortspiel lächeln, aber dieses Heiße im Leib verhinderte das. Dieses glühende Stochern steigerte sich. Die Wellen wurden undeutlicher.

Es schmerzte unerträglich. Er musste dieses Feuer in seinem Bauch löschen. Natürlich mit Wasser. Davon gab es ja genug hier. Also trank er gierig. Er schluckte das Salzwasser des Lebens.

Irgendwie wurden die Wellen immer höher, sie erreichten seinen Hinterkopf, bedeckten ihn. Und jetzt hörte er die Jungs wieder, sie riefen seinen Namen.

Ich komme ja, Martha, sagte Bast unter Wasser und schwamm einfach weiter.

„Na, schmeckt´s?"

„Hm!", Mecki verschlang gierig sein Pizzastück.

Man hört´s, dachte Bruno. „War doch ´ne gute Idee gewesen, was?"

Trotz seines geräuschvollen Essens konnte man „Super" verstehen.

Weil sie ihren Standort nicht verlassen wollten, aber einer alleine den Passat nicht verfolgen könnte, sie jedoch mächtigen Hunger hatten, war Bruno auf die Idee gekommen, beim Italiener – den sie bereits getestet hatten – telefonisch zwei aufgeschnittene Pizzas zu bestellen. Als Adresse nannte er die Hausnummer, vor der sie standen. Als der Pizzabote kam, fing Bruno ihn ab, gab sich als Auftraggeber zu erkennen und überließ ihm noch ein gutes Trinkgeld.

Mecki hatte mittlerweile fast doppelt so viel von seiner Pizza vertilgt wie er. Er war nun mal verfressen und ekelhaft. „Hoffentlich tut sich bald mal was. Ich kann die Ungeduld von Imker verstehen."

Bevor er sich über das nächste Stück hermachte, sagte Mecki mit relativ leerem Mund: „Jetzt sollen die gefälligst noch warten, bis wir aufgegessen haben."

„Tja." Bruno kaute genüsslich. Ihm kam es auch seltsam vor, dass die ihr Auto noch gar nicht benutzt hatten. Was wäre, wenn sie heute überhaupt nicht mehr fahren würden? Diese Möglichkeit gefiel ihm absolut nicht.

Auf dem Fußweg zum türkischen Imbiss hatte sie die SMS von Kerstin erhalten und Schenk vorgelesen. Beate war ganz entzückt von den vielen restaurierten Jugendstil-Villen gewesen.

Nun saßen sie draußen unter einer orangenen Markise und aßen: Beate einen Bauernsalat mit Fladenbrot und Schenk einen dicken Döner. Er hatte ihr schon in groben Zügen alle Neuigkeiten über Erwin Bast berichtet. Als er ihr jetzt mitteilte, dass er nicht 68, sondern 84 Jahre alt sei, verschluckte sie sich gleich und bekam einen Erstickungsanfall.

Schenk beugte sich zu ihr rüber und klopfte ihr zaghaft auf den Rücken. Sie hob beide Arme hoch und atmete durch die Nase. Nach einigen Schlucken Wasser ging es ihr wieder besser.

„Unglaublich", krächzte Beate.

„Das wird noch spannender." Schenk hatte große Mühe, den prall gefüllten Döner manierlich zu essen. „Als uns Imkers Ganoven da am Fleesensee dicht auf den Fersen waren und ich ihre Reifen zerstochen habe, konnte ich Bast überreden, sich die Haare färben zu lassen."

„Echt?" Beate aß vorsichtig weiter.

„Na, mit seinem schneeweißen Haar wären wir doch sofort überall aufgefallen. Das war doch wie ein weithin sichtbares Signal."

„Stimmt."

„Was meinst du, der sieht jetzt mit dunklen Haaren viel jünger aus als ich. Man könnte ihn sogar

fast für meinen Sohn halten." Ihm fiel spontan der Zwischenfall mit der Frau im Rollstuhl am Kap Arkona ein.
„Na, jetzt übertreibst du aber."
„Nein, nein." Schenk wischte sich den beschmierten Mund ab und trank von seiner Cola.
„Dass der 84 Jahre alt sein soll, ist unfassbar. Also hat er tatsächlich seine Jugend in der Nazizeit verbracht."
„Und er glaubt immer noch an das Hakenkreuz."
„Nun, er wurde ja auch voll von dieser Zeit geprägt. Wir können alle leicht reden, aber wir haben das alles nicht miterlebt, mussten das nicht durchstehen."
„Aber mit dem heutigen Wissen über die Nazi-Gräuel und dem Abstand müsste man doch auch einige Irrtümer und Fehler zugeben können, oder nicht?"
„Ja, schon. Aber man darf nicht vorschnell darüber urteilen, ob sich damals jemand richtig verhalten hat. Bei den Mitläufern sollte man sich vor Schuldzuweisungen hüten."
Dass Beate so viel Verständnis für Bast zeigte, behagte ihm gar nicht. „Rate doch mal, was er für eine Lebenserwartung hat?"
„Ich bin schlecht im Raten." Sie balancierte die volle Gabel zum Mund.
„Bast kann 150 Jahre alt werden."
Sie hätte sich beinahe erneut verschluckt, starrte ihn geschockt an und kaute schnell zu Ende. „Wie bitte?", fragte sie ungläubig.
„Seine Lebenserwartung wurde durch die Veränderung seiner Gene auf 150 Jahre verlängert."
„Das gibt´s doch nicht." Beate war baff und schüttelte den Kopf. „150 Jahre?"
„Unvorstellbar, nicht wahr?"
„Kann man wohl sagen. Das ist ja ungefähr die doppelte Lebensspanne wie bei Normalsterblichen."
„Und zusätzlich wird er aller Wahrscheinlichkeit nach die ersten 100 Jahre ziemlich vital sein."
Sie überlegte und sagte dann: „Herr Bast würde ja

rein rechnerisch noch seine Enkelkinder überleben. Das wäre aber auch wiederum furchtbar."

Schenk nickte kauend und schielte auf ihren Salat, den sie noch nicht mal zur Hälfte geschafft hatte.

„Ich möchte jedenfalls nicht so uralt werden", sagte Beate.

„Ich schon, wenn ich so fit bin wie Bast."

Auf dem Rückweg von der Kantine zum Labor machte Imker noch einen Schlenker in die Eingangshalle. Er stellte sich wieder hinter den Parkscheinautomaten und lugte vorsichtig zur verglasten Eingangsfront.

Natürlich. Der schwarze Audi stand unverändert da. Auf diesen Aufpasser konnte man sich verlassen.

Halt! Bei genauerem Hinsehen erkannte er eindeutig einen hellhäutigen Arm, der aus dem Fahrerfenster lehnte. Also gab es doch eine Ablösung.

„Hallo", wurde er plötzlich angesprochen. Imker wirbelte erschrocken herum.

„Darf ich mal da ran?" Eine dickliche Frau hielt ihm ihren Parkschein unter die Nase und beäugte sein Namensschild am weißen Kittel.

„Aber klar. Sicher." Er entfernte sich schnell.

Imker ärgerte sich über sein peinliches Versteckspiel und warf noch einen Blick auf die große Uhr in der Halle. Verflucht, dachte er, schon wieder eine Stunde rum.

Schenk schaute beiläufig auf seine Armbanduhr.

„Wann müssen wir los?", fragte Beate.

„In 'ner Viertelstunde."

„Dann hol ich mir noch einen Kaffee." Sie gähnte verhalten. „Ich hab jetzt meinen müden Punkt."

„Kein Wunder, du bist ja sicherlich schon um fünf Uhr aufgestanden."

„Richtig."

Schenk rückte seinen Stuhl zurück, um sich zu erheben. „Schwarz oder mit Milch?"

„Nein, nein." Sie sprang sofort auf. „Den kann ich mir selber holen." Und weg war sie.

Schenk nagte an seiner Oberlippe. Sein Verhalten gegenüber Frauen war anscheinend nicht mehr zeitgemäß. Heute musste der Mann wohl nicht mehr so vieles übernehmen? Bei Nina waren Gaststätten ganz klar sein Aufgabengebiet gewesen.

Beate kam mit einem Becher zurück und setzte sich. Nach den ersten Schlucken sagte sie: „Ich bin es gewohnt, für mich zu bestellen und zu bezahlen. Ich bin eine selbständige Frau."

„Aber ja." War das eine empfindliche Stelle bei ihr?

„Ah! Der Kaffee tut gut."

„Willst du dich nicht lieber etwas hinlegen und ausruhen? Du könntest dir ein Stündchen Mittagsschlaf gönnen."

„Hört sich verführerisch an." Beate rollte mit den Augen und schien es abzuwägen.

„Ich kann Bast auch allein abholen."

„Nein. Ich komme mit." Sie trank von ihrem Kaffee. „Ich bin ja schließlich nicht hierhergekommen, um am Tage zu schlafen."

„Wie du willst. Ich möchte dich zu nichts überreden."

„Schade eigentlich", erwiderte sie vieldeutig mit einem schelmischen Lächeln.

Sie hatte es geschafft, Schenk zu verunsichern. Plötzlich bekam er Bedenken, ob er in Sachen Sex ihren sicherlich hohen Anforderungen überhaupt gerecht werden könnte?

Petra hatte sie zur Mittagsruhe aufs Bett gelegt. Aber sie fand keine Ruhe. Nicht mehr, seit sie gestern diesem Mann begegnet war, der so vollkommen nach Erwin Sieg ausgesehen hatte, dass es nur sein Sohn sein konnte. So eine Ähnlichkeit konnte doch nicht zufällig sein.

Ihr Blick wanderte in ihrem Zimmer umher und blieb am verhassten Rollstuhl hängen. Wie mühselig es gewesen war, endlich ein Einzelzimmer zu bekommen. Jede Woche hatte sie im Büro nachgefragt und ihren Sohn ständig angestachelt, auch der Heimleitung damit auf die Nerven zu gehen. Nach Monaten voller Ärger und vielen schlaflosen Nächten, weil ihre demente Mitbewohnerin das Bad verunreinigte, nachts herumgeisterte und ihre Sachen nahm – sogar ihre Zahnprothese versuchte sie sich einzusetzen – hatte es schließlich mit dem Einzelzimmer geklappt.

Nun war dieser bescheidene Raum mit den paar Möbeln alles, was sie noch hatte. Und ihre Erinnerungen. Und natürlich ihren Sohn, der sie jeden Sonntag besuchte und etwas mit ihr unternahm. Aber noch nie war etwas so Aufwühlendes wie gestern passiert. Zu ihm nach Hause durfte sie nur ein Mal im Jahr. Das lag an der Schwiegertochter. Wie meistens. Nur zu ihrem Geburtstag konnte sich ihr Sohn durchsetzen, da holte er sie zu sich, zum Kaffee und Abendbrot.

Sie drehte sich zum Fenster, wo sie einen Baum und ein Stück Himmel sah. An dem Baum konnte man bestens die jeweiligen Jahreszeiten erkennen. Manchmal hatte sie sich schon gefragt, ob es ihr letzter Frühling oder Herbst wäre. Die Zeit lief ab. Hier war ihre Endstation. Von hieraus ging es nur noch in eine Richtung. Aber davor hatte sie keine Angst. Was hatte sie noch zu erwarten? Nur weitere Leiden und Gebrechen. Möglicherweise würde sie auch geistig abbauen. Was sollte da noch Gutes kommen? Die Hoffnung auf ein Enkelkind hatte sie schon lange aufgegeben.

Ihr fiel ein, dass sie mal davon gelesen hatte, dass manche Menschen irgendwo einen unbekannten Doppelgänger hätten. Wahrscheinlich hatte sie gestern so jemanden getroffen.

Sie hatte einen guten Mann gehabt, der 46 Jahre für sie da war, bevor er viel zu früh starb. Sie konnte sich absolut nicht über ihn beklagen. Aber anscheinend hing man seiner Jugendliebe ewig nach. Man verklärte sie, weil es ja keinen grauen Alltag mit ihnen gegeben hatte, nur junge Hochgefühle. Sie mussten sich nicht über die Jahre bewähren, sondern nur bei Glücksmomenten. Schön und flüchtig wie ein Schmetterling.

Ob Erwin überhaupt noch lebte?

Sie hatte auch niemals versucht, ihn ausfindig zu machen. Obwohl dieses Suchen nach dem Kriege sogar sehr verbreitet gewesen war. Beim Roten Kreuz und bei öffentlichen Einrichtungen hingen Unmengen von Vermisstenanzeigen. Möglicherweise hatte sie es zu voreilig als Schicksal angesehen, dass sie sich auf dem Rostocker Bahnhof verloren hatten. Oder sie hatte sich einfach nicht getraut, etwas Derartiges zu unternehmen. Fünfzehnjährige sucht gleichaltrigen Geliebten! Die hätten ihr schon was erzählt und sie als Flittchen weggejagt.

Sie schaute zur Uhr. Mal sehen, wer heute Spätdienst hatte und sie aus dem Bett holte. Hoffentlich nicht diese unfreundliche Schülerin.

Kapitel 21

Meckis Kopf lehnte an der Seitenscheibe, er war weggedöst, schnarchte aber wenigstens nicht.

Fressen, rauchen, saufen und pennen, dachte Bruno, das waren seine Lebensinhalte. Er hielt mal wieder die Stellung, hatte den Empfänger auf seinem Schoß liegen und grübelte über weitere Möglichkeiten nach, wie man an den Weißhaarigen kommen konnte, falls die wirklich ihr Auto heute nicht benutzen würden. Vielleicht war die Karre auch kaputt? Aber dann hätte dieser Schenk den Passat garantiert in eine Werkstatt gegeben und ihn nicht hier stehen lassen.

Plötzlich erwachte auf dem Display der rote Punkt zum Leben und blinkte. Aufgeschreckt nahm Bruno das Tablet in beide Hände. Tatsächlich! Der rote Punkt bewegte sich.

Er stieß dem Dicken seinen linken Ellenbogen in die Seite. „Eh! Aufwachen!"

„Wie?", Mecki zuckte zusammen. „Was ist denn?"

„Es geht los." Bruno deutete auf den wandernden Punkt. „Der Passat fährt."

„Was?"

„Der Passat fährt. Und du hoffentlich auch bald."

„Ja, ja." Er startete und wischte sich über seinen Stoppelschnitt. „Wo lang?"

„Da das hier ´ne Einbahnstraße ist, erst mal geradeaus. Bei der nächsten Gelegenheit dann rechts."

„Okay." Mecki verließ diesen Platz, auf dem sie über drei Stunden gestanden hatten.

Bruno blickte gebannt auf die Anzeige. Bei diesem hochwertigen Empfänger gab es auch für den Verfolger einen Punkt, einen schwarzen. Und der blinkte und bewegte sich jetzt ebenfalls.

Sie bogen nach rechts ab.

„Der will aus Binz raus." Noch lagen die beiden Punkte recht weit auseinander.

„In welche Richtung?"

„Nach Norden." Bruno verdrehte die Augen. Als wenn der was damit anfangen könnte! „Entweder nach Prora oder Sassnitz. Oder noch höher."
„Weiter geradeaus?"
„Ja." Der schwarze Punkt näherte sich dem roten von unten.
„Du musst Imker anrufen", sagte Mecki.
„Erst, wenn wir aus Binz raus sind. Wenn wir auf freier Strecke sind."
„Der meckert doch sonst wieder rum."
„Mach dir mal nicht in die Hose. Die nächste links."
Mecki hätte jetzt gerne eine geraucht. Aber das sollte er sich wohl lieber verkneifen, entschied er für sich.
„Nun sind sie auf dieser Hauptstraße, wo ich sie gestern im Stau gesehen habe."
„Aha." Mecki blinkte und fuhr nach links.
„Und nun gleich wieder rechts. Dann sind wir auch darauf. Nur ein Stück hinter ihnen." Der schwarze Punkt verfolgte den roten auf einer geraden Straße.
„Dann ruf jetzt an." Mecki holte sein Handy hervor, suchte die Nummer von Imker heraus und reichte es weiter. „Hier. Brauchst nur noch auf den grünen Hörer zu drücken."
„Ich kann auch telefonieren." Gab der jetzt neuerdings die Befehle?, fragte sich Bruno und wählte Imker an.
„Ja?"
„Hallo. Hier ist Bruno."
„Und?"
„Der Passat fährt vor uns."
„Echt?", erwiderte Imker erfreut.
„Ja. Hat zwar lange gedauert, aber jetzt sind wir an ihm dran."
„Habt ihr Sichtkontakt?"
„Nein. Das wäre wohl zu riskant, oder? Immerhin kennen die doch den Van. Die haben ja schließlich die Reifen aufgeschlitzt."
Mecki dachte sofort an die 1.800 Euro, die er

dafür mit seiner Karte bezahlt hatte.

„Stimmt auch wieder."

Die musste Imker ihm selbstverständlich noch zusätzlich erstatten.

„Ich glaube, die fahren nach Prora", sagte Bruno. Eigentlich wollte er nach dem Reifenschaden einen anderen Wagen nehmen, aber Mecki war strikt dagegen gewesen. Außerdem hätte es wieder mehr gekostet, denn seinen Van benutzte er ja umsonst mit.

„Der Lieblingsplatz von Bast."

Und wie es momentan aussieht, kann er seine schwarze Kiste auch behalten, dachte Bruno. „Das ist ´ne Riesenanlage da."

„Glaub ich. Also, schnappt ihn euch unauffällig."

Die Distanz zwischen den beiden Punkten hatte sich vergrößert. Bruno fächelte mit der Hand vorwärts, damit Mecki etwas beschleunigte. „Und was machen wir mit Schenk?"

„Wie abgesprochen, verpasst ihm eine Ladung mit dem Elektroschocker, nehmt ihm sein Handy weg und lasst ihn einfach liegen."

„Vielleicht sollten wir es wie einen Raubüberfall aussehen lassen", schlug Bruno vor und dachte an einen kleinen zusätzlichen Gewinn.

„Ist mir egal. Hauptsache, er kann die Polizei erst einige Zeit nach der Entführung alarmieren. Damit ihr einen ordentlichen Vorsprung habt."

„Ja."

„Und meldet euch gleich, wenn ihr Bast habt und mit ihm Richtung Westen unterwegs seid. Damit ich eine rasche Übergabe organisieren kann."

„In Ordnung."

„Gut. Bis dann." Imker hatte das Gespräch beendet.

„Auch tschüss", murmelte Bruno und gab das Handy wieder zurück.

„Was hat er gesagt?", fragte Mecki.

„Wir sollen wieder anrufen, wenn wir Bast haben, damit er die Übergabe klar machen kann."

„Hat er sich nicht gefreut?"

„Doch. Ein bisschen." Der rote Punkt hüpfte nach rechts rum. „Siehst´e, die sind nach Prora abgebogen. Hab ich doch gesagt."

Immer dieses beknackte Prora, wo man so viel laufen muss, dachte Mecki und schmachtete nach einer Zigarette.

Nach einigen Minuten nahmen sie auch die Einfahrt.

„Da hinten stehen sie", Bruno zeigte nach vorne.

„Die sind aber schnell verschwunden."

Bruno schüttelte den Kopf. „Die sitzen noch im Wagen. Ich kann Schenk am Steuer erkennen."

Mecki schlich nun im Schritttempo voran. „Wo soll ich hin? An denen vorbei?"

„Auf keinen Fall. Die kennen doch deinen Van. Fahr hier rechts und dann hinten rum auf den Parkplatz."

„Aber das ist eigentlich die Ausfahrt."

„Ist doch scheißegal!", blaffte Bruno ihn an. „Nun mach schon! Sonst fallen wir denen noch auf."

Mecki fluchte und fuhr so wie angegeben. Er stellte sich an eine Seite des recht leeren Parkplatzes; so, dass man gut an die Schiebetür heran kam. „Und jetzt?"

„Mann, jetzt müssen wir uns ran schleichen und sie beobachten. Hast du ein Fernglas?"

„Nee."

„Na, toll!", stöhnte Bruno. „Also raus."

Mecki zog sein schwarzes T-Shirt runter und betastete dabei seinen hinteren Hosenbund. Nach wenigen Schritten zündete er sich eine Zigarette an und inhalierte tief. Bruno warf ihm einen missbilligenden Blick zu. Sie gingen zu der Gebüschreihe, die den Parkplatz hier zu einem Teil trennte. Bruno spähte zwischen den Zweigen hindurch und entdeckte den silbernen Passat. Nun sah er die Beifahrerseite. Aber was war das? Diese braune Frisur?

Bruno drückte einen störenden Ast herunter und reckte den Kopf vor, um besser sehen zu können. Tatsächlich. Ganz deutlich. „Da sitzt ´ne Frau neben Schenk", flüsterte er.

„Echt? Wieso denn das?"
„Keine Ahnung", knurrte Bruno zurück.
„Und der Weißhaarige? Sitzt der hinten?"
„Nein. Da sitzt keiner."
„Ist das auch der richtige Passat?"
Bruno stöhnte genervt. „Na, klar. Willst du hier lieber gucken?", fauchte er.
„Und jetzt?"
„Abwarten. Wahrscheinlich wollen die den Alten hier abholen."
„Scheiße!", Mecki zertrat seine Kippe.

Um fünf Minuten vor zwei standen sie an der vereinbarten Stelle. Eigentlich wunderte sich Schenk, dass Bast noch nicht hier wartete.
„Soll ich mich nicht besser nach hinten setzen?", fragte Beate. „Hier vorne ist es doch bequemer für Herrn Bast."
„Bleib ruhig hier vorne. Der ist zwar 84 Jahre alt, vom Allgemeinzustand aber nur halb so viel. Der kann da hinten wunderbar sitzen." Nur mit dem anderen Sicherheitsgurt wird er mal wieder Schwierigkeiten haben, dachte Schenk und schmunzelte hinterlistig.
„Viele Autos stehen hier aber nicht."
„Der Parkplatz geht da noch weiter", er zeigte an ihr vorbei zu dichten Gebüschen. „Allerdings ist hier montags nicht viel Betrieb. Aber gestern war bei der Zufahrt ´ne Schlange beim Einfädeln in die Hauptstraße."
„Das möchte ich mir hier aber auch noch alles ansehen. Nur nicht gleich heute am ersten Tag."
„Verständlich." Schenk sah auf seine Uhr. Es war fünf Minuten nach zwei. Bast war doch noch nie unpünktlich gewesen.
„Da muss Herr Bast natürlich auch mitkommen, um mir alles zu erklären."
„Ja", Schenk nickte nachdenklich. „Wo der bloß bleibt?"
„Na ja", Beate schaute auf ihre Uhr, „es ist ja gerade erst zwei Uhr durch."

„Trotzdem. Der war stets überpünktlich."
„Ach, der wird gleich kommen."

Dr. Imker fühlte sich prima, all seine Sorgen hatten sich aufgelöst. Er saß bequem zurückgelehnt an seinem Schreibtisch, sah seinen Labormäusen bei der Arbeit zu und suchte nach treffenden Formulierungen für seinen Anruf beim Türken. Etwa: Wir haben ihn. Wo sollen wir ihn hinbringen? Oder: Ich brauche Ihre Zeitansagen nicht mehr. Wo wollen Sie Bast übernehmen? Und: Wann bekomme ich meine Schuldscheine und das Geld?

Es war nur noch eine Sache von wenigen Stunden, bis er diesem türkischen Blutsauger den Erfolg melden konnte. Und dann war alles überstanden. Er musste nicht nach Frankfurt, nicht nach Mexiko. Er konnte wie gewohnt am Feierabend nach Hause fahren. Und es würde einen Neuanfang geben, ohne alte Laster und Fehler.

Er verspürte den Drang, auch noch andere an seinem Hochgefühl teilhaben zu lassen. Also entschied er sich für seine braven Mitarbeiterinnen und ging zu ihnen hinaus.

Imker räusperte sich und betonte fast feierlich: „Hab ich Ihnen beiden eigentlich in letzter Zeit mal gesagt, dass ich mit Ihren Leistungen außerordentlich zufrieden bin?"

Kerstin starrte ihn entgeistert an. „Nein. An so etwas kann ich mich nicht erinnern."

„Ich auch nicht", stimmte ihre Kollegin zu.

„Nun, dann möchte ich mich für mein unsensibles, unfaires Verhalten entschuldigen und Besserung geloben. Und ich wiederhole es in aller Deutlichkeit: Ich bin mit Ihren Tätigkeiten in meinem Labor sehr zufrieden. Sie sind zwei hervorragende, engagierte Mitarbeiterinnen."

„Vielen Dank, Dr. Imker."

„Ja. Danke", schloss sich Kerstin ihrer Kollegin an und blickte ihm misstrauisch hinterher, wie er wieder in sein Büro stolzierte.

Drei zermalmte Kippen lagen bereits zu Meckis Füßen. Seit über einer Viertelstunde beobachtete Bruno den silbernen Passat durch das Gebüsch. Nichts war passiert. Schenk und die dunkelhaarige Frau saßen im Auto. Dieser Bast war nicht aufgetaucht. Hatten die da so viel zu bereden? Und überhaupt: Woher kam diese Frau auf einmal?

Bruno wollte sich gerade zu Mecki umdrehen, als die Türen des Passats geöffnet wurden und beide ausstiegen. Schenk blickte auf seine Uhr und sagte etwas zu der Frau, die ganz flott aussah. Dann gingen sie in ihre Richtung.

„Los, weg!", Bruno ließ behutsam den Ast los. „Die kommen hierher."

„Wohin denn?"

„Zurück zum Van."

Die beiden rannten. Bruno war natürlich als erster am Wagen und stellte sich dahinter. „Komm hierher."

Sie standen an der Heckklappe und spähten vorsichtig hervor, einer links, einer rechts. Mecki wollte sich eine Zigarette anstecken.

„Jetzt nicht!", zischte Bruno. „Die könnten den Qualm sehen. Der Van ist schon auffällig genug."

Mecki schluckte eine Erwiderung herunter. Er sah Schenk und die Frau zuerst. „He, die ist aber ordentlich bestückt", seine Hände umfassten einen riesigen unsichtbaren Busen. „Wo hat der die bloß aufgerissen?"

„Weiß ich doch nicht. Wichtiger ist die Frage, wo der Weißhaarige steckt? Treffen die ihn hier? Suchen sie ihn vielleicht? Oder ist der etwa gar nicht mehr mit Schenk zusammen?"

„Das wäre ´ne Katastrophe."

„Richtig", Bruno nickte. „Auf jeden Fall müssen wir denen folgen. Und", er tippte gegen die Heckklappe, „den Elektroschocker, das K.o.-Spray und drei Kabelbinder nehmen wir mit."

„Okay." Mecki kratzte sich am Bauch, dann wanderte seine Hand nach hinten.

Nach der häufigen Betonung seiner Pünktlichkeit, machte sich Beate mittlerweile mehr Gedanken über das Ausbleiben von Bast als Schenk. „Hoffentlich ist der nicht irgendwo gestürzt und hat sich so verletzt, dass er nicht mehr gehen kann."

„Glaub ich nicht. Der ist topfit und kennt sich hier bestens aus." Ironisch lächelnd fügte er hinzu: „Es sei denn, er will sich wieder von dir verarzten lassen."

Sein kleiner Scherz konnte die Sorgenfalten auf ihrer Stirn nicht vertreiben. „Aber wo bleibt er dann?"

„Vielleicht ist er am Strand eingenickt oder hat die Zeit verträumt. Der schwelgt hier doch immer in Erinnerungen." Aber Schenk glaubte selber nicht an das, was er gerade gesagt hatte. Bast war durch und durch diszipliniert und kein unzuverlässiger Traumtänzer. Da stimmte etwas nicht. Hoffentlich hatten ihn Imkers Handlanger hier nicht geschnappt.

„Ein Handy hat er wohl nicht, oder?"

„Nein." Schenk verzog das Gesicht. „Der ist noch altmodischer als ich."

Als Beate den ersten Gebäudeabschnitt erblickte, zeigte sie auf die rechtwinkelig vorgesetzten Bauten. „Warum ragen die da so hervor? Was ist da drin?"

„Das Treppenhaus und Sanitäranlagen."

„Wirklich beeindruckend."

„Von der Seeseite ist es noch imposanter. Da gehen wir jetzt auch hin. Bast hält sich nämlich gerne am Strand auf. Der läuft auch gerne barfuß im Sand, so wie du."

„Ach, ja?" Sie strahlte und zwinkerte ihm zu. „Du wohl nicht?"

„Nein, ich mag das nicht so."

„Na, wenn Herr Bast hier irgendwo in dem Riesenbau liegt, findet man ihn nicht so schnell."

„Überall kann man auch nicht rein."

Mit hallenden Schritten passierten sie den Durchgang und kamen auf die andere Seite.

„Oh, ein richtiger Kiefernwald."

„Es ist nur ein schmaler Streifen zwischen Strand

und Gebäude."

„Das ist ja wirklich gigantisch", staunte Beate. „So eine lange Hausfront hab ich noch nie gesehen."

„4,5 Kilometer."

„Da möchte ich kein Fensterputzer sein."

„Ich auch nicht."

Sie gingen langsam in Richtung der Kiefern. Beate blieb ab und zu stehen und blickte an diesem scheinbar unendlichen Bauwerk entlang. Einmal meinte sie, am Durchgang einen zurückzuckenden Kopf gesehen zu haben. Aber wahrscheinlich hatte sie sich getäuscht.

„Viel ist hier aber nicht los."

„Wie gesagt, gestern herrschte bestimmt Hochbetrieb."

„Tja", sie rümpfte die Nase, „immer diese Sonntagsausflügler."

„Heute sind nur die Urlauber da. So wie wir."

„Und als das hier errichtet wurde, spielte der junge Erwin Bast mit seinen Freunden auf dieser Riesenbaustelle?", fragte Beate. „Durften die das denn?"

„Na ja, eigentlich sollten sie den Maurern als zusätzliche Handlanger dienen: Material ran karren, Schutt wegbringen, Werkzeuge sauber machen, Bier und Essen holen, aufräumen und so weiter. Sie wurden von der Reichsschulungsburg in Sassnitz hierher zum Arbeitseinsatz abkommandiert. Das ist der nächste größere Ort in Richtung Norden."

Sie betraten jetzt den mit braunen Kiefernnadeln bedeckten Waldweg, die vielen knorrigen Wurzeln waren die reinsten Stolperfallen.

„Da in der Nähe sind doch auch die Kreidefelsen, nicht wahr?"

„Richtig", Schenk sah auf seine Uhr. Er machte sich auch Sorgen um Bast.

„Wie alt war er denn damals?"

„So acht, neun Jahre. Als der Krieg begann, gab es hier einen Baustopp." Er wollte erst ‚ausbrach' sagen, aber das klang so nach unvermeidlicher Naturerscheinung wie ein Gewitter, für das niemand verantwortlich wäre.

„Dass der 84 Jahre alt ist", Beate schüttelte den Kopf. „Was der schon alles erlebt hat."

„Und noch erleben wird."

„150 Jahre", Beate nickte nachdenklich. „Der wird mich auch überleben."

„Wie alt bist du denn? – Oh!", Schenk hielt sich erschrocken die Hand vor den Mund und errötete etwas. „Wie peinlich. So etwas fragt man doch eine Dame nicht."

„Ich bin keine Dame. Ich glaube, die sind schon lange ausgestorben. Ich bin 43 Jahre alt."

„Ich ...", Schenk stolperte über eine Wurzel und wäre fast gestürzt.

Beate lachte auf. „Aber das muss dich doch nicht gleich umhauen."

„Und ich bin 52."

„Na, dann hätten wir das ja geklärt." Sie kicherte immer noch über seine unbeholfenen, tapsigen Ausfallschritte.

Nun hatten sie den Rand des Waldstreifens erreicht. Vor ihnen lag der sacht abfallende Sandstrand und dahinter die ruhige Ostsee. Beate war begeistert von diesem herrlichen Anblick. Sie meinte, es sei das ideale Motiv für eine Urlaubspostkarte und schwärmte allgemein vom Meer. Schenk hörte ihr nicht so aufmerksam zu, sondern hielt links und rechts Ausschau nach Bast. Auf dem gesamten langen Strand hielten sich genau acht Erwachsene, drei Kinder und ein Hund auf. Im Wasser konnte er niemanden entdecken. Aber das hatte ja wohl auch noch keine Badetemperatur. Obwohl das Bast nicht abschrecken würde. Aber er war nirgends zu sehen.

„Hier ist er auch nicht."

„Tja", Beate stemmte die Hände in die Hüften und blickte sich gemächlich um.

„Dann muss er doch im Gebäude sein. Oder in den Ruinen im nördlichen Teil."

„Was ist denn das da hinten?", sie zeigte nach links. „Liegt da einer?"

„Nein. Dafür ist es zu klein. Sieht aus wie ein Rucksack oder Kleiderhaufen. „Aber halt mal ..." Schenk beugte seinen Oberkörper vor und hielt eine Hand als Sonnenschutz an die Stirn, um es genauer erkennen zu können.
„Du siehst ja aus wie ein Indianer."
Schenk murmelte etwas vor sich hin.
„Was ist denn?"
„Da ist etwas Rotes dabei."
„Na, und? Wieso rot?", fragte Beate verständnislos.

Bruno lugte vorsichtig um die Ecke des Durchgangs. Na, endlich. Die beiden waren im Waldstück verschwunden. Vorhin hatte er schon befürchtet, die Frau hätte seinen Kopf gesehen. Durch die wenigen Besucher hier, fiel man natürlich sofort auf. Besonders wenn man ein schwarzes Walross im Schlepptau hatte. „Sie sind weg. Komm."
„Jetzt muss ich aber eine rauchen", maulte Mecki und zündete sich eine an.
„Vielleicht treffen sie den Weißhaarigen da am Strand."
„Und wo wollen wir ihn uns schnappen?" Mecki inhalierte tief.
„Am besten auf diesem Waldweg, zu dem wir gerade gehen. Da können wir uns hinter den Bäumen verstecken und ihm auflauern."
„Und dann?"
„Wir betäuben ihn und schleppen ihn zum Durchgang, als ob er besoffen oder krank wäre", erklärte Bruno. „Du holst schnell den Van, wir schmeißen ihn rein, und weg sind wir mit ihm."
„Hört sich einfach an."
„Aber was machen wir mit der Frau?" Bruno spürte Hemmungen, auch sie mit dem Elektroschocker zu betäuben.
„Ach, da wüsste ich schon was", Mecki streckte die Zunge seitlich raus und hechelte wie ein fetter, geiler Bock.
„Auf keinen Fall. Du fasst die Frau nicht an. Ich

warne dich."

„War ja nur e´n Scherz."

„Bast hat heute Morgen seine spärlichen Einkäufe in eine rote Plastiktüte gepackt."

„Kapier ich immer noch nicht", erwiderte Beate achselzuckend.

„Die Tüte könnte da mit seinen Sachen liegen."

„Meinst du, er ist schwimmen?"

„Im Wasser ist niemand."

„Glaubst du, er ist beim Baden ertrunken?"

„Nein."

„Aber worauf willst du denn hinaus?"

„Er könnte …" Schenk hatte auf einmal einen trockenen Hals, als wäre er mit diesem Sand paniert. „Vielleicht …" Er schluckte mehrmals. „Vielleicht ist er ins Wasser gegangen."

„Aber du hast doch gerade …"

„Er könnte Schluss gemacht haben."

„Was?", Beate starrte ihn entsetzt an. „Du denkst an Selbstmord?"

Schenk nickte ernst, presste die Lippen zusammen und rückte seine Brille zurecht. „Lass uns nachsehen."

„Ja."

Nach vier Schritten im Sand zog Beate ihre Schuhe aus und hielt sie wieder in den Händen, aber nicht mehr vergnügt wie vor wenigen Stunden, sondern mit Sorgenfalten auf der Stirn.

Plötzlich musste Schenk an seine aufgebahrte Nina denken.

„Gab es denn Anzeichen für deinen Verdacht?", fragte sie.

„Nein. Eigentlich nicht. Aber das ist alles so merkwürdig."

Sie näherten sich dieser Anhäufung. Schenk erkannte bereits, dass auf dem Roten Schuhe standen.

„Was hatte Herr Bast denn hiernach vor? Wollte er mit dir nach Braunschweig zurück?"

Er schüttelte den Kopf. „Auf keinen Fall. Er wollte mich nicht gefährden. Er wollte von hieraus nach

Polen oder ins Baltikum."
„Weg aus Deutschland?"
„Ja." Es handelte sich eindeutig um einen Stapel Kleidung, als wäre der Besitzer zum Schwimmen; ordentlich zusammengelegt, darüber die rote Einkaufstüte und als Beschwerung die Schuhe. „Das sieht ganz nach Basts Sachen aus."
„Mein Gott!"

„Und?", fragte Mecki, der hinter Bruno auf dem Waldweg stand.
„Zu blöd, dass wir kein Fernglas haben."
„Was machen die denn da?"
„Die stehen vor einem Haufen Müll oder Klamotten."
„Und der Alte?"
„Der ist nirgends zu sehen", antwortete Bruno. Das gefiel ihm alles nicht. Ganz und gar nicht.
„Und was machen wir jetzt?"
„Abwarten."
„Scheiße!" Mecki ging mehrere Schritte zurück und steckte sich eine Zigarette an.

„Das ist hundertprozentig sein Hemd, seine Halskette und dieser Einkaufsbeutel. Und seine Brille liegt auch da."
Beate stöhnte auf, ließ ihre Schuhe fallen und blickte ratlos aufs Meer hinaus. „Vielleicht ist er doch schwimmen gegangen und durch Herzversagen dabei ertrunken."
„Glaub ich nicht."
„Das kommt immer wieder vor. Ein kardiogener Schock durch Kälte und Anstrengung."
„Und hierbei", Schenk hob die Kette mit dem geöffneten Anhänger hoch, „hat er mir auch mal wieder nicht die Wahrheit gesagt."
„Wieso?"
„Das ist eine versilberte Patronenhülse", er ließ sie vor ihr hin und her pendeln. „Ich hab ihn mal gefragt, ob da etwas drin wäre, was er klar verneinte. Aber wie du siehst, ist vorne der winzige Deckel noch

schüttele und schlage es aus euch beiden heraus."

Beate lachte auf und wandte sich an Bruno: „Puh, Ihr Gorilla macht mir aber höllisch Angst!"

„Sie sollten seine Drohung ernst nehmen."

Schenk nahm all seinen Mut zusammen und forderte: „Gehen Sie zur Seite!"

„Erst wenn Sie uns erzählen, was mit Bast geschehen ist."

„Ich denke gar nicht daran." Gegen den Widerstand der Angst kam Schenks Kopf noch dichter an Brunos heran.

„Ich verständige jetzt die Polizei." Beate schwenkte ihr Handy.

„Das werden Sie sein lassen. Ich warne Sie." Brunos Augen verengten sich wölfisch.

„So. Jetzt hab ich aber die Schnauze voll!" Meckis rechte Hand griff nach hinten und kam mit einer Pistole wieder zum Vorschein. „Los jetzt! Was ist mit Bast?" Er zielte abwechselnd auf Beate und Schenk, die entsetzt auf die Mündung starrten. „Raus mit der Sprache!"

„Bist du total bescheuert?", schrie Bruno. „Steck die Knarre weg, du Idiot!" Er sah sich nach möglichen Zeugen um.

„Die nehmen uns doch sonst nicht ernst." Mecki schwenkte den Lauf hin und her. „Jetzt haben s´e wenigstens Schiss!"

Schenk kämpfte gegen die aufsteigende Panik an. Sein Herzschlag raste.

„Weg mit dem Ding!" Bruno stieß Meckis ausgestreckten Arm zur Seite. „Wir hatten abgemacht, auf keinen Fall eine Kanone! Meinst´e, ich will wegen so ´nem Scheiß auf ewig in den Knast kommen und meine Tochter nie mehr sehen?"

Schenk fragte sich, ob das alles hier Wirklichkeit war oder nur stümperhafte Filmaufnahmen für einen Krimi?

„Reg dich ab!" Mecki wirkte verstört und fuchtelte mit der Pistole herum. „Wir müssen doch zusammenhalten!"

„Nicht, wenn ´ne Knarre im Spiel ist!"

Schenk nutzte die Verwirrung aus und rief laut um Hilfe.

„Ich ruf die Polizei an." Beate tat so, als ob sie ihr Handy benutzen wollte.

„Scheiße!", fluchte Mecki und wusste nicht, wie er sich verhalten sollte.

„Steck das Ding endlich weg!", brüllte Bruno und stellte sich jetzt zwischen Pistolenmündung und den beiden Bedrohten.

„Verdammt!" Mecki blickte gehetzt von einem zum anderen. „Scheiße!" Er drehte sich um, rannte schwerfällig und schimpfend mit der Waffe in der Hand zum Waldweg und verschwand im Dunklen.

Beate hielt immer noch untätig ihr Handy in der Hand.

Für einen Moment schien nun Bruno verunsichert zu sein. Dann hatte er sich wieder in der Gewalt und sagte linkisch: „Ich hab Sie gerade gerettet. Als kleines Dankeschön beantworten Sie mir nur eine Frage: Lebt Bast noch?"

Schenk war so geschockt und durcheinander, dass er wie hypnotisiert stumm den Kopf schüttelte.

Nach einem knappen „Danke" folgte Bruno seinem Kumpan mit schnellen Schritten.

„Warum hast du ihm das verraten?", fragte Beate vorwurfsvoll.

Schenk zog hilflos die Schultern hoch und krächzte: „Weiß nicht."

„Das war unnötig."

„Ich ..." Er suchte nach einer Erklärung, wollte sich nicht nur mit seiner Angst rechtfertigen.

„Soll ich die Polizei anrufen?"

„Besser nicht."

„Aber das war ein bewaffneter Überfall."

„Keine Polizei."

„Wie du meinst", erwiderte Beate mürrisch und steckte ihr Handy weg.

„Aber ..." Schenk schluckte mehrmals. „Vielleicht geben die auf, wenn sie wissen, dass Bast tot ist."

Sie blickte ihn nachdenklich an und seufzte nur.

„Dann lassen die uns wenigstens in Ruhe. Die

haben doch jetzt keinen Grund mehr, uns weiter zu verfolgen. Dann ist es endlich vorbei."

Mecki rauchte hastig und stampfte wütend vor dem Van hin und her. Schon aus einiger Entfernung schnauzte er den heraneilenden Bruno an: „Wie konntest du mir so in den Rücken fallen? Das war echt Scheiße!"

„Nicht so laut", dämpfte Bruno ihn und sah sich um.

„Du kannst doch nicht auf einmal zu denen halten und mich wie blöde dastehen lassen!" Mecki inhalierte gierig den Rauch.

„Du hast dich einfach nicht an unsere Abmachung gehalten. Keine Schusswaffen, hatten wir vereinbart."

„Ich wollte denen ja nur drohen!" Beim Sprechen kam Qualm aus seinem Mund, wie bei einem Feuerdrachen.

„Das ist fürs Strafmaß später egal. Ganz gleich, ob die Knarre geladen oder gesichert ist oder nicht benutzt wurde. Bei einem bewaffneten Überfall kriegst du locker die doppelte Knastzeit. Und das kann ich meiner Tochter nicht antun."

„Aber ohne Druckmittel ..."

Bruno unterbrach ihn: „Wir müssen hier weg." Er überlegte, ob er ihm sagen sollte, dass Bast tot war. „Wenn die doch noch die Bullen gerufen hat, sind die bald hier."

Mecki erschrak. „Stimmt." Er warf die Kippe weg und stieg ins Auto.

Bruno setzte sich auf den Beifahrersitz. Hatte er irgendeinen Vorteil davon, wenn er Basts Ableben verschwieg?

Mecki fuhr los. Als sie an dem silbernen Passat vorbeikamen, trat er voll auf die Bremse.

„Was ist denn?", fragte Bruno überrascht.

Mecki stellte den Motor ab und öffnete seine Tür.

„Mensch, wir müssen hier weg", mahnte Bruno. „Was soll das denn?"

„Dauert nur einen Moment." Er schwang sich aus

dem Wagen, nahm etwas aus der Türablage und murmelte: „Rache ist süß."

Die gute Laune von Dr. Imker hatte sich mittlerweile in schlechte verwandelt. Griesgrämig, mit etwas vorgeschobener Unterlippe, hockte er in seinem Glaskasten. Alle paar Minuten blickte er zur Uhr und tippte dabei nervös auf seinem Schreibtisch herum. Warum meldeten sich diese Idioten nicht? Die mussten Bast doch längst gefasst haben. Was dauerte denn da so lange?

Hatte er sich doch zu früh gefreut? Aber die waren Schenk und Bast doch dicht auf den Fersen gewesen. Sie mussten nur noch eine günstige Gelegenheit abwarten, zuschlagen, Bast einpacken, abhauen und ihn informieren.

Aber nichts passierte. Sein Handy schwieg. Zur nächsten vollen Stunde konnte er schon wieder mit einer verhassten SMS vom Türken rechnen. Dabei hatte er sich schon darauf gefreut, ihm den erfolgreichen Zugriff zu melden. Was war da passiert in Prora? – War da überhaupt etwas passiert?

Dieses stumpfsinnige Warten wurde unerträglich. Imker atmete die Minuten weg und füllte sich langsam mit Wut, so wie ein Heißluftballon stetig praller wird und dann abhebt.

Sollte er bei seinen beiden braven Mitarbeiterinnen, die er vorhin noch so überschwänglich gelobt hatte, Druck ablassen und sie vor ihrem Feierabend noch schonungslos zusammenscheißen? Dann würde er sich bestimmt besser fühlen.

Nein, er musste sich beherrschen, abwarten und Ruhe bewahren.

Sie gingen schweigend zum Auto zurück. Beate war verärgert über sein Verhalten. In so einem Fall musste man doch die Polizei alarmieren.

Schenk fühlte sich total geschafft von den ganzen Aufregungen und schleppte die letzten Habseligkeiten von Bast wie ein trübsinniger Obdachloser.

Beate fiel es zuerst auf. Aber sie wartete noch

einige Meter, bis sie es ihm sagte: „Dein Wagen hat platte Reifen."

„Was?" Diese Mitteilung riss Schenk aus seiner Lethargie. Er sah es nun auch und beschleunigte seinen Schritt.

Beate folgte ihm und überlegte bereits, wie sie von hier wegkommen sollten.

Als er den Passat erreicht hatte, stellte Schenk die rote Plastiktüte ab und umrundete seinen Wagen. Alle vier Reifen waren zerstochen. „Das darf doch wohl nicht wahr sein! Das war garantiert dieser dämliche Gorilla!"

Beate nickte und stemmte ihre Hände in die Hüften. „Der hat sich nicht nur für seine aufgeschlitzten Reifen gerächt, sondern auch für seinen misslungenen Auftritt."

Schenk trat gegen einen Reifen. „So ein Mist!"

„Ich frag dich jetzt nicht wieder nach der Polizei."

„Einen Moment mal. Ich muss überlegen." Schenk hob abwehrend eine Hand, dabei fiel die Hose von Bast auf den Boden. Er bückte sich und legte sie ordentlich über den roten Beutel.

„Du brauchst doch sicherlich eine Meldung von der Polizei, um den Schaden bei deiner Versicherung einzureichen, oder?"

„Ich glaube, die zahlt sowieso nicht bei Vandalismus. Wenn die Reifen geklaut wären, dann käme wohl die Teilkasko auf."

„Also wieder keine Polizei?", fragte Beate gereizt.

„Nein."

„Und wie sollen wir von hier wegkommen?"

„Wir brauchen einen Abschleppwagen, der das Auto in eine Werkstatt bringt."

„Und? Hast du die Nummer im Kopf?", erwiderte sie erbost.

Schenk wunderte sich über ihren schnippischen Ton und sah sie befremdet an. „Natürlich nicht. Aber ich habe die Nummer vom Hotel. Da rufe ich jetzt an und lasse mir die Nummer der nächsten VW-Werkstatt geben."

„Dann viel Erfolg!" Beate musste sich bewegen,

um nicht zu platzen und laut zu werden. Während Schenk telefonierte, umkreiste sie das Auto in einem weiten Radius. Ihren ersten Urlaubstag hatte sie sich wahrlich anders vorgestellt.

Auf der Rückfahrt nach Sellin schwiegen sich die beiden an. Jeder hing seinen Gedanken nach.

Mecki fürchtete sich vor dem Telefonat mit Imker. Um ihn etwas zu besänftigen, würde er zuerst davon erzählen, dass sie wie geplant Schenk gestellt hatten. Dann würde er von der Frau erzählen, von der Imker ja noch gar nichts wusste. Ernst danach wollte er damit rausrücken, dass der Weißhaarige nicht dabei war, sondern verschwunden sei; womöglich kam er nach einem Unfall ins Krankenhaus oder er sei sogar ertrunken, weil Schenk seine Sachen trug. Zum Schluss würde er an ihre Bezahlung erinnern und ihm mitteilen, dass sie morgen nach Braunschweig kämen und Geld haben wollten. Und wenn dieses unangenehme Gespräch erledigt war, würde er sich ordentlich einen hinter die Binde kippen.

Bruno hatte sich entschieden, Schenks Bestätigung von Basts Tod zu verheimlichen. Der Dicke würde sehr misstrauisch, wenn er erfuhr, dass nur er diese Information erhalten hatte. Und misstrauisch sollte Mecki heute Abend nicht sein. Im Gegenteil, er sollte locker sein und sich heute sinnlos besaufen, damit er in aller Ruhe abhauen und mit seinem Van nach Polen fahren konnte. Das hatte Mecki jetzt erst recht verdient, nach seiner schwachsinnigen Nummer mit der Pistole. Wenn das schief gegangen wäre, hätte er seine Lydia erst mit Mitte Zwanzig wiedersehen können; wenn sie das dann überhaupt noch gewollt hätte, was er sehr bezweifelte.

Es war alles aus und vorbei. Bast war tot und sein Körper weg. Von Imker oder dem geheimnisvollen Türken war nichts mehr zu erwarten. Also musste Mecki die Zeche zahlen.

Die zwei saßen im Schatten auf einer Bank und warteten auf den Abschleppwagen. Schenk hatte gemeint, sie sollten lieber nicht in dem plattfüßigen Passat sitzen, um die Felgen zu schonen. Mittlerweile hatte Beate sich wieder beruhigt, die Vorwürfe gegen Schenk hatten sich verflüchtigt.

„Das war ja ganz schön brenzlig, als dieser Typ da mit der Waffe auftauchte."

„Ich kann das alles immer noch nicht glauben", sagte er.

„So etwas hab ich auch noch nie erlebt."

„Ich zum Glück auch nicht." Schenk bekam langsam Hunger. Er dachte an die unberührte Packung Kekse von Bast. Aber das hätte Beate bestimmt als pietätlos empfunden.

„Also können wir auch niemanden verständigen?", fragte sie. „Angehörige hatte Bast ja wohl nicht?"

„Ich weiß von keinen. Die einzige wäre seine Nachbarin. Die hat seinen Wohnungsschlüssel."

„Hatte er ihre Nummer irgendwo notiert?"

Schenk zog unwissend die Schultern hoch.

„Weißt du noch ihren Namen?"

Er kratzte sich am Kopf und überlegte. „Frau Eich..., Eichstadt." Fast hätte er Eichmann gesagt. „Nein, Frau Eichstedt. Er hat sie vom Hotelzimmer aus angerufen, also müsste die Nummer bei der Rezeption gespeichert sein."

„Käme zumindest auf einen Versuch an."

Schenk nickte abwesend und dachte wieder an die langlebigen Nazigrößen. Zumindest Adolf Eichmann war garantiert tot, auch wenn er erst 1962 von den Israelis hingerichtet wurde.

„War denn noch etwas in seinen Hosentaschen?"

„Nur ein Taschentuch und ein abgegriffenes Portmonee."

„War da sein Ausweis drin?"

„Nein. Nur etwas über dreißig Euro." Schenk fragte sich, wo Bast eigentlich das Geld gelassen hatte, das er gestern unbedingt noch holen musste.

„Keinen Zettel mit irgendwelchen Hinweisen?"

„Nein. Nichts."

„Na, vielleicht liegt der Ausweis oder sein Reisepass im Hotelzimmer", sagte Beate. „Wenn er ins

Baltikum wollte, brauchte er ja Ausweispapiere."

„Beim Einwohnermeldeamt war er jedenfalls nicht registriert. Also hat er sich in Braunschweig nie angemeldet. Wahrscheinlich besaß er nur einen Reisepass, weil da keine Adresse angegeben ist."

„Oh!", sie stand auf und zeigte zur Straße. „Da kommt der Abschleppwagen."

„Na endlich."

Seine Mitarbeiterinnen hatten sich mit gequältem Lächeln verabschiedet und ihm einen schönen Feierabend gewünscht. Nun hielt Imker es einfach nicht mehr aus. Er nahm sein Handy und wählte Mecki an.

Es dauerte ungewohnt lange, bis der sich mit einem vorsichtig fragenden „Ja?" meldete.

„Was ist denn los? Warum meldet ihr euch nicht?"

„Weil ..." Im Hintergrund wurde getuschelt. „Wir sind gerade erst ins Zimmer gekommen."

„Wieso ins Zimmer?"

„Weil ..."

Imker unterbrach ihn: „Seid ihr nicht mit Bast unterwegs? Habt ihr ihn etwa nicht?"

„Tja ..."

Imker wiederholte mit drohendem Unterton: „Habt ihr ihn oder nicht?"

„Den Schenk haben wir wie geplant gestellt, aber ..."

Imker hakte unerbittlich nach: „Habt ihr Bast?"

Nach einigen stummen Sekunden kam ein klägliches „Nein."

„Scheiße!" Imker knallte seine Faust so auf den Schreibtisch, dass alles durcheinander flog.

„Er war nicht dabei, aber dafür ..."

„Bast saß überhaupt nicht in dem Auto, das ihr verfolgt habt?"

Mecki räusperte sich. „Nein."

„Mann, wie bescheuert seid ihr eigentlich?"

„Wir durften doch keinen Sichtkontakt haben."

„Aber wo kann der denn sein?", fragte Imker.

„Wir nehmen an, dass ihm was passiert ist, weil

Schenk seine Klamotten dabei hatte, als sie vom Strand zurückkamen."

„Wieso sie? Ich denke, Bast war nicht dabei?"

„Aber dafür ´ne Frau."

„Was für eine Frau?" Imker strich sich genervt über seine Stirn. Das wurde ja immer verrückter.

„Wir haben keinen Schimmer. Aber sie sah gut aus."

„Und Schenk hatte die Kleidung von Bast dabei?"

„Ja." Mecki hustete mehrmals.

„Seltsam. Vielleicht war Bast da vorher schon im Meer und wollte bis Binz schwimmen."

„Und ist womöglich abgesoffen. Oder in Prora verunglückt und ins Krankenhaus gekommen."

„Hm." Imker lehnte sich zurück und atmete tief ein und aus. Er musste sich beruhigen. Es war völlig gleichgültig, was mit Erwin Bast geschehen war. Sie hatten ihn nicht und auch keinerlei Ahnung, wo er sein könnte. Das war die allerletzte Chance gewesen. Jetzt war sowieso alles zu spät und vorbei. Jetzt war Zeit für Plan B.

„Chef?", fragte Mecki nach.

„Ja, ja." Imker stöhnte übertrieben laut, aber innerlich hatte er mit der Sache bereits abgeschlossen. Erstaunlich schnell, wie er fand. Aus und vorbei. „Da kann man wohl nichts mehr machen."

„Nein. Aber wir haben alles versucht – unser Bestes getan."

Pfeife, dachte Imker und sagte: „Tja. Die Zeit ist rum. Der Auftrag ist zwar nicht erledigt, aber nicht mehr auszuführen. Storniert also."

„Aber ... Aber Geld kriegen wir doch wohl trotzdem?"

Keinen Euro, dachte Imker. Aber warum sollte er sie nicht in dem Glauben lassen? „Wir hatten schließlich eine Abmachung."

„Aber wir können doch nichts dafür. Wir haben uns die größte Mühe gegeben. Dafür müssen wir doch auch bezahlt werden."

„Aber ihr kriegt auf keinen Fall die volle Summe."

„Na ja. Ist schon klar." Im Hintergrund wurde

wieder geflüstert. „Wir kommen dann morgen nach Braunschweig und holen es uns ab."

Imker grinste hinterlistig. „Aber erst nach Feierabend, nach 18 Uhr." Wenn das Ultimatum des Türken endgültig abgelaufen war. Wenn er schon in Mexiko-City bei einem Drink saß. Die beiden Tölpel sollten sich die Finger wund klingeln.

„Geht klar. Tut uns wirklich leid, Chef."

„Mir auch." Imker zog eine gehässige Fratze. „Aber da nutzt auch kein Jammern mehr."

„Eben."

„Gut. Tschüss dann."

Mecki sagte hastig: „Bis morgen Abend."

„Ja." Imker drückte das Gespräch weg und sah zur Uhr. Also Plan B.

Schenk stand vor dem offenen Rolltor der VW-Werkstatt in Bergen und beobachtete, wie sein Passat gerade nach oben gehoben wurde. Der Fahrer des Abschleppwagens von hier war für 10 Euro bereit gewesen, einen Umweg zu fahren und Beate in Binz abzusetzen.

Als er sein Auto so sah, fiel ihm plötzlich etwas ein. Er schritt langsam in die Werkstatt. Der Mechaniker nahm ein Vorderrad von der Achse und trug es zu einer runden Vorrichtung.

„Hallo", sagte Schenk. „Darf ich mir mal kurz den Unterboden meines Wagens angucken? Das ist die Gelegenheit für eine bequeme Inspektion."

„Klar", antwortete der jüngere Mann. An seinem Nacken sah man den Ausläufer eines Tattoos.

„Danke."

„Sieht ja nach vier sauberen Messerstichen aus."

„Stimmt. Leider."

Jetzt drehte sich das Rad und mittels einer angespitzten Stange trennte er den Reifen von der Felge. „Und? Was meint die Polizei?"

„Es ist hoffnungslos, die Täter zu finden."

„Typisch", sagte der Mann und nickte mehrmals.

Schenk stellte sich seitlich an den Passat und überprüfte die Unterseite. Nach kurzer Suche entdeckte er wieder ein schwarzes Ding. Diesmal hing es an der Fahrerseite, dort, wo man den hinteren Wagenheber ansetzte.

Wann haben die den Sender angebracht?, überlegte Schenk. Heute Morgen habe ich das Auto doch noch kontrolliert.

Er entfernte das Kästchen und löste durch Drücken den eingerasteten Knopf, um den Sender auszuschalten. Er steckte ihn in die Hosentasche, schlenderte wieder zu dem Mechaniker und sagte:

„Alles in Ordnung da unten."

„Logisch. Ist ja schließlich ein VW."

„Ich warte dann draußen."

„Klar." Die Spitze des Tattoos an seinem Nacken bewegte sich, als würde eine schwarze Schlange auf seinen Kopf kriechen.

Dr. Imker ging zum Nebeneingang, zu dem er das Taxi bestellt hatte. Er trug den Koffer und die Umhängetasche, die er als Handgepäck nehmen würde. Beim Gehen kitzelten die Geldscheine ab und zu oberhalb der Fußknöchel. Von dem Rest der Banknoten, die er am Körper versteckt hatte, spürte er nichts. Er grinste selbstzufrieden beim Gedanken an Bargeld im Wert von 30.000 Euro.

Als Imker nach draußen trat, war er so davon überzeugt, dass nur jemand im schwarzen Audi ihn überwachen und nun gelangweilt auf seinen Wagen glotzen würde, dass er sich hier überhaupt nicht umschaute. Er blickte nur auf seine Uhr. Er war fünf Minuten zu früh.

So bemerkte er auch nicht den roten BMW, der 30 Meter entfernt am Straßenrand parkte, mit der Front zum Nebeneingang. Der Mann am Steuer erkannte Imker sofort und griff nach seinem Handy.

Sie taucht im Meer. Seltsamerweise muss sie nicht zum Luftholen an die Oberfläche, obwohl sie kein Sauerstoffgerät hat. Das Wasser ist ganz klar. Als sie in Sichtweite des Meeresgrundes kommt, sieht sie, dass er vollkommen gerade und exakt gekachelt ist, wie ein Schwimmbad, eine Dusche oder eine Leichenhalle. Soweit sie blicken kann, erstreckt sich die weiße Fliesenfläche.

Auf dem absolut sauberen Boden krabbelt ein weißer Krebs, der sie mit seinen Stielaugen fixiert und mit seiner Schere heran winkt; wobei es sich eindeutig um eine abgewinkelte Verbandsschere handelt. Erstaunt folgt sie ihm mit kräftigen Zügen zu zwei weißen Riesenmuscheln, die die Größe von Gefriertruhen haben.

Der Krebs klopft mit seiner metallischen Schere an die erste, die sich sofort öffnet und wie eine Kofferraumhaube aufschwingt. Jede Menge Luftblasen steigen nach oben. Jetzt erkennt sie, dass in der Muschel die leichenblasse Frau Grüttner mit angezogenen Beinen liegt, wie in einem halbrunden Sarg. Ist sie doch so rasch gestorben?

Sie hört, wie der Krebs an die andere Muschel klopft, die sich ebenfalls öffnet. Sie schwimmt dorthin und sieht den toten Herrn Bast in einer schwarzen SS-Uniform. Als sich die Luftblasen verzogen haben, stellt sie fest, dass es nicht Bast, sondern ihr Großvater ist. Sie schreckt zurück und taucht in Sekundenschnelle auf.

Sie schnappte nach Luft und wachte auf. Sie lag auf einem fremden Bett, das in einem fremden Zimmer stand. Beate atmete heftig und schaute sich verwirrt um.

Es war alles in Ordnung. Sie lag in ihrem Gästezimmer in Binz auf Rügen. Sie war eingeschlafen und hatte verrücktes Zeug geträumt. Ihr Herzschlag beruhigte sich allmählich wieder.

Beate setzte sich auf die Bettkante, gähnte und reckte sich. So ein irrer Traum. Sie schüttelte den Kopf und sah auf ihre Armbanduhr. Eine dreiviertel Stunde hatte sie geschlafen. Eigentlich wollte sie sich nur für einen Moment lang machen, aber das frühe Aufstehen, die lange Autofahrt und die viele Aufregung hier hatten sie sofort einnicken lassen.

Ob Frau Grüttner wirklich tot war? Ein Anruf würde es klären. Blödsinn!, dachte sie und seufzte.

Sie wollte doch nicht an die Arbeit und an Krankheiten denken.

Beate stand auf und trank etwas Wasser. Ein Kaffee wäre jetzt natürlich besser. Ein Selbstmord ohne Leiche, ein bewaffneter Überfall und vier zerstochene Reifen. Und sie war allen Ernstes mit einer Pistole bedroht worden. Unglaublich, in was sie da hineingeraten war.

Ob Schenk auch etwas zu verbergen hatte, weil er unbedingt keine Polizei wollte? Das war doch ungewöhnlich.

In ungefähr eineinhalb Stunden wollte er sie zum Abendessen abholen. Hinlegen durfte sie sich jedenfalls nicht. Jetzt würde sie erst einmal ausgiebig duschen.

Bruno lag auf seinem Bett ausgestreckt, die Hände hinter dem Kopf verschränkt. Der Dicke hielt mal wieder seine berüchtigte Klositzung ab, mit der Bildzeitung als Abführhilfe.

Aber so hatte er wenigstens ungestört den Kraftfahrzeugschein und den Autoschlüssel des Van an sich bringen können. Denn Mecki würde sich heute besaufen und den Wagen nicht mehr benutzen. Bekloppterweise war er nach seinem Telefonat mit Imker der Meinung, es gäbe nun einen Grund zum Feiern.

Jetzt wurde die Klospülung betätigt. Kurz darauf noch einmal. Nun wusch er sich tatsächlich die Hände.

Als sich dann die Tür öffnete, fragte Bruno sofort: „Hast du das Fenster weit aufgemacht?"

„Na klar." Mecki grinste und klopfte gegen seine Wampe. „Jetzt ist wieder Platz für neues Essen."

„Interessant", Bruno verdrehte die Augen.

„Willst´e nicht wenigstens mit zu diesem Imbiss kommen, wenn du nachher schon nichts trinken willst?"

„Nee. Ich werde eine ordentliche Runde laufen, duschen und anschließend beim Griechen einen großen Bauernsalat essen."

„Mann", stöhnte Mecki, „kannst´e nicht mal was Ungesundes machen?"
„Ungern."

Imker saß auf dem Bahnsteig und dachte an seine Ex, weil er ihren Koffer vor sich hatte.
Sein Handy meldete eine SMS. Er sah zur Uhr, natürlich: genau 18 Uhr. Er nahm sein Handy heraus und las die Nachricht: ‚Noch exakt 24 Stunden ?! ?!'
Pünktlich war der Türke wirklich. Aber wieso die doppelten Frage- und Ausrufezeichen? Na ja, eine korrekte Zeichensetzung konnte man von dem wohl nicht erwarten. Und auf seine Zeitansagen konnte er ab jetzt auch verzichten.
Imker schaltete sein Handy ab, fummelte die SIM-Karte heraus, beugte sich rüber zum Abfallbehälter und ließ sie hineinfallen. Dann sah er sich um, und da niemand in der Nähe war, stand er auf, zertrat sein Handy und warf es ebenfalls weg. Er hatte schließlich schon ein neues. Und das Telefonverzeichnis war noch jungfräulich leer.

Kapitel 23

Schenk hatte noch Zeit, bis er Beate abholen musste. Er setzte sich auf das Bett von Bast und hatte Hemmungen, das Schubfach seines Nachtschranks zu öffnen. Oben drauf lag sein Lieblings- und Dauerbuch: ‚Der Weg zurück' von Erich Maria Remarque.

Aber er musste nachschauen, ob er noch wichtige oder persönliche Unterlagen fand. Also zog er das Schubfach auf und sah sofort das Geld. Braune 50-Euro-Scheine lagen genau so auf einem handschriftlichen Schreiben, dass man den Empfänger lesen konnte. Es war an ihn gerichtet.

Schenk nahm die Geldscheine und zählte sie durch. Es waren 20 Stück, also 1.000 Euro. Das musste das Geld sein, das Bast gestern aus dem Automaten der Post geholt hatte. Er legte es zur Seite und nahm das Blatt Papier. Es trug den Briefkopf des Hotels und war mal in der Mitte gefaltet gewesen. Schenk blickte zu dem kleinen Tisch, wo dieser bedruckte DIN-A-5-Block lag. Davon hatte er ein Blatt genommen. Die kleine Schrift war sehr ordentlich und zeigte eine gleichmäßige Schräge nach rechts. Das Papier zitterte leicht beim Lesen.

Lieber Herr Schenk,

dieses Geld ist mein Anteil an unserer Urlaubsreise und deshalb für Sie bestimmt.

Ich möchte mich für die vielen Unannehmlichkeiten entschuldigen, die Sie wegen mir erdulden mussten. Vielen Dank für Ihre mutige Hilfe in diesen gefahrvollen Tagen, besonders auch für den schönen Urlaub auf Rügen und das Wiedersehen mit meinem geliebten Prora.

Die Aussicht auf weitere 60 Lebensjahre im Verborgenen oder auf der Flucht ist für mich nicht verlockend, sondern nur noch belastend. Fast alle Menschen, die mir wichtig waren, sind mittlerweile gestorben. Ich bin ein Überbleibsel aus einer vergangenen Zeit und muss dort hin, wo ich hin

gehöre.
Nun bin ich heimgekehrt.
Richten Sie nicht zu streng über mich, Herr Schenk. Jeder ist ein Kind seiner Zeit und wird von ihr geprägt.
Übermitteln Sie auch Schwester Beate viele Grüße und meine tiefe Dankbarkeit für ihre unkonventionelle Hilfe. Sie ist ein sehr wertvoller Mensch, den Sie festhalten sollten. Sie brauchen jemanden an Ihrer Seite. Es ist nicht gut, wenn ein Mensch immer allein ist.
Also, alles Gute für Sie Beide (hoffentlich zusammen).
Mit freundschaftlichem Gruß und voller Hochachtung.
Erwin Bast
30.6.2013
Schenk war gerührt und musste ein paar Mal schlucken. Er faltete das Schreiben vorsichtig zusammen und legte es neben den Packen Fünfziger. Das war also sein Abschiedsbrief.

Als hätte sich plötzlich eine Schleuse geöffnet, wurde er von seinen vielen Vorwürfen gegen Bast und all seinen negativen Meinungen über ihn regelrecht überflutet. Er hatte ihn zu oft ungerecht behandelt oder eingeschätzt. Und dafür schämte er sich jetzt.

Schenk nahm die Brille ab und strich sich über die feuchten Augen und die Stirn. Es war unglaublich, was er alles in dieser kurzen Zeit mit Bast erlebt und erfahren hatte. Dabei dauerte ihre gemeinsame Flucht noch nicht einmal eine Woche. Und vor genau einem Monat und einem Tag hatte er Bast zum ersten Mal getroffen. – Er traf ihn im wahrsten Sinne des Wortes mit seinem Auto.

Schenk seufzte und setzte die Brille wieder auf. Er durchsuchte weiter das Schubfach. Außer einem Kugelschreiber, zwei Päckchen Papiertaschentücher, einem Nagelknipser und einem kleinen Schlüsselbund fand er nichts. Keinen Ausweis oder Reisepass. Und keine Postbank Card. Wo hatte er die gelassen?

Einfach weggeworfen oder mit ins Wasser genommen? – Sehr unwahrscheinlich.

Er betrachtete die Schlüssel eingehender. Zwei waren für Sicherheitszylinder von Türen. Zwei der drei kleineren und einfacheren Schlüssel könnten für den Briefkasten und für ein Kellervorhängeschloss sein. Bei dem mit der eingravierten Zahl 154 handelte es sich um den Schlüssel für sein Postfach. Da könnte er zumindest mal reinschauen, wenn er wieder in Braunschweig war.

Schenk sah zur Uhr. Er musste langsam los. Er hatte auch schon richtigen Hunger.

Bruno hatte eine halbe Stunde gewartet, nachdem Mecki abgehauen war. Dann hatte er seine Reisetasche gepackt und sein Bett mittels Kissen, seinem Duschtuch und Meckis Trolley so präpariert, als würde er dort auf der Seite unter der Bettdecke liegen. Der Dicke sollte bei seiner Rückkehr heute Nacht nicht sofort bemerken, dass er nicht da war. Anschließend ließ er seine Reisetasche aus dem Fenster in den Innenhof fallen. Wenn er nämlich mit Gepäck die Pension verlassen wollte, wäre die Inhaberin – die irgendwie alles mitkriegte – garantiert misstrauisch geworden.

Bevor er aus dem Zimmer ging, überprüfte er es noch mal angewidert. Nie wieder würde er mit einem Kerl das Zimmer teilen. Jetzt konnte es Mecki ungestört voll stinken.

Bruno schlenderte ganz normal an der Inhaberin vorbei und wünschte ihr einen schönen Abend. Was sie dann mit einem gekünstelten Lächeln auch tat. Er holte seine Tasche und marschierte mit ihr zu dem schwarzen Van. Aus einiger Entfernung öffnete er ihn mit der Fernbedienung und grinste hinterhältig. Er packte die Tasche hinten rein, neben der mit den Entführungsutensilien. Er schwang sich hinters Lenkrad, stellte alles für sich ein und startete.

Wenn er Rügen hinter sich gelassen hatte, wollte er nach Usedom fahren und in Swinemünde die polnische Grenze überqueren. Und dann weiter sehen.

Während des ganzen Essens wollte er Beate schon von dem Abschiedsbrief berichten. Aber es war ihm fürchterlich peinlich, dass sich Bast darin gewünscht hatte, dass sie ein Paar werden würden. Aber es nutzte alles nichts. Er musste ihr den Brief zeigen.

Nachdem die Bedienung das Geschirr abgeräumt hatte, fragte Schenk: „Wollen wir noch hier bleiben oder woanders hingehen?"

„Meinetwegen können wir bleiben." Sie schaute sich kurz um. „Ist doch ganz nett hier."

„Gut." Er hob sein Weinglas und wartete auf ihres.

Beate befürchtete schon, er würde jetzt den Brüderschaftskuss einfordern. Ihre Gläser stießen hellklingend zusammen.

Schenk musste sich beherrschen, sein Glas nicht in einem Zug zu leeren. Der Rotwein tat ihm gut. Wie immer. Er spürte bereits die beruhigende und gleichzeitig belebende Wirkung.

„Hast du denn im Zimmer noch etwas von Bast gefunden?", fragte sie.

„Immerhin einen Abschiedsbrief von ihm." Jetzt war es raus.

„Was?" Sie sah ihn verständnislos an. „Warum hast du das denn nicht gleich gesagt?"

„Weil …"

„Das erwähnst du so ganz nebenbei? Das ist doch äußerst wichtig."

„Weil es mir unangenehm ist, dass Bast über uns beide so geschrieben hat, als …" Er brach ab und bekam heiße Ohren.

„Ja? Und?", fragte sie erwartungsvoll.

„Hier." Er zog das zusammengefaltete Blatt aus der Innentasche seiner Jacke und legte es vor ihr hin.

Beate glättete behutsam das Papier und las.

Schenk beobachtete ihr Mienenspiel dabei: wie sich die Sorgenfalte oberhalb ihrer Nase bildete und wieder verschwand, wie sich ihre Lippen zusammenpressten und lösten, wie sie nasse Augen bekam, wie sich ihre Stirn krauste und wieder glättete.

Mit einem tiefen Seufzer schob sie den Brief etwas zu Schenk. „Sehr berührend." Sie wischte sich einige Tränen weg. „Ein beeindruckender Mann."

„Mir ging´s auch an die Nieren."

„Ja." Sie dachte an den toten Bast in der SS-Uniform, der eigentlich ihr Großvater war. „Sogar der Brief strahlt seine ehrliche Würde aus."

„Und 1.000 Euro lagen dabei."

„So viel?" Beate holte ein Taschentuch hervor und schnäuzte sich mehrmals.

Schenk nickte. „Und ich hab mich gestern noch gewundert, warum er unbedingt am Sonntag zur Post wollte, um Geld zu holen."

„Er wollte wohl nichts schuldig bleiben."

„Ja." Er trank einen Schluck Rotwein. „Das zeigt aber auch, dass er alles sorgfältig geplant hat. Den Abschiedsbrief muss er bereits am Samstag geschrieben haben, als er auch allein in Prora war."

„Aha."

„Wahrscheinlich hat er schon längere Zeit an Selbstmord gedacht."

„Was meint er denn damit", Beate tippte mit dem rechten Zeigefinger auf den Brief, „dass ‚fast' alle gestorben sind, die ihm wichtig waren? Also leben da wohl noch welche von seiner Senex-Gruppe?"

„Das wusste er selber nicht." Schenk hoffte nur, dass er damit nicht Hitler und Himmler meinte.

„Tja", Beate atmete hörbar aus, streckte ihren Rücken und nippte an ihrem Glas. Sie zog die Augenbrauen hoch und bemühte sich, es lustig zu nehmen. „Hört sich ja an, als wenn er uns beide verkuppeln wollte."

„Eben." Er spürte, wie ihm die Hitze in den Kopf schoss.

„Ach, Bodo", sie lächelte etwas gequält, „du musst doch nicht gleich rot werden."

Er räusperte sich und schämte sich. Er griff zum üblichen Rettungsanker und leerte sein Glas.

Beate fühlte, dass diese amouröse Aufforderung von Bast bei ihr mal wieder das genaue Gegenteil bewirkte. Sobald sie jemand überreden oder überrumpeln wollte, schaltete sie auf Abwehr und machte dicht. Obwohl sie heute Mittag bei Bodo noch zu allem bereit gewesen wäre, hatte Bast diese Möglichkeiten durch seinen Verkupplungsversuch abrupt gekappt. Zumindest für heute.

Schenk brach schließlich das belastende Schweigen und fragte: „Möchtest du auch noch einen Wein?"

Sie zögerte mit der Antwort. „Na, ein Glas schaffe ich noch. Aber davon werde ich noch müder." Im Moment wäre sie lieber allein in ihrem Zimmer.

„Du musst ja auch kaputt sein. So früh aufgestanden und dann die lange Autofahrt und so." Er winkte die Bedienung heran und bestellte.

Beate sah ihn über ihr Glas hinweg an und trank den Wein in kleinen Schlucken. Bodo konnte natürlich nichts für die Liebesempfehlung von Bast. Ihm war es ja sichtlich peinlich. Er tat ihr richtig leid. Wo er doch so niedlich errötete.

Um das Thema zu wechseln, nahm Schenk den Brief, faltete ihn zusammen und steckte ihn zurück. Dafür holte er aus der anderen Jackentasche den Sender und legte ihn vor ihr hin. „Dadurch konnten die uns verfolgen, ohne direkt hinter uns zu sein. Und uns jederzeit wiederfinden. Als wir auf Rügen ankamen, hab ich den ersten Sender gefunden und zerstört."

Beate nahm das schwarze Kästchen und betrachtete es von allen Seiten. „So´n Ding hab ich auch noch nie gesehen."

„Ich hab ihn abgemacht, als der Wagen beim Reifenwechsel auf der Hebebühne stand."

Die Bedienung brachte den Wein.

„Können die uns jetzt damit immer noch orten?", fragte sie und legte das Teil vorsichtig wieder zu ihm hin.

„Nein. Ich hab ihn ausgeschaltet. Da mit diesem Knopf", er zeigte darauf. Dann hob er sein Glas und beide tranken, er natürlich doppelt so viel wie sie.

„Vielleicht wäre es besser, es zu zerstören."

Schenk zuckte mit der Schulter. „Wenn dir dann

wohler ist, zertrampele ich es nachher. Hab ich ja schließlich schon einmal gemacht." Weil Bast ihn darauf gebracht hatte. Und nun war er tot. Einfach weg.

„Ja. Bitte."

„Heute Morgen hing das Ding noch nicht unterm Auto." Er steckte es wieder in die Tasche. „Ich hab den Wagen jeden Morgen kontrolliert, bevor wir losgefahren sind." Auch das war die Idee von Bast gewesen. „Also müssen sie den Sender befestigt haben, als mein Auto bei dir in der Nähe stand."

Beate sah ihn besorgt an. „Aber sie werden doch wohl nicht wissen, wo ich wohne?"

Schenk schüttelte den Kopf. „Auf keinen Fall. Das ist absolut unmöglich. Ich parke ja auch ein ganzes Stück von deiner Unterkunft entfernt."

Sie versuchte, diesen beunruhigenden Gedanken wieder unter die Oberfläche zu drücken. „Hast du denn seinen Reisepass gefunden?"

„Nein. Auch keinen Ausweis. Und seltsamerweise auch nicht seine Postbank Card, mit der er gestern die 1.000 Euro abgehoben hat."

„Komisch."

„Das einzig Interessante war noch sein Schlüsselbund." Er nahm einen Schluck Wein. „Da hängt auch der Schlüssel für sein Postfach dran."

„Aha." Beate gähnte hinter der vorgehaltenen Hand.

Imker hatte einen guten Sitzplatz ergattert. Das charakteristische Rattern des schnellen Zuges war auf Dauer ziemlich einschläfernd. Seine Augenlider wurden immer schwerer. Er wollte sie nur mal für einen Atemzug geschlossen halten – und schon schreckte er aus einem Sekundenschlaf hoch. Er schaute sich um, doch keiner der Mitreisenden schien es bemerkt zu haben.

Imker setzte sich wieder aufrecht hin und starrte einige Zeit aus dem Fenster in die Dunkelheit. Er strich sich über die Stirn, nahm die runde Brille ab und massierte seine Nasenwurzel. Dann setzte er sie

wieder auf und las weiter in seinem spanischen Wörterbuch. Er sprach im Geiste die geläufigsten Redewendungen vor sich hin und prägte sich ihre Bedeutungen ein.
Irgendwie hatte er bereits mit Deutschland und seinem alten Leben abgeschlossen.

Trotz der Müdigkeit von Beate hatte sich Schenk noch ein weiteres Glas Rotwein bestellt und dann zügig ausgetrunken. Da er ja wusste, dass sie ihre Zeche grundsätzlich selber zahlen wollte und da auch eine gewisse Empfindlichkeit zeigte, versuchte er es erst gar nicht.
Auf dem Weg vom Lokal zu Beates Unterkunft redeten sie nur selten, nur kurze Fragen und knappe Antworten. Sie gingen nebeneinander her, und gelegentlich berührten sie sich gegenseitig an den Händen. Der Himmel war bedeckt, man sah nichts von Mond und Sternen.
Schenk registrierte jeden flüchtigen Hautkontakt und überlegte, ob er nicht einfach ihre Hand nehmen und festhalten sollte. Aber je mehr er das Für und Wider abwägte, umso unsicherer wurde er. Er wollte nichts falsch machen und sie auf keinen Fall wieder verärgern. Er konnte ihre Reaktion nicht einschätzen.
Schließlich erreichten sie das Haus Nummer 4 im Dünenweg. Sie standen sich unschlüssig gegenüber. Schenk kam sich vor wie in seiner Jugend, wenn er ein Mädchen nach dem Kino nach Hause begleitet hatte und sich nicht traute, es zum Abschied zu küssen.
„Tja …", Beate blickte ihn so an, als ob sie etwas von ihm erwartete.
Deshalb gab er sich einen Ruck und umarmte sie, senkte seinen Kopf an ihren. Beate schien sich zu versteifen, ließ ihre Arme dicht am Körper. Er roch ihren angenehmen Duft. Schenk schluckte einen Angstkloß hinunter und sagte: „Es tut mir leid, was heute alles passiert ist." Er hielt sich einfach an ihr fest und sprach weiter in ihr wohlriechendes Haar:

„Du solltest eigentlich einen schönen ersten Urlaubstag haben." Sie rührte sich nicht. Ihr Haar kitzelte an seiner Nase. „Wir alle drei. Hoffentlich bist du nicht so sehr enttäuscht, dass du morgen gleich wieder abreist."

Sie bewegte ihren Kopf, um ihn anzusehen, löste sich etwas aus seiner Umarmung. „Quatsch!", erwiderte sie mit unerwarteter Heiterkeit. „Jetzt bin ich endlich mal auf Rügen, dann bleib ich die Woche natürlich auch hier."

Schenk ließ sie los. Sie lächelte ihn an und blieb so dicht vor ihm stehen. Ihm fiel nicht nur ein Stein, sondern ein halber Kreidefelsen vom Herzen. Er war so froh und erleichtert. Sollte er sie jetzt küssen? „Wie du ja gemerkt hast, bin ich nicht gerade ein Held."

„Dafür hast du dich aber wacker geschlagen, du alter Reifenstecher." Sie buffte ihn gegen den Oberarm.

Er lachte und strahlte. „Danke!"

„Und wann treffen wir uns morgen?"

„Wie wär´s so um 10 Uhr?"

„Einverstanden." Beate reckte sich und gab ihm einen Kuss auf die Wange. „Also bis morgen, Bodo. Und schlaf gut."

„Du auch. Tschüss." Er sah ihr nach, wie sie zur Haustür ging und ihm von dort noch einmal zuwinkte.

Schenk winkte zurück, drehte sich um und machte sich auf den Weg zu seinem Hotel. Plötzlich verspürte er Gewissensbisse wegen seiner guten Stimmung, denn immerhin war Bast heute gestorben.

Die Kneipe war ganz nach seinem Geschmack. Wenn er hier an der Theke hockte, fühlte er sich sauwohl. Hier konnte er wenigstens rauchen, wann und wie oft er wollte. Je nach Laune konnte man quatschen oder schweigen und den anderen zuhören, oder nur der guten Musik.

Die stark geschminkte Bedienung stellte ihm ein Bier hin, zog einen weiteren Strich auf seinen Deckel und fragte: „He, warum bringst´e eigentlich gar nicht mehr deinen langen Freund mit?"

„Das ist nicht mein Freund", antwortete Mecki. „Wir sollten nur einen Job erledigen."

„Dem gefällt´s hier wohl nicht so wie dir, wa´?" Sie zwinkerte ihm zu. Die Frau hatte unecht wirkende pechschwarze Haare. Sie sahen wie eine billige Indianerperücke aus.

„Nee, der hält nichts von Kneipen. Der ist nur für gesunde Sachen." Mecki setzte sein Bier an und schluckte ausgiebig.

„Was denn so?" Sie hatte die Arme verschränkt aufgestützt und drückte mit ihnen ihren Busen hoch.

„Der joggt und duscht andauernd. Und raucht und trinkt nicht."

„Also gar keine Laster?", fragte sie mit einem vielsagenden Blick.

„Ich glaub nicht." Das einzige was Bruno interessierte, war seine Tochter.

„Also so´n richtiger Langweiler?"

„Ja, das ist er." Mecki stierte auf ihren verlockenden Ausschnitt. „´ne echte Spaßbremse."

„Gibst du mir denn noch einen aus?", sie klimperte mit ihren gewaltigen Wimpern.

„Klar. Mach mal zwei fertig." Mecki sah ihr auf den Hintern, als sie zu den Schnapsflaschen ging. Sie war zwar schon in die Jahre gekommen, aber immer noch ganz passabel. Nicht zu dürr, vorne und hinten ordentlich was dran. Sie gehörte bestimmt zu der Sorte, die sich nicht lange zierten, wenn sie gestellt waren.

Der blöde Bruno hat keine Ahnung, was ihm alles so entgeht, dachte Mecki und trank von seinem Bier.

Beate lag auf der Seite in dem etwas ausgelegenen Bett. Sie hatte die Nachttischlampe noch an und starrte nachdenklich in das sparsame Licht. Um noch in ihrem Buch zu lesen, war sie eindeutig zu müde.

Soviel Spontanität hatte sie Bodo überhaupt nicht zugetraut, sie einfach in den Arm zu nehmen und zu halten, und die richtigen, ehrlichen Worte zu sagen.

Das hatte ihr gefallen.

Eigentlich hatte sie befürchtet, er würde versuchen, sie auf die plumpe Art zu küssen, von wegen Brüderschaftskuss oder so. Die meisten Männer waren ja erschreckend einfallslos und ihre Annäherungsversuche meistens vorhersehbar.

Oder war er nur so mutig durch den vielen Rotwein? Er hatte ja reichlich davon getrunken. Ob er ein Alkoholproblem hatte?

Beate seufzte, löschte das Licht und kuschelte sich in dieser schwachen Senke ein. Jetzt musste sie erst mal schlafen. Das war ein anstrengender, absolut unüblicher und aufregender Tag gewesen.

Imker schob seinen Kofferkuli über den langen Bahnsteig in Richtung Flughafen. Er hatte noch jede Menge Zeit. Wenn er eingecheckt hatte und den Koffer los war, wollte er noch etwas Anständiges essen, ehe er sich der mexikanischen Küche auslieferte.

Hier war nicht viel Betrieb. Deshalb fiel ihm auch gleich der relativ junge Mann auf, der im Rollstuhl saß und apathisch zur linken Seite hing. Er wurde von einem Mann im ungefähr gleichen Alter geschoben. Beide sahen aus wie Türken oder welche aus dem Nahen Osten.

Sie kamen auf ihn zu. Während sie sich näherten, ging Imker wie gewohnt alle möglichen Diagnosen durch: MS, frühkindlicher Hirnschaden, Apoplex, Zustand nach Reanimation oder Kriegsverletzung.

Sie würden dicht aneinander vorbeifahren: Imker rechts mit seinem Kuli, der Rollstuhl mit den beiden dunklen Männern links. Es könnten auch Brüder sein: der ältere schob den jüngeren. Jetzt sah man, dass er die Augen nach oben verdreht hatte und Speichel aus seinem schräg geöffneten Mund tropfte. Also wahrscheinlich doch Hirnschaden.

Nun waren sie auf gleicher Höhe. Imker zwang sich, den Behinderten nicht anzuschauen. Deshalb bemerkte er seine schnelle Bewegung nur aus dem linken Augenwinkel. Der Mann sprang aus dem Rollstuhl und sprühte Imker mit ausgestrecktem Arm eine weißliche Gaswolke ins Gesicht. Der war total verblüfft, dass dieser Kranke so fit war. In seinem Kopf wollte ihn irgendetwas warnen.

Schon spürte Imker, wie seine Beine und Arme zu Gummi wurden. Der Mann, der geschoben hatte, stand jetzt hinter ihm, fing ihn auf und wuchtete ihn in den leeren Rollstuhl. Der vorher darin gesessen hatte, nahm Imkers Kofferkuli, wendete ihn und fuhr gemächlich neben dem Rollstuhlschieber her. Imker hatte bereits das Bewusstsein verloren, hing da noch gebrechlicher als sein Vorgänger, der nun sein Gepäck schob.

Das alles war so rasend schnell passiert, dass es niemand wahrgenommen hatte.

Schenk lag im Bett und dachte an Beate. Doch je länger er auf die leere Seite von Bast blickte, um so mehr wanderten seine Gedanken zu ihm. Er grübelte wieder darüber nach, wieso sein Reisepass und seine Postbank Card verschwunden waren.

Bast hatte doch nur zwei Möglichkeiten gehabt: Entweder ließ er beides hier im Schubfach bei seinem Schlüsselbund, weil er ja Selbstmord machen wollte und alles nicht mehr brauchte. Oder er hatte Pass und Geldkarte immer bei sich gehabt, so wie er sie gestern bei sich hatte. Aber dann hätte er beides bei seinen zurückgelassenen Sachen finden müssen. Dass er sie irgendwo in Prora einfach weggeworfen hatte, passte jedenfalls nicht zur Mentalität von Bast.

Oder sollte er etwa ...?

Nein, das traute er selbst ihm nicht zu.

Obwohl er ihn ja eigentlich ständig angelogen hatte. Oder ihm nicht alles sagte, weil er nicht die richtigen Fragen stellte, wie Bast es formuliert hätte.

Es wäre eine Erklärung. Aber sie war einfach zu abwegig. Noch weigerte er sich, sie in Betracht zu ziehen. Er schaltete das Licht aus und legte sich in seine Einschlafposition.

Doch sein Gehirn konnte er nicht so einfach ausschalten.

Nach zehn Minuten machte er das Licht wieder an, verließ das Bett und öffnete den Kleiderschrank. Wenn, dann hätte Bast ja ... Sichtbar dabei gehabt hatte er jedenfalls nichts, außer der Einkaufstüte später.

Er überprüfte die Schrankhälfte von Bast, die ordentlicher eingeräumt war als seine. Aber natürlich hatte er überhaupt keine Vorstellung von der Anzahl seiner Hosen oder Hemden. Ganz unten lag der zusammengelegte große Rucksack.

Schenk schloss den Schrank, ärgerte sich über seinen blöden Einfall, legte sich wieder ins Bett und knipste das Licht aus.

Jetzt wäre Rotwein als Einschlafhilfe gut, um seine regen Überlegungen zu dämpfen, um sie wie mit einem Dimmerschalter langsam runter zu drehen.

„Na, Herr Doktor? Lange nicht gesehen."

Imker hob seinen Kopf und erkannte den Neffen des Türken. Wo kommt der denn her?, dachte er. Sie haben mich erwischt. Was ist passiert? Wo bin ich hier?

„Können Sie mich verstehen?"

Imker nickte nur. In seinem Kopf breitete sich ein dumpfer Schmerz aus. Er fühlte sich benommen, konnte sich nicht richtig bewegen. Das musste von dem Zeug kommen, mit dem sie ihn betäubt hatten. Die beiden Typen am Flughafen, die Gaswolke, der Rollstuhl.

„Können Sie nicht sprechen?"

„Doch", krächzte Imker. Er hatte einen furchtbar trockenen Mund. Als er sich die Schläfe massieren wollte, bekam er einen Schreck, weil seine Handgelenke mit starken Kabelbindern an die Stuhllehnen gefesselt waren. Auch die Füße hingen fest.

„Leider haben Sie sich nicht an unsere Abmachung gehalten. Sie haben uns sehr enttäuscht."

Imker ruckelte an den Fixierungen, sofort schnitten sich die Plastikbänder in seine Haut. „Was ... soll das?"

„Sie wollten uns betrügen. Deshalb mussten wir Sie einfangen. Und nun sollen Sie uns nicht wieder entwischen."

„Ich ... Durst."

„Sie reden ja wie ein Ausländer, Herr Doktor", sagte er belustigt und gab jemandem hinter dem Gefesselten ein Zeichen.

Da sind also noch mehr Leute im Raum, dachte Imker. Plötzlich durchzuckte ihn die heiße Angst, von hinten mit einer Drahtschlinge erwürgt zu werden. Doch ein anderer Türke kam von der Seite und hielt ihm ein Glas Wasser an den Mund.

War das der Rollstuhlschieber?

Er trank gierig das Glas aus, ein Teil lief vorbei, nässte sein Hemd ein.

„Geht es Ihnen jetzt besser?"

Imker deutete ein Nicken an. Ihm fiel jetzt erst auf, dass der sonst so schick gekleidete Neffe einen grauen Kittel trug, der bis zum Hals zugeknöpft war.

„Was ist jetzt mit unserem Geschäft, Herr Doktor? Wie wollen Sie Ihre Schulden begleichen?"

Imker zuckte vorsichtig mit den Schultern und dachte: Wieso hat der diesen Kittel an? Was hat der vor? Wovor will er seine teuren Klamotten schützen?

Kapitel 24

Imker hatte alles zugegeben und sich mehrmals entschuldigt. Aber das würde ihn auch nicht retten. Seine Hände und Füße starben langsam ab. Und der Rest folgte bestimmt auch bald. Er hoffte nur, dass es schnell gehen würde. Er hatte Angst, starke Schmerzen ertragen zu müssen.

„Zusätzlich zu dem Geld, das Sie meinem Onkel schulden, bescheren Sie ihm jetzt noch jede Menge Probleme mit seinen neuen Geschäftspartnern, weil der Deal nicht zustande kommt."

„Ich hätte auch lieber geliefert und mich dadurch saniert."

„War diese Geschichte mit den Langlebigkeits-Genen nicht nur ein Verzögerungstrick von Ihnen?"

Imker schüttelte heftig den Kopf. „Nein. Ich schwöre, dass es wahr ist."

Der Neffe des Türken sah ihn eindringlich an. In seinem bis oben geschlossenen Kittel sah er aus wie ein Gastarbeiter, dem hier als Hausmeister zu kalt war. „Natürlich müssen wir uns noch über Geld unterhalten."

„Aber ich hab doch nichts."

„Das nehme ich Ihnen nicht ab, Herr Doktor. Sie wollten doch sicherlich nach Übersee und dort ein neues Leben anfangen. Ein Auto haben Sie ja auch noch verkauft. Wo ist das Geld? Haben Sie es an eine ausländische Bank überwiesen?"

„Ich hab doch nichts mehr", beteuerte Imker. Wie zur Erinnerung kitzelten die 500-Euro-Scheine an seinem Fußknöchel. „Das Geld vom Auto ist fürs Flugticket drauf gegangen."

„Bevor wir mit Ihnen fertig sind, will ich auf jeden Fall meine 10.000 Euro wiederhaben, die ich Ihnen so gutgläubig gegeben habe."

Imker blickte ihn entsetzt an. „Aber ..." Wenn sie mit ihm fertig waren? Bevor sie ihn umbrachten?

„Das war nämlich meine Entscheidung und mein privates Geld. Mein Onkel hätte das nie erlaubt.

Leider bin ich da auf Sie reingefallen."

„Lassen Sie mich laufen, wenn ich Ihnen das wiedergebe?"

Der Türke schwenkte langsam den Kopf, fast bedauernd. „Das kann ich nicht. Aber ich kann es für Sie kurz und relativ schmerzlos machen."

Imker fühlte sich, als wäre er plötzlich durch eine Eisschicht gebrochen und würde bis zum Herzen im Eiswasser feststecken. „Bitte ..."

„Ja?"

„Ich bitte um einen schnellen Kopfschuss." Er gefror vor Angst. „Aber keine Stange durch den Kopf."

„Wie bitte?", fragte der Neffe befremdet. Dann fiel es ihm wieder ein. „Ach, so." Er lächelte verstehend. „Sie meinen diese Gruselfotos, die ich Ihnen zur Abschreckung gezeigt habe?"

Imker nickte nur. Alles in ihm war vereist und starr.

„Das waren nur Fotos aus dem Internet. Von irgendeinem Bürgerkrieg oder so. Aber sehr wirkungsvoll, nicht wahr?"

Imker konnte nicht mehr sprechen, auch seine Zunge war gefroren.

„Wir würden doch niemals unsere Hinrichtungen fotografieren. Das wäre viel zu riskant, wenn das auf unseren Handys gespeichert wäre." Er grinste verächtlich.

So ein Schwein, dachte Imker. Denken konnte er noch.

„Ich will jedenfalls mein Geld zurück." Er holte etwas aus seiner Kitteltasche und zeigte es Imker. Es war eine handgroße Zwinge, die man mit einer Flügelschraube zusammendrehen konnte. „Das ist ein Feilkloben, Herr Doktor. Damit kann man kleine Teile festspannen, um sie dann zu bearbeiten." Er verzog einen Mundwinkel. „Aber man kann damit auch zum Beispiel ganz bequem einen Finger zerquetschen. Besonders, wenn die Hände so schön fixiert sind."

Imker starrte ihn panisch an. Jetzt wusste er,

warum sein Gegenüber einen Kittel trug.

Der Kerl wollte seine Kleidung vor Blutspritzern schützen.

Vor seinem Blut.

Er würde ihm das ganze Geld geben, das er am Körper hatte. Umbringen würden sie ihn sowieso. Ihn konnte nichts mehr retten. Aber warum noch unnötig leiden?

Bruno saß in einem LKW, der Richtung Westen fuhr. Er hatte sich an die passende Autobahnauffahrt in Warschau gestellt und seinen Daumen nicht lange hochhalten müssen. Der lustige Fahrer mit den Hasenzähnen, der gebrochen deutsch sprach, war gleich einverstanden gewesen, ihn bis nach Berlin mitzunehmen. Das nannte man Glück.

Auch beim Verkauf des Van war alles glatt gegangen. Die nagelneuen Reifen hatten mit dazu beigetragen, einen guten Preis auszuhandeln. In dieser verrußten Werkstatt, irgendwo im Warschauer Industriegürtel, hatte Bruno sogar deutsche blanko Kraftfahrzeugbriefe gesehen, die bereits ordnungsgemäß gestempelt waren. Darin brauchten die nur noch die Daten aus dem Kfz-Schein zu übertragen. Schon hatten sie ein völlig legales Auto gekauft.

Jetzt besaß er endlich einen Batzen Geld, den er für Lydia weglegen konnte.

Bruno war zufrieden. Weit hinter ihnen begann die Morgendämmerung. Im Außenspiegel sah er einen orangenen Streifen am Horizont. Sie fuhren noch ins Dunkle, aber sie würden den neuen Tag hinter sich her nach Westen ziehen.

Als erstes hatte Schenk an der Rezeption Bescheid gesagt, dass Herr Bast gestern wegen einer Familienangelegenheit überstürzt abreisen musste, er aber das Zimmer wie geplant behalten und auch so bezahlen würde.

Beim Frühstück fand er seinen verstörenden Einfall von gestern Nacht schon gar nicht mehr so abwegig. Auf der Fahrt zu Beate war er bereits zur

Hälfte davon überzeugt.

Als sie dann neben ihm im Auto saß und mit dem heutigen Ziel sofort einverstanden war, hätte er es ihr gleich erzählt, wenn er zu Wort gekommen wäre. Aber sie redete über alles Mögliche, und zwar ohne Pausen, die er als Einstieg hätte nutzen können.

Sie wollten zum Kap Arkona. Hinter Glowe nahm er den zweiten Parkplatz auf dieser schmalen Landzunge, um Beate diesen herrlichen Strand zu zeigen, auf dem er schon mit Bast gewesen war. Wie erwartet, breitete sie die Arme aus und war begeistert, zog gleich ihre Schuhe aus.

Als sie dann auf dem festeren Sand dicht am Wasser entlang gingen, nutzte er die schweigsame Gelegenheit und sagte: „Ich hatte gestern vor dem Einschlafen noch seltsame Ideen."

„So?" Beate schmunzelte und fragte sich, ob er wohl noch lüsterne Gedanken gehabt hatte? „Was denn für welche?"

„Was wäre, wenn der Tod von Bast nur getürkt ist?"

„Wie bitte?" Sie fühlte sich von ihrer rosa Wolke geschubst.

„Wenn er seinen Tod vorgetäuscht hat, um ungestört zu verschwinden und irgendwo wieder neu anzufangen?"

Sie warf ihm einen verwunderten Blick zu. „Wie kommst du denn auf so was?"

„Das hat er schon mehrmals in seinem Leben getan, um seine Identität zu verbergen: alle Brücken abreißen, alle Spuren verwischen und in eine andere Stadt ziehen."

„Und deshalb soll er seinen Selbstmord inszeniert haben?"

„In seinem Abschiedsbrief kommt dieses Wort nirgends vor. Auch nichts von Schluss machen oder so. Da steht nur, er sei nun heimgekehrt."

Beate sah ihn zweifelnd an. „Ich kann das aber nur so verstehen und mit seinem Suizid gleichsetzen."

„Er könnte es auch wörtlich so gemeint haben, dass er wieder in seine Heimat zurückgegangen ist.

Nach Ostpreußen oder Schlesien."

„Ich kann und will dir da nicht folgen, Bodo. Das ist mir echt zu ... zu absurd."

„Aber warum ist nur sein Reisepass und seine Postbank Card verschwunden?"

Beate zuckte stumm mit den Achseln und schaute aufs Meer hinaus.

Er beantwortete seine Frage selber: „Weil er beides noch braucht, um nach Polen oder ins Baltikum einzureisen und dort seine Rente abzuheben."

„Soll er etwa nur in Unterhose dorthin getrampt sein?", fragte sie zynisch. „Immerhin lagen seine Klamotten da am Strand."

„Vielleicht hatte er noch andere darunter an."

„Was?" Sie schüttelte den Kopf. „Jetzt übertreibst du aber wirklich."

„Alles, was er nicht mehr benötigte, hat er zurückgelassen. Auch sein Schlüsselbund mit dem Postfachschlüssel. Denn er würde nie wieder nach Braunschweig kommen. Aber den Pass und Geld, das braucht er unbedingt für sein neues Leben."

„Entschuldige, aber du spinnst dir da ganz schön was zusammen." Ihr Handy in der Hosentasche meldete den Eingang einer SMS. „Das traust du ihm ernsthaft zu, uns so zu betrügen?"

„Er hat mir schon mehrfach die Unwahrheit gesagt."

„Aber da ging es doch nicht um Leben und Tod."

„Trotzdem."

„Dass du ihm so etwas unterstellst, finde ich nicht gut." Beate holte ihr Handy hervor.

Schenk presste die Lippen zusammen. Er verstand ihre Reaktion, aber er durfte ihr nun mal nicht alles erzählen, weil er es Bast versprochen hatte. Besonders, dass Hitler, Goebbels und Himmler noch irgendwo in Südamerika leben könnten.

Beate starrte immer noch erschrocken auf ihr Handy.

„Was ist denn? Schlechte Nachrichten?"

„Kerstin, die Kollegin aus dem Labor ..." Sie brach fassungslos ab.

„Ja? Was ist mit ihr?"
„Sie hat mir eine SMS geschickt, dass Dr. Imker tot ist." Wie zum Beweis hielt sie ihr Handy in seine Richtung.
„Was?"
„Imker wurde ermordet."
„Mord?"
Beate nickte, ließ ihre Schuhe fallen und blickte verstört nach oben zu einem kreischenden Möwenschwarm.
„Wo denn? Und wie?"
„Mehr hat Kerstin nicht geschrieben."
„Das ist ja e´n Ding", Schenk drehte wie betäubt den Kopf hin und her.
„Ich ruf sie gleich mal an, um mehr darüber zu erfahren."
„Ja. Mach das."
Beate suchte die Nummer raus, wählte sie an und hielt sich das Handy ans Ohr. Sie ließ es zigmal klingeln. Vor Ungeduld durchwühlten ihre Füße den Sand. „Der Ruf geht raus, aber Kerstin geht nicht ran." Sie sah ihn besorgt an.
„Wahrscheinlich ist sie gerade nicht im Raum."
„Ja." Sie war erleichtert über diese simple Erklärung. „Dann versuche ich es nachher noch mal."
„Wollen wir noch weiter oder zurück zum Auto?", fragte Schenk.
„Jetzt lieber zurück."
„Gut."
„Das muss ich erst mal verdauen. Dr. Imker war zwar ein Stinkstiefel, aber das …?"

Zuerst dachte Mecki, es wäre noch zu früh. Als er sich dann aber zur anderen Seite wälzte und auf seine Uhr sah, war er doch verwundert, dass Bruno noch im Bett lag und ihn nicht schon lange geweckt hatte.
Er drehte sich wieder zurück. Der lag tatsächlich noch genauso da wie in der Nacht, hatte sich überhaupt nicht bewegt.
„Eh. Aufstehen." Mecki rüttelte ihn an der Schul-

ter, die sich unnatürlich weich anfühlte. „Ich bin doch hier der Langschläfer."

Da stimmte was nicht. Behutsam klappte er die Bettdecke oben zurück. Da war kein Kopf, nur ein zusammengeknülltes Handtuch. Energisch zog Mecki die ganze Decke weg und glotzte ungläubig auf ein Kissen, ein Duschtuch und vor allem auf seinen Koffer.

Was sollte der Scheiß? Wollte Bruno ihn verarschen?

Er schwang sich aus dem Bett, wodurch sich sein Kopf schlagartig in einen Brummschädel verwandelte. Da war wohl das letzte Bier mal wieder schlecht gewesen. Mecki grinste gequält und kratzte sich den nackten Bauch.

Er musste sich beeilen, damit er noch Frühstück bekam. Die Alte machte keine Ausnahmen. Und vielleicht saß Bruno noch da unten, denn oft joggte er gleich nach dem Aufstehen, duschte danach wieder ausgiebig und ging dann zum Frühstücken. Allerdings warf er ihn regelmäßig aus dem Bett, wenn er im Bad fertig war.

Irgendetwas war hier oberfaul. Wozu hatte er sein Bett so ausstaffiert, als ob er drin liegen würde? Und noch dazu mit seinem Koffer. Scherze dieser Art passten absolut nicht zu Bruno.

Mecki schlurfte ins Bad, kam nach fünf Minuten wieder heraus und zog bedenkenlos die Kleidung von gestern noch mal an.

Sobald sie im Auto saßen, probierte es Beate erneut. Diesmal war Kerstin sofort dran und meldete sich mit einem ernsten „Hallo."

„Hallo. Du hast u... mich ja echt geschockt mit deiner SMS." Da hätte sie sich beinahe verplappert.

„Ja. Das waren wir hier auch alle."

„Wie habt ihr das denn erfahren?"

„Der oberste Chef mit seinem Gefolge kam zu uns ins Labor und hat es uns mitgeteilt. Und die hatten es von der Polizei."

„Weißt du denn näheres darüber?"

„Na ja." Kerstin räusperte sich. „In unserer Zeitung von heute steht natürlich noch nichts davon, weil Imker erst am frühen Morgen gefunden wurde."

„Wo denn?"

„Auf einer Müllkippe bei Frankfurt."

„Was?", rief Beate entsetzt und begegnete Schenks erschrockenem Blick. „Wie kommt er denn dahin?"

„Keine Ahnung."

„Und er wurde tatsächlich umgebracht?"

„Ja. Ich habe im Internet gesucht und auf der Seite eines Frankfurter Revolverblatts die Meldung gefunden, die von denen mit drastischen Einzelheiten ins Netz gestellt wurde."

„Aha. Und?", fragte Beate neugierig.

„Du hast kein Smartphone, nicht wahr?"

„Nein. Wieso?"

„Schade. Dann könntest du das selber lesen."

„Dann erzähl es mir doch einfach."

„Okay." Kerstin schnaufte. „Seine Leiche wurde gleich an der Einfahrt zur Müllkippe abgelegt und dort um sechs Uhr vom Schrankenwärter entdeckt. Er war unten herum nackt."

„Echt? Meinst du, er war schwul?"

Schenk warf ihr einen erstaunten Seitenblick zu.

„Nee. Das kann ich mir bei dem beim besten Willen nicht vorstellen."

Während Beate telefonierte, fand Schenk den Tod von Imker inzwischen gar nicht mehr so schlimm, seine Anteilnahme schrumpfte regelrecht zusammen.

„Oder er wurde vergewaltigt."

Kerstin lachte schrill auf. „Das kann ich mir noch weniger vorstellen. Wer hätte denn daran Vergnügen?"

„Aber warum war er dann unten nackt?"

„Tja."

„Vielleicht war er auch mit einer Prostituierten dort, hatte mit ihr Sex im Auto und wollte nicht bezahlen."

„Aber sogar seine Socken wurden ihm ausgezogen."

„Seltsam." Beate strich sich über die Stirn.

„Und er hatte Fesselungsstriemen an den Handgelenken und an den Waden."
„Also doch irgendeine perverse Sexsache?"
„Das könnte ich mir wiederum eher vorstellen", Kerstin kicherte.
„Sadomaso?"
Schenk wunderte sich über Beates Äußerungen.
„Vielleicht. – Natürlich hatte er kein Geld und keine Karten mehr dabei. Auch kein Handy. Nur seinen Reisepass, Ausweis und Führerschein."
„Er hatte beides mit? Pass und Ausweis?"
„Ja."
„Komisch."
„Find ich auch."
„Also war es doch nur ein normaler Raubüberfall?"
„Das glaub ich nicht", sagte Kerstin. „Die hätten ihn nicht noch zur Müllkippe transportiert."
„Wieso ‚die'? Gibt es Hinweise auf mehrere Täter?"
„Nein. Keinerlei Spuren. Aber einer allein konnte den Brocken wohl schlecht dorthin schleppen. Der hätte ihn an Ort und Stelle liegen lassen."
„Aber warum haben die ihn extra beim Müll abgeladen?"
„Sie wollten ein Zeichen setzen. Ihre Verachtung ausdrücken."
„Weshalb denn?"
„Weil er wohl nicht Wort gehalten und seine Spielschulden nicht bezahlt hat."
„Ach, so." Beate dachte nach: Also hat dieser Lange dem Imker gleich mitgeteilt, dass Bast tot ist und kein Geld mehr bringen würde. „Aber warum ausgerechnet in Frankfurt? Was hatte er da zu suchen?"
„Keine Ahnung."
Schenk kam zu dem Schluss, dass Imker sicherlich keinen gewaltsamen Tod verdient hatte, ihn aber durch seine kriminellen Machenschaften zumindest riskierte. Mitleid konnte er jedenfalls nicht für ihn empfinden.

„Wie wurde er denn ermordet?"
„Man hat ihm die Kehle durchgeschnitten."
Beate zischte betroffen. „Das ist ja furchtbar."
„Ja. Schrecklich."
„Wurde da sonst noch etwas berichtet? Was ist mit der Todeszeit?"
„Zwischen 22 und 23 Uhr."
„Also noch gestern." Beate empfand es als Ironie des Schicksals, dass Bast und Imker am gleichen Tag gestorben waren. „Sonst noch was?"
„Nein. Das war´s. Obwohl es mich wirklich wundert, dass diese krassen Details da alle genannt wurden. Die müssen einen Informanten bei der Polizei haben."
„Stimmt. Falls du noch irgendetwas erfährst, gibst du es dann bitte an mich weiter?"
„Klar", versprach Kerstin.
„Dann braucht ihr also einen neuen Chef."
„Na, brauchen tun wir keinen. Aber uns fragt ja niemand."
„Wie immer. Also, mach´s gut. Tschüss dann."
„Ja. Und trotzdem noch einen schönen Urlaub."
„Danke." Beate drehte sich zu Schenk, der sie erwartungsvoll ansah. Sie seufzte und sagte: „Ein Pott Kaffee wäre jetzt prima. Ist hier in der Nähe ein Café, wo ich dir dann alles erzählen kann?"
„Ja. Entweder in Juliusruh oder zurück nach Glowe. Ich nehme an, dir ist jetzt nicht mehr nach Kap Arkona?"
„Nicht so richtig." Sie verzog das Gesicht.
„Gut. Also zurück."

Mecki ging nach draußen, um eine zu rauchen. Brunos Gedeck war noch unberührt gewesen. Die Inhaberin der Pension hatte ihn auch gleich deshalb angesprochen, weil die Frühstückszeit jetzt vorbei war. Er sagte ihr ausnahmsweise die Wahrheit, dass er auch nicht wisse, wo er sei, was sie mit einem sehr misstrauischen Blick quittierte.
Das war echt merkwürdig, dass Bruno das Frühstück ausfallen ließ. Mecki schlenderte die Straße

entlang und inhalierte tief. Plötzlich wurde er stutzig und bekam einen Schreck. Wo war sein Van geblieben? Auf dem Platz, auf den er ihn geparkt hatte, stand nun ein roter Golf. Verdammte Scheiße! Sein Auto war weg. Hatte man es geknackt und gestohlen?

Oder war Bruno damit unterwegs? Wollte er an einem anderen Strand joggen? Aber er hatte noch nie den Wagen genommen, ohne ihn vorher zu fragen.

Mecki fluchte verhalten und warf die Kippe weg. Er marschierte zurück, weil er eine Idee hatte: Wenn der Van geklaut war, musste der Schlüssel noch oben liegen; wenn der weg war, hatte ihn sich Bruno ohne Erlaubnis ausgeliehen. Na, warte!

Sie saßen in dem Café, in dem er schon mit Bast gewesen war. Bei Kaffee und Streuselkuchen hatte Beate die Aussagen von Kerstin an Schenk weitergegeben, der ihren Vortrag aufmerksam verfolgte und nur wenige Zwischenfragen stellte.

Abschließend sagte er: „Also deine Kollegin meint, es sei so eine Art Ritualmord gewesen, weil er seine Schulden nicht bezahlen konnte?"

„Ja. Diese Gangster haben ihn entblößt, abgestochen und auf den Müll geworfen. Auch als Abschreckung für andere Schuldner."

Auf einmal war ihm nach Lästern zumute. „Ziemlich üble Inkassomethoden", Schenk verzog den Mundwinkel zu einem vorsichtigen Grinsen.

Zu seiner Erleichterung erwiderte sie es mit einem Blinzeln und betonte mit spöttischer Miene: „Selbst Schuld, kann man da nur sagen."

„Ganz richtig."

„Wer mit dem Feuer spielt, kommt darin um."

„Sehe ich auch so."

„Hast du diesen Sender eigentlich zerstört?"

„Jawoll!", antwortete er so zackig, dass Beate sich beim Kaffee trinken verschluckte und einen Lach- und Hustenanfall bekam. Er klopfte ihr wie einem Baby auf den Rücken, spielte den Überbesorgten. Ihr gemeinsames Gelächter lenkte die Blicke der anderen Gäste zu ihrem Tisch.

Als sie sich wieder beruhigt hatten, fragte Beate: „Hast du dich an der Rezeption schon nach der Telefonnummer von Basts Nachbarin erkundigt?"

„Nein. Und ich werde es auch nicht tun."

„So? Warum nicht?" Sie hätte ihm diese lustigen Späße überhaupt nicht zugetraut.

Schenk holte das Schlüsselbund von Bast hervor und legte es demonstrativ auf die Mitte des Tisches. „Wenn ich bei dieser Frau anrufe, will die doch auch genau wissen, warum Bast nicht selber anruft, was mit ihm geschehen ist. Ich könnte ihr etwas vorlügen, nach ihrer Adresse fragen und von ihr eventuell den neuen Schlüssel bekommen, in seine Wohnung gehen, mir alles ansehen und vieles durchstöbern. Und mit dem einen Schlüssel würde ich sein Postfach öffnen und seine Briefe lesen." Er holte tief Luft, hielt sie einen Moment an und ließ sie unhörbar aus der Nase wieder entweichen. „Und das will ich alles nicht. Ich will auf keinen Fall in seinem Leben herum schnüffeln und seine Geheimnisse erfahren. Ich will das nicht wissen. Es soll alles rätselhaft bleiben. Ich will es nicht entweihen. Es soll so bleiben, so in der Schwebe. Ich will Erwin Bast und sein Leben ruhen lassen. Diesen Senex-Mann. Ich werde nichts melden und ihn in guter Erinnerung behalten." Er war selber erstaunt über seine lange Rede.

Und Beate war es auch. Sie betrachtete ihn ohne äußere Regung, aber war mächtig beeindruckt von ihm. Ausgerechnet dieser Mann schaffte es, sie immer wieder zu überraschen. Am liebsten wäre sie jetzt aufgesprungen, hätte sich auf seinen Schoß gesetzt und mit ihm geknutscht.

Als Mecki den Autoschlüssel im Zimmer nicht finden konnte, war er zuerst erleichtert, dass der Van nicht gestohlen, sondern von Bruno ausgeliehen war. Er nahm sein Handy und wählte ihn an. Der Ruf ging zweimal raus, dann wurde er weggedrückt. Mecki brummte und versuchte es sofort wieder. Doch jetzt meldete sich nur die Mailbox.

Er fluchte und brüllte: „Eh, du Arsch! Was fällt dir eigentlich ein, so einfach meinen Wagen zu nehmen? Komm sofort damit zurück!"

Er warf sein Handy verärgert aufs Bett und sah sich im Zimmer um. Mecki öffnete den Kleiderschrank und war geschockt, als er Brunos Hälfte absolut leer vorfand. Er stürmte zum Nachttisch, wo ebenfalls nichts mehr drin war. Auch im Bad fand er keine Sachen mehr von ihm, was er in der Nacht und heute Morgen überhaupt nicht bemerkt hatte.

Mecki ließ sich quer aufs Bett fallen. Dieser Mistkerl war abgehauen! Aber warum? Sie wollten doch heute noch in Braunschweig vorbeifahren und bei Imker ihr Geld abholen. Darauf würde Bruno doch niemals verzichten. Er spürte Panik in sich aufsteigen. Oder ob der alleine bei dem abkassieren wollte?

Mecki schreckte hoch, angelte sich das Handy, suchte und tippte auf Imkers Nummer. Der Ruf ging mehrmals raus, dann sagte eine Frauenstimme: „Der Teilnehmer ist zur Zeit nicht erreichbar."

„Scheiße!", fauchte er und versuchte es erneut bei Bruno. Wieder vergebens.

Er legte sein Handy zur Seite und kratzte sich verunsichert am Kopf. Was war hier los? Wollte Bruno ihn bei Imker hintergehen? Und wo war er mit seinem Van?

Moment mal! Er schlug sich mit der flachen Hand an die Schläfe. Hatte die Drecksau etwa auch noch seinen Wagen geklaut und war damit auf dem Weg zu Imker, um seinen Anteil mit einzusacken? Wollte der ihn doppelt betrügen?

Mecki suchte seine Brieftasche und war entsetzt: Bruno hatte sogar seinen Kfz-Schein mitgenommen.

Sie spazierten oberhalb von Sassnitz am Meer entlang. Wenn man immer weiter gehen könnte, käme man zu den Kreidefelsen. Hier war der Strand nicht sandig, sondern bestand aus ungewöhnlichen Kieselsteinen. Deshalb hatte Beate ihre Schuhe angelassen.

„Also glaubst du jetzt nicht mehr, dass Bast seinen

Tod vorgetäuscht hat?"

Schenk schüttelte den Kopf und schmunzelte. „Obwohl er mich oft genug gelinkt hat." Trotzdem dachte er mit einem guten Gefühl an diesen beeindruckenden Mann zurück, der als kleiner Junge zum Opfer eines Nazi-Experiments und zu Senex 3 wurde, der seine Langlebigkeit nicht als Segen sondern als Fluch empfand und keine 150 Jahre alt werden wollte.

Beate bückte sich und hob einen Stein auf, den sie dann interessiert von allen Seiten betrachtete. „Guck mal, der hat ein richtiges Loch, als hätte man ihn durchgebohrt."

„Das ist ein Hühnergott."

„Ein was?", fragte sie belustigt.

„Hühnergott." Er stellte sich dicht neben sie und deutete auf den schwarzen, weiß gefleckten Stein. „So nennt man diese Feuersteine mit einem oder mehreren Löchern."

„Wo kommt denn dieser komische Name her?"

„Das weiß ich auch nicht."

„Und wie kommen die Löcher da rein?"

Schenk freute sich, mal einiges Wissen aus der Lektüre seines Reiseführers anzubringen. „Diese harten Feuersteine haben weichere Einschlüsse von Kreide, die sich irgendwann durch Brandung und Witterung herauslösen. Dadurch entstehen Hohlräume, Vertiefungen oder wie hier komplette Durchgangslöcher."

„Was du alles so weißt", säuselte sie und zwinkerte ihm zu.

„Diese Gegend ist bekannt dafür." Schenk zeigte auf den kieseligen Strand. „Hier liegen überall solche Steine herum."

„Aber nicht jeder hat das Glück und findet einen echten Hühnergott."

„Nein. Nur Auserwählte", schmeichelte er und strahlte sie an.

„Und was macht man damit?"

„Mit einer Kette oder einem Lederband kann man ihn um den Hals hängen und als Talisman tragen. Es werden ihm geheimnisvolle Kräfte zugeschrieben. Er soll gegen Unheil und böse Geister schützen."

Beate hielt den Stein gegen den Himmel und blinzelte durch das Loch. „Ich und mein Hühnergott." Sie lachte und steckte Schenk damit an.

„Der Teilnehmer ist zurzeit nicht erreichbar." Das kam jetzt auch bei Bruno. Er konnte diesen Satz schon nicht mehr hören. Die beiden mussten ihre Handys ausgeschaltet haben. Hatten die sich womöglich abgesprochen, um ihn auflaufen zu lassen?

Mecki schnaubte vor Wut und schmiss sein Handy neben sich aufs Bett. Was soll ich jetzt bloß machen?, dachte er verzweifelt. Ich bin vollkommen pleite: die Reifen, Auto weg, kein Geld von Imker und dann noch das Zimmer bezahlen. Bruno – diese lange, dürre Ratte – hat mir nicht nur meinen schönen Van geklaut, sondern lässt mich auch noch auf den vollen Pensionskosten sitzen. Die Kreditkarte ist durch den Reifenkauf bereits am Limit. Hoffentlich schluckt die EC-Karte noch die Rechnung von hier.

Mecki stand auf, bewegte sich unruhig im Zimmer umher. Und wie sollte er wieder zurück nach Hamburg kommen? Wenn´s gar nicht anders ging, musste er sich eben die Handtasche einer Oma krallen.

Aber es half alles nichts. Er musste runter zu der Alten und ihr sagen, dass sie die Rechnung fertig machen sollte. Und dann würde er ihr mit völliger Harmlosigkeit seine EC-Karte überreichen. Falls es Komplikationen gab, würde er überrascht und entrüstet alles auf Bruno schieben.

Sie standen nebeneinander und schauten auf die Ostsee hinaus. Wie rätselhafte Gebilde trieben einige weiße Wolken am Himmel entlang.

„Herrlich, diese grenzenlose Weite."

„Ja. Nur Wasser bis zum Horizont", sagte Schenk und hatte plötzlich gar keine Hemmungen mehr, seinen Arm um ihre Schulter zu legen. So verweilten sie einige Zeit wortlos aneinander und erfreuten sich an dem Anblick.

Schließlich fragte Beate: „Kann ich die Schlüssel von Bast noch mal haben?"

„Klar." Er ließ sie ungern los und gab ihr das abgegriffene Lederetui. „Warum denn?"

„Wie du schon sagtest, man muss nicht alles bis zum bitteren Ende aufklären."

Er sah sie etwas ratlos an.

„Man muss auch Sachen akzeptieren, die man nicht ganz versteht."

Er nickte, obwohl er auch nichts verstand.

Beate legte ihren Lochstein auf das Schlüsselbund, holte weit aus und warf beides ins Wasser. „Und vor allem muss man auch loslassen können."

„Na, du bist ja eine."

„Und damit die Schlüssel keine Angst im Meer kriegen, ist mein Hühnergott bei ihnen."

Sie lachten. Beate stellte sich vor ihn und sah zu ihm auf. Ihre Augen glänzten. Er hielt sie mit schwachem Druck an den Oberarmen.

„Und so hat Bast auch beides in seiner Nähe", sagte sie.

Schenk zog sie zu sich ran, beugte sich runter und küsste sie zaghaft. Ihre Lippen trennten sich sofort wieder, um sich gleich erneut zu treffen und aufeinander zu pressen. Ihre Zunge lockte seine hervor. Er war unsicher, ob er alles richtig machte und ihre Erwartungen erfüllte. Aber es war herrlich. Vor Wonne schloss er die Augen und Nina erschien ihm, die ihn verärgert anblickte. Erschrocken öffnete er die Augen wieder. Sie war weg. Er sah nur Beates Haar.

Schenk genoss ihr Zungenspiel. Wann hatte er zum letzten Mal so intensiv geküsst? Egal. Er schloss vorsichtig die Augen. Nina tauchte nicht wieder auf. Manches musste man eben loslassen und manches festhalten.

Epilog

Mai 2019

Fast sechs Jahre später ging Bodo Schenk mit Beate auf der neuen verlängerten Promenade von Binz nach Prora. Seit damals waren sie ein Paar, so wie es sich Herr Bast in seinem Abschiedsbrief gewünscht hatte. Allerdings hatte jeder seine Wohnung behalten, um eine Rückzugsmöglichkeit zu haben und die eigene Unabhängigkeit nicht aufzugeben. Beate bestand auch darauf, bei getrennten Kassen zu bleiben. Das Doppelbett von Schenk war seitdem immer komplett bezogen, Beate schlief meistens viermal in der Woche neben ihm, je nach ihrem Dienstplan.

Bodo hatte die Beziehung mit Beate besonders gut getan: sein Bauchumfang und sein Weinkonsum hatten sich reduziert, die trüben Gedanken waren verflogen, die Arbeit machte ihm teilweise wieder Spaß, er war allgemein fitter und lockerer geworden. Im Urlaub und an Beates freien Wochenenden unternahmen sie viele Reisen und Ausflüge.

Sie erreichten nun das Ende dieser Promenade. Rechts oberhalb des Strandes stand ein nagelneues Toilettenhaus mit DLRG-Ausguck. Sie gingen nach links auf einen breiten Schotterweg, für den der Waldstreifen hier verschmälert worden war.

Als sie den Gebäudekomplex richtig sehen konnten, blieben sie verblüfft stehen und bestaunten die Veränderung: aus den ehemaligen baufälligen gelblichen Blöcken waren moderne, helle Neubauten mit größeren Fenstern und Balkons entstanden. Gleich neben dem Schotterweg begann ein grüner Gitterzaun, der die großzügige freie Fläche bis zum langen Haus umschloss, die aber noch nicht fertig bepflanzt und gestaltet war.

„Das gibt's doch nicht", wunderte sich Schenk. „Das ist ja wie durch Zauberei verwandelt worden. Aus alt wird neu."

„Und alles scheint bewohnt zu sein", sagte Beate. „Überall auf den Balkons sitzen Leute. Und schau dir mal die Dachterrassen mit den noblen Gartenmöbeln an."

„Unfassbar", Schenk schüttelte den Kopf. „Das hätte ich nie erwartet. Hier müssen zig Millionen investiert worden sein."

„Das meiste sind bestimmt Ferienwohnungen."

Sie gingen weiter an der neumodischen Front entlang. Am Ende der scheinbar unendlichen Anlage sahen sie Kräne, Gerüste und Baumaschinen. Hinter diesem ersten Block führte der Weg nach links auf eine asphaltierte Straße. In der Nähe befanden sich mehrere Parkdecks. In den Erdgeschossen der sanierten Gebäude gab es Lokale und Geschäfte. Ein größerer Abschnitt war ein Hotel.

„Sieht alles ziemlich elegant und teuer aus", sagte Beate.

Schenk nickte. „Das ist wirklich beeindruckend, was die hier geschaffen haben. Aber ich bin froh, dass Bast das nicht mehr erlebt hat."

„Wieso denn das?"

„Der wollte alles so unberührt lassen. Als Denkmal. Prora war eine Ruine und sollte es auch bleiben. Das sollte genauso wie sein geliebtes Drittes Reich verfallen und vergehen. So wie alles. So wie er schließlich auch."

„Aber es ist doch viel besser, wenn alles von Menschen bewohnt und benutzt wird", sagte Beate. „Jetzt machen doch tatsächlich Tausende hier Urlaub."

„Aber nicht so, wie es geplant war und Bast es sah. Keine Volksgemeinschaft. Nichts für kleine Leute. Viel zu viel Luxus. Das sind alles lukrative Abschreibungsobjekte für Reiche. Bast hätte das nicht gut gefunden."

Beate zuckte mit der Schulter. „Ich find´s so schöner."

Bei dem letzten Abschnitt war ein Gebäude nur genau bis zur Hälfte renoviert, der Rest war noch alt. Hier wurde überall gearbeitet. Vor dem noch unveränderten Querbau gingen sie nach rechts und konnten den Durchgang zum Strand benutzen, der umzäunt durch die Baustelle führte.

Sie gelangten zu der erhöhten Kaimauer, an die die geplante Seebrücke anschließen sollte. Sie schauten über die Brüstung nach unten, wo die Betonplatten durch die ständige Brandung schon reichlich beschädigt waren. Anschließend sahen sie übers Meer auf den weiten Bogen von Rügen.

„Da hinten das Weiße", Beate zeigte mit ausgestrecktem Arm dorthin, „das sind doch die Kreidefelsen, nicht wahr?"

„Richtig. Heute man eine sehr gute Weitsicht."

Sie schritten dann die mit Sand bedeckten Treppenstufen zum Strand hinunter. Beate zog sofort ihre Schuhe aus, um barfuß zu gehen.

„Und du?", sie zwinkerte ihm zu.

„Du weißt doch, dass ich das nicht mag." In vielen Dingen hatte sich Schenk verändert, aber diese Abneigung war geblieben.

Sie gingen auf dem noch feuchten, festeren Sand und sahen den unermüdlichen Wellen zu.

Nach einigen Minuten blieb Beate stehen und fragte: „War hier nicht ungefähr die Stelle?"

Bodo nickte. „Hier lagen seine Sachen und die knallrote Plastiktüte."

„Der arme Herr Bast", Beate sah in betroffen an.

„Dein Abschiedsgedenken damals hat mir sehr imponiert." Schenk umarmte sie ganz fest. Plötzlich erreichten sie die Ausläufer einer größeren Welle, für einen Moment standen beide im Wasser.

„Das war ein Gruß von ihm", sagte Beate.

Ihre ironischen Blicke fanden sich und brachten sie zum Lachen.

Buchveröffentlichungen von Hermann Lühr, auch als E-Book:

Die Kristallpyramide

Wer erbaute die Pyramiden in Gizeh?
Dieser Roman gibt die faszinierende Antwort darauf und ist wie eine Zeitreise ins alte Ägypten.

Verschollene Welten

Der Roman handelt von unerklärlichen Funden, die absolut nicht in das herkömmliche Bild der Menschheitsgeschichte passen.

Aller-Gen

Werden Blüten zur Bedrohung und Bäume unsere Feinde?
Überall kommt es zu schlagartigen Pollenabwürfen, die zu Todesfällen führen.

Sein Blut

Der Psychiater Dr. Kern findet heraus, dass sich seine Patientin Sara Buhl in ihren Träumen 2.000 Jahre zurück befindet und erfährt Unglaubliches.

Weitere Informationen auf der Webseite:
hermannluehr.jimdo.com
und auf der Amazon-Autorenseite.

Ich freue mich natürlich über jede Beurteilung.
Vielen Dank im Voraus.   Hermann Lühr.